KB026157

카리

정령왕

엘퀴네스

이환 판타지 장편소설

9

dream
books
드림북스

정령왕 엘퀴네스 9

초판 1쇄 인쇄 / 2016년 3월 17일
초판 5쇄 발행 / 2020년 6월 10일

지은이 / 이환

발행인 / 오영배
책임편집 / 편집부
펴낸 곳 / (주)삼양출판사 · 드림북스

주소 / 서울시 강북구 도봉로 173
대표 전화 / 02-980-2112 팩스 / 02-983-0660
편집부 전화 / 02-980-2116 팩스 / 02-983-8201
블로그 / blog.naver.com/dreambookss

등록번호 / 제9-00046호
등록일자 / 1999년 3월 11일

ISBN 979-11-313-0451-8 (04810) / 978-89-542-4481-7 (세트)

* 지은이와 협의하에 인지는 생략합니다.
* 잘못된 책은 구입한 곳에서 바꾸어 드립니다.

이 도서의 국립중앙도서관 출판시도서목록(CIP)은 서지정보유통지원시스템홈페이지
(http://seoji.nl.go.kr)와 국가자료공동목록시스템(http://www.nl.go.kr/kolisnet)에서
이용하실 수 있습니다. (CIP제어번호: 2016006989)

정령왕

엘퀴네스

개정판

이환 판타지 장편소설

9

dream
books
드림북스

정령왕

엘퀴
네스

9

Contents

제1화

1.

　주인이 없는 고즈넉한 바람의 영역에서 우리들은 하룻밤을 꼬박 머물렀다. 왕이 사라졌어도 그 휘하의 바람의 정령들은 그대로 남아 있었기 때문에 평소와 달라진 부분은 없었다. 그러나 무언가 중요한 것이 빠져 있는 듯한 적막함과 공허감이 수시로 차오르는 것만은 막을 수 없었다. 단순히 지인을 잃었다는 사실에서 기인한 상실감만은 아니었다. 세상을 구축하는 중요한 틀 하나가 빠진 것 같은, 몹시 허전하고 불안정한 감각이 느껴졌다. 실제로 정령계의 균형을 이루는 주축 하나가 사라진 상태인 만큼 당연한 현상이기도 했다.

　내가 태어나지 않는 동안에도 다들 이런 기분을 느꼈던 거겠지.

뭐든지 경험해 보지 않으면 모른다더니, 반대쪽 입장이 되고 나서야 그게 얼마나 지독한 일이었는지 실감이 들었다. 심지어 나 때는 남은 물의 정령들마저 전부 소멸한 상태였으니 지금보다 더 비틀린 균형에 시달렸을 것이다. 비유하자면 낭떠러지 끝에 한계까지 떠밀린 기분이 아니었을까. 트로웰이 나를 보자마자 대뜸 접촉을 해 온 것도, 이프리트가 시비부터 건 이유도 이제야 제대로 알 것 같았다.

물론 내가 아무리 공감한다 해도 직접 그 시절을 겪은 심정에 비할 바는 아닐 것이다. 그래선지 어느 정도 슬픔이 진정되고 나자 두 정령왕은 극도로 예민해졌다.

"이번 미네르바는 제대로 태어나겠지? 또 그런 일 생기기만 해 봐. 이번엔 절대 그냥 넘어가지 않을 거야."

"하하, 설마. 생각이 너무 지나쳐, 이프리트. 명계에 머저리들만 있는 것도 아닐 텐데 그런 얼간이 같은 짓을 또 할 리가 있겠어?"

이를 가는 이프리트에 이어, 상큼하게 웃는 얼굴을 한 트로웰의 입에서도 과격한 단어가 흘러나왔다. 이대로 며칠 사이에 새 미네르바가 태어나지 않으면 명계와 전쟁이라도 불사할 기세였다. 물론 현실적으로 가능한 일은 아니겠지만(일단 건너가지도 못한다), 어쨌거나 흉흉한 기세를 내뿜는 두 정령왕들 사이에서 나는 어색한 웃음만 흘렸다. 지난 재앙에는 나 역시 피해자라고는 하나, 직접적인 원인이기도 한 이상 죄인이 된 기분이 드는 건 어쩔 수 없었다.

그래도 내내 우울해하는 것보다는 차라리 이런 분위기가 더 나았다. 특히 트로웰이 평소대로 돌아온 게 정말 다행이었다. 나는 이프리트와 어울려 한창 전쟁 계획을 세우고 있는 트로웰을 힐끔 바라보았다. 지금은 말끔한 얼굴을 하고 있지만, 조금 전까지만 해도 그는 눈물을 그치지 못해서 한참이나 애를 먹었었다. 그대로 슬픔에 먹혀 완전히 무너지는 것은 아닐까 겁이 났을 정도로. 어느 정도 진정한 후에도 얼굴에 그늘이 사라지지 않아 걱정했는데, 다행스럽게도 지금은 완전히 좋아진 것 같았다. 실컷 울고 나서인지 어딘가 후련해 보이기까지 했다.

기색을 살핀다는 것이 너무 노골적이었던 걸까. 시선을 느꼈는지 트로웰이 내 쪽을 돌아보았다. 당황해서 어쩔 줄 몰라 하는 나를 향해 그는 아무렇지 않게 미소 지었다. 그 모습이 괜찮다고 말하는 것처럼 보여서 나는 다시금 안심했다. 노골적으로 안도하는 나를 보고 그는 더 짙게 웃었다.

"일단 지금은 명계를 믿고 기다려 볼까? 제대로 승계가 이뤄진다면 앞으로 이삼일 안에 새 미네르바가 태어날 거야. 그때까지 시간도 때울 겸 느긋하게 지난 이야기나 하자."

"지난 이야기?"

"그동안 다들 흩어져 있었잖아. 특히 엘의 이야기가 가장 궁금했어. 얼마 전에 마신을 만났다면서? 그의 결계에 갇혔었다고 들었는데 좀 어때? 후유증이 남지는 않았어?"

아직 이실직고도 하지 않았는데 그는 벌써 내 상황을 파악해 두고 있었던 모양이다. 걱정스럽게 살피는 눈길에 나는 급히 고개를 저었다.

"아, 아니, 괜찮아. 난 멀쩡해."

"그래? 다행이다. 마신의 장난은 워낙 악명이 높아서 말이야. 한동안 물의 기운이 불안정하길래 걱정했는데 설마 그가 난입했을 줄은 몰랐어. 미안해, 엘. 내가 좀 더 신경 썼어야 했는데."

"아니야, 미안하긴. ……그런데 그건 어떻게 알았어?"

"이프리트가 전령을 보내왔거든."

"어? 이프리트?"

"그에게 대강의 전말은 들었어. 마왕이 금기를 어긴 정황이 드러났다는 것, 관련 사건을 마신이 개인적으로 조사 중이라는 것도. 지금 그와는 연락이 안 되는 중이라지?"

"응, 그렇긴 한데……."

이프리트에게 시선을 보내자 그는 고개를 돌린 채 딴청을 피웠다. 그 모습을 보니 대충 어떻게 된 건지 알 것 같았다. 내 앞에서는 태연하게 굴더니, 돌아서서는 부리나케 트로웰부터 찾았던 모양이다.

"이프리트에게도 말해 뒀지만, 그 건에 관해선 내가 읽어낼 수 있는 게 거의 없었어. 하지만 마신의 안부를 확인하는 것만이라면. 엘, 네가 알 수 있을 것 같아."

"어? 내가?"

"그에게서 문장을 받았지? 네게 마신의 기운이 느껴지는데."

"아!"

나는 황급히 시선을 내리고 부랴부랴 장갑을 벗었다. 손등을 감싸고 있던 얇은 천(정확히는 비늘이지만)을 치우자 그 아래 자리 잡고 있던 마신의 문양이 선명하게 드러났다. 그것을 본 트로웰이 실짝 안심한 얼굴을 했다.

"응, 괜찮아. 걱정하지 않아도 되겠어."

"정말?"

"문장은 신과 연결되는 통로나 마찬가지거든. 신의 힘으로 유지되는 거라서 그의 신변에 문제가 생겼다면 그게 가장 먼저 징후를 보였을 거야."

그 말을 듣고 나는 문장을 빤히 살펴보았다. 괜찮다는 트로웰의 말처럼 색이나 형태 모두 처음 받았던 모습 그대로였다. 그렇구나. 아직 아무 일 없는 거구나. 큰 한숨과 함께 가슴을 쓸어내리는 나를 보고 이프리트가 기세등등하게 말했다.

"그것 봐. 내가 괜찮을 거라고 했지? 괜히 유난 떨기는."

"……네가 할 소리냐. 트로웰한테 바로 자문부터 구한 주제에."

"뭐, 뭐가! 그것도 네가 하도 걱정하니까 그런 거지! 날 위해서가 아니라 널 위해서였다고!"

"아, 그러십니까."

"그래! 내가 얼마나 속이 깊은지 이제 좀 알겠어? 하아, 정말이지 난 정말 너무 다정해서 탈이라니까. 역시 네 엄마가 될 자격을 가진 건 나밖에 없는 것 같아."

"……."

아무튼 말이나 못하면 얄밉진 않을 텐데. 너무 기가 막히니 오
히려 화낼 의욕도 사라졌다. 할 말을 잃고 건조한 표정만 짓고 있
는 내 옆에서 트로웰은 웃음을 멈추지 못했다.

"어쨌든 마신이 건재하다니 한시름 덜었어. 마왕의 영향력 또한
여전하다고 하니 결국 둘 다 아직 살아 있다는 말이네."

"그러게. 왜 아직도 잠잠하지?"

단조롭게 중얼거리는 트로웰의 말에 이프리트가 동의하며 의문
을 표했다. 워낙 진지한 사안이라서인지 대화를 주고받는 두 정령
왕의 얼굴이 심각했다.

"주술이 사실이 아니었던 걸까? 혹은 조사에 진척이 없는 상황
이라거나."

"그럴 수도 있고, 반대로 더 최악인 상황일 수도 있지."

"최악이라니?"

"이미 각성이 너무 진행돼서 손을 쓸 수 없는 상태라든가."

"……설마. 말도 안 돼. 마신이 직접 나섰는데 손을 쓸 수가 없
다고?"

"그거야 모를 일이지. 다른 것도 아니고 악신과 관련된 일이잖
아. 악신에 대한 기록은 많이 남아 있지 않지만, 주신을 넘어설 수
있는 유일한 존재라는 것만은 확실해. 충분히 가능성 있는 얘기라
고 보는데."

이프리트의 얼굴이 굳어지면서 주위를 감도는 공기가 급격히 무

거워졌다. 나는 차마 끼어들지 못하고 조심스럽게 두 정령왕의 눈치만 살폈다.

"어쨌든 소란을 일으키고 싶지 않아서라도 신계에선 가능한 한 이 일을 은폐하려 할 거야. 여기까지 파악할 수 있는 것만으로도 우리로선 큰 수확인 셈이지. 엘에게 감사해야겠는걸."

"응? 나?"

생각지 못한 치사에 당황하자 트로웰은 당연하다는 얼굴로 고개를 끄덕였다.

"사실 우리 쪽에선 신계에서 정보를 주지 않으면 그곳의 상황을 파악할 방법이 없잖아. 엘, 네가 지닌 문장이 아니었다면 마신의 안위조차 확인하지 못했을 거야. 시도할 수 있는 방법이라고 해 봐야 신전의 동태를 살피는 것뿐인데, 지금 마신전에는 제대로 된 신관도 없으니까."

"아, 하긴……."

"아마 마신이 네게 문장을 준 것도 그런 이유 때문이었을 거라고 생각해. 가장 확실한 행적을 남겨준 거지. 자신의 안위를 바로 확인하고, 상황을 파악할 수 있도록."

확실히 일리 있는 말이었다. 나는 새삼스러운 기분으로 손등을 다시 내려다보았다. 단순히 변덕을 부린 거라고 생각했는데, 그 당시 카노스는 이런 부분까지 전부 계산에 넣어 두고 있었던 모양이다. 다소 종잡을 수 없긴 하지만 역시 미워하기 힘든 사람이었다.

"신의 문장이란 거, 그저 사제의 표식이라고만 생각했는데 말이야. 이렇게 훌륭한 교류의 수단이 되기도 하는 거였네. 고마워, 엘. 덕분에 나도 큰 깨달음을 얻었어."

"아니, 인사를 받을 정도까지는……. 나는 그냥 주니까 얼결에 받은 것뿐인데."

"하하, 그게 대단한 거야. 말했다시피 문장은 사제의 표식이란 인상이 강해서 보통은 준다고 해도 거절하거나 불쾌해하기 마련이거든. 하지만 엘, 너는 그걸 호의로 받아들였잖아. 아마 마신도 네가 그런 사람이 아니었다면 문장을 주려고 하지 않았을 거야."

"그, 그런가?"

"응, 타인을 믿고 그 의도를 섣불리 의심하지 않는 점. 정말 멋지다고 생각해."

그렇게 말하는 트로웰의 얼굴이 나를 무척 대견해하는 듯해서 나는 몹시 부끄러워졌다. ……사실은 그렇지 않다는 걸 누구보다 내가 제일 잘 알고 있었으니까. 지난 여행 내내 난 줄곧 그의 의도를 의심했고, 쉽게 흔들렸으며, 끝까지 믿어 주지 못했다. 뜻하지 않은 칭찬이 오히려 질책으로 돌아온 느낌이었다. 나는 가라앉은 기분으로 트로웰을 바라보았다. 나를 똑바로 마주 보는 그의 황금색 눈동자엔 신뢰와 애정이 담겨 있었다. 처음 만난 순간부터 지금까지 쭉, 늘 한결같은 시선이다. 돌이켜보면 그처럼 내게 다정했던 존재는 만나지 못했던 것 같다. 그래서 더 가슴이 무거워졌다.

"저기, 트로웰. 나 너한테 사과해야 할 일이 있어. 미안해."

"응? 갑자기 그게 무슨 소리야?"

두서없이 꺼낸 말이 당황스러웠는지 그가 눈을 크게 깜빡거렸다. 옆에 있던 이프리트 역시 의아한 얼굴이었다. 그에게도 말하지 않았던 부분이니 짐작하지 못하는 것이 당연했다. 문제는 그다음이었다. 기세 좋게 사과를 건넨 것까지는 좋았는데 막상 다음 말을 이으려고 하니 쉽지 않았다. 입술이 자석처럼 달라붙어 떨어지려 하지 않았다.

"엘?"

내가 선뜻 말을 잇지 못하자 주시하는 눈길이 더 짙어졌다. 나는 크게 심호흡한 다음 떨리는 속을 진정시켰다. 이미 결심했으면서도 망설이는 이유는 알고 있었다. 난 지금 무서운 거다. 그것이 어떤 진실을 드러내든, 모든 이야기가 끝나면 더 이상 예전과 같지 않게 될지도 모른다. 채 떨쳐내지 못한 불안감이 여전히 집요하게 다리를 물고 늘어졌다.

'하지만 그래도 말해야 해.'

여기서 물러서면 나는 날 괴롭히는 생각들에서 벗어나지 못할 것이다. 이대로 쭉 그를 의심하는 것보다는 실망을 사는 게 더 나았다.

"실은 나, 너한테 묻지도 않고 의심부터 했어. 아니, 어쩌면 지금도 의심이 풀리진 않은 것 같아."

"흐음? 뭘 의심하는데?"

"그, 그게…… 그러니까, 그게 무슨 일이냐면……."

나는 있는 힘껏 용기를 쥐어짜서 지난 일들을 고백했다. 시벨리우스를 만났던 과정, 그에게서 들었던 오래전 과거의 이야기. 알리사와 인연을 맺으면서 알게 된 일들이 마치 짜 맞춘 것처럼 느껴졌다는 것. 그 약해진 심리를 파고들어 카노스가 짓궂은 장난을 쳤고, 이후 해결된 상황까지. 시작할 때까지만 해도 흥미롭게 듣던 트로웰은 이야기가 진행될수록 얼굴에서 표정이 사라져 갔다. 그 모습에 덜컥 겁이 나는 것을 애써 무시한 채, 나는 꿋꿋하게 설명을 이어 나갔다.

"……그렇게 된 거야."

"……."

모든 설명을 끝마쳤을 땐 후련하면서 지친 기분이 동시에 들었다. 힐끗 트로웰의 표정을 살폈지만, 그는 여전히 무슨 생각을 하는지 알 수 없는 얼굴을 하고 있었다. 생각에 잠겨 있느라 내 말이 끝났다는 사실도 인지하지 못한 듯했다.

"잠깐! 그렇다면 뭐야! 너 거기서 마신만이 아니라 엘뤼엔도 만났던 거야?"

오히려 먼저 반응을 보인 건 이프리트 쪽이었다. 누가 불의 정령왕 아니랄까 봐 불타오르듯이 번뜩이는 눈빛을 보며 나는 한숨을 내쉬었다.

"저기, 지금 그게 중요한 게 아니거든."

"나한텐 그게 제일 중요해! 너 자꾸 나 몰래 엘뤼엔 만나고 그럴래? 게다가 지금까지 그 사실을 숨겼다 이거지! 어떻게 그럴 수가 있어?"

"윽, 일부러 숨긴 거 아니야. 그냥 어쩌다 보니까……."

"어쩌다 보니? 아하, 너한테 내 존재는 그것밖에 안 된다는 말이네. 네 깊은 속사정 같은 건 털어놔도 그만, 안 털어놔도 그만인 대상이다, 이거야?"

"뭐? 아, 아냐! 그럴 리가 없잖아."

깜짝 놀라 고개를 저었으나 이프리트의 굳은 얼굴은 꿈쩍도 하지 않았다. 아무래도 마음이 단단히 상한 것 같았다.

"오해야, 이프리트. 나는 진짜 그러려고 했던 게 아니라……."

"흥, 뭘 그렇게 필사적으로 변명하고 그래? 농담이야, 바보야."

"어?"

갑자기 달라진 말투에 나는 당황하며 고개를 들었다. 이프리트는 약간 복잡한 얼굴로 나를 보고 있었다.

"아무튼 너란 애는 정말이지……. 남의 기분을 살피는 것도 정도라는 게 있거든? 이런 말에 진심으로 위축되지 마. 그냥 해 본 말이었는데 괜히 찜찜해졌잖아."

"그럼 화난 거 아니야?"

"위급 상황이었고, 시시콜콜 털어놓을 이야기는 아니잖아. 아무리 나라도 이런 거로는 화 안 내. 엘뤼엔과의 유대감을 마음껏 과시하는 게 얄미워서 쥐어박아 주고 싶지만, 그건 또 별개의 기분이니까."

"……정말 화 안 난 거 맞아?"

"왜? 진짜 화내 줄까?"

"아하하, 아니."

빠르게 고개를 젓자 사납게 치켜 올라가던 그의 눈꼬리가 제자리로 돌아왔다. 최근 들어 분명하게 느끼는 건데, 정령왕들 사이에 서열이 없다는 건 전부 다 거짓말이다. 내 자리를 수치화할 수 있다면 아마 저 밑바닥 어딘가쯤을 구르고 있지 않을까.

"어쨌든 결론은 그거네. 한마디로 말해서 넌 사실을 확인하고 싶은 거잖아. 엘뤼엔에게선 확답을 받았지만, 트로웰의 생각은 아직 모르니까."

속으로 헛소리를 중얼거리는 동안 이프리트의 말이 이어졌다. 나는 머뭇거리면서 천천히 고개를 끄덕였다.

"응, 그런 것 같아."

"흐음, 그야 그렇겠지. 확실히 그냥 넘어가기엔 찜찜한 일이긴 해. 정확히 알아 둘 필요는 있겠어."

엉뚱한 일에 집착한다며 타박부터 할 줄 알았는데, 의외로 이프리트는 내 입장에 공감한 것 같았다. 그것도 꽤 진지하게 임하는 모습이었다. 힐끗 나를 살피는 그의 얼굴에 망설임이 보여서 나는 조금 의아해졌다. 이프리트는 몇 번을 더 그런 행동을 취하다가 이내 결심을 굳힌 얼굴로 입을 열었다.

"그 시벨리우스란 성마 말인데, 엘뤼엔은 모르는 녀석이라고 했댔지? 그런 과거는 없었다고?"

"아, 응. 맞아."

"하지만 그거, 그 성마에 대한 기억만 없다는 소리일 거야. 내가 알기론 그 성마가 말했던 시기에 트로웰이 인간들을 없애려고 했던 건 사실이거든."

"……어?"

"물론 나도 들은 이야기야. 그 당시엔 내가 아닌 전대의 이프리트가 있었을 시기였으니까. 그래도 워낙 유명한 일화라서 아는 사람은 다 아는 얘기지만."

그 일이 정말 사실이었다고? 나는 잠시 어떻게 반응해야 할지 몰라 그대로 멍해졌다. 트로웰에 관한 건 시벨리우스가 했던 이야기 중에서도 가장 믿지 못했던 부분이었다. 그의 기억이 불안정한 것으로 여겨지면서, 당연히 그에 대한 것 역시 사실이 아닐 거라고 생각했다. 그런데 아는 사람이 많을 정도로 유명한 일화였다니. 예상치 못한 곳에서 뒤통수를 맞은 기분이었다.

"하지만 그 사실이 그 성마의 주장을 뒷받침하진 못해. 오랫동안 봉인된 충격으로 정신 착란을 일으킨 걸 수도 있으니까. 주워들은 소문을 자신이 겪은 일이라고 착각하는 걸지도 모르잖아?"

"카노스의 말로는, 그런 것치곤 기억이 너무 분명하다고 했는데."

"그 녀석이 너무 섬세하게 미친놈일 수도 있지. 평범한 인간도 아니고 성마, 그것도 고귀한 혈통이라며. 자기가 살아온 날보다 더 많은 시간을 봉인되어 있었는데, 불안정한 기억 속 허점 따위야 충분히 그럴듯하게 메울 수 있지 않았겠어?"

"그, 그런가."

"그렇다니까. 오히려 진짜 걸리는 문제는 트로웰이 줬다는 동화 책 내용이야. 엘퀴네스를 소환한 인간 소년과 백마에 대한 이야기 였다고? 정말로?"

"으응, 그런 내용이었다고 했어."

"흠, 그건 정말 이상한걸. 한 사람만 그런 주장을 하는 거라면 헛소리로 무시할 수 있지만, 기록이 남아 있다면 얘기가 완전히 달라. 그건 너도 알고 있겠지만 말이야."

그래, 나도 그렇게 생각했다. 그래서 내가 느끼는 본능보다, 시 벨리우스의 주장이 사실이라는 쪽에 마음이 더 기울었다. 아마 가짜 엘이 나타나지 않았더라도 나는 분명 언젠가는 이 문제에 직 면했을 거라고 확신한다. 적극적으로 해명을 요구하지도 못했을 테니 좀 더 음침하고 갑갑한 형식으로 진행되었겠지. 어쩌면 카노 스가 작정하고 터트려 준 덕분에 더 원만히 해결된 걸지도 모르겠 다.

"대체 뭐가 어떻게 된 건지 알 수가 없네. 뭐, 우리끼리 이러쿵 저러쿵해 봐야 진상은 당사자가 제일 정확히 알겠지만 말이야. 안 그래, 트로웰?"

돌아보며 묻는 말을 듣고서야 나는 트로웰이 이쪽을 바라보고 있다는 걸 깨달았다. 그는 조금 난처한 듯 묘한 표정을 짓고 있었 다. 그 얼굴에 채 숨기지 못한 당혹감이 엿보여서, 나는 조금 움찔했다.

"으음, 굉장히 곤란한 상황인데."

"······!"

"뭐야, 정말 다 알고서 꾸민 거야?"

눈을 크게 뜬 이프리트에게서 나보다 더 과격한 반응이 터져 나왔다. 정작 나는 어땠냐면, 그냥 가만히 숨을 삼키는 것 말고는 다른 어떤 반응도 할 수 없었다. 긴장한 내 모습을 보고 트로웰은 다시 난처한 표정을 지었다. 어떤 결과가 나오든 상관없다고 생각했던 건 그저 내 자만이었던 모양이다. 점점 부정적으로 치닫는 생각에 울고 싶은 기분이 들었을 때였다.

"아, 진짜 답답해 죽겠네! 트로웰! 애매하게 피하지 말고 똑바로 대답해!"

"아니, 잠깐. 너무 다그치지 마, 이프리트. 나도 지금 말을 고르는 중이니까."

"그건 혐의를 인정한다는 소리야?"

"나 참. 그럴 리가 없잖아. 절대 아니야."

"······!"

아니라고? 한숨과 함께 이어진 즉답에 나는 고개를 번쩍 들었다. 트로웰은 조금 체념한 듯한 표정을 짓고 있었다.

"그럼 진작 그렇다고 할 것이지, 뭘 그렇게 망설이는데?"

"그야 당연히 민망하니까 그렇지. 설마 이제 와서 다시 예전 일이 언급될 줄은 몰랐단 말이야."

재차 이어지는 추궁이 귀찮았는지 대답하는 어조가 퉁명스러웠다. 민망하다는 게 그냥 지어낸 말은 아닌 듯 드물게 두 뺨도 붉어져 있는 상태였다. 그러고 보니 곤란한 기색이긴 해도 정곡을 찔려 당황한 것과는 조금 다른 분위기였던 것 같다. 그는 나와 눈이 마주치자 다시 땅이 꺼질 듯한 한숨을 내쉬었다.

"그것도 하필이면 엘한테 들킬 줄이야. 엘은 인간으로 산 경험이 있으니까 가급적이면 그때 일은 알리고 싶지 않았어. 좋은 모습만 보여주고 싶었다고. 그런데 보기 좋게 실패했네. 미안해, 엘. 나한테 실망했지?"

"아, 아니. 그렇지는……."

"그렇게 말해도 많이 놀랐을 거 알아. 흠, 시벨리우스라고 했던가? 멋대로 그 일을 엘에게 알려버리다니 괘씸한걸? 어떻게 생긴 녀석인지 언제 한번 얼굴이나 보러 가야겠네."

생긋 웃는 트로웰의 눈빛이 표정과는 다르게 스산해서, 나는 꿀꺽 마른침을 삼켰다. 그리고 이프리트는 그 말의 의미를 예민하게 알아차렸다.

"그렇다는 건, 너도 그 성마가 누군지 모른단 말이네?"

"응, 몰라. 당시 룬의 혈통을 이은 유니콘이 그런 이름이었다는 건 들어본 적 있긴 해. 하지만 그자를 직접 만난 적은 없었어. 엘과 똑같다는 인간도 전혀 모르는 일이야."

"그 알리사라는 소녀에게 줬다는 책은? 그 안에 들어 있는 내용은 뭔데?"

"으음, 그게 나도 지금 굉장히 당황스러운데. 일단 해명부터 하자면, 그 책은 나도 그냥 아무 서점에 들어가 적당히 사들인 거야. 자연스럽게 정령을 접하게 할 목적이었는데 아직 어린아이라서 동화책 형식을 택한 것뿐이고. 흥미만 유발할 생각이었기 때문에 정말 대충 아무거나 골랐어. 그 안에 그런 내용이 있는 줄도 지금 처음 알았다고."

"즉, 그냥 우연의 일치시다?"

"내 명예를 걸고 맹세해."

"그렇다는데?"

그 말과 함께 두 정령왕의 눈동자가 동시에 나를 향했다. 한꺼번에 쏟아지는 눈길을 받고 있으려니 비로소 이 상황에 실감이 들었다. 결국 트로웰에 대한 것도 전부 오해였던 거다.

엘뤼엔 때도 그랬지만, 내가 틀렸다는 사실을 깨닫는 순간은 정말 창피하다. 그러길 바랐으면서도 민망해지는 건 어쩔 수 없는 모양이다. 눈앞에 쥐구멍이 있으면 당장 기어들어 가고 싶었다.

"미, 미안해. 내가 오해했어."

차마 시선을 맞추지 못하고 고개를 숙이는데, 머리 위에서 따뜻한 손길이 느껴졌다. 내 머리를 쓰다듬고 있는 사람은 트로웰이었다. 눈이 마주치자 그는 장난스럽게 웃고는 나를 꽉 끌어안았다. 나는 이러지도 저러지도 못한 채로 당혹감만 드러냈다.

"트, 트로웰?"

"우리 엘, 그동안 굉장히 고생했었네. 혼자서 많이 불안했지?

이제 괜찮아."

"……."

　이제 괜찮아.

　다정한 목소리가 봄을 알리는 단비처럼 가슴 속에 촉촉이 스며들었다. 퍼져 나간 여운은 그 안에서도 작은 파문을 일으키며 순식간에 몽글몽글한 꽃을 피워 나갔다.

　―당신이 원래 있어야 할 곳.

　가볍게 넘겼던 그 말의 의미가 바로 이 순간 사무치도록 와 닿았다. 아아, 그래. 여긴 정말 내가 돌아올 장소였구나.

　나는 어정쩡하게 떨어트리고 있던 팔을 들어 트로웰을 힘껏 마주 안았다. 가벼운 웃음소리와 함께, 등에 닿은 그의 손이 부드럽게 나를 다독이는 것이 느껴졌다. 그에게서 전해지는 짙은 초원의 향기에 눈시울이 뜨거워졌다. 너무 행복한데, 그래서 더 무섭다. 어느 날 문득 눈을 뜨면 전부 다 꿈이었다고 할까 봐. 또다시 아무것도 주어지지 않은 강지훈으로 돌아가 버리게 될까 봐.

　가지기 전엔 잃는다는 게 이렇게 무서운 일인지 알지 못했다. 한때는 눈을 뜨는 하루하루가 꿈이었으면 좋겠다고 생각하던 적도 있었다. 하지만 지금은 그 반대의 소망을 꿈꾼다. 지금 이 시간이, 내 주위에 있는 사람들이 꿈이 아니었으면 좋겠다. 평생 무서워도 괜찮으니까. 이 아름다운 세상이 현실이 아닌 것보다는 나았다.

그리고 언젠가는 나도 이 마음을 내 사람들에게 보답할 수 있게 되기를. 그들이 힘들고 지치는 순간에 지탱해 줄 수 있는 든든한 버팀목이 될 수 있기를. 내 형제들의 따뜻한 품 안에서 나는 마음속으로 조용히 기원했다. 평생 잊을 수 없을 것 같은 하루였다.

2.

바람의 영역에 변화의 조짐이 일기 시작한 긴 새벽이 끝나갈 무렵이었다. 진공 속에 들어와 있는 것처럼 아무것도 느껴지지 않던 공간에 갑자기 부드러운 바람이 감돌기 시작했다. 처음엔 그저 빠른 공기의 흐름에 불과했지만, 시간이 지날수록 그것은 점차 눈에 보이는 형태로 나타났다. 영역의 중심부에 작은 바람의 소용돌이가 만들어진 것이다.

"트, 트로웰!"

당황해서 돌아보자 그가 느긋하게 웃으며 고개를 끄덕였다.

"새 바람이 오고 있어. 생각보다 빠른걸. 이번엔 명계에서도 단단히 준비했나 보네."

"당연히 그렇게 나와야지."

시큰둥하게 말하는 이프리트의 얼굴에도 반가운 기색이 만연했다. 기쁨을 감추지 못하는 두 정령왕의 얼굴을 보니 정말 새 미네르바가 태어난다는 실감이 들었다.

소용돌이는 고정된 상태에서 점차 크기를 불려 나갔다. 어린아이만 하던 크기가 성인을 넘는 덩치로, 이어서 거대한 토네이도로 부풀어 오르는 건 그야말로 순식간이었다. 세찬 바람이 휘감는다고 느꼈을 땐 온 세상을 찢어낼 듯 위협적인 회오리가 주위를 가득 채우고 있었다. 아니, 공간 자체가 회오리바람이 된 것 같았다.

구름으로 장식되어 있던 가구며 바닥까지 그 안에 휘말려 전부 흩어진 탓에 우리는 마치 허공에 떠 있는 것 같은 상태가 됐다. 그러나 그렇게 강한 바람에도 정작 나와 정령왕들은 옷자락은커녕 머리카락 한 올조차 흔들리지 않았다. 배경과 연출이 각자 따로 노는 듯한 기묘한 광경이었다. 물의 영역에 들어가도 젖지 않는 것처럼, 그와 동일한 현상인 것 같았다.

이곳의 바람은 아무리 강력해도 우리에게 아무런 영향을 끼치지 못한다. 물론 전적으로 정령에게만 해당하는 사항일 뿐. 다른 존재가 지금 이 순간에 들어왔다가는 아주 큰 곤욕을 치를 것이 분명했다.

"저길 봐, 엘. 태어나고 있어."

"……!"

속삭이듯 들려오는 트로웰의 말에 나는 반사적으로 숨을 죽였다. 그의 말대로 소용돌이 안에서 뿌연 형체가 드러나고 있었다.

아직은 투명한 덩어리에 가까워서 전체적인 실루엣만 간신히 확인할 수 있는 수준이었지만, 가냘픈 체형이라는 것과 키가 작은 편이라는 건 한눈에 보였다. 이대로 태어난다면 우리들 중에서 제일 작을 것 같았다.

"작군. 이번 미네르바는 어린 외형인가."

"왠지 갈수록 작아지는 것 같지 않아? 저 크기면 잘 쳐줘 봐야 십 대 초반으로밖에 안 보일 것 같은데."

함께 지켜보고 있던 트로웰과 이프리트가 번갈아 감상을 늘어놓았다. 잠시 후 실루엣 위쪽에서 새하얀 빛 무리가 일어나는가 싶더니 점차 아래로 쏟아져 내리기 시작했다. 빛 무리가 내려갈 때마다 미네르바의 형태는 점차 뚜렷해져 갔다. 가장 먼저 새하얀 머리카락이 드러났고, 그 아래를 따라 매끄러운 얼굴선이 그려지듯 이어졌다. 굳게 감은 두 눈, 곧은 선을 지닌 콧대부터 조각처럼 수려한 입술까지. 오밀조밀한 이목구비가 반짝이는 빛 속에서 하나둘씩 드러날 때마다 뭐라 형용할 수 없는 감동이 가슴 속을 가득 채웠다. 세상에서 가장 경이롭고 찬란한 광경을 보는 것 같았다.

"아름답지?"

홀린 듯이 멍해져 있는 나를 보고 트로웰이 가볍게 웃었다. 나는 바로 고개를 끄덕였다.

"정말 예뻐. 바람으로 빚어낸 도자기를 빛으로 조각해 내는 것 같아."

"빛으로 조각한다라, 멋진 표현이네."

"하지만 정말 그렇게 보이는걸. 으으, 이렇게 예쁜 광경을 눈으로만 담아 둬야 한다니 아깝다. 한국이었다면 동영상이라도 찍어 둘 텐데."

"영상? 그거라면 지금도 되는데?"

"어? 된다고?"

생각지 못한 말에 놀라서 돌아보자 트로웰은 어깨를 으쓱하고는 주머니 안에서 뭔가를 꺼내 들었다. 검은 돌로 만들어진 구슬이었다.

"영상석이란 거야. 마석을 가공해서 만들어지는 건데, 비추는 광경을 그대로 저장할 수 있어. 이런 걸 말하는 거 맞지?"

"응, 맞아. 여기도 이런 게 있었구나. 이거 내가 써도 될까?"

"얼마든지. 근데 탄생 장면을 굳이 저장할 필요가 있어? 회상만 해도 언제든 선명하게 떠오를 텐데."

"그렇긴 한데, 그냥 뭔가 기록을 남기면 더 의미가 있지 않을까 싶어서. 나중에 미네르바한테도 보여주면 기념이 되고 좋지 않을까?"

"아, 그거 재밌겠다."

"그치?"

"응, 얼른 찍자."

그리하여 우리는 정령계 최초로 정령왕의 탄생을 영상석에 담는 기행을 저지르기 시작했다. 그런 우리를 이프리트가 한심하다는 시선으로 바라보았다.

"대체 뭘 하는 거야? 엘은 그렇다 쳐, 트로웰 너까지 동참하는 건 무슨 생각이야?"

"왜? 재밌을 것 같지 않아? 지금까지 자기가 태어난 모습을 본 정령왕은 아무도 없었잖아. 이게 완성되면 미네르바가 바로 그 최초가 되는 거야. 정말 굉장해. 왜 진작 이 생각을 못 했지?"

"……하여튼 엘이 멀쩡한 정령계를 다 버려 놨다니까. 너 이걸 어떻게 책임질 거야? 어?"

노려보는 눈길을 느끼지 못하는 척, 나는 꿋꿋이 정면에서 시선을 떼지 않았다. 그러는 동안에도 미네르바의 모습은 점점 더 뚜렷해지고 있었다. 가는 팔과 손가락이 생겨났고, 이어서 두 다리가 만들어졌다. 아직 투명하다 싶은 몸 위를 새하얀 옷자락이 덮었을 무렵, 모든 것을 집어삼킬 듯 광대하게 몰아치던 바람이 멈췄다. 드디어 탄생의 과정이 마무리된 것이다.

"끝났네."

"응……."

예상했던 대로 이번 대의 미네르바는 어린 모습을 하고 있었다. 인간으로 치면 십 대 초반쯤. 한눈에도 여성형임을 알 수 있을 정도로 체구가 가늘고 선이 고왔다. 나는 조심스럽게 트로웰을 곁눈질로 살폈다. 제 모습을 갖춘 미네르바는 연령만 어려졌을 뿐, 이젠 전대가 된 예전의 미네르바와 매우 흡사한 외모를 갖고 있었다. 무심해 보이면서도 정결해 보이는 분위기도, 허리 아래까지 내려오는 머리카락의 길이와 형태마저도 똑같았다. 마치 그의 소녀 시절이라고 해도 믿을 것 같았다.

전대가 떠난 후 굉장히 힘들어했던 트로웰이 이 사실을 어떻게 받아들일지 염려스러웠다. 나와 이프리트 역시 전대를 많이 좋아했지만, 트로웰과 그 사이엔 좀 더 특별한 유대감이 있었다. 그 감정을 내 멋대로 정의 내릴 수는 없더라도, 하루 이틀 사이에 비워낼 수 있는 게 아니라는 것만은 확실했다. 아직 작별의 여운조차 사라지지 않았을 텐데 유독 빼닮은 얼굴을 보는 것이 불편할지도 몰랐다.

하지만 우려와는 다르게 새 미네르바를 바라보고 있는 트로웰은 덤덤한 모습이었다. 씁쓸한 미소가 스치긴 했으나, 새로운 동료를 반기는 표정을 가릴 정도는 아니었다. 그 나름대로 잘 견뎌 나가고 있는 것 같았다.

이후 높게 떠 있던 미네르바의 몸이 천천히 하강하면서, 안개처럼 흩어져 있던 구름들이 다시 뭉쳐져 형태를 이루기 시작했다. 가장 먼저 바닥과 지붕이 생겼고, 크고 작은 기둥들이 연달아 세워져 나갔다. 미네르바가 바닥에 착지했을 때쯤, 바람의 영역은 아무것도 없는 허공에서 기존의 구름 속 세상 같던 모습으로 완벽하게 돌아와 있었다. 폭풍이 이는 동안 보이지 않던 하위 정령들도 어느새 나타나 주위를 빼곡하게 둘러싸고 있었다. 아마도 바람에 섞여 있다가 다시 본래의 형태를 되찾은 듯했다.

그리고 드디어 대망의(?) 마지막 순서가 도래했다. 굳게 감겨 있던 미네르바의 눈이 떠지기 시작한 것이다. 약간의 미동과 함께 새하얀 속눈썹이 들리자, 달빛을 새겨 넣은 듯한 맑은 은색의 눈동자가 서서히 그 존재를 드러냈다. 그 순간 사방에서 우렁찬 목소리가 울려 퍼졌다.

—우리의 주군, 새로운 왕을 뵙습니다!

—새 바람, 세상의 새 숨결에 영광 있으라! 왕의 탄생을 경하드립니다!

쏴아아! 그들의 외침이 신호라도 된 것처럼 풍성한 바람의 파도가 일었다. 미네르바가 자신의 영향력을 본격적으로 개방한 것이다. 그 힘은 퍼즐이 하나 빠진 듯 허전했던 감각을 빈틈없이 채우고도 남았다. 처음 한동안은 마치 산소 호흡기를 뒤집어쓴 듯이 마구 쏟아져 들어오는 공기에 정신을 차릴 수가 없을 정도였다.

새 바람은 지니고 있는 질감과 온도마저 다른 것 같았다. 덕분에 나는 이전의 미네르바가 온전한 상태가 아니었다는 사실을 새삼스럽게 깨달았다. 그가 정령검에 절반의 힘을 봉인했다고 들었을 땐 그다지 깊게 생각하지 않았었다. 힘을 나눴다고는 하나 그 자체가 사라진 것은 아니라서 균형에는 큰 영향이 없었기 때문이다. 하지만 막상 온전한 힘을 경험하고 나니 생각했던 것보다 차이가 컸다. 있어야 할 것이 있어야 할 장소에 존재한다는 사실에서 기인하는 자유로움과 해방감이랄까. 마치 갑갑한 도심에서 벗어나 서풍이 부는 언덕 위로 올라선 기분이었다.

"……이 느낌도 오랜만이네."

이때만큼은 트로웰도 서글픈 기색을 감추지 못했다. 그의 기억에는 전대의 미네르바가 온전한 힘을 지니고 있을 때의 모습도 남아 있을 테니까. 당시의 그와 똑같은 소녀를 보면서 과거를 추억하지 않기는 힘들 것이다. 나는 위로의 말을 건네는 대신 그의 손을 꼭 잡았다. 그러자 놀란 듯 눈을 살짝 뜬 트로웰이 나를 돌아보고는 곧 부드럽게 미소 지었다.

그때까지도 미네르바는 아무런 움직임을 보이지 않았다. 눈빛이 또렷해진 것을 보면 의식도 생긴 것 같은데, 그냥 인형처럼 얌전히 서 있기만 했다. 심지어 이쪽을 보고도 별다른 반응이 없었다.

"왜 가만히 있지?"

의아해져서 중얼거리는데 뒤에서 쿡쿡 찌르는 손길이 느껴졌다. 나만큼이나 초조한 얼굴을 한 이프리트였다.

"네가 가서 말 걸어 봐."

"어? 내가?"

"뭐 해? 얼른 가 보지 않고."

"어어, 자, 잠깐만!"

강제로 떠미는 손길을 느꼈을 땐 이미 고꾸라지듯 앞으로 튀어 나간 뒤였다. 넘어질 뻔한 것을 간신히 면한 상태로 고개를 들자 바로 앞에서 은색의 눈동자가 보였다. 미네르바가 무표정한 얼굴로 나를 뚫어지게 주시하고 있었다. 나는 필사적으로 말을 고르다 결국 무난한 인사부터 건네기로 했다.

"아하하. 아, 안녕, 미네르바? 만나서 반가워."

"……네. 안녕하십니까, 엘퀴네스. 저도 반갑습니다."

의외로 대답은 바로 돌아왔다. 솔직히 말하면 무시당할 걸 각오하고 있었던 차라 내심 놀라웠다. 그것도 굉장히 정중한 어투라서 다른 의미에서 뒤통수를 맞은 기분이었다.

"트로웰도, 이프리트도. 모두 처음 뵙겠습니다. 반갑습니다."

미네르바는 다른 두 정령왕들에게도 인사를 건넸다. 딱딱한 말투만큼이나 얼굴엔 여전히 아무 표정도 없는 상태였다. 그래선지 둘 다 머쓱한 얼굴로 고개를 끄덕이기만 했다. 분명히 반갑다고 했는데 오히려 거리감이 더 커진 기분은 무슨 영문인지 모르겠다. 전대의 미네르바도 살가운 성격은 아니었지만, 이 녀석은 왠지 그보다 더한 성격이라는 강렬한 예감이 들었다.

"그런데 다들 이곳엔 무슨 일들이십니까?"

"……."

예감은 틀리지 않았다. 불쑥 이어진 질문에 한동안 무거운 침묵이 내려앉았다. 나는 물론이고 이프리트와 트로웰까지 마땅히 답할 말을 찾지 못한 것 같았다. 질문하는 얼굴이 진심으로 의아해하는 기색이라 더욱 그랬다.

아무도 말을 잇지 않자 미네르바는 가장 가까이에 있는 나를 가만히 응시했다. 대답을 재촉하는 시선이었다. 눈을 피한다고 해결될 문제가 아닌 것 같아서 나는 조심스럽게 입을 열었다.

"으음, 그게…… 뭐랄까. 새 동료가 태어났으니까 환영할 겸, 서로 인사도 나눌 겸 온 건데. 혹시 우리가 불편하게 한 거야?"

"네? 아아, 그런 거였군요. 아닙니다. 불편하진 않습니다. 생각지 못한 이유라 조금 당황스럽긴 합니다만."

"응? 우리가 인사하러 올 걸 생각하지 못했다고? 왜?"

"딱히 그래야 할 이유가 없잖습니까?"

"으으응?"

동료를 환영하러 올 이유가 없다니. 이건 또 무슨 소리인가 싶어 나는 입만 벙긋거렸다. 굉장히 매몰찬 발언을 들은 것 같은데, 그게 내 기분을 상하게 만들 의도가 아니라는 것만은 알겠다. 그냥 진심으로 그렇게 생각해서 하는 말인 거다. 그래서 더 뭐라고 답해야 할지 알 수 없어진 기분이었다.

"하하하! 맞아, 이런 게 평범한 반응이긴 하지."

잠시 멍하게 있던 트로웰이 가볍게 웃음을 터트렸다. 이프리트도 조금 복잡한 얼굴로 고개를 끄덕이고 있었다. 나는 당황해서 그들을 돌아보았다.

"평범한 반응이라니? 이게 평범하다고?"

"아아, 너무 이상하게 생각할 거 없어, 엘. 사실 네 경우엔 너무 오랜만에 태어난 거라서 다들 한마음으로 달려오긴 했는데, 원래 소멸이나 탄생 때 일부러 인사하러 오는 일은 드문 편이야. 그냥 오가다 우연히 만나면 그때서야 아는 척하는 정도랄까."

"어? 그, 그래? 하지만 다들 아무렇지 않게 배웅하고 기다렸잖아."

"응, 그러게. 왜일까. 왠지 그래야 한다고 생각했어."

의아하다는 듯이 중얼거린 후, 트로웰은 재밌다는 표정으로 나를 바라보았다.

"엘에게 감화된 영향인가?"

"으응? 나?"

"응, 엘을 만나면서부터 교류한다는 게 얼마나 기분 좋은 일인지 알게 됐거든."

이런 말을 산뜻하게 할 수 있다는 게 트로웰의 최대 강점이 아닐까. 과분한 평가라고 생각하면서도 기분이 좋은 건 어쩔 수 없어서 나는 자꾸만 헤실거렸다. 그런 나를 보며 이프리트가 시큰둥하게 쏘아붙였다.

"뭐, 나는 그냥 내키는 대로 행동하는 것뿐이야. 꼭 너 때문만은 아니니까 착각하지 마."

"나 때문만은 아니라는 건 내 영향이 있기는 하다는 말이네?"

"……이럴 때만 듣기 좋은 쪽으로만 해석하지 말아 줄래? 누가 엘퀴네스 아니랄까 봐 갈수록 점점 뻔뻔해진다니까."

가볍게 혀를 찬 후 이프리트는 찬바람이 나도록 고개를 돌렸다. 그러나 솔직하지 못한 말과는 다르게 그의 두 뺨은 잔뜩 상기되어 있었다. 나와 트로웰은 서로 시선을 교환하다 동시에 웃음을 터트렸다. 그러는 동안 우리를 가만히 지켜보고 있던 미네르바가 천천히 고개를 끄덕였다.

"이해했습니다. 다들 사이가 좋은 거군요. 저도 이런 분위기가 나쁘지는 않다고 생각합니다. 저 또한 교류에 적극적으로 참여하도록 하겠습니다."

"아하하, 그래. 저기, 근데 미네르바. 그냥 편하게 말해도 되는
데……?"

"저는 충분히 편하게 말하고 있습니다만?"

"그, 그래? 그렇구나. 뭐, 네가 그게 편하다면야……."

저 말투가 편하다니, 이번 미네르바는 굉장히 격식 있는 성향을
타고난 모양이다. 속으로 중얼거리면서 뺨을 긁고 있는데 빤히 바
라보는 시선이 느껴졌다. 미네르바가 또 말없이 나를 주시하고 있
었다. 나는 반사적으로 긴장해서 물었다.

"……왜?"

"아, 신경 쓰이게 해 드렸다면 죄송합니다. 별거 아닌 일이긴 합
니다만. 질문 하나 해도 됩니까? 아까부터 계속 고민해 봤는데 아
무리 봐도 잘 모르겠군요."

"나한테 질문? 뭔데?"

"엘퀴네스는 여성체입니까, 남성체입니까?"

"……응?"

"제 눈이 틀리지 않았다면 트로웰은 남성체, 이프리트는 확연히
여성체로 보입니다. 그런데 엘퀴네스는 구분하기가 조금 힘들군
요. 남성으로 판단하면 그렇게 보이고, 여성으로 보려고 하면 또
그렇게 볼 수도 있는 외모라서요."

"아하하……."

또 그건가. 이젠 새삼스럽지도 않게 느껴지는 걸 보니 이런 상
황에 너무 적응된 모양이다. 오히려 단숨에 여성체라고 판단하지

않고 성별을 물어봐 준 것만으로도 고마울 지경이었다.

"나는 남성체라고 생각하고 있어."

"그렇습니까? 어쨌든 엘퀴네스는 양쪽 성별을 다 쓸 수 있을 테니 편하겠군요. 조금 부럽습니다."

"으음, 그런가. 장점으로 보자면 그렇긴 한데…….."

"단점이 될 수도 있습니까?"

"그에겐 단점이 더 클 거야, 미네르바. 엘은 남성으로서의 의식이 확고한 편이니까."

난처해하는 나를 대신해서 트로웰이 설명했다. 미네르바는 이해할 수 없다는 듯이 고개를 갸웃거렸다.

"무성인 정령이 성 정체성을 확립하는 게 가능합니까? 오랜 시간 꾸준히 한쪽 성별로만 대우를 받다 보면 굳어질 수도 있긴 하겠지만. 엘퀴네스의 경우엔 매우 모호해서 인간들 사이에서도 판단이 갈렸을 것 같은데요."

"응, 그렇긴 한데…… 엘에겐 조금 특별한 경험이 있거든. 정령왕으로 태어나기 전에 인간 남성으로 지낸 적이 있어. 아직 그 영향이 강하게 남아 있어서 그래."

"……정령왕에게 전생이 있다고요?"

탄생 이후 내내 변함이 없던 미네르바의 얼굴에 처음으로 표정이라 할 만한 것이 떠올랐다. 그래 봤자 눈을 조금 크게 뜬 것에 불과하지만. 워낙 무표정하다 보니 그 작은 변화도 굉장히 드라마틱하게 느껴졌다.

"원래라면 있을 수 없는 일이지. 명계의 착오로 엘의 영혼이 중간계로 보내졌던 것 같아. 그래서 한동안 물의 자리가 공석이었어."

"아아, 무슨 말인지 알겠습니다. 오랜만에 태어났다는 말이 바로 그 뜻이었군요."

가볍게 고개를 끄덕인 후 미네르바는 다시 나를 바라보았다. 표정은 원래대로 돌아온 반면 눈빛은 조금 전보다 더 강렬해졌다. 마치 유명인이라도 만난 듯한 시선이었다.

"그럼 엘퀴네스는 전생을 지닌 최초의 정령왕인 건가요?"

"어, 음. 그런 셈인가."

"굉장하군요. 저 그런 거 좋아합니다. 다른 사람에게는 없는 자신만의 경험이나 특질을 갖고 있는 것 말입니다."

"그, 그래?"

"네, 정말 부럽습니다. 그에 비하면 전 너무 평범한 것 같습니다."

아니, 그럴 리가.

이 순간 트로웰과 이프리트의 표정이 미묘하게 굳어졌다고 느낀 건 내 착각만이 아닐 것이다. 물론 내 표정 또한 두 사람과 별반 다르지 않으리라는 것도 충분히 알 수 있었다.

"내가 보기엔 미네르바도 충분히 특별한 것 같은데?"

조심스럽게 운을 떼자 미네르바는 멀뚱히 눈을 깜빡거렸다. 그 모습이 마치 귀를 쫑긋거리는 토끼처럼 보였다. 귀엽긴 한데, 건드리면 굉장히 아프게 물릴 것 같다. 나는 무심코 쓰다듬을 뻗한 손을 간신히 내리눌렀다.

"제게 독특한 부분이 있습니까?"

"그…… 표정이나 말투라든가."

"표정과 말투요? 그게 이상합니까?"

"아니, 이상한 건 아니지만. ……흔치 않은 분위기라고 해야 할까."

"그렇습니까?"

미네르바가 확인을 구하는 듯이 돌아보았고, 트로웰과 이프리트는 동시에 고개를 끄덕였다. 두 사람이 이렇게 한마음 한뜻으로 행동하는 건 처음인 것 같았다.

"……그렇군요. 전 잘 모르겠지만, 모두 다 그렇게 느낀다고 한다면 그런 거겠죠. 제 분위기가 흔치 않다니, 나쁘지 않군요."

그러나 말과는 달리 미네르바는 얼굴을 기묘하게 일그러뜨렸다. 혹시 마음을 상하게 한 건가 싶어 나는 유심히 그의 표정을 살폈다. 그런데 화난 것치고는 느낌이 조금 이상했다. 눈썹은 잔뜩 찌푸려진 반면, 입술 끝은 희미하게 올라가 있는 것이 아닌가. 그것도 꽤 힘을 줘서 지탱하는 건지 턱 근육까지 부들부들 떨리고 있었다. 한눈에도 억지로 입술을 들어 올리고 있다는 걸 알 것 같았다.

'잠깐. 입술을 올려……?'

예외의 경우도 있긴 하지만 보편적으로 입술을 올리는 경우는 한 가지뿐이다. 거기까지 생각이 미쳤을 때, 나는 설마 싶은 심정으로 물었다.

"……저기, 내가 착각하는 거라면 미안한데. 혹시 지금 웃은…… 거야?"

"그렇습니다만?"

당연한 걸 왜 묻느냐는 얼굴로 미네르바가 대답했다. 서로 눈동자가 마주쳤고, 한동안 우리들 사이엔 어색한 침묵이 내려앉았다.

"푸하하하! 이번 미네르바는 꽤 재밌는 성격이네. 엘이랑은 완전히 정반대잖아?"

분위기가 전환된 건 이프리트가 폭소를 터트리기 시작하면서부터였다. 돌아보니 트로웰은 아예 배를 움켜쥐고 바닥에 주저앉아 있었다. 한번 터지면 한참 동안 멈추지 않는 웃음보가 다시 터진 모양이었다.

"거기서 내가 왜 나와?"

"몰라서 묻니? 넌 감정 표현이 풍부하잖아. 얼굴만 봐도 무슨 생각을 하는지 훤히 알 수 있을 정도로 말이야."

"그, 그 정도는 아니거든?"

"아니긴. 지금도 발끈한 게 훤히 다 보이는구만. 아무튼 성향이 다른 둘을 붙여 놓으니까 지켜보는 맛이 있네. 너희들, 재밌으니까 좀 더 얘기해 봐."

"아예 장난감 취급이냐!"

나는 버럭 외친 후에 바로 미네르바를 돌아보았다. 어차피 내가 화내는 건 통할 리가 없으니 그에게 희망을 걸어볼 작정이었다.

"미네르바, 너도 뭐라고 좀 해 봐. 정말 너무 심하지 않아?"

"네? 아아, 그렇군요. 그보다 엘퀴네스한테 궁금한 것이 또 있습니다만."

"……."

그래, 내 인생이 그렇게 쉽게 풀릴 리가 없지.

눈앞에서 타오르던 희망의 불씨가 훅 하고 꺼지는 것이 선명하게 느껴졌다. 어쩌면 미네르바가 제일 강적인 걸지도 모르겠다. 이젠 이프리트도 주저앉아 웃고 있었다. 나는 정신을 못 차리는 두 정령왕을 보다가 한숨을 내쉬었다. 정작 이 상태의 주범이나 다름없는 미네르바만은 폭풍의 눈처럼 홀로 평온한 모습이었다.

"또 물어보면 안 됩니까?"

"……아니야. 질문이 뭔데?"

"아까 전부터 엘퀴네스를 부르는 호칭 말입니다. 왜 엘이라고 부르는 겁니까? 엘퀴네스는 엘퀴네스라고 해야 하는 거 아닙니까?"

"응? 그건 그냥 애칭인데."

"흐음. 애칭이요? 그렇다면 이프리트나 트로웰은 어째서 애칭으로 불리지 않습니까? 정령왕은 모두 평등한 존재인데, 전부가 애칭으로 불리지 않는다는 것은 일종의 차별 아닙니까?"

묻는 어조는 진지했고, 어딘지 모르게 비장하기까지 했다. 그래서인지 트로웰과 이프리트도 천천히 웃음을 멈추고 원래의 상태로 돌아왔다.

"그렇게 심각하게 볼 일은 아닌 것 같아, 미네르바. 엘은 애칭이기도 하지만 유희명(名)이기도 하니까. 우리도 유희명은 따로 있는 걸. 누가 지었느냐의 차이는 있긴 하지만 딱히 차별 대우라고 생각하진 않아."

"그럼 여러분은 따로 애칭을 만들 생각은 없는 겁니까?"

"난 지금이 더 편해서 별로. 이프리트는 어때?"

"나도 여기서 더 호칭을 늘릴 생각은 없어. 누가 붙여준다고 해도 싫을 거야."

"그렇습니까? 그것참 유감이군요…….."

어째선지 미네르바의 표정이 흐려졌다. 진심으로 애석해하는 기색이라 지켜보는 게 더 조마조마해지는 기분이었다. 그 모습을 가만히 보던 트로웰이 물었다.

"혹시 미네르바도 애칭을 갖고 싶은 거야?"

"……."

그 순간 우리는 보고야 말았다. 굳게 입을 다문 무표정한 소녀의 얼굴이 아주 조그맣게 일그러지는 것을.

'그랬구나!'

지금까지 경험을 토대로 파악하길, 저 얼굴은 분명 수줍게 미소 짓는 표정이다. 우리들은 순식간에 분주해졌다.

"아하하! 그, 그러고 보니 미네르바도 애칭이 있으면 좋겠다. 그렇지 않아? 하하하!"

"으응, 그러게. 그거 정말 좋은 생각이네."

"응, 나도 찬성이야. 우리 미네르바에게도 예쁜 애칭을 지어 주자."

힐끗 돌아보니 미네르바의 눈빛이 매우 초롱초롱해져 있었다. 이번엔 누구라도 알 수 있을 정도로 노골적인 반응이었다. 나는 웃음이 나오는 것을 참느라 헛기침했다. 트로웰과 이프리트도 입술을 억지로 앙다무느라 어깨를 부들부들 떨고 있었다.

"어떤 게 좋을까? 일단 여성체니까 귀여운 이름이 낫겠지?"

"엘퀴네스를 '엘'이라고 했으니까, 미네르바는 '미네'라고 하면 어때?"

"아, 그거 괜찮다!"

"그러게. 마음에 드는데?"

이프리트가 제안했고, 우리는 서둘러 고개를 끄덕였다. 즉석에서 만든 것치곤 썩 나쁘지 않은 이름인 것 같았다.

"넌 어떻게 생각해, 미네르바?"

"……미네? 그게 제 애칭입니까?"

"응. 애칭이라곤 해도 본인 의사를 무시할 수는 없으니까, 네가 싫다고 하면 다시 고민해 볼게."

"아닙니다. 마음에 듭니다."

미네르바는 곧바로 대답했다. 표정이 굉장히 이상해져 있었지만 이제 아무도 그 얼굴을 보고 당황하지 않았다. 무뚝뚝한 첫인상에 비해 의외로 알기 쉬운 성격이다. 벌써 그에 대해 많은 것을 파악한 기분이었다.

독특한 매력이 넘치는 바람의 정령왕, 미네와의 만남은 그렇게 시작되었다.

3.

물건이 부서지는 요란한 소리가 울렸다. 방금 전 내리쳐진 책상에서 장식품들이 한꺼번에 와르르 무너지는 소리였다. 뿔뿔이 흩어진 서류들과 책들. 그 사이에 섞여 굴러다니던 잉크병이 채 잦아들지 않은 진동을 이기지 못하고 끝내 바닥으로 떨어져 내렸다. 입구에서 꾸역꾸역 쏟아져 나온 검은 잉크가 카펫을 더럽히는 것은 순식간이었다.

"대패(大敗). 대패란 말이지."

이를 갈 듯이 낮아진 음성, 그 속에 서린 짙은 노기에 사람들은 모두 숨을 죽였다. 특히 바로 앞에서 보고하던 자의 얼굴은 완전히 사색이 되어 있었다. 그가 전달한 것은 얼마 전에 있었던 라센 성의 전투 결과였다. 불과 이틀. 눈앞에 적혀 있는 처참한 숫자에 유카르테 대공은 다시금 이를 갈았다.

소드 마스터인 카윌 공작이 출전할 때부터 이미 승패가 정해진 전투이긴 했다. 그래도 어느 정도는 시간을 벌어줄 줄 알았는데 예상했던 것보다 너무 빨리 무너져 버렸다. 이렇다 할 전투를 하지도 않고 대다수 투항하는 바람에 별다른 피해를 입히지도 못했다. 클모어 공작 쪽에선 그냥 앉은 자리에서 몇만의 군대가 통째로 굴러들어 온 격이었다.

"성벽이 무너진 것이 가장 큰 패인이었습니다. 설마 난공불락의 요새라고 알려진 라센 성이 그렇게 쉽게 무너질 줄은……."

"정령사가 활약했다고 했나?"

"예, 알리사라는 이름의 땅의 정령사가 큰 지진을 일으켜 지반을 무너트리는 방법을 썼다는 것 같습니다."

"땅의 정령사? ……물이 아니라?"

"예. 틀림없이 땅의 정령사였습니다. 심지어 아직 약관도 되지 않은 소녀라는 말이 있습니다."

물이 아니라 땅이라.

유카르테는 미간을 좁힌 채 턱을 쓸었다. 당연히 물의 정령왕이 나선 거라고 생각했는데 예상이 빗나갔다. 하긴 정령왕이 나섰다면 수고스럽게 성벽을 무너트릴 필요도 없었을 것이다. 맹랑한 그의 조카는 정령왕과 계약한 사실을 세상에 알릴 생각이 없는 것 같았다. 밝히기만 하면 판도를 단숨에 바꿀 수 있을 정도로 엄청난 일인데도 침묵한다는 건 아직 밑바닥이 아니라는 뜻이다. 그 사실이 참을 수 없을 만큼 거슬렸다. 하물며 그를 돕는 또 다른 전력이라니. 행방을 놓친 이후의 행적을 알지 못하는 만큼, 유카르테는 더욱 초조해졌다.

"그 땅의 정령사에 대해서는 알아보았나?"

"현재까진 알폰프 제국 출신이라는 것까지만 밝혀냈습니다."

"알폰프?"

그 순간 유카르테는 얼마 전에 받았던 불쾌한 보고를 떠올렸다. 알폰프 제국 쪽에서 진행 중이었던 모종의 계획에 관련된 일이었다. 그는 학술원을 찾는 학생들을 대상으로 십 대 초반의 아이들을 꾸준히 모아오고 있었다. 몇 년 동안 한 번도 실패한 적이 없었는데 바로 얼마 전 한 지점이 발각되면서 모든 일을 망쳤다. 비밀 통로로 괴한이 침입하여 납치한 아이들을 전부 빼돌린 것이다.

그 당시 달아났던 아이들 중에 땅의 정령사인 소녀가 있었다. 흔치 않은 능력이었기에 더욱 아까워했던지라 잘못 기억할 리가 없었다. 알폰프 제국인이면서 약관이 되지 않은 소녀. 그중에 땅의 정령사라는 조건을 갖춘 이가 두 번이나 자신의 일에 연관될 확률이 얼마나 될 것인가. 답은 놀라울 정도로 분명해졌다.

"……이사나, 네가 개입한 거였나."

"예? 뭐라고 말씀하셨습니까?"

"아니, 아무것도 아니다."

유카르테는 허탈하게 웃었다. 당시 비밀 통로는 철저한 보안 속에 감춰진 채 무장한 병사들이 지키고 있었다. 하지만 괴한은 너무나 쉽게 침입했고, 알 수 없는 방법을 사용해서 병사들을 전부 잠재운 후 유유히 아이들을 데리고 사라졌다. 이제껏 그 이유를 밝혀내지 못했는데 설마 여기서 해답을 찾게 될 줄이야.

'알폰프 제국에 가 있었던 거였군. 그러니 국내를 아무리 뒤져

도 찾지 못할 수밖에.'

심지어 그곳에서 가서도 자신의 일을 망치다니. 정말이지 여러 가지로 놀라게 하는 데 일가견이 있는 조카였다. 미리 그 사실을 알고 건너갔을 리는 없으니 아마도 우연히 개입했을 것이다. 이쯤 되면 하늘이 정해 준 악연이나 다름없었다.

아니, 하늘이 아니다. 유카르테는 쓴웃음을 지었다. 이 악연은 스스로 만든 것이다. 벗어날 수 없는 굴레이자, 이미 예고된 저주이기도 했다. 그래, 그녀가 그렇게 말했을 때부터.

"그만둬, 유카. 너까지 괴물이 될 생각이야?"

아직도 지워지지 않는, 또렷한 음성이 그에게 소리쳤다. 그렇게 말한 아름다운 여인의 모습도 여전히 기억하고 있었다. 한때는 바라보기만 해도 가슴을 가득 채우던, 그의 유일한 영혼이었던 여인이었다. 친 혈육보다 더 진한 피를 나눈 누이였으며, 가장 사랑했던 친우였다. 그녀의 얼굴은 고통스러운 감정에 울먹이면서도 흐트러지지 않았다. 그리고 그 자신 또한, 같은 얼굴로 그녀를 바라보고 있었을 터였다.

"내가 널 막을 거야."

붙잡아 오는 그녀의 손길을 뿌리쳤다. 믿을 수 없다는 듯 흔들리는 눈동자를 보면서도 아무 생각도 들지 않았다. 돌아서서 걷는 그의 뒤를 향해 비명 같은 소리가 울려 퍼졌다.

"내가 막지 못하면 내 아이가! 반드시 네 앞을 막아설 거야! 알겠어, 유카? 반드시 그렇게 될 거라고!"

'그 말대로 됐군, 로아. 그래, 넌 언제나 옳았지.'

유카르테는 자신의 손을 내려다보았다. 그때 그녀를 뿌리친 손은 내내 얼음처럼 차갑다. 그 한기를 자각할 때마다 누군가의 목을 비틀어 조르고 싶은 잔인한 충동이 끓어올랐다. 그러고 보니 최근엔 오랫동안 피를 보지 못했다. 피를 받아야 할 곳에서 연락이 오지 않고 있기 때문이었다.

본래도 연락이 규칙적인 편은 아니었으나 보름이 넘도록 아무런 기별이 없기는 처음이었다. 수많은 위험 부담을 안고 진행하는 일인 만큼 중간에서 일이 틀어졌을 가능성도 배제할 순 없다. 사실 가뭄이 끝났을 때부터 예감은 좋지 않았었다. 물의 정령왕이 생각보다 너무 일찍 태어났다. 예상했던 대로라면 몇 년은 더 가뭄이 지속되어야 했다. 그랬다면 모든 것이 완벽했을 텐데.

이미 지난 일에 가정을 세우는 건 무의미하다는 걸 알면서도 유카르테는 애석해하지 않을 수가 없었다. 시간이 지날수록 여유를 잃어 가는 것을 스스로도 분명히 느끼고 있었다. 그러나 아직은 아니다. 지금 여기서 무너질 수는 없었다. 이렇게 끝날 거면 시작도 하지 않았을 것이다.

"수도 외각에 배치한 황군의 숫자를 두 배로 늘리고 각지에 군사들을 집결시켜라."

그는 곧바로 다음 지시를 내렸다. 카웰 공작은 곧 군사를 이끌고 황성까지 진격하려고 할 터였다. 화근이 되기 전에 제거하는 것은 실패했으니 이제부터는 본격적으로 짓밟아야 했다. 그런데 평소라면 명이 떨어지는 순간 일사불란하게 움직여야 할 귀족들의 움직임이 굼떴다. 그것을 본 유카르테가 두 눈을 가늘게 떴을 때였다.

"대공 전하, 드릴 말씀이 있습니다."

그의 앞에 굳은 얼굴을 한 젊은 귀족들이 나섰다. 유카르테는 그들이 누군지 바로 알아보았다. 카웰 공작의 무용을 흠모하는 이들로, 평소에도 중립적인 입장을 취하는 이들이었다.

"뭐지?"

"라센 성의 전투가 마무리되면서 최근 백성들 사이에 소문 하나가 떠돌고 있습니다. 클모어 공작이 황제 폐하를 보호하고 있다고요. 그가 이렇게 말했다고 하더군요. 섭정왕이 황제 폐하를 정신 이상자로 몰아 강제로 유폐하고 제위를 찬탈하려고 한다……고 말입니다."

"……호오, 그래?"

"저희는 황제 폐하가 불한당들에게 납치되었다는 대공 전하의 말씀을 믿고 있었습니다. 하지만 사실은 그 반대라는 말을 들으니 어느 것이 진실인지 혼란스럽기만 합니다. 이에 관해 해명해 주셔야겠습니다."

"해명이라……. 사실이 아니라면?"

"그럼 그 소문은……."

"뻔하지 않은가. 카웰 공작이 거짓말을 하는 거지."

"그, 그럴 리가! 카웰 공작님은 그럴 분이……."

"하하, 그대들도 상당히 순진하군. 카웰 공작이 그럴 사람이 아니다? 그럼 그자가 제위를 노리고 있다는 건 더더욱 믿을 리가 없겠군?"

"그, 그게 무슨 말씀이십니까?"

"말 그대로다. 그자가 자신의 혐의를 오히려 내게 뒤집어씌우려는 거지. 그대들은 그 말에 속아 넘어갈 뻔한 거고. 이해는 한다. 폐하조차 그의 감언이설에 넘어가서 그가 하자는 대로 하고 계시는 것 같으니 말이야. 매우 애석한 노릇이지."

"거짓말! 그럴 리 없습니다! 저희는 대공 전하의 말을 도저히 믿을 수 없습니다!"

주위는 금세 고요해졌다. 긴장감이 흐르는 정적 속에서 유카르테는 후, 하고 가볍게 한숨을 내쉰 다음 머리카락을 천천히 쓸어 올렸다. 손의 한기가 조금 전보다 더 강해진 것 같았다. 뭐든 뜨거운 것이 필요했다. 금방이라도 데일 것처럼 축축하고 뜨거운 무언가가.

"……그런가. 믿을 수가 없다니 유감이군. 그렇다면 진실은 내

신께서 보여 주시겠지."

"무슨……."

뜻을 알 수 없는 말에 항의하던 젊은 귀족들이 어리둥절해했다. 하지만 그 순간은 그리 오래가지 않았다. "커헉!" 그들 중 한 사람이 갑자기 숨을 들이켜고는 몸을 비틀거렸다. 갑자기 옆에서 벌어지는 상황에 놀란 동료들이 그를 돌아보았다.

"라셀 남작? 갑자기 무슨……컥!"

"비엘트 남작님! 아악!"

불행은 곧 나머지 이들에게도 이어졌다. 엄청난 압력과 함께 온몸이 일그러지는 것 같은 고통이 그들에게 엄습했다. 팔다리가 제멋대로 꺾였고, 몸에선 상처가 나지도 않았는데 붉은 피가 줄줄 흘러내렸다. 몸에 있는 구멍이란 구멍마다 전부 피를 쏟아내는 것 같았다. 차마 눈뜨고 보기 힘들 정도로 끔찍한 광경이었다. 주위에 있던 사람들은 비명도 지르지 못하고 그 자리에서 얼어붙었다. 한참 동안 허우적거리던 젊은 귀족들은 잠시 후 하나둘씩 바닥으로 쓰러졌다. 피범벅이 되어 있는 그들의 육체에 살아 있는 자의 온기는 이미 조금도 남아 있지 않았다.

"이런, 내 신께서 내가 맞았다고 하시는군."

바닥에 쌓인 시체 더미를 차가운 눈으로 내려다보며, 유카르테가 말했다. 싸늘한 정적이 내려앉은 공간엔 숨을 쉬는 소리조차 들리지 않았다. 유카르테는 느긋하게 시선을 들고 주위를 천천히 둘러보았다. 그와 시선이 마주칠 때마다 하얗게 질린 사람들이 숨이 넘어갈 것 같은 얼굴로 몸을 덜덜 떨었다. 그것을 만족스럽게 지켜본 후, 그는 근처에 있던 시종장에게 명했다.

"저것들을 치우고 카리브디스 공작을 불러와라."

"예, 예, 전하!"

급히 허리를 숙인 시종장이 주위에 눈짓을 보냈다. 그제야 다른 사람들도 정신을 차리고 허둥지둥 움직이기 시작했다. 한순간에 분주해진 공간 속에서 유카르테만이 홀로 고요히 서 있었다. 그는 다시금 자신의 손을 내려다보았다. 조금 전 쓰러진 것들에서 튀었는지 붉은 피가 잔뜩 묻어 있었다. 몹시 만족스러운 감촉이었다.

'괜찮아. 힘을 쓸 수 있다. 내 신은 여전히 건재해. 아직 아무것도 틀어지지 않았어.'

여기서 멈출 거면 시작도 하지 않았다. 그는 조금 전에 했던 생각을 다시 속으로 중얼거렸다. 친우와의 마지막 대화도 떠올랐다. 미처 답할 수 없어서 속으로만 삼켜야 했던 말 역시.

"내 앞을 막아서겠다고? 물론 그럴 수는 있을 거야, 로아. 넌 항상 옳으니까. 하지만 거기까지야. 살아남는 쪽은 내가 될 거다."

세상에서 가장 달콤한 밀어를 속삭이듯, 그녀의 귓가에서 말해주고 싶었다. 이미 오래전에 죽어버리는 바람에 들려주지는 못하는 것이 지금도 두고두고 아쉬울 정도였다.

"무엇이든 밟고 올라서 주지. 그것이 네 아들의 피라도."

넌 차라리 아무것도 바라지 말아야 했어.

유카르테는 나른하게 웃었다. 미쳤다고 해도 할 수 없었다. 이미 끝은 정해져 있었고, 그는 나아갈 뿐이었으니까. 단지 그런 것뿐이었다.

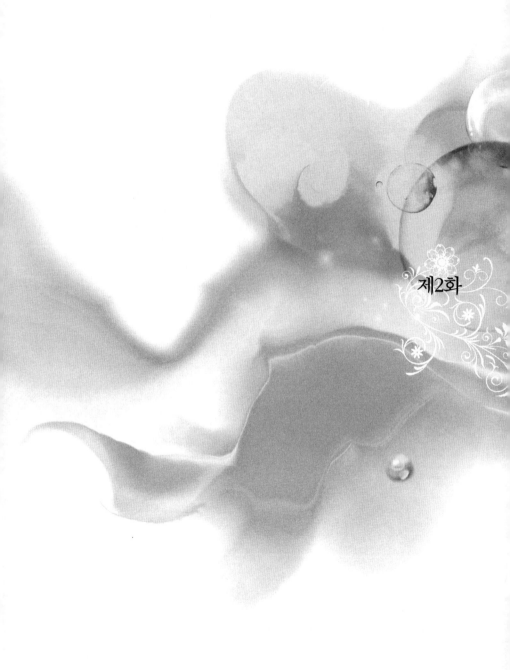

제2화

1.

"⋯⋯엘."

누군가 부르는 소리를 들었다. 살짝 눈을 떴더니 푸르스름한 물결이 부드럽게 출렁거리는 감촉이 느껴졌다. 본능적으로 이곳이 물의 영역 안이라는 걸 깨닫는다. 개운하고 상쾌한, 기분 좋은 감각이다. 조금만 더 이 상태로. 가능하다면 영원히 이렇게 있고 싶었다. 오랜만에 단잠에 푹 빠진 것 같았다.

"⋯⋯려? 엘?"

나를 부르는 소리가 또 울렸다. 아직 일어날 생각이 없었기 때문에 조금 짜증이 났다. 모처럼 편하게 쉬는데 왜 자꾸 귀찮게 하는 거야. 쫓아내고 싶은 마음이 굴뚝같지만 지금은 그냥 아무것도 하고 싶지 않았다. 듣지 못한 척 소리가 들려오는 방향에서 몸을 돌려 누웠다. 이렇게 하면 포기하고 그냥 가겠지. 상대하는 것도 귀찮으니까 얼른 가 버려. 속으로만 투덜거렸더니 상대는 이해하지 못한 모양이다. 기척이 더 가까이 다가오는 것이 뚜렷하게 느껴졌다. 나른하게 늘어져 있던 신경이 한순간에 곤두선다. 누군가의 손이 허락도 구하지 않고 내 몸에 닿으려 하고 있다.

감히.

벌떡 일어나 그 손이 내 어깨에 닿기 전에 잡아챘다. 생각지 못한 일에 놀랐는지 눈을 크게 뜬 상대의 모습이 보였다. 초콜릿 같은 피부, 부드럽게 흐트러진 새카만 머리칼 아래 보석처럼 화려한 황금색 눈동자가 인상적인 소년이었다. 그가 누군지는 한눈에 알아보았다. 트로웰이다.

"엘?"

뭐야, 트로웰이었잖아. 조금 당황한 듯한 그를 보고 있으려니 치솟던 짜증이 조금 가라앉았다. 음, 그래. 트로웰이면 할 수 없지. 나는 잡고 있던 그의 손을 얌전히 놔주었다.

"……아아, 트로웰. 무슨 일이야?"

"……."

"트로웰?"

말이 없는 그를 돌아보자, 나를 가만히 바라보고 있는 트로웰이 보였다. 이유는 모르겠지만 굉장히 묘한 표정이다. 아까 붙잡은 팔이 아파서 화가 났나? 뒤로 꺾은 것도 아니고, 그렇게 세게

잡지도 않았던 것 같은데. 내 나름대로 이유를 추론해 보고 있는데 그가 대뜸 질문을 건넸다.

"엘, 잠들기 전까지 뭐 하고 있었는지 기억해?"

"잠들기 전까지……? 미네가 태어나서 같이 있었잖아."

"그리고?"

"왠지 조금 피곤해져서, 쉬려고 내 영역으로 돌아왔어."

그래, 그런 후에 바로 잠들었었다. 본계에 돌아왔다는 사실이 안정감과 충족감을 주기도 했고, 새 바람의 기운에 적응하느라 몸이 약간 노곤해진 영향도 있는 것 같았다.

"흠, 기억엔 문제가 없네. 일시적인 현상이구나. 그럼 됐어."

……뭐가 일시적인 현상이고, 뭐가 됐다는 건데? 어리둥절해져서 바라봤지만 트로웰은 말없이 생긋 웃기만 했다. 반짝거리는 눈동자가 굉장히 재밌는 걸 발견한 표정이라 조금 불길해졌다.

"그보다, 여긴 무슨 일이야?"

"아, 쉬는 걸 방해해서 미안해. 생각보다 너무 오래 잠들어 있는 것 같아서. 자리 오래 비워도 괜찮겠어?"

"자리?"

"아크아돈 말이야. 벌써 자리 비운 지 나흘째야."

"아……."

시간이 벌써 그렇게 흘렀다고? 얼굴이 저절로 찌푸려졌다. 마음 같아선 좀 더 본계에서 머물고 싶지만 이사나 쪽의 상황을 마냥 방치할 수는 없었다. 나흘이나 지났으니 슬슬 기다림이 짜증으로 번져 있을 시기이기도 했다. 다른 사람들도 문제지만 라피스 녀석이 성질을 부리기 전에 돌아가긴 해야 할 것 같았다.

"트로웰, 너는?"

"난 한동안 더 본계에 있을 거야. 전쟁이 본격적으로 시작되면 샴페인 용병단도 참전할 예정이거든. 인간들의 전쟁 쪽은 흥미 없어서 한동안 유람하겠다고 선언해 뒀어."

"그래."

가볍게 대꾸하고 머리를 쓸어 넘기는데 다시 시선이 느껴졌다. 트로웰이 또다시 묘한 얼굴로 나를 보고 있었다.

"왜?"

"아니, 아무것도 아냐. 이렇게 보니 정말 전대 엘퀴네스랑 느낌이 똑같네."

"뭐라는 거야. 나도 엘퀴네스니까 당연하지."

"하하, 그건 그래. 아참, 엘. 미네르바가 부탁하고 간 블레스터 말인데. 혹시 도움이 될까 싶어서 내가 좀 알아봤거든. 그런데 찾기 어려울지도 모르겠어."

"……그 정령검은 카리브디스 공작이 갖고 있는 거 아냐?"

"그렇긴 한데……."

"네 의도를 이해할 수 없는데. 아무리 소드 마스터라고 해 봤자 고작 인간일 뿐인데. 내가 인간 하나도 못 찾을 것처럼 못 미더워 보여?"

시큰둥하게 물었더니 트로웰은 살짝 입을 벌렸다. 왠지 감탄한 것 같은 얼굴이었다.

"굉장해. 성격에 따라 분위기가 이렇게 다르다니."

"……뭐?"

"음, 아무것도 아냐. 이런 건 스스로 깨달아야 재밌으니까."

"무슨……."

"어쨌든 본론부터 말할게. 블레스터가 미네르바의 힘을 품고 있었던 건 알지? 힘 자체는 회수가 됐는데, 고유 능력은 아직 남아 있는 것 같아."

"고유 능력? 은신의 힘 말이야?"

"응, 그 힘을 변질된 블레스터가 정령을 향해 활용하기 시작했어."

대충 돌아가는 상황을 알 것 같아 한숨이 흘러나왔다. 바람의 미네르바가 지닌 고유 능력은 그림자의 장막, 즉 완벽한 은신이다. 본래는 왕에게만 허락된 능력이나, 그 절반의 힘을 나눠 가졌던 블레스터도 같은 능력을 쓸 수 있었을 것이다. 보통 이런 경우엔 임시로 부여된 권한인지라 회수되는 것과 동시에 전부 사라지는 게 정상이었다. 그런데 블레스터는 마검화가 진행되는 바람에 오히려 영향이 남아 버린 듯했다.

미네르바의 그림자에 숨으면 정령들도 찾기 어렵다. 게다가 지금 대화를 토대로 파악하길, 블레스터가 쓰는 그림자의 힘은 정령들의 시야를 교란하는 쪽으로만 특화된 모양이었다. 자신이 지금 어떤 상태이며, 누구를 가장 경계해야 하는지를 알고 있는 거다.

미친 주제에 생존본능은 남아 있는 것 같았다.

물론 말 그대로 영향이 남은 정도에 불과하니까 그렇게 대단한 수준은 아닐 거다. 그래도 자신보다 하급인 정령들 정도는 충분히 속일 수 있었다. 한마디로 말해, '정령의 눈'으로는 찾을 수 없다는 소리였다. 그 힘의 비호를 받고 있을 카리브디스 공작도 마찬가지였다.

"……인간들의 정보를 통해 행선지를 파악해야 하는 건가. 귀찮게 됐네."

"바로 이해하니까 신선한데?"

"이걸 이해 못 하는 쪽이 더 이상한 거 아냐? 난 본성을 잊은 거지 머리가 나빠진 게 아니거든?"

"으음, 지금은 본성도 잊은 건 아닌 것 같은데."

"뭐?"

"엘, 지금 바로 중간계로 내려가는 거지?"

그가 갑자기 다른 질문을 하는 바람에 머릿속이 금세 흐트러졌다. 얼결에 고개를 끄덕이자 트로웰의 금안이 신비한 빛을 품기 시작했다. 그의 고유 능력이 발현되고 있다는 증거였다.

"어디 보자……. 아, 마침 라피가 일행들이랑 떨어져 있는 것 같네. 그 아이부터 먼저 만나도록 해. 다른 일행들은 조금 더 있다가 만나는 게 낫겠어. 지금으로부터 약 세 시간 후쯤?"

"왜 그래야 하는데?"

"그래 봬도 라피는 상황 파악이 빨라. 드래곤이니까 정신력도 강하지. 혹시 일이 생기더라도 뒤탈이 적은 쪽이 낫잖아."

무슨 일을 말하는 건지는 모르겠으나 묻는 것도 귀찮아서 관뒀다. 트로웰이 말한 대로 해서 손해 볼 건 없으니까. 그냥 그렇게하지, 뭐. 대충 고개를 끄덕이고 바로 이동하려는데 트로웰이 갑자기 내 팔을 붙잡았다.

"왜?"

"엘, 우리를 어떻게 생각해?"

"우리?"

"나랑 이프리트, 그리고 미네 말이야."

왜 갑자기 이런 걸 묻는 거지? 나는 조금 의아한 기분으로 트로웰을 바라보았다. 조금 전까지만 해도 재밌어하더니, 지금은 왠지불안한 시선이었다.

"내 가족이지."

별다른 고민 없이 말했더니 그의 눈이 조금 커졌다. 혹시 이렇게 대답하면 안 되는 건가? 하지만 이것 말고 달리 떠오르는 표현이 없었다. 오히려 그게 아니라고 하면 화가 날 것 같다. 아니, 이럴 땐 그냥 화를 내는 게 맞지 않나? 그래도 트로웰한테는 가급적이면 화내고 싶지 않은데. 이런저런 번민 때문에 속으로 적당한 대처 방식을 고민하고 있을 때였다.

나를 똑바로 바라보고 있는 트로웰의 입가에 천천히 미소가 떠오르기 시작했다. 기쁨을 감추지 않는 상기된 두 뺨. 부드럽게 휘어 접힌 눈 안에서 화사한 금안이 더욱 환하게 반짝거렸다. 직전까지 머릿속을 장악하던 수많은 생각들이 일시에 증발할 만큼, 가슴이 벅차오르도록 아름다운 미소였다.

"고마워, 엘. 그 말이 듣고 싶었어."

*　　*　　*

라피스의 기운을 따라 도착한 곳은 거대한 분수가 있는 광장 안이었다. 한창 전쟁 준비로 바쁜 시국과는 다르게 주민들의 생활은 매우 평화로워 보였다. 과일과 군것질거리를 파는 노점들, 분수대 앞에 앉아 만남을 즐기고 있는 연인들. 한쪽에선 유랑극단이 구경꾼들 앞에서 한창 공연을 펼치고 있는 중이었다. 아이들이 서로 장난치면서 뛰어다니는 광경을 잠시간 지켜보다가 나는 천천히 주위를 둘러보았다. 분명 라피스의 기운을 따라 왔는데 그의 모습이 보이지 않았다.

"어디서 뭘 하는 거야."

그냥 이사나한테나 갈까 싶었지만 트로웰의 당부가 돌아서려는 걸음을 멈추게 했다. 그가 굳이 라피스한테 먼저 가라고 한 데는 그럴 만한 이유가 있을 것 같았다. 왠지 나를 대하는 태도가 묘하게 이상했던 것을 생각해 보면 무시해서 좋을 건 아니었다.

가볍게 한숨을 내쉰 후 나는 다시 인내심 있게 주위를 둘러보았다. 해가 쨍쨍한 오후, 가장 해야 할 일이 많은 시각이었다. 대체 이 시간에 이런 곳에서 뭘 하고 있는지 모르겠지만 썩 보기 좋은 용건일 것 같진 않았다. 만나기만 해 봐라. 속으로 이를 부득부득 갈고 있는데 문득 묘한 광경이 눈에 들어왔다. 분수대 한 곳에 사람들이 우르르 몰려 있었다. 그것만이라면 특이할 게 없겠지만 구성원 대다수가 여인들이라는 점이 눈에 띄었다.

"보여, 보여?"

"얘, 좀 더 가까이 가 봐."

"쉿! 이러다 들키겠어."

한껏 목소리를 낮춘 그녀들 사이에서 심상치 않은 대화가 오갔다. 한눈에도 누군가를 몰래 훔쳐보고 있는 광경이었다. ……왠지 굉장히 싫은 예감이 들었다. 지난 경험상 대체로 이런 예감은 아주 잘 맞아 떨어지는 편이다.

나는 몰려 있는 여인들의 뒤쪽으로 다가가 힐끗 건너편을 살펴보았다. 분수대 가장자리에 두 팔을 베고 누워 있는 남자의 모습이 보였다. 머리카락은 피처럼 붉었고, 얼굴은 어지간한 여인보다 화려해서 어디에서나 시선을 끌 듯한 외모다. 내가 아는 사람 중에서도 저렇게 생긴 사람이 있었다. 레드 드래곤 라피스라즐리라는 녀석이 딱 저렇게 생겼더랬다.

'……그럼 그렇지.'

위대하신 드래곤 씨는 한가롭게 태양 빛을 받으며 낮잠을 주무시는 중이었다. 수많은 사람이 오가는 광장 한복판, 그것도 가장 눈에 띄는 장소에서. 정말이지 징그러울 정도로 튀는 걸 좋아하는 성격이다.

나는 가볍게 한숨을 내쉰 후 여인들 사이를 가르고 성큼성큼 걸어갔다. 밀쳐지는 손길에 얼굴을 찌푸린 여인들은 내가 앞으로 나가는 걸 보고 눈을 크게 떴다. 분수대 앞에 가까이 다가설수록 뒤쪽에서 흐르는 긴장감이 점점 더 진해지는 것이 느껴졌다. 모두가 조마조마한 시선으로 내 뒷모습을 지켜보고 있었다. 내가 라피스에게 말을 거는 순간을 주시하는 것이다.

물론 나는 그런 평화로운 방법을 택할 생각이 전혀 없었다. 목표하던 지점에 이른 즉시, 나는 라피스의 몸을 그대로 발로 걷어찼다. 가장자리에 몸만 걸치고 있던 탓에 그는 곧바로 균형을 잃었고, 그대로 분수 속에 떨어졌다.

"꺄악!"

풍덩, 물줄기가 크게 솟아오르는 것과 동시에 사방에서 여인들이 경악하는 소리가 울려 퍼졌다. 돌아보지 않아도 그녀들이 나를 미친놈처럼 본다는 걸 훤히 알 수 있었다. 아무도 내게 달려들지 않은 건 물속에서 라피스가 바로 튀어 올랐기 때문이었다. 잘 자다 느닷없이 봉변을 당한 탓인지 그는 머리끝까지 화난 얼굴을 하고 있었다.

"젠장! 누구야? 누가 감히 겁도 없이……!"

푹 젖은 꼴로 머리를 쓸어 올리던 그가 눈앞에 서 있는 나를 발견하고 잠시 말을 멈췄다. 여기서 나를 보게 될 줄은 몰랐는지 조금 당황한 모습이었다.

"……뭐야, 너였냐. 어쩐지 기척이 전혀 없더라니. 자고 있는 사람한테 이게 무슨 짓이야?"

"그냥 열 받아서."

"뭐?"

"그 귀하신 몸은 고급 여관 침대가 아니면 눕지 않는 거 아니었어? 언제부터 분수대가 고급 침대가 됐을까?"

"뭘 모르시는군. 숙박은 무조건 편리성 위주, 낮잠 장소는 불편해도 낭만이 있어야 한다는 게 내 신조야."

"아, 그러셔?"

철벅거리는 소리와 함께 라피스가 젖은 상태로 분수대 안을 빠져나왔다. 덕분에 알게 된 사실인데, 물에 빠트린 건 결과적으로 좋은 선택은 아니었다. 물이 줄줄 흐르는 상황에서도 그의 사기적인 외모는 전혀 퇴색하지 않았다. 아니, 오히려 다른 의미에서 사람들의 시선을 더 자극해 버린 듯했다. 라피스가 옷의 물기를 짜낼 때마다 근처에서 구경하던 여인들 사이에서 탄성이 터져 나왔다. 그중 일부는 내게 고마운 시선을 보내고 있어서 입맛이 썼다.

"……그냥 발로 밟을걸."

"하? 나흘이 넘도록 연락 한 번 없던 주제에 왜 돌아오자마자 행패야?"

"행패가 아니라 응징이다. 왜 이 시간에 너 혼자 이런 곳에 있는 건데? 다른 애들은 어쩌고?"

"내가 보모냐. 그놈들이 나랑 무슨 상관이야?"

"그렇게 말하면 실망인데. 최소한의 동료 의식도 없는 거면 네가 여기 있을 이유는 없어.”

“쯧, 또 계약 끊겠다고 협박하는 거냐?”

“아니, 계약은 끊지 않아. 멋모를 때면 몰라도 지금은 나도 네 마나의 필요성을 인정하고 있으니까. 계약을 끊으면 나도 불편해질 텐데, 그건 여러모로 손해지.”

“……네가 순순히 계약을 끊지 않겠다고 하니까 더 이상한데. 나한테 무슨 말이 하고 싶은 건데?”

“그냥 이쪽 일에 관여할 필요 없이 편한 곳에서 네 멋대로 살라는 거야. 어차피 인간의 수명은 짧고, 이사나는 백 년도 못 살고 죽을 거야. 그 정도 기간을 기다리는 건 네게 어려운 일도 아니잖아. 여기서 피차 서로 피곤해질 필요가 없다는 말이지.”

뭐라도 반응할 줄 알았는데 한동안 돌아오는 대답이 없었다. 돌아보니 라피스가 묘한 시선으로 나를 응시하고 있었다. 이곳에 오기 직전까지 트로웰이 날 보던 눈빛이랑 왠지 조금 닮은 것 같았다.

“뭘 그렇게 봐?”

“흠, 안 본 사이에 네가 의사 전달을 꽤 재수 없게 하는 방식을 배운 것 같아서 말이야. 수법이 고단수가 된 건지, 네 성격이 이상해진 건지 분간하려고.”

“뭐?”

“그전에 몇 가지 확인 좀 하자. 네가 그동안 자리 비운 이유 말인데, 정령왕의 세대교체와 관련된 거 맞아?”

"글쎄. 네가 묻는 말에 내가 대답해야 할 의무가 있어?"

"하? 의무? 너 지금 되게 짜증 나게 말하고 있는 건 아냐?"

"내 말투가 짜증 난다고? 듣던 중 반가운 말이네. 근데 너도 만만치 않아."

"……그래, 그건 그렇다 치고. 어쨌든 질문엔 대답해. 너 조금 전에 내게 동료 의식 운운했었지? 그럼 너도 그래야 하는 거 아니야? 적어도 동료라면 말없이 사라졌던 이유는 설명해야 한다고 보는데."

"아, 그런가? 그건 확실히 그렇네. 좋아. 그럼 대답할게. 맞아, 미네르바의 세대교체가 있었어."

"……."

이제 라피스는 확연히 복잡해진 눈빛이었다. 한동안 말없이 주시한 후 그는 주위의 구경꾼들을 의식했는지 내 팔을 잡아끌었다. 그가 가는 쪽이 저택이 있는 쪽과는 전혀 다른 방향이라 나는 어리둥절해하면서 물었다.

"어디 가는 거야?"

"방해받지 않는 곳. 너 이쪽으로 오자마자 바로 나한테 온 거냐? 중간에 누구 만난 녀석은 없어?"

"없어. 트로웰이 너한테 제일 먼저 들르라고 했어. 다른 사람은 세 시간 정도 후에 만나라던데?"

"젠장, 그 자식……! 아무튼 내가 제일 만만하지."

앞서 걷는 라피스에게서 이를 가는 소리가 울렸다. 그가 향한 곳은 광장 밖으로 연결된 울창한 숲 안이었다. 인기척이 전혀 느껴지지 않는 장소에 이르자 그는 걸음을 멈춘 후 다시 빤히 나를 노려보았다.

"왜 그렇게 보는 건지 모르겠네. 이유나 말하고 노려보지그래?"

"너 말이야. 평소랑 달라진 점 없어? 감각이 둔해졌다거나, 머리가 멍하다거나."

"감각? 아니, 오히려 그 반대야. 굉장히 개운해서 좋아. 꼭 커피 마신 것처럼."

"커피?"

"각성 효과가 있는 음료야. 졸릴 때 마시면 정신이 맑아지는 느낌이 들어."

"……나참, 대충 어떻게 된 건지 알 만하네. 아무래도 새 정령왕의 탄생에 영향을 받아 잠시 본성이 눈을 뜬 모양인데. 아무튼 재미는 있군."

"무슨 뜻이야?"

"타고난 성향보다 주변 환경이 더 중요하다는 뜻. 넌 다른 곳에서 잘못 태어났다 오길 정말 잘했다. 장담하는데, 그대로 태어났으면 전대 엘퀴네스보다 더 재수 없었을 거야."

"난 그래도 상관없는데? 오히려 유감이네. 너한테 재수 없게 굴 기회를 놓쳤다는 소리잖아."

"……미치겠군. 이걸 세 시간이나 견디란 말이지."

이글거리는 눈빛에서 오기가 차오르는 것이 보였다. 대체 왜 저러는 건가 싶어 의아해하다가, 나는 문득 생각나는 것을 말했다.

"라피스, 이제 와서 말하는 건데. 난 네가 곤란해하면 재밌는 것 같아."

"알았으니까 입 다물고 있어. 속 뒤집지 말고."

"싫은데. 네가 곤란한 게 재밌다고 말했잖아. 그리고 나한테 명령하지 마. 짜증 나."

"짜증은 내가 더 나거든!"

이후로도 나와 라피스의 의미 없는 입씨름은 한참 동안 이어졌다. 하늘은 화창했고, 구름 한 점 없이 맑았다. 이렇게 좋은 날에 라피스와 붙어 있어야 한다는 사실이 한심했지만, 그건 그에게도 마찬가지일 거라 생각하니 조금은 괜찮아지는 것 같았다.

'……나 원래 이렇게 꼬인 성격이었나?'

무심코 중얼거리다 나는 얼굴을 살짝 찌푸렸다. 트로웰도 그렇고 라피스도, 오늘따라 유난스러운 반응을 보인다 싶었는데 이제 보니 그게 아닌 것도 같다. 여느 때보다 상태가 좋은 것 같은데 왜 이렇게 찝찝한 여운이 남는 건지 모르겠다. 굉장히 긴 세 시간이 될 것 같았다.

2.

"미안해. 내가 말이 좀 심했던 것 같아."

당연한 이야기일지도 모르겠지만 트로웰의 혜안은 늘 옳다. 무슨 말이냐면, 시간이 지나자 슬슬 내가 했던 말들이 후회가 되기 시작했다. 대체 어디서 솟아난 자신감이었던 건지. 기분이 과격해질 때나 속으로 궁얼거릴 말들을 너무 아무렇지 않게 지껄여 댄 것 같다. 조금 전까지만 해도 뒷감당 같은 건 조금도 생각하지 않았는데, 새삼 너무 심했다는 자각이 들고 나니 수습할 길이 막막했다. 꼭 뭔가에 홀려 있다가 정신을 차린 것 같은 기분이었다.

조심스럽게 건넨 사과에 라피스는 아무 말도 하지 않았다. 그저 백 년은 한꺼번에 늙은 듯한 얼굴로 하늘을 한 번 바라보고는 기나긴 한숨을 내쉬었을 뿐이었다.

"정확히 세 시간이군. 이제 좀 수습할 마음이 드냐?"

"……미안."

아무래도 내가 잠시 미쳤던 것이 분명하다. 대체 어쩌려고 그렇게 막말을 내뱉었던 걸까. 물밀 듯이 치밀어 오르는 창피함에 차마 고개를 들 수가 없었다. 그나마 상대가 라피스라서 다행이었다. 그에겐 미안한 말이긴 하지만 다른 사람들에게 행패를 부린 것보다는 상대적으로 죄책감이 덜했다. 역시 트로웰의 조언에 따르기로 한 건 백번 잘한 선택이었다. 내심 안도하는데 그 기색이 얼굴에 드러난 모양이다. 라피스가 곱지 않은 시선으로 나를 흘겨보았다.

"무난히 넘어갔다고 안심하기엔 이를걸. 이제부터 시작일 테니까."

"뭐, 뭐가?"

"본성이 살아났다는 건 그만큼 네가 정서적으로 안정됐다는 뜻이거든. 좋게 보자면 좋은 일이겠지만, 또 그 거지 같은 성격이 발현하는 때가 있을 거라는 말이지."

"으음, 그게 언젠데?"

"네가 감정적이 되는 순간이면 아무 때든. 예전보다 충동적으로 행동하는 일도 많아질 거다. 지금처럼 뒷감당 걱정하기 싫으면 평소에 감정 조절을 잘해야 할 거야."

"으으, 갑자기 왜 이렇게 된 거지? 뭘 잘못 먹은 것도 없었는데."

"본성이 살아났다고 말했잖아. 엘퀴네스는 타고난 성질 자체가 사나운 편이라 대대로 다들 성격이 거지 같았어. 너도 역시 엘퀴네스였다는 거지."

"자꾸 거지 같다고 할래?"

"왜, 또 막말로 되받아쳐 보시지? 아깐 아주 잘하시더만."

"너 뒤끝 있다는 소리 엄청 자주 듣지!"

또다시 투닥거리는 동안 하늘이 많이 어둑해졌다. 어느새 오후가 다 지나고 저녁 시간에 접어들려 하고 있었다. 하나둘 고개를 내밀기 시작한 별들을 바라보다가 나는 다시 라피스에게 시선을 돌렸다.

"이제 어떻게 할 거야?"

"뭘 어떻게 해?"

"계속 이곳에 머물 건지 네 의사를 묻는 거야. 표현 방식이 좀 나쁘긴 했지만 아까 내가 했던 말은 진심이긴 했어. 싫은데 억지로 어울리진 않았으면 해."

"그래서 이만 꺼지라고?"

"그런 식으로 곡해하지 마. 나름대로 널 생각해서 하는 말이라고. 억지로 끌려다니는 건 괴롭잖아."

말해 놓고 나니 괜히 우울해져서 나는 살짝 얼굴을 찌푸렸다. 미운 정이 더 무섭다더니. 말은 이렇게 했지만 라피스가 정말 떠나면 상당히 허전해질 것 같다. 침울해진 내 기분을 읽었는지 라피스는 피식 웃었다.

"날 생각해 준다니 꽤 기특하긴 한데. 난 딱히 억지로 끌려다니는 것도 아니고, 싫다고 한 적도 없어. 이 정도 귀찮아질 것쯤은 처음부터 감안하고 온 거야. 네가 동료 의식 같은 귀찮은 관계성만 강요하지 않으면 돼."

"다른 사람들하고 잘 지낼 마음은 없는 거야?"

"필요한 협력은 하고 있잖아. 여기서 얼마나 더 잘 지내?"

"그래도……."

"난 지금 이 정도가 딱 좋아. 네가 진짜 날 생각한다면 내 방식도 배려해. 세상 모두가 다 너처럼 화기애애하게 지내야 편한 건 아니야."

담담하게 말하는 얼굴엔 평소처럼 타박하거나 빈정거리려는 의도는 보이지 않았다. 덕분에 나도 꽤 차분하게 생각을 정리할 수 있었다.

"알았어. 그럼 나도 더 이상 상관하지 않을게. 대신 시키는 건 전부 해야 해. 그건 불만 없는 거 맞지? 네 입으로 협력은 한다고 했으니까."

"……야."

"그래, 알아. 네 말대로 사람마다 성향이 다른데 무조건 내 방식이 옳다고 고집할 수는 없지. 나도 그렇게까지 꽉 막힌 사람은 아니야. 하지만 제멋대로인 네 성격을 감안해 주는 것도 내가 통제할 수 있는 수준까지야. 그건 생각하면서 행동해 줬으면 해. 우리 서로 일을 복잡하게 만들지 말자고. 너도 머리가 나쁘진 않으니까 내가 무슨 말을 하는 건지 이해하지?"

나는 웃으며 그의 어깨를 가볍게 다독였다. 내 나름대로 부드럽게 달랬다고 생각했는데 라피스에겐 그렇지 않았던 모양이다. 얼굴을 잔뜩 구기고 있는 그를 의아하게 보다가 나는 살짝 낭패감을 느꼈다.

"아, 미안. 지금도 말하는 방식이 좀 그랬나……?"

그와 동시에 라피스가 이마를 짚고는 짧게 한숨을 내쉬었다.

"체류 한 시간 더 연장."

＊   ＊   ＊

어느 정도 상황을 정리한 후 돌아왔을 땐 이미 자정에 다다른 시각이었다. 한밤이나 다름없는 시간에도 저택 안은 아직 환했다. 정문 앞을 채우고 있는 수많은 수레들과 상자들, 각 층에는 저마다 바쁘게 오가는 사람들의 그림자가 비치는 중이었다. 그 주위를 무장한 병사들이 그 어느 때보다 삼엄한 경계를 펼친 채 지키고 있었다.

공간 이동을 해서 들어갈까 하다가 나는 그냥 이곳 규칙에 따르기로 했다. 그렇지 않아도 예민해져 있을 텐데 튀는 행동으로 쓸데없는 자극을 주고 싶지 않았다. 다행히 입구 앞을 지키던 병사들이 우리를 알아보고 순순히 문을 터 주었기에 통과하는 데 문제는 없었다.

"엘! 돌아왔구나!"

안쪽에 들어서자마자 가장 먼저 마주친 사람은 시벨리우스였다. 온몸으로 반가움을 표현하며 달려오는 그에게 나는 웃으며 손을 흔들어 주었다.

"시벨, 안녕. 아직 안 자고 있었네?"

"나참. 태연하게 인사할 때가 아냐. 대체 어떻게 된 거야? 갑자기 사라져서 얼마나 걱정했는지 알아?"

"미안해. 피치 못할 사정이 좀 있었어. 그동안 별일 없었지? 다른 사람들은?"

"알리사는 시간이 늦어서 재웠고, 마족 녀석은 아마 제 방에 있을 거야. 그리고 이사나는…… 연무장에 있어."

"연무장? 이 시간에?"

성실한 이사나는 아무리 바빠도 틈틈이 몸을 단련하는 편이었다. 그가 연무장에 있는 건 이상한 일이 아니었지만, 이렇게 늦은 시간에 가는 일은 극히 드물었기에 어리둥절해졌다.

　"오늘 그렇게 바빴어?"

　"일이 많기는 한데, 그것 때문은 아닌 것 같아. 요즘 매일 새벽이 되어서야 돌아와. 정확히는 업혀 오는 거지만."

　"뭐?"

　놀라서 되물은 말에 시벨리우스는 조금 난처한 표정을 지었다. 이어진 그의 설명에 나는 얼굴을 굳혔다. 요 며칠 이사나는 한번 연무장에 들어가면 녹초가 될 때까지 훈련을 멈추지 않는다고 했다. 그렇게 몸을 혹사하다가 기절하듯이 쓰러지면 그때서야 기사들이 방으로 옮겨 둔다는 것이다.

　"마침 엘이 돌아와 줘서 다행이야. 저러다 큰일 나는 거 아닌가 싶었거든. 몇 번 말려 봤는데 누구의 말도 듣지 않아서……."

　"……이사나한테 무슨 일 있었어?"

　"그게…… 나도 잘 모르겠어. 요즘 갑자기 분위기가 달라진 것 같긴 한데. 물어봐도 별일 없다고만 하더라고."

　나는 바로 라피스부터 돌아보았다. 시선이 마주치자 그는 바로 심드렁한 표정을 지었다.

　"나도 몰라."

　"……."

　기대한 적도 없지만 역시나 도움이라곤 쥐뿔도 안 되는 답변이었다. 나는 괜한 분풀이를 하지 않기 위해 속을 차분히 다스렸다. 왠지 손끝이 간질거렸다. 충동적으로 행동하기 쉬울 거라고 하더니 확실히 예전보다 손속이 과감해지려고 한다. 지금은 완전히 진정한 상태였으니 망정이지, 몇십 분 전의 나였다면 저놈의 뒤통수부터 후려쳤을지도 모르겠다.

'어쨌든 지금은 이사나부터 만나 봐야겠네.'

이사나는 돌출 행동을 잘 하지 않는 편이다. 그런 그가 며칠째 몸이 축나도록 단련에 매달리고 있다는 건 그냥 넘어갈 수 없는 징후였다.

나는 일단 곧장 연무장으로 향했다. 정원을 가로질러 외각으로 향하자 뿌연 불빛이 새어 나오고 있는 건물이 보였다. 그 앞에 한 무리의 사람들이 문 밖에서 서성거리고 있었다. 그들 중 몇 사람은 내게도 낯익은 얼굴이었다. 친위대장 케이를 비롯한 이사나의 기사들이었다. 그들은 모두 초조한 얼굴로 문만 주시하고 있었다.

"저택 안인데 호위가 너무 많은 거 아니에요?"

"......!"

나는 굳어진 공기를 풀어낼 겸 가볍게 말을 걸었다. 흠칫 놀란 기사들이 황급히 돌아보았다가 나를 발견하고는 눈을 크게 부릅떴다.

"엘 님!"

"오오, 엘 님! 돌아오셨군요!"

"어서 오십시오, 엘 님!"

적막한 공간을 단숨에 가르는 소리들이 여기저기 파도처럼 쏟아져 들었다. 그렇게 오래 자리를 비운 것도 아닌데 마치 몇 년 만에나 만난 것처럼 절박한 표정이었다. 분위기에 편승하지 못한 공작 쪽 병사들만은 돌아가는 분위기가 이상하다는 듯이 살피고 있었지만 아무도 그들을 신경 쓰지 않았다.

나는 가볍게 고개를 끄덕여 준 다음 문 안쪽을 들여다보았다. 넓은 실내 안, 혼자서 반복적으로 검을 휘두르고 있는 소년의 모습이 보였다. 바깥의 소란도 전혀 들리지 않는 듯 무섭게 집중하고 있는 그는 이사나였다. 언제부터 저러고 있었던 건지 그는 이미 머리부터 발끝까지 땀에 푹 절어 있는 상태였다. 안색 역시 언제 쓰러져도 이상하지 않을 만큼 창백했다. 걱정하면서 오기는 했지만 생각했던 것보다도 상태가 더 심각해 보였다. 내 표정이 어두워지는 것을 느꼈는지 기사들이 기다렸다는 듯 달라붙어 하소연했다.

"엘 님, 정말 잘 돌아오셨습니다. 제발 폐하를 말려 주십시오. 매일 밤 저렇게 녹초가 되도록 검을 휘두르십니다. 저러다 큰일 나실 것 같아서 몇 번이나 만류해 보았는데 전혀 듣지 않으십니다. 오히려 방해된다고 쫓겨나기만 했습니다."

"들어오기만 해도 엄벌에 처하겠다 하시니 저희로선 도저히 막을 재간이 없습니다. 동료분들이 만류하시는 것도 듣지 않으시는 것 같습니다. 폐하를 부탁드립니다, 엘 님. 엘 님이 나서시면 폐하도 멈추실 겁니다."

다 큰 남자들이 울먹이는 얼굴은 별로 보고 싶지 않았지만, 그들의 마음은 이해했다. 지금 이사나는 훈련을 하는 게 아니었다. 저건 그저 자학하는 것에 지나지 않았다. 침묵하는 입 대신 그의 온몸이 처절한 비명을 내지르고 있었다. 목숨을 걸고 보필하는 주군의 이런 모습을 담담하게 견딜 수 있는 신하는 없을 것이다. 나역시 지켜보는 게 괴롭기는 마찬가지였다.

"이사나한테 무슨 일 있었나요?"

"저희도 연유를 알지 못해 답답해하던 중이었습니다. 카웰 공작님은 무언가 짐작하는 것이 있는 것 같았습니다만……."

"그래요……."

카웰 공작만이 알고 있는 일이라면, 그와 개인적으로 일이 있었던 걸지도 모르겠다. 무슨 일인지는 모르겠으나 그건 지금부터 알아보면 될 일이다. 나는 편하게 결론을 내린 후 기사들을 향해 말했다.

"이쪽은 내가 알아서 해 볼 테니까 잠시 자리 좀 비켜 줄래요?"

"폐하의 곁을 비울 수는……!"

반발은 공작의 병사들 쪽에서 튀어나왔다. 그러자 친위 기사들이 곧장 그들의 앞을 가로막아 섰다. 숫자는 병사들이 더 많았지만 상대는 귀족인 데다 황실 소속의 기사들이었다. 위압적인 그들의 분위기에 얼어붙은 병사들은 그대로 입을 다물었다. 친위대장케이가 그들을 데리고 멀찍이 거리를 벌렸다. 어느 정도 멀어진 후그가 나를 향해 정중히 목례했다.

"그럼 엘 님, 부탁드리겠습니다."

부담스럽도록 반짝이는 그의 눈동자에는 내가 이 모든 상황을 해결할 것이라는 굳건한 믿음이 담겨 있었다. 나는 어색하게 고개를 끄덕여 준 후 내 뒤쪽에서 멀뚱히 서 있던 라피스와 시벨리우스를 돌아보았다.

"너희들도 여기 있어줘."

"혼자 만나 보려고?"

"응, 지금은 나 혼자 만나는 게 나을 것 같아. 그리고 라피스, 안쪽 대화가 새어나오지 않도록 주위에 마법 좀 걸어 줄 수 있을까?"

부탁을 받은 라피스가 고개를 끄덕였고, 곧 연무장 주변에 마나가 얇은 막처럼 깔리는 것이 느껴졌다. 소리를 차단하는 침묵 마법이 발동된 것이다.

"나도 이 정도는 해 줄 수 있는데."

가볍게 투덜거리는 시벨리우스를 향해 라피스가 피식 웃었다. 누가 봐도 비웃는 얼굴이었다. 마주 노려보는 두 사람의 눈에서 강렬한 불꽃이 터져 나오는 것을 뒤로한 채, 나는 바로 건물 안으로 들어섰다. 그때까지도 이사나는 여전히 무아지경 상태로 검을 휘두르고 있었다. 굉장히 지쳤을 게 분명한데도 고통조차 드러내지 않은 얼굴은 어딘지 모르게 텅 비어 보였다.

"이사나."

조심스럽게 불러본 이름에도 반응이 없다.

"이사나!"

조금 더 크게 불러 봐도 마찬가지였다. 나는 살짝 한숨을 삼킨 다음 그대로 걸어가 막 내리치려는 이사나의 팔을 붙잡았다. 강제로 멈추게 한 후에야 정신이 들었는지 그가 멍하니 나를 돌아보았다. 느릿하게 깜빡이던 눈동자에 천천히 초점이 돌아오면서 당혹감이 떠오르는 것이 선명하게 이어졌다.

"……엘?"

나는 대답 대신 그의 손에서 검을 떼어냈다. 억지로 손가락을 벌리고 검을 빼내자 생각보다 쉽게 떨어져 나갔다. 사실 그럴 수밖에 없긴 했다. 손바닥 안이 온통 퉁퉁 불어 있었으니까. 피부가 거의 다 벗겨지다시피 한 상태이니 아파서 잡고 있는 것조차 고역이었을 것이다. 이미 터져 버린 물집에선 진물과 함께 피고름까지 흐르고 있었다. 척 보기에도 하루 만에 생긴 상처가 아니었다. 이런 손으로 용케 검을 휘두를 생각을 했다 싶었다. 유심히 상처를 살피자 이사나는 허둥거리기 시작했다. 이제야 완전히 정신이 돌아온 것 같았다.

"어, 정말 엘이네? 언제 돌아왔어? 미안해, 내가 너무 집중했나 봐. 전혀 몰랐어."

어색하게 웃는 얼굴은 평소와 다르지 않았다. 아마 조금 전의 모습을 보지 않았다면 나도 이상한 점을 느끼지 않았을 것이다. 말없이 손바닥의 상처를 치료하자 이사나는 개운하다는 듯이 웃었다.

"와, 사실 조금 아팠는데. 고마워, 엘."

미성숙한 소년의 얼굴인데도 표정만큼은 완벽한 어른의 그것이다. 차라리 불안정한 모습을 보였다면 더 나았을 것이다. 이 순간에조차 능숙하게 감정을 갈무리하는 그가 속상해서 나는 한숨을 내쉬었다.

"무슨 일이야."

"응? 뭐가?"

"힘든 일 있는 거지? 속으로 눌러 참기만 하는 건 별로 도움 안 돼. 무슨 일인지 얘기해 봐. 내가 다 들어줄게."

덧씌운 가면 아래, 유리처럼 비어 있던 푸른색 눈동자가 조금 흔들렸다. 그 찰나에 스친 망설임을 나는 놓치지 않고 읽어냈다. 그런 주제에 이사나는 또 아무렇지 않게 어깨를 으쓱였다.

"으음, 내가 그렇게 이상해 보였나? 아무 일 없었어."

"그렇게 넘어가려고 해 봤자 안 통해."

"정말이야. 그냥 머릿속이 조금 복잡해져서……. 뭔가에 집중하고 싶었을 뿐."

"머릿속이 왜 복잡해졌는데?"

"그냥…… 가만히 있으면 자꾸 이런저런 생각들이 들어서……. 그…… 전쟁이 시작되니까 내가 좀 예민해졌나 봐. 긴장이 되기도 하고 또…….."

"이사나."

나직하게 이름을 부르자 아직 잡고 있는 그의 손에서 미세한 떨림이 전해졌다. 마주한 얼굴은 조금 전보다는 확연히 굳어 있었다. 이제야 조금은 봐줄만 하다는 생각에 나는 쓰게 웃었다.

"속내를 감추는 건 약점을 드러내지 않기 위해서지. 약점을 보이지 않으려는 건 강해 보이려고 하기 때문이고. 황제로 살아가기 위해선 특히 필요한 부분일지도 몰라. 하지만 혼자서 끌어안는 건 한계가 있어. 그리고 그런 건 솔직히 너무 외롭잖아."

"엘…… 나는……."

"난 네 친구이지만 보호자이기도 해. 아마 네가 생각하는 것보다 훨씬 더 쓸 만한 보호자일 거야. 이럴 때야말로 날 의지해 줬으면 좋겠어. 네게 약한 부분이 있다고 해서 나한테 문제가 될 것도 없고, 그걸로 우리 관계가 변하지도 않아. 네가 내 앞에서까지 강하게 있을 필요는 없어."

눈동자의 떨림이 더 짙어졌다. 이사나는 한참 동안 아무런 말없이 나를, 그리고 자신을 잡고 있는 내 손을 바라보았다. 얼굴은 여전히 엉망이었으나 아까만큼 공허한 눈빛은 아니었다. 살피는 듯한 시선에 고개를 끄덕이자 그는 살짝 호흡을 가다듬었다.

"실은, 카웰 형님한테서 이상한…… 이야기를 들었는데."

역시 카웰 공작과 관련이 있었구나. 무슨 얘기를 어떻게 했기에 애를 이렇게 만들었는지 모르겠다. 속으로 이를 갈았지만 나는 내색하지 않고 아무렇지 않게 웃어 주었다.

"무슨 이야기?"

"숙부가…… 처음부터 나쁜 사람인 건 아니었던 것 같아."

"숙부라면, 유카르테 대공 말이야?"

이사나는 천천히 고개를 끄덕였다. 막상 털어놓기 시작하니 감정을 주체하기 힘든지 금방이라도 울 것 같은 얼굴이었다. 그는 두 눈 가득 물기를 담은 채 더듬더듬 설명을 이어 나갔다. 어렸을 때 죽은 그의 모친이 알고 보니 대공과 오랜 벗이었다는 것. 그녀가 죽기 전에 보인 의미심장한 행동과 말들. 지금까지 피의자라고만 생각했던 대공에게도 숨겨진 사연이 있음을 시사하는 내용이었다. 그리고 그 과정에 이사나의 아버지인 선황이 깊이 개입한 것으로 보였다.

"어쩌면 아버님이…… 숙부를 그렇게 만든 걸지도 몰라. 아버님이 그를 괴물로 만든 거야. 결국 이 모든 일들이 아버님 때문에……."

혼란과 불안으로 범벅된 얼굴이 마침내 완전히 일그러졌다. 속으로 꾸역꾸역 끌어안고만 있던 고통을 더는 견디지 못하게 된 것이다. 금방이라도 무너질 듯 가늘게 어깨를 떨고 있는 이사나를 보며 나는 속으로 한숨을 삼켰다.

선황에 대한 이야기를 할 때, 그의 얼굴엔 언제나 숨길 수 없는 애정과 신뢰가 담겨 있었다. 그가 알고 있는 아버지는 온전한 희생자였으며, 아무런 잘못이 없음에도 억울한 죽임을 당한 가엾은 사람이었다. 가장 사랑하고 존경하는 사람의 이면을 확인하는 것이 쉬울 리가 없다. 지금까지 옳다고 믿었던 모든 신념이 한꺼번에 무너지는 기분과 닮지 않았을까.

전혀 다른 상황이긴 하지만 한때 나도 그런 비슷한 기분을 느꼈던 적이 있었다. 내가 아직 어리고 작은 강지훈이었을 때, 그 시절의 나는 가족들이 나를 사랑한다고 믿었다. 관심을 덜 받는 것은 형제가 많은 집의 막내라서, 유난히 엄격하고 손찌검이 잦은 것은 내가 철부지고 잘못한 게 많아서 그런 거라고만 생각했다. 자식을 사랑하지 않는 부모는 없다고. 내가 그들을 사랑하는 것처럼 그들 또한 당연히 그럴 것이라고. 스스로 만들어 낸 환상 속에 나를 가두었지만, 그래서 행복했다. 그게 사실이 아니라는 것을 인정하기까지 꽤 시간이 오래 걸렸던 것 같다.

내가 알고 있던 세계가 달라지는 것. 그러니까 결국은 같은 종류의 공포였다. 그 세계가 행복하고 아름답다고 포장할수록 사라지는 것이 안타깝고 두려운 건 당연한 걸지도 몰랐다. 그럼에도 결국은 받아들여야 하는 진실이라서 더 고통스러울 것이다. 그러나……

"이사나, 사람은 완벽하지 않아."

담담하게 건넨 말에 이사나의 어깨가 움찔 떨렸다. 혼란스럽게 올려다보는 얼굴을 보며 나는 씁쓸히 웃었다. 그에게는 아직 지킬 수 있는 것들이 남아 있다. 난 이사나가 그것까지 부정하길 바라지 않았다.

"누구도 좋은 점만 가지고 있을 순 없어. 대공을 좋은 사람으로 평가하는 자들이 있는 것처럼, 네 아버지에게도 어두운 면이 있었을 뿐이야. 설령 그게 이 모든 비극의 원인이 되었다 해도, 악을 더한 악으로 갚는 것도 평범한 선택이라고 할 순 없어. 대공이 괴물이 된 건 결국 그 스스로 선택한 길이야."

"하지만……."

"물론 정말 원인을 제공한 거라면 책임을 완전히 피할 수는 없겠지. 그걸 감춰서도 안 된다고 생각해. 하지만 그래도 널 사랑했던 아버지였던 건 사실이잖아. 너까지 그를 비난하고 탓할 필요는 없어."

이사나의 눈동자가 파문이 이는 것처럼 동요했다. 나는 그를 잡고 있는 손에 힘을 꾹 주었다.

"네가 사랑하는, 널 사랑하는 아버지가 사라진 게 아니야. 그의 몰랐던 면을 알게 돼서 실망스럽겠지만, 원망에 삼켜져 그의 모든 것을 부정하려고 하지는 마. 도덕적으로 고결하고 숭고한 아버지라서 사랑했던 게 아니잖아? 그냥 예전보다 네가 감당하고 포용해야 할 것이 조금 더 많아진 것뿐이야. 원래 사랑이란 게 그런 거잖아."

눌러 참았던 숨이 터지는 소리가 들렸다. 차마 고개를 들지 못한 상태에서 이사나는 연신 고개를 끄덕이기만 했다. 그의 두 뺨 가득 눈물이 뚝뚝 떨어지는 것을 나는 안타까운 마음으로 바라보았다. 사랑하기에 미워하는 것이 더 힘들었을 것이다. 그 서글픈 감정 또한 한때의 나를 떠오르게 했다. 비록 내 경우엔 사랑해야 한다는 생각 때문에 미워하지도 못한, 엉망진창에 가까운 감정이었지만. ……그래서 결국은 전부 다 놓아버리는 쪽을 택하고 말았지만.

이사나는 그런 게 아니라서 다행이다. 그는 그 시절의 어린 강지훈보다는 잘 견딜 수 있을 것이다. 적어도 일방통행인 애정은 아니었으니까. 부모의 사랑을 받았다는 것. 당연하게 여겨지지만 사실은 당연하지 않은 경우가 더 많은 세상에서, 아이에게는 넘치도록 충분한 자산이었다. 지금의 내가 아무렇지 않게 힘든 시절을 추억할 수 있는 것도 또 다른 내 가족의 사랑을 알기 때문이다. 앞으로 어떤 일이 벌어지더라도 나는 이 순간의 기억을 붙잡아 버텨 나갈 수 있을 것이다. 그 힘이 이사나에게도 나아갈 방향을 제시해 줄 터였다.

머리를 끌어안고 토닥여 주자 이사나는 나를 붙들고 엉엉 울기 시작했다. 나이에 비해 의젓하긴 하지만 그도 아직은 어찌할 수 없는 아이였다. 하루에도 몇 번씩 감정이 북받쳐 오르고, 때로는 충동에 몸을 맡기고 싶을 때도 있을 평범한 십대 중 한 명이었다. 그것을 내내 억제하고 다스려야 하는 삶이 고단하지 않을 리가 없었다.

황제라는 지위에 부여된 책임과 역할, 오직 그만을 바라보며 따르는 수많은 사람들. 그 속에서 이사나가 편하게 울 수 있는 장소는 얼마 되지 않을 것이다. 지금 이 짧은 시간이 그에게 충분한 위안이 되었으면 좋겠다. 나는 이사나가 진정할 때까지 흐느끼는 그의 등을 가만히 다독였다.

긴 밤의 끝, 새벽이 시작되고 있었다.

3.

"나흘 후, 출정식을 거행합니다."

아침 햇살이 이제 막 비추기 시작한 이른 시각. 사람들이 둘러앉은 회장에 차분한 소년의 목소리가 퍼져 나갔다. 오전마다 잡혀 있는 일정 회의였지만, 이번 이사나의 발언은 평소와 다른 무게감이 있었다. 그것은 동시에 본격적인 전쟁의 서막이 열리는 순간이기도 했다. 차곡차곡 진행 중이던 준비가 드디어 막바지에 이른 것이다.

가볍게 흥분한 사람들 사이에서 들뜬 공기가 감돌았다. 그들을 지켜보는 이사나의 두 눈도 열기를 담고 있었다. 지난밤 지칠 때까지 눈물을 쏟아내던 모습은 이미 완전히 지워진 채였다.

새벽의 상황은 이사나가 그대로 잠드는 바람에 어영부영 마무리됐다. 이후 다시 대화를 나눠 보진 않았으나 지금 그의 모습을 보니 별로 걱정할 필요는 없을 것 같았다. 눈빛도 보다 또렷해졌고, 목소리에도 힘이 실려 있었다. 그 나름대로 결론을 내리고 마음의 방황을 끝낸 것이 분명했다. 그것을 느낀 것이 나만은 아닌지, 그를 지켜보는 친위 기사들의 분위기도 여느 때보다 밝았다. 이 제국의 진정한 주인이 자신의 자리를 되찾을 모든 준비를 마쳤다. 이제부터는 그동안 당했던 것들을 갚아줄 일만 남아 있었다.

"……알리사를 선발대에?"

당황한 건 이후의 계획을 논하기 시작할 때였다. 내가 자리를 비운 사이 진행된 작전 회의에서 알리사를 선발대에 세우기로 결정했다는 것이다. 선발대는 앞서 출정하는 만큼 부여된 역할이 많은 데다 전투에도 가장 많이 노출되는 자리였다. 놀라서 얼굴을 굳히는 내게 이사나가 조심스러운 어조로 상황을 설명했다.

"라센 성 전투 때의 활약으로 알리사가 워낙 유명해졌잖아. 벌써 근방 지역에까지 알리사의 이름이 알려진 모양이야. 선발에 서면 병사들의 사기가 높아질 거라고, 형님이 권유하셨어."

"으음, 사정은 알겠는데…… 그래도 그건 너무 위험하지 않아?"

"응, 그래서 나도 반대하는 입장이긴 했는데, 알리사가 극구 하고 싶다고 해서……."

알리사가 스스로 희망했다고? 나는 얼떨떨한 기분을 감추지 못한 채 대각선 방향을 바라보았다. 하늘하늘한 드레스, 풍성한 머리를 가득 장식한 리본들. 음침한 사내들만 가득한 장소에서 홀로 인형같이 어여쁘게 꾸며진 소녀가 그곳에 앉아 엄청난 위화감을 불러일으키고 있었다. 바로 그녀가 화제의 장본인인 알리사였다.

긴 밤 내내 우는 이사나를 다독이느라 그녀와는 오늘 아침에서야 겨우 재회 인사를 나눈 참이었다. 나와 눈이 마주치자 알리사는 새침한 표정으로 시선을 피했다. 두 눈을 내리깔고 있는 모습에서 대화하고 싶지 않다는 의지가 강렬하게 느껴졌다. 갑자기 왜 저러는 거지? 아침에 만났을 때만 해도 평소와 다른 점이 없었는데 왠지 지금은 기분이 별로 좋아 보이지 않았다. 아니, 정확히 말하면 회의가 시작된 이후로 내내 뚱한 얼굴이었던 것 같다.

"알리……."

"난 참전할 거야."

말을 걸기 무섭게 반응이 즉각 돌아왔다. 대화를 하기 싫은 건 싫은 거고, 해야 할 말은 해야 한다고 생각한 모양이다. 이런 점은 그녀다웠다. 물론 그 대답이 결코 반가운 내용은 아니었지만.

"알리사."

"엘 님이 아무리 반대해도 소용없어. 내가 선발에 있으면 병사들의 사기가 오른다잖아. 내가 할 수 있는 일이라면 하고 싶어."

"하지만 너무 위험……."

"괜찮아. 선발이라고 해도 맨 앞줄에 있는 건 아니래. 전투가 벌어지면 뒤로 물러날 거고, 생각만큼 위험하지는 않을 거야. 나도 내 몸 하나쯤은 충분히 지킬 수 있고."

"그래도 안 돼. 전쟁에 끼어들기엔 넌 너무 어려."

"엘 님이 그런 말을 하는 건 모순이야. 지난 전투에서는 참여하게 해 줬잖아. 그땐 되고 지금은 안 된다는 건 말이 안 되지 않아?"

"그거야……."

말문이 턱 막히는 기분에 나는 신음을 흘렸다. 금붕어처럼 입만 뻐끔거리고 있는 나를 본 이사나가 그럴 줄 알았다는 듯이 쓰게 웃었다.

"보다시피 이런 상황이라 나도 더 이상 말릴 수가 없었어."

"……그래."

어쩌자고 내가 그 전투에 알리사를 이용했을까. 때늦은 후회가 해일처럼 밀려들어 왔다. 스스로 무덤을 파다 못해 관 뚜껑까지 알아서 열고 기어들어 간 기분이었다.

"너무 걱정하지 마, 엘. 내가 알리사의 호위를 맡기로 했으니까."

머리를 부여잡은 채 한숨을 푹푹 내쉬는 나를 구제한 건 옆 좌석에 앉아 있던 시벨리우스였다. 드래곤과 유니콘, 마족으로 구성된 이종족 팀(?) 중에서 그는 회의에 참석한 유일한 한 사람이었다. 내가 자리를 비웠을 때에도 그만은 성실하게 이곳의 일에 참여해 왔다고 했다. 실제적으로 내 부재를 커버해 준 사람이라고도 할 수 있었다.

"시벨, 네가 알리사를 호위한다고?"

"응, 여자아이를 혼자 위험한 전장에 내보낼 수야 없지. 이래 봬도 다들 충분히 고민하고 결정한 거야."

그 말을 듣고서야 겨우 마음이 진정됐다. 시벨리우스가 곁에 있다면 크게 위험한 일은 없을 것이다. 설령 상황이 급작스레 나빠진대도 그는 충분히 알리사를 구출해서 도망칠 수 있을 터였다.

'그래도 두 명은 불안한데.'

두 사람의 실력을 의심하는 건 아니지만, 전장에선 얼마든지 돌발 상황이 일어날 수 있으니 완전히 마음을 놓을 순 없다. 이렇게 찜찜한 기분으로 얌전히 뒤따라가자니 성미에도 맞지 않는 기분이었다. 그러고 보니 대공 쪽에서는 카리브디스 공작이 움직이겠지. 그자의 소식을 빠르게 접하려면 나도 선발대에 있는 편이 나을지도 모르겠다. 거기까지 생각을 정리한 후 나는 살짝 심호흡했다.

"좋아, 그럼 이렇게 해. 나도 선발에 있을게."

"무슨 소리야. 엘 님은 이사나 씨를 지켜야지. 제일 중요한 사람이잖아."

"그런 게 어딨어. 나한텐 알리사 너도 중요해."

한숨을 내쉬며 말하자 이번엔 알리사가 말문이 막힌 표정을 지었다. 계속 뭔가 불만에 찬 듯 보였는데, 왠지 그 기세가 조금 누그러진 것 같았다.

"그렇게 해도 괜찮지, 이사나?"

"응, 난 상관없어. 엘이 원하는 대로 해."

의견을 구하는 말에 이사나는 부드럽게 웃으며 고개를 끄덕였다. 본인에게 양해도 구했겠다, 이러면 더 할 말이 없겠지. 나는 산뜻해진 기분으로 알리사를 돌아보았다. 그러나 나를 맞이한 건 다시 뚱해진 소녀의 얼굴이었다. 아니, 오히려 조금 전보다 더 뚱해진 것 같았다.

회의가 파한 뒤에도 알리사의 굳은 표정은 여전히 풀리지 않았다. 나는 자리에서 일어나자마자 토끼처럼 재빨리 사라지는 소녀

를 얼른 따라나섰다. 덩달아 뒤쫓으려는 이사나와 시벨리우스는
일부러 오지 못하게 했다.

"알리사!"

"……"

"알리사, 기다려!"

"……"

"알리사!"

반복된 부름이 지겨웠는지 묵묵히 걷기만 하던 알리사가 우뚝
걸음을 멈췄다. 돌아보는 얼굴은 누가 보더라도 잔뜩 화가 난 상
태였다. 아무리 생각해도 이유를 알 수가 없어서 나는 한숨을 내
쉬었다.

"대체 왜 토라진 거야?"

"토라진 거 아냐."

"그럼 왜 그렇게 화난 표정을 짓고 있는데?"

그 말에 알리사가 입술을 깨물더니 시선을 떨어트렸다. 스스로
도 자신의 행동이 거칠다는 걸 자각한 듯, 조금 진정하려는 모습
이었다.

"……이사나 씨 말이야. 요즘 매일 기분이 안 좋았었어. 얼마 전
엔 멍하게 있다가 갑자기 울기도 하더라고. 근데 무슨 일이 있냐
고 물어도 말해 주지는 않는 거야."

"아, 그래. 들었어."

"응, 그래서 얼마나 속상했는지 몰라. 근데 오늘은 괜찮아 보이

더라? 시벨 씨가 그러는데, 엘 님이랑 만나서 꽤 오랫동안 대화했다며?"

"응, 그랬는데……. 그게 왜?"

그 순간 알리사가 사나운 얼굴로 고개를 치켜들었다. 부릅떠진 눈에선 시퍼런 안광이 불처럼 타오르고 있었다. 마치 토끼가 몬스터로 변하는 광경을 목격하는 기분이었다. 흠칫 놀라 나도 모르게 물러섰을 때였다.

"엘 님 말이야! 대체 왜 그렇게 헷갈리게 생긴 거야?"

"……뭐?"

"남자면 남자답게 좀 우락부락하게 생기면 안 돼? 쓸데없이 여자보다 예쁠 필요는 없잖아!"

"무슨……."

"엘 님이랑 이사나 씨랑 같이 있으면 내가 얼마나 심란한지 알아? 이사나 씨는 엘 님한테만 힘든 이야기 털어놓고! 나도 들어줄 수 있었는데! 정말 나빴어! 치사해!"

일방적으로 퍼부은 뒤 알리사는 빠르게 사라졌다. 이번엔 나도 그녀를 뒤쫓지 못했다. 그저 어안이 벙벙해진 채 서 있는 것이 고작이었으니까. 뭔가 엄청난 소리들을 연타로 들은 것 같은데, 기억에 남은 건 마지막에 외친 치사하다는 말뿐이었다. 가장 예상하지 못했던 단어라서 더 충격이 큰 것 같았다.

"자네."

바로 정신을 차린 건 등 뒤에서 누군가 말을 걸어왔기 때문이었다. 무심코 돌아보았다가 나는 조금 당황했다. 카웰 공작이 서 있었기 때문이다.

"절 부르신 건가요?"

이곳에서 지내기 시작한 후로 그가 먼저 말을 걸어온 것은 이번이 처음이었다. 당황해서 묻는 말에 그는 고개를 끄덕였다.

"새벽에 폐하를 뵈었다지? 내가 괜한 말씀을 드린 탓에 최근 몹시 불안정해 보이셨는데, 자네를 만난 후로 괜찮아지신 것 같더군. 고맙네."

하필이면 또 그 이야기다. 지금만큼은 듣고 싶지 않은 화제였기에 얼굴이 저절로 굳어지려고 했다.

"……아닙니다."

애써 태연하게 답하는 나를 공작이 물끄러미 바라보았다. 노골적으로 탐색하는 시선이었다.

"자네는 사내라고 들었는데."

"네, 그런데요."

"……흐으음. 그렇군."

고개는 끄덕이는데 영 마뜩지 않은 눈빛이다. 왠지 조금 전의 패턴이 비슷하게 반복되고 있는 것 같은데, 내 착각이겠지. "이사나는 내 동생인데 내가 아닌 널 의지하다니! 치사해!"라고 외치고 달아나는 공작의 모습이 떠올라서 순간 오한이 들었다. 다행히 공작은 그런 짓을 할 생각은 없는 듯 여전히 차분한 시선이었다. 그러나 다른 의미에서 나를 당황하게 만들었다.

"자네, 정말 정령사인가?"

"예?"

"폐하의 손에 심한 상처가 있었네."

"……."

"하루 이틀 사이에 나을 상처가 아니었지. 어제 밤까지만 해도 펜대도 제대로 쥐지 못하셨을 정도였네. 그런데 오늘 아침에 보니 말끔하시더군."

자네가 치료한 건가? 입으로 내뱉지 않은 질문이 벌써부터 귀에 들리는 것 같았다. 시선이 마주치는 찰나에 수많은 생각들이 스쳐 지나갔다. 그 순간 언젠가의 일이 번뜩 떠올랐다. 샴페인 용병단과 함께 지냈을 때, 모종의 사건으로 그들이 심하게 다쳤던 적이 있었다. 그날 마이티가 품속에서 꺼냈던…….

"아, 그거요. 성수예요!"

"……성수?"

"네, 제가 여행자로 지낸 시간이 많아서 비상용으로 갖고 다니던 성수가 있었거든요."

"아아, 그렇군. 그러고 보니 성수가 있었지."

다행히 공작은 금방 납득한 듯이 보였다. 정령사인 내가 치료했다는 사실보다는 현실적으로 가능한 방법이었으니 당연했다.

'마이티! 고마워요!'

다음에 그를 만나게 되면 잊지 말고 꼭 이날의 감사 인사를 해야겠다. 에바스 에덴의 보석들을 가져다 한 아름 안겨줘야지. 마이티는 수전노니까 분명히 엄청나게 기뻐할 거다.

카웰 공작은 뭔가 생각에 잠긴 얼굴이었다. 내가 가만히 응시하자 시선을 느낀 듯 고개를 든 그가 쓰게 웃었다.

"실은 오랜 친구 중에 정령사가 한 명 있네. 그가 말하길 물의 정령왕은 치유 능력을 갖고 있다더군. 한동안 잊고 있었는데 오늘 갑자기 그 말이 떠올랐네."

"……."

"혹시 자네가…… 아니, 아니네. 내가 말도 안 되는 소리를 하는군. 아무래도 아직 잠이 덜 깬 모양이니 신경 쓰지 말게."

아니, 그 혹시가 맞는데요.

나는 조금 머쓱한 기분으로 멀어져 가는 공작의 뒷모습을 바라보았다. 그래도 이사나를 위해 가장 헌신하고 있는 사람인데 비밀로 하고 있으려니 조금 미안했다.

하지만 이런 건 이사나가 직접 말하는 쪽이 더 나을 거다. 그가 끝내 밝히지 않는다고 해도 그건 그것대로 나쁘지 않을 것 같았다. 애초에 나는 평범한 유희를 하고 싶었던 거니까. ……이제 와서는 평범함과는 상당히 거리가 멀어진 것 같지만.

그나저나 오늘 무슨 날인가. 알리사에 이어 카웰 공작까지, 왜 돌아가면서 폭탄을 던지고 가는 건지 모르겠다. 일단 알리사를 붙잡아서 다시 제대로 얘기를 해 봐야 할 듯싶다. 전에는 안 그랬던 것 같은데 왠지 날이 갈수록 툴툴거리는 게 심해지는 느낌이다. 어리광을 너무 많이 받아줬나? 아니면 슬슬 사춘기가 오는 걸지도.

생각해 낼 수 있는 수많은 상황을 가정해 보며 심각하게 고심하고 있을 때였다.

"다방면으로 고생이 많으시군요."

옆쪽에서 불쑥 낮은 음성이 들려왔다. 고개를 돌리자 눈에 들어온 건 활짝 열려진 창문이었다. 그 너머 드리운 굵은 나뭇가지들 사이에 한 남자가 앉아 있었다. 새카만 흑발 아래 강렬한 붉은 눈동자가 시선을 사로잡았다.

"안녕하십니까."

"……."

태연하게 인사를 건네는 남자를 보며 나는 한숨을 내쉬었다. 설마하니 2층 창문 밖에서 사람을 만나게 될 줄은 몰랐다. 대체 왜 저기에 있는 거야.

"나무에 오르는 게 취향인가 봐요, 데르온."

"딱히 그런 건 아닙니다만. 여기 있으면 눈에 잘 안 띄어서 편하긴 합니다. 인간들이 몰려 있는 곳은 아무래도 불편하거든요."

담담히 대답한 후 그는 몸을 일으켜 내가 있는 쪽으로 훌쩍 건너왔다. 누가 신체 능력이 월등한 마족 아니랄까 봐 군더더기라고는 전혀 느껴지지 않는 동작이었다. 내심 감탄하고 있는데 그의 품에 뭔가가 안겨 있는 것이 보였다. 황금색을 띤 그것은 카노스가 맡긴 마족의 알이었다.

"계속 알을 갖고 다니는 거예요?"

그동안 얼마나 정성스럽게 닦고 어루만졌는지 알의 표면은 깨

끗하다 못해 반질거릴 정도였다. 데르온은 자부심 어린 얼굴로 고
개를 끄덕였다.

"안에만 계시면 답답하시지 않겠습니까. 모시고 다니면서 여기
저기 구경시켜 드리고 있습니다."

"구경이라고 해 봤자…… 어차피 알 속에 있잖아요."

"그래도 이 시기쯤이면 바깥의 소리는 다 듣습니다. 외부 자극
에도 영향을 받고요."

"그래요? 그러고 보니 이제 곧 부화할 때 아닌가요?"

"예, 시기상으로는 거의 막바지입니다. 그런 의미에서 궁금한
게 있습니다만. 본격적인 전쟁은 언제쯤에 시작하는 겁니까? 부화
하시기 전에 투기와 살기를 많이 접하게 해드리고 싶었는데 이곳
생활은 너무 평화로워서 아쉽군요. 양질의 피를 맛보시게 하려 해
도 기껏해야 가축이나 몬스터의 피밖에 구할 수 없으니."

"……대체 애한테 뭘 가르치는 거야!"

이러다 성격 파탄자가 태어날지도 모르겠다. 기겁해서 알을 뺏
어들자 데르온은 억울한 표정을 지었다.

"마족들은 원래 다 그런 환경에서 태어납니다. 그런 자들의 정
점에 있으려면 당연히 그래야 하고요."

"그런 식으로 안 키워도 애는 강할 거예요! 마신이 눈여겨본 애
잖아요!"

"하지만 너무 얌전하시단 말입니다."

"그게 왜요?"

알이라는 건 원래 얌전한 거 아닌가? 나는 품에 안은 알을 천천히 살펴보았다. 단단한 껍질은 여전히 따뜻했고, 이전보다 한결 묵직해져 있었다. 큰 차이는 없지만 크기도 좀 더 커진 것 같다. 누가 보기에도 순조롭게 자라고 있는 것으로 보였다. 하지만 데르온의 시선에는 그렇지 않은 모양이었다.

"원래 마족의 알은 부화할 시기가 다가오면 태동이 굉장히 강해집니다. 안에서 아이가 움직이는 걸 수시로 느낄 수 있어야 하죠. 지금 주군께선 과하게 조용하신 편입니다."

"그, 그래요?"

확실히 태동이 있는 것 같진 않다. 연신 알을 쓰다듬어 보는 동안 데르온이 심각한 얼굴로 설명을 이었다.

"이곳이 본계가 아닌 걸 알고 본능적으로 경계하고 있는 겁니다. 이러면 부화도 현저히 느려집니다. 숲지기라도 곁에 있다면 정서적으로 안정을 줄 수 있겠지만, 지금 이곳에 마족은 저 하나뿐이니까요. 그러니 하다못해 주변 환경만이라도 친근하게 만들어 안심을……."

"숲지기?"

"마계의 북(北) 공작을 뜻합니다. 탄생의 숲 카르텐에서 마족의 알을 관리하는 존재죠. 북 공작의 마력은 특별한 기운을 담고 있어서 마신의 정수를 만들어 낼 수 있습니다. 모든 마족의 알은 그의 마력을 통해 수정되고, 필요한 양분을 얻습니다."

마력을 통한 수정이라. 물고기에게서 볼 수 있는 체외수정과 비

숫한 형식인가 보다. 마족이란 알면 알수록 신묘한 존재라는 생각
이 들었다. 물론 충격적이기로는 아직 신족의 탄생을 넘어설 만한
것이 없었지만.

'과일 속에서 태어나는 건 정말 엄청났지.'

그 엄청난 과일들이 나무마다 주렁주렁 달려 있던 것도 평생 잊
지 못할 광경이었다. 그 안에 갇혀 있다 태어나는 건 어떤 기분일
까. 천사들은 깨물면 과일 맛이 날지도 모르겠다. 속으로 실없는
생각을 중얼거리다가 나는 다시 본론으로 돌아왔다.

"그 북 공작이라는 마족을 데려오는 건 안 되나요?"

"자크…… 숲지기는 왕의 허가 없이는 마계를 벗어날 수 없게
되어 있습니다. 마신의 정수를 다루는 존재의 숙명이고, 언어로 묶
여진 계약이라서 무시하는 것도 불가능합니다."

"으음, 그렇군요. 그럼 안 되겠네요."

하필이면 가장 경계해야 할 마왕의 허가라니. 아예 의심하라고
넙죽 갖다 바치는 꼴이다. 나는 찜찜한 마음으로 다시 데르온에게
알을 넘겨주었다.

"어쨌든 너무 눈에 띄는 짓은 하지 마세요. 안 그래도 당신네
종족은 눈에 띄는 편이니까요."

"엘 님께서 그런 말을 하시는 건 어폐가 좀……."

"뭐요?"

"더욱 착실히 조심하겠습니다."

다른 건 몰라도 저 남자의 처세술만큼은 가히 신이 내려준 것

같다. 표정 하나 바꾸지 않고 냉큼 공손하게 답하는 마족을 보며 나는 한숨을 내쉬었다. 그래, 사실 나도 알고 있다. 데르온이 우리 일행들 중에선 가장 평범한 느낌이라는 거. 전투에 들어가 마력을 발산하기 시작하면 분위기가 확 달라지긴 하지만, 그렇지 않을 때의 그는 굉장히 무난한 인상이었다. 그를 눈에 띄지 않게 하려면 솔직히 말해서 단속이고 뭐고 할 필요 없이 그냥 라피스만 옆에 붙여 놓으면 된다. 아마 대다수의 사람은 그 얼굴에 정신 팔려서 데르온이 있다는 것도 눈치채지 못하고 넘어갈 게 분명했다.

문득 올려다보았더니 데르온이 알을 끌어안은 채 생각에 잠겨 있었다. 흔치 않게 가라앉은 표정이라 나는 의아해져서 그를 불렀다.

"데르온?"

"예? 아아, 새삼 자크를 떠올렸더니 그의 생각이 강하게 나서 말입니다. 소식을 전하러 가지 못하는 게 조금은 아쉽군요."

"자크라면, 조금 전에 말한 북 공작이요?"

"예, 그는 이번 번식기의 알을 전부 잃은 탓에 크게 상심한 상태입니다. 그가 지금 제 품에 있는 주군의 존재를 안다면 굉장히 기뻐할 겁니다."

"굉장히 친한가 보네요. 그런 점을 신경 쓰는 걸 보니."

"뭐, 미우나 고우나 몇천 년을 알고 지낸 사이니까요. 저 또한 그의 손에서 자라기도 했고."

이를테면 아버지나 스승 같은 존재인 건가. 마족들 사이에서도 그런 애틋한 관계가 있을 줄은 몰랐다. 얼굴만 마주치면 싸우는 험악한 종족이라고만 생각했는데, 조금은 선입견을 수정할 필요가 있을 것 같았다.

"아이가 태어나면 함께 찾아가서 놀라게 해 줘요."

"물론입니다. 정말 많이 놀랄 테지요."

선뜻 고개를 끄덕인 데르온이 즐겁다는 듯 웃었다. 늘 무표정하던 그의 얼굴이 부드럽게 풀어진 걸 보고 있으니 나까지 밝아지는 기분이었다. 그러나 훈훈한 분위기는 그리 오래 가지 않았다.

"일단 알을 숨기고 있었단 점에서 절 살려 두려고 하진 않을 겁니다."

"……네?"

"진심으로 공격하는 북 공작은 짜릿할 정도로 강하죠. 지난번엔 일방적으로 화풀이를 당했지만 다음은 아닙니다. 반드시 반격에 성공해서 그 말끔한 배에 구멍을 뚫어주고 말 겁니다. 그와 대면할 날이 벌써부터 기대되는군요."

"……."

선입견이긴 개뿔. 역시 내가 종족 하나는 탁월하게 잘 본 거였다. 나는 그가 안고 있는 알을 심란한 기분으로 응시했다. 저 안에서 태어날 아이가 훗날 저런 존재들이 득시글거리는 마계를 다스릴 왕이라니. 성격도 더하면 더했지 덜하진 않을 것이다. 마치 범죄자 양산에 가담하고 있는 느낌이었다. 거기까지 생각했더니 도저히 가만히 있을 수가 없어서 나는 알 위에 가만히 손을 가져다 댔다.

"넌 착하게 자라렴. 대부는 널 믿는다."

"어헉! 엘 님! 마족에게 그 무슨 천인공노할 말씀이십니까? 착하게 자라라니요!"

기겁한 데르온이 황급히 내게서 알을 떨어트렸다. 나는 그것을 무시하고 더 또박또박 말을 건넸다.

"알겠지? 내 대자가 아무하고나 싸움질을 해대는 폭력적인 아이면 난 정말 슬플 거야. 난 네가 그러지 않을 거라 믿어. 곱고 바르고 온화한 아이로 태어나 줘."

"아아! 그만두십시오, 엘 님! 이건 정말 안 될 말씀입니다!"

이후 새하얗게 질린 데르온이 울면서 애원할 때까지, 나는 내가 알고 있는 모든 덕담이란 덕담을 죄다 늘어놓았다. 알 속에 있어도 외부 영향은 받는다고 했으니까. 꾸준히 좋은 말만 들려주면 어느 정도는 내 말을 귀담아들을지도 모른다. 물론 그래 봤자 높은 확률로 무시하겠지만. 심지어 알 속에서조차 비웃고 있을 가능성이 훨씬 더 크지만!

내 팔자에 평화는 무슨. 이젠 희망도 꿈도 없었다. 그래도 멈추지 않은 건 단순히 데르온을 괴롭히는 게 재밌었기 때문이다. 이런 걸 보면 나도 썩 좋은 성격은 아닌 게 분명했다.

*   *   *

짙은 안개가 낀 숲. 부드러운 잔디가 융단처럼 깔린 곳에 한 여인이 누워 있었다. 달빛을 머금은 듯 시리도록 하얀 피부와 조각처럼 매혹적인 이목구비. 눕혀진 상태에서도 굴곡을 알 수 있을만큼 육감적인 몸과, 그 위를 뒤덮은 새카만 흑발. 무엇 하나 시선이 가지 않은 곳이 없을 만큼 아름다운 여인이었다.

숲 한가운데 누워 잠들어 있는 요염한 여인의 모습은 한 폭의 유화를 담아낸 것처럼 인상적이었으나, 또한 동시에 불길한 느낌을 풍겼다. 그녀의 모습은 더할 나위 없이 아름답긴 하지만 모든 사람의 환심을 사는 종류는 아니었다. 사람을 타락시키는 요부의 그것이었으며, 마녀들이 보여주는 환각에 더 가까웠다. 화려한 색과 달콤한 향으로 벌레를 꾀어내는 독초였다. 현명한 자라면 그녀의 결 좋은 검은 머리칼마저 독사의 이빨과 다름없다는 것을 한눈에 알아볼 터였다.

이윽고 이슬을 잔뜩 머금은 풀잎이 여인의 얼굴 위에 맑은 물방울 하나를 떨어트렸다. 그러자 굳게 닫혀 있던 여인의 눈꺼풀이 파르르 떨리며 감춰져 있던 눈동자를 드러냈다. 그 눈동자는 핏물을 담아낸 것처럼 짙은 붉은 빛이었다.

"……."

눈을 뜨고도 한동안 주위를 인지하지 못한 듯 여인은 멍한 얼굴로 눈꺼풀을 깜빡거렸다. 가장 먼저 떠오른 것은 이곳이 어딘가 하는 의문이었다. 그녀는 주춤거리면서 몸을 일으킨 후 천천히 주변을 훑었다. 그러나 숲이라는 사실만을 알 수 있을 뿐, 짙은 안개 때문에 보이는 것이 거의 없었다.

"깨어났나."

"……!"

이곳에 존재하는 것이 자신만이 아니라는 건 들려오는 목소리를 듣고서야 깨달았다. 여인은 급히 고개를 돌렸고, 한구석에 검은 형체가 어른거리고 있음을 발견했다.

"……누구?"

"잘됐군. 슬슬 인내심이 바닥나고 있던 참이었다. 오늘까지 깨어나지 않으면 차라리 죽여 버릴까 했었지."

형체가 가볍게 손을 휘젓자, 자욱하던 안개의 일부가 사방으로 흩어진다. 그 속에서 드러난 낯익은 얼굴에 여인의 얼굴이 얼핏 굳었다. 잘 다듬어진 훤칠한 체형, 세간에서 우아하다 평가받는 외모보다 더 먼저 눈에 들어온 건 푸른빛을 머금은 머리칼이었다. 마계에서 유일하게 단 한 사람에게만 허락되는 색. 한때 그녀가 미친 듯이 갖고 싶었으나 체념했던 색이기도 했다. 여인은 그 색을 지닌 남자를 흔들리는 시선으로 바라보았다.

"데자크……."

"오랜만이군, 세르피스."

말투만큼이나 차가운 눈동자가 그녀를 훑는다. 세르피스는 몸을 가볍게 떨었다. 왜 저 남자가 내 앞에 있는 걸까. 상황을 이해할 수 없어서 머릿속이 온통 혼란스러웠다. 그녀가 알 수 있는 건 이곳이 북쪽 영토, 카르텐 안이라는 것뿐이었다.

"대체…… 어떻게 된 거죠? 내가 왜 이곳에 있는 거예요?"

"그건 내가 묻고 싶은 말인데."

여전히 냉기를 거두지 않은 상태에서 데자크가 말했다. 그는 동요하는 세르피스의 눈동자를 똑바로 주시했다. 벌써 보름이 넘도록 한숨도 자지 못했다. 뜨거운 불씨를 목구멍으로 삼키고, 온몸이 바짝바짝 타들어 가는 것을 묵묵히 견뎌내는 것만 같았던 시간이었다. 그 인내의 끝이 드디어 다가와 있었다.

"어떻게 된 거지?"

"뭐, 뭐가요?"

"무슨 말인지는 네가 더 잘 알 거다."

차갑게 떨어지는 음성에 세르피스의 어깨가 움찔거렸다. 가련해 보이는 모습이었으나, 데자크는 그것에 넘어갈 정도로 허술한 남자가 아니었다. 오히려 그럴수록 그녀를 응시하는 시선만 가라앉았다.

그 밤. 모든 것을 집어삼킬 듯 강렬한 마력이 폭발하던 그날 밤에. 데자크는 따라오지 말라는 루카르엠의 경고를 어기고 결국 본성으로 향했다. 성 위를 덮어가는 검은 기류, 그 속에서 강한 압력이 쉴 새 없이 터지고 있는 것을 더 이상 보고 있을 수만은 없었다. 멀리서 지켜보기만 하느니 차라리 루카르엠의 옆에서 그를 지키다 죽으리라, 그렇게 결심했다.

하지만 도착한 그를 맞이한 건 완전히 폐허가 돼버린 본성의 잔해들뿐이었다. 왕좌가 있던 곳으로 짐작되는 부근을 간신히 찾아내긴 했으나 강한 마력이 발생한 흔적 말고는 아무것도 알아낼 수 없었다. 루카르엠도, 마왕 카류안의 모습도 어디로 갔는지 보이지 않았다.

망연자실해진 그는 필사적으로 주변을 수색했다. 그런 간절한 마음을 비웃기라도 하듯, 탐색을 거듭할수록 상황은 안 좋은 방향으로만 그를 이끌어 갔다. 가는 곳마다 마족들의 사체가 널려 있었다. 대다수가 얼굴을 익히 아는 자들이었다. 생명이라곤 풀 한 포기조차 남지 않은 장소엔 짙은 죽음의 냄새만이 가득했다. 절망만이 예견된 그곳에서 그는 차라리 아무것도 발견하지 않기를 바랐다. 저 사체들 속에서 루카르엠을 발견한다면 결코 견딜 수 없을 터였다. 이렇게 허무하게 그의 왕을 잃을 순 없었다.

다행인지 불행인지 그는 끝끝내 루카르엠을 찾아내지 못했다. 근처에서 미약한 마력을 느낀 건 그가 마침내 모든 수색을 체념하고 돌아서려고 할 무렵이었다. 마치 계시라도 내려지는 것처럼, 가득 쌓인 돌무더기 속에서 연약한 호흡이 느껴졌다. 무심코 지나쳤다면 결코 느끼지 못했을 정도로 희미한 반응이었다. 데자크는 돌무더기를 미친 듯이 헤집었고, 그 안에서 다 죽어가는 여인을 발견했다. 그녀가 바로 세르피스였다. 그는 직감적으로 그녀가 그 밤의 상황을 증언해 줄 유일한 목격자라는 것을 알아보았다. 그래서 데려와 치료했다. 생각했던 것보다 의식이 돌아오는 것이 오래 걸렸지만, 어쨌든 깨어났다. 이제 원하던 대답을 들을 차례였다.

"본성에서 무슨 일이 일어난 거지? 네가 본 것을 전부 말해라."

"본성이요……?"

"그래, 넌 카류안과 함께 있었던 것 아닌가? 그곳에서 루카르엠 님을 뵈었을 텐데."

"루카르엠……?"

단숨에 털어놓을 거라 기대하진 않았으나 돌아오는 반응이 영 시원치 않았다. 멍한 표정을 한 채 앵무새처럼 자신의 말을 따라 하기만 하는 세르피스를 보며 데자크는 얼굴을 찌푸렸다.

"난 지금 너랑 말장난할 기분이 아니다, 세르피스. 협조할 의지가 없는 자를 인내심 있게 어르고 달랠 생각도 없다. 한 번만 더 멍청한 대답을 하면 그땐 네 목을 부러뜨리겠다."

"자, 잠깐만 기다려요. 난 당신이 무슨 말을 하는 건지 모르겠다고요."

"모른다? 기억이 나지 않는단 말인가?"

"일단 내가 왜 이곳에 있는 건지부터 말해 줘요. 아니, 그보다 내가 왜 쓰러져 있었던 거죠?"

"그건 스스로 찾아내야 할 답일 텐데. 기억을 되짚어 봐라. 의식을 잃기 전까지 무엇을 하고 있었지?"

"의식을 잃기 전……."

세르피스는 혼란스러운 표정으로 머리카락을 쓸어 넘겼다. 머릿속에 먹물이 들어찬 것처럼 생각나는 것이 거의 없었다. 그러고 보니 본성에 있었던 것 같은데. 최근엔 늘 본성에서 상주하며 카류안의 곁을 지켰었다. 부쩍 수면시간이 늘어난 그를 걱정했었던 것도 같다. 그녀는 천천히 기억을 더듬어 갔다.

'아아, 그래. 루카르엠을 만났었지.'

본성에 그가 찾아왔던 기억이 떠올랐다. 동쪽과 북쪽의 증명서를 몸에 착용한 채로. 그는 태연하게 웃으며 왕을 폐위시키러 왔다고 했었다. 평소와는 달랐던 그의 눈빛, 숨 막힐 듯이 새카만 분위기에 겁을 먹었던 것도 기억났다.

그다음에 어떻게 되었더라. 등 뒤에서 마왕 카류안이 나타나고, 사나운 두 짐승의 눈동자가 마주쳤다. 서로 대치한 상태에서 한동안 이해할 수 없는 대화를 나눴던 것 같다. 그 시점부터의 기억은 온통 흐리다.

거기까지 떠올렸을 때, 세르피스는 멍한 얼굴로 모든 동작을 멈췄다. 흘러내린 머리카락이 얼굴을 엉망으로 뒤덮어가도 움직이지 않았다. 격렬한, 통제할 수 없을 만큼 거친 감정이 머릿속을 장악해 간다. 끈적거리고 질척거리는 것이 달라붙은 것 같았다.

루카르엠, 아아, 맞아. 루카르엠을 만났다. 아무렴 전부 다 기억하다마다. 얼마든지 말할 수 있었다. '나'는 그를 흔들어 놓기 위해 필사적이었다. 그의 표정이 일그러지고 고통에 차는 것을 보고 싶었다. '내가' 광포한 말을 늘어놓을수록 그의 표정이 흐려지는 것이 선명하게 느껴졌다. 그때마다 흥분이 고조되고 짜릿한 쾌감이 가득 차올랐다. 의심할 여지가 없는 '나'의 승리라고 생각했다.

"내가 마족이라고 누가 그럽니까?"

쓴 물을 머금은 듯 찌푸린 얼굴로 그가 애매하게 웃었다. 그 담담한 시선이 닿는 순간 불현듯 벼락같은 깨달음이 스쳤다. 온몸이 부들부들 떨리고 전율이 일었다. 몇 번이고 뒤집히고 또 뒤집혀서 이제야 겨우 붙잡았다고 생각했는데, 그 세상이 다시 한 번 뒤집혔다. 그는 정말로 마지막까지 방심할 수 없는 자였다.

아아아아, 그래. 바로 그대가!

"하, 하하하하. 하하하하하."
벌어진 입술에서 웃음이 새어 나왔다. 갑자기 실성한 듯이 웃기 시작하는 세르피스를 보며 데자크는 다시 얼굴을 찌푸렸다.
"세르피스?"
"후후후, 후후후후. 그래. 그랬던 거였군. 좋아, 루카르엠. 당연히 그렇게 나와야지."
"이봐, 대체 무슨 소리를……."
가까이 다가가 손을 뻗으려던 순간 데자크는 얼굴을 굳혔다. 복부에서 강렬한 통증이 느껴졌다. 시선을 내린 그는 자신의 몸에 박힌 새하얀 팔뚝을 발견했다. 그 팔을 따라 올라간 그의 시야에 텅 빈 얼굴로 웃고 있는 세르피스가 보였다.

반사적으로 내리치자 그녀의 몸이 훌쩍 뒤로 물러났다. 그를 꿰뚫은 손이 빠져나간 곳에서 피가 후두둑 쏟아져 내렸다. 데자크는 한 팔로 복부를 감싼 채 세르피스를 노려보았다.

"……이게 무슨 짓이지?"

균형을 잃은 탓에 구부정하게 서 있던 세르피스가 천천히 몸을 일으켰다. 마치 축 늘어진 목각 인형의 실이 당겨진 것 같았다. 그녀는 자신의 손에 흥건히 묻은 피를 느릿하게 핥았다.

"좋군. 바로 이거야."

노래하듯이 흘러나오는 음성에 데자크는 한쪽 눈썹을 구겼다. 그를 응시하는 세르피스의 두 눈은 광기로 번들거리고 있었다. 그녀에게서 한 번도 본 적이 없던 표정, 낯선 분위기였다.

"세르피스?"

공작이라고는 하나, 그녀는 같은 계급 내에서는 기실 막내나 다름없는 존재였다. 나이 차이도 그렇지만 능력차도 상당히 큰 편이라, 그녀의 행동을 위협적으로 느껴본 적은 없었다. 특히 그녀는 본인의 유년 시절을 함께한 데자크에게 유독 약한 편이었다. 그는 엄격한 보호자였기 때문에 그의 손에서 자란 마족들은 누구나 데자크를 은연중에 두렵게 여겼다. 세르피스 역시 마찬가지였다. 루카르엠에게조차 말을 놓고 함부로 굴면서도, 그녀는 데자크에게만은 시비를 걸거나, 똑바로 눈을 마주 보는 일이 거의 없었다. 지금처럼 시선이 마주치자마자 취한 사람처럼 웃는 일은 더더욱 드문 일이었다.

"북 공작의 마력은 아주 특별하지. 그 마력을 담은 피를 언제고 한 번은 맛보고 싶었다. 예상했던 대로 아주 달콤한 피야."

목소리와 말투조차 달라졌다. 음산하게 웃는 여인의 얼굴을 보던 데자크의 눈빛이 흔들렸다. 더럽고 불길한 기분이 들었다. 그가 아는 수많은 마족들 중에서, 이런 기분을 느끼게 만드는 이는 단 한 명뿐이었다. 그는 낮게 이를 갈았다.

"……카류안."

정답을 맞췄다는 듯, 세르피스─보다 정확히는 그녀의 껍데기를 쓴 존재가 두 눈을 크게 휘어 접었다. 빌어먹을, 데자크는 속으로 욕설을 내뱉었다.

"세르피스의 의식을 장악한 건가. 이제 별 짓을 다 하는군."

"그녀는 내 충실한 종이지. 나를 위해 쓰이는 걸 영광으로 알 거다."

"그렇게 말하는 걸 보니 네 진짜 몸은 사용할 수 없다는 소리로 들리는데. 굳이 세르피스를 앞세울 이유가 있을 리 없고……. 설마하니 봉인이라도 된 건가?"

연신 실실거리고 있던 얼굴에서 처음으로 미소가 사라졌다. 데자크는 피식 웃으며 고개를 끄덕였다. 최대한 감정을 억누르려는 얼굴과는 다르게 그의 머릿속은 흥분으로 들끓었다. 카류안은 봉인되었다. 루카르엠이 무사할 확률도 그만큼 높아진 셈이었다.

"알 만하군. 그 와중에도 틈을 만들어 튀어나오다니. 끈질긴 점만은 대단하다고 해야 하나."

"······아아, 꽤 아슬아슬했다. 하마터면 손을 써 보지도 못하고 전부 집어 삼켜질 뻔했지. 마침 세르피스가 내 곁에 있어서 얼마나 다행이었는지 몰라."

잠시 굳어졌던 세르피스, 아니 카류안의 얼굴에 다시 여유가 돌아왔다. 솔직하게 실토하는 것이 부끄럽지 않았다. 당할 뻔한 건 어쩔 수 없는 일이었다. 그때 자신은 명백히 방심하고 있었고, 뒤이어 일어날 일을 조금도 예상하지 못했었다. 아무렴, 누가 상상이나 할 수 있었을까. 마신의 끄나풀이라고만 여겼던 루카르엠이 설마 마신 그 본인이었을 줄이야!

그래, 마신이었다. 그 아득하리만치 광포한 기운, 세상을 전부 발밑에 둔 것처럼 강력한 존재감! 그런 힘을 지닌 자가 겨우 일개 마족일 리가 없었다. 그의 권능이 눈앞에서 개방되는 순간, 숨 막히는 압력에 버둥거리면서도 머릿속에서는 폭죽이 터지는 듯했다. 사지가 덜덜 떨리는 것에 짜릿한 희열을 느꼈다. 아아, 루카르엠이 마신이었다! 내가 그로 하여금 정체를 드러낼 수밖에 없도록 만들었다! 다른 그 누구도 아닌, 바로 내가!

감출 수 없는 흥분에 카류안은 얼굴 근육을 실룩거렸다. 봉인? 그따위야 알 게 무언가. 중요한 것은 자신이 살아남았다는 사실이었다. 그가 죽이지 않은 것이 아니다. 그의 힘으로도 죽이지 못한 것이다. 그게 얼마나 대단한 차이인지, 눈앞의 남자에게도 가르쳐 줘야 할 것 같았다. 카류안은 나른하게 웃었다. 불길한 기분을 느낀 데자크가 경계 어린 눈으로 그의 모습을 주시했다.

"뭘 계획하는지는 모르겠지만, 루카르엠 님이 봉인했다면 세르피스의 힘으론 풀 수 없을 거다. 그녀를 통해 네가 할 수 있는 일은 없다."

"글쎄, 과연 그럴까?"

의미심장한 미소와 동시에 데자크는 자신을 덮치는 섬뜩한 기운을 느꼈다. 황급히 피했으나, 그 힘이 쫓아오는 속도가 더 빨랐다. 손톱이 목에 박혔고, 그는 요란한 소음을 내며 바닥에 사정없이 처박혔다.

"……!"

붙잡힌 부분에서 끔찍한 통증이 밀려들었다. 있는 힘껏 저항해도 그를 억죄고 있는 손은 풀리지 않았다. 데자크의 두 눈이 충격으로 흔들렸다. 그가 알고 있던 세르피스의 힘이 아니었다.

단순히 의식만을 장악한 것이 아니었던가. 데자크는 거칠게 숨을 몰아쉬고 있는 상태에서도 침착하게 상황을 판단했다. 그를 한 손으로 내리 누르고 있는 여인이 그 모습을 보고 빙긋 웃었다.

"놀랐나? 내게 권능이 생긴 후로 세르피스는 나의 충실한 신도가 되었지. 나는 그녀에게 내 힘의 일부를 심어 주었다. 마신이 허락한 옹졸한 힘과는 차원이 다른 힘이지. 이렇게 너 정도는 제압할 수 있을 정도로 말이야."

"큭! 네……놈!"

"그자도 그걸 알아보았을 거야. 그럼에도 그녀를 죽이지 않고 그냥 내버려 두더군. 그래, 이번만큼은 데자크 네 말이 맞다. 세르피스의 힘으론 아무리 애를 써도 봉인을 풀 수 없을 거다. 내게 걸린 봉인은 마신의 힘이 아니면 풀리지 않게 되어 있는 것 같거든."

"그거…… 잘됐군. 꼴좋다고 하면 되는 건가?"

숨을 헐떡이는 와중에도 데자크는 낮게 이죽거렸다. 그 순간 그의 목에 박혀 있던 손톱이 더 깊이 파고들었고, 그는 신음을 토했다.

"이야기는 끝까지 들어야지, 데자크. 마신의 힘이 아니면 풀 수 없다, 그건 즉 마신의 힘만 있으면 풀 수 있다는 뜻이 되지 않겠나."

"……! 너……."

부릅뜬 눈이 흔들렸다. 그가 무슨 말을 하려는 건지 직감했기 때문이다. 카류안은 얼굴에 더욱 나른한 미소를 그려냈다. 뺨을 쓰다듬던 하얀 손이 점차 아래로 내려가 심장 부근을 맴도는 것을, 데자크는 굳은 시선으로 바라보았다.

"그리고 이 마계에는 매우 특별한 존재가 있지. 스스로 마신의 정수를 만들어낼 수 있는, 마신의 힘이 가장 진하게 서린 마력을 지닌 존재가 말이야."

"……."

짐작했던 그대로의 대답이었다. 데자크는 참혹한 심정으로 두 눈을 감았다. 이럴 줄 알았다면 세르피스를 돌무더기 안에서 구해오는 것이 아니었다. 루카르엠이 따라오지 말라고 했을 때, 그가 말한 진정한 의미를 깨달았어야 했다. 경고를 어긴 대가가 이런 식

으로 돌아오게 될 줄이야. 눈앞에 닥친 죽음의 위협보다 자신의
멍청함에 치가 떨렸다. 자신 때문이다. 알량한 충정 따위로 모든
것을 망쳐버리고 만 것이다.

"그 마력은 전승되는 힘이지. 너를 죽이기만 하면 누구든지 얻
을 수 있는. 비록 그 대상이 마신의 권능에서 벗어난 이단자라 할
지라도."

귓가에서 흩어지는 숨결이 더럽다. 데자크는 그의 몸을 짓누르
고 있는 여인을 사나운 눈으로 쏘아보았다. 그 눈빛마저도 사랑
스럽다는 얼굴로 지켜본 카류안이 더 짙은 웃음을 흩뿌렸다.

"나를 위해 죽어 줘야겠다, 데자크 룬."

제3화

1.

출정식을 앞두고 알리사에게는 고위 간부급에 해당하는 지위와 함께 직속 부대가 배정됐다. 작전 회의에 참여할 수 있는 수준을 넘어 정식으로 지휘권을 부여받은 셈이었다. 이에 앞서 이사나는 그녀에게 '알드레프'라는 성을 내리고, 귀족을 뜻하는 '드'의 칭호와 더불어 자작 작위를 수여했다. 서류상의 절차는 전쟁이 끝난 후에나 밟을 수 있겠지만, 황제가 공식적인 자리에서 하사한 것인 만큼 이미 그 자체로 실효(實效)가 있었다.

그녀를 위한 인장도 함께 내려졌다. 밤하늘처럼 검은 바탕에 푸른색을 띤 두 개의 초승달이 서로 등을 맞대고 있는 문양이었다.

나중에 안 사실이지만 이곳에서 초승달은 승리의 여신 스피어를 상징하는 문양이기도 했다. 한마디로 말해 그녀의 별칭인 '스피어의 딸'을 작정하고 드러낸 인장이나 다름없었다. 달인데도 은색이 아니라 푸른색을 택한 건 알리사의 탄생 배경에 깔린 '푸른 달의 전설'을 반영한 것으로 보였다. 이사나의 세심한 면이 돋보이는 부분이었다.

전장에서 큰 공훈을 세운 자가 포상을 받는 건 드문 일이 아니다. 하지만 보수적인 스왈트 제국에서 나이가 어린 여성이 작위와 함께 지휘권을 받는 건 몹시 파격적인 일이었다. 그 탓에 알리사의 행보를 곱지 않게 보는 이들도 있었다. 대다수가 귀족이거나, 남성 우월주의적인 성향이 강한 자들이었다. 그나마 황제의 뜻에 대놓고 반하는 기색을 보일 생각은 없는지 아직까진 별다른 충돌이 일어나진 않는 중이었다.

나와 일행들은 알리사의 호위 무사 자격으로 참전하기로 했다. 여기서 '일행들'이라고 표현한 이유는 라피스와 데르온도 이쪽에 합류했기 때문이다. 한 사람쯤은 이사나 옆에 있는 게 좋지 않을까 싶었는데 정작 이사나의 측근들 쪽에서 극구 거부했다. 오히려 라피스의 경우엔 제발 데리고 가 달라고 따로 부탁까지 받았을 정도였다.

"대체 그동안 무슨 짓을 한 거야."

같은 용건을 들고 찾아온 사람의 숫자가 열 명을 넘어섰을 때쯤, 나는 라피스를 불러다 앉혀 놓고 진지하게 물었다. 라피스는 나를 빤히 바라보다가 피식 웃었다.

"알고 싶어?"

"……아니, 됐어. 그냥 말하지 마. 왠지 들어 봤자 속만 뒤집힐 것 같아."

"잘 생각했네."

기특하다는 듯 뻔뻔하게 웃는 얼굴을 보고 있으려니 쥐어박고 싶은 충동이 무럭무럭 솟아오른다. 그래도 내 시선이 닿는 곳에서만큼은 얌전히 지내 주니 다행이라고 해야 하는 걸까. 사기적인 능력을 가진 주제에 성격은 개차반인 녀석이 통제까지 되지 않았다면 정말 괴로웠을 것이다. 물론 이 관계도 라피스가 마음을 바꾸면 언제든지 틀어질, 종잇장보다 가벼운 관계긴 했지만. 그래도 본인이 원해서 머무는 것이라고 한 만큼 한동안은 내 의견에 따라 줄 것이다. 그 사실을 상기시킬 겸 나는 더욱 단호하게 말했다.

"미리 말해 두는데, 앞으로의 여정에서 쓸데없는 분란은 일으키지 말아줘."

"내가 뭘?"

"시벨이나 데르온에게 시비 걸지 말라고."

"시비는 그놈들이 걸거든?"

"웃기지 마. 내가 널 몰라? 네 쪽에서 먼저 고운 반응을 안 하니까 다들 발끈해서 그러는 거잖아. 무시하고 무안을 주는 것도 시비를 거는 거나 마찬가지라고."

"흥, 애초에 그 녀석들이 나한테 말을 안 걸면 일어나지도 않는 일이야."

"아무튼 싸우지 마. 노파심에 추가하자면 대련도 안 돼. 상대가 청하는 걸 받아주는 것도 금지야."

"뭐야, 대련 정도는 건전하잖아?"

"너희들 능력이 건전하지 않아. 평범한 인간들의 육체가 얼마나 약한지 염두에 두고 행동하란 말이야. 꼭 대형 참사가 일어나 봐야 영향력을 알겠어?"

"쳇."

"난 분명히 말했어. 일반 사람들에게 피해를 입힐 행동은 하지 마. 이걸 무시하고 멋대로 굴면……."

"계약은 안 끊는다고, 네 입으로 말했을 텐데."

정령왕 주제에 한 입으로 두말할 생각이냐는 듯, 그가 가소롭다는 표정을 지으며 말했다. 물론 나 역시 그런 녀석이 무척이나 가소로웠다. 나는 당연히 알고 있다는 뜻에서 고개를 끄덕이며 말을 이었다.

"네 마나로 시큐엘 다섯 마리 소환해서 역소환시켜 버릴 거야."

"……."

"그 다음은 열 마리."

"……."

"엄청 아플걸?"

"……."

침묵이 내려앉고 팔팔하던 기세가 단숨에 수그러드는 것이 느껴진다. 나는 한결 조신해진 라피스를 보며 그가 내 의사를 제대로 이해했음을 깨달았다. 진작 이렇게 할걸. 괜히 말로 설득하려고 했나 보다. 역시 말보다 주먹이 가깝다는 말은 진리인 모양이었다.

"흠, 엘퀴네스기만 하면 성격은 상관없다고 생각했었는데."

"그런데?"

"역시 예전 성격이 더 취향인 것 같아. 너 다시 인간으로 태어났다 올 생각 없냐?"

"그냥 네가 엘퀴네스로 태어나는 게 더 빠르지 않겠냐."

진지하게 묻는 얼굴에 헛웃음으로 받아치자 그는 몹시 불퉁한 표정을 지었다. '네가 뭔가 크게 착각하는 모양인데, 난 정령왕이 되고 싶은 게 아니다. 그런 게 되지 않아도 나는 지금 나 자체로도 몹시나 완벽하고 만족스럽다. 그저 지금 이 상태에서 정령왕을 장신구처럼 두고 싶은 것뿐이다.' 따위의 헛소리가 이어지는 것을 한 귀로 듣고 흘리고 있을 때였다.

"꺄아악!"

"……!"

어디선가 어렴풋이 여인의 비명소리가 들려 왔다. 깜짝 놀라 몸을 일으키는 것과 동시에 라피스도 말을 멈추고 고개를 들었다. 그 역시 소리를 들은 것이 분명했다.

"뭐지? 방금 들린 거 분명 비명 소리였지?"

"위층 같은데."

라피스의 고개가 끄덕여지는 걸 확인하고 나는 곧장 방을 나섰다. 계단을 따라 급히 위층으로 올라서자 사람들이 웅성거리며 몰려 있는 것이 보였다. 그들 또한 비명 소리를 듣고 달려 나온 것 같았다.

좀 더 가까이 다가가자 대강의 상황이 눈에 들어왔다. 어느 방문이 하나 열려 있었고, 그 앞에 하녀 복장을 한 여성이 창백한 얼굴로 주저앉아 있었다. 아마도 그녀가 비명을 지른 본인인 것 같았다. 그녀를 부축하고 있는 사람들의 표정 또한 얼어붙은 듯 굳어 있기는 마찬가지였다. 그들 모두 홀린 듯이 방을 주시하고 있는 걸 보니, 그 안쪽에서 뭔가 이상한 것을 발견한 것이 분명했다.

문제는 그 방의 주인이 내가 익히 알고 있는 사람이라는 사실이었다. 마족 데르온, 바로 그에게 배정된 손님방이었으니까. 그것을 의식하고 나자 얼굴이 저절로 굳어졌다. 다른 사람도 아니고 데르온이라니. 대체 무슨 일이 벌어진 건지 모르겠다. 이곳에 온 뒤로 그는 지극히 얌전히 지내오고 있었다. 심지어 눈에 띄지 않게 지내겠다고 맹세(?)한 지 얼마 되지도 않은 참이었다. 그런 그가 일부러 소란을 일으키려고 할 리 없었다. 이럴 때 그가 통제할 수 없는 상황이라면…….

"알이 부화한 거 아냐?"

"……!"

마침 떠올린 생각이 귓가에서도 생생히 들려왔다. 어느새 뒤따라온 라피스가 옆에서 중얼거린 소리였다. 잠시 나와 그의 시선이 마주쳤고, 우리는 동시에 방 쪽으로 달려갔다.

정말 마족 아이가 태어났고, 사람들이 그 광경을 목격한 거라면 큰일이다. 알에서 태어났다는 것 자체가 인간이 아니라는 것을 대놓고 드러내는 셈이었으니까. 원래 이곳 사람들은 마신의 교단 덕분에 마족에게도 우호적인 편이었지만, 지금은 상황이 많이 달라졌다. 자칫하면 애꿎은 아이한테 화가 미칠지도 몰랐다.

"잠깐만요, 다들 비켜 주세요!"

사람들 사이를 가르며 파고들자 멍하니 굳어 있던 자들이 정신을 차리고 뒤로 냉큼 물러났다. 내가 이 방의 주인과 동료라는 것을 알아보고 다들 반색하는 기색이었다.

그러나 막상 방 앞에 도착하고 나니 예상하지 못한 상황이 나를 맞이했다. 주위에 비릿한 피 냄새가 진동하고 있었던 것이다. 그 냄새는 분명할 정도로 방 안에서부터 새어 나오고 있었다. 열려진 문 앞은 검붉은 액체로 흥건했다. 누가 보아도 알 수 있을 만큼 붉고 선명한 핏물이.

"무슨……."

머리부터 발끝까지 일시에 차가워지는 것 같았다.

제일 처음 든 생각은 이렇게 많은 피가 어디서 흘러나온 걸까, 라는 의문이었다. 마족의 알이 부화하면 어떻게 되는지는 모르지만, 피가 흘러나온다는 말은 듣지 못했다. 설령 알에서 나온 것이라고 해도 이렇게 많은 양일 리는 없었다. 그러고 보니 데르온이 문을 활짝 열어둔 채 방치하고 있다는 것도 이상했다. 아이가 태어난 것이든, 그게 아니든. 그가 안에 있다면 사람들이 문을 열도록 하지는 않았을 것이다.

……설마 그는 지금 움직일 수 없는 상태인 건 아닐까. 어쩌면 마왕이 살아남은 알을 눈치채고 없애러 온 걸지도 몰랐다. 거기까지 생각하는 순간, 머릿속에서 불길한 광경이 펼쳐졌다. 피투성이가 된 채 쓰러져 있는 데르온과 파괴되어 흩뿌려진 알의 잔해가 굴러다니는 모습이었다. 단순히 상상일 뿐이지만 문 안쪽에서 나를 기다리고 있을 상황이 그렇지 않을 거라 장담하기가 어려웠다. 아주 잠깐 방심한 그 사이에, 그들을 지키지 못한 걸지도 모른다.

'말도 안 돼.'

온몸이 부르르 떨리도록 끔찍한 기분에 나는 얼른 머리를 흔들었다. 카노스가 어떻게 맡기고 간 아이인데, 그걸 이렇게 허무하게 잃을 수는 없었다. 함께 시간을 보내며 나름의 정을 쌓았던 데르온이 죽는 건 더 싫었다.

"야, 진정해. 생명 반응 있어."

"……!"

아득해지던 정신이 돌아온 건 나를 툭하고 친 라피스 덕분이었다. 속삭이듯 들려오는 그의 말을 듣고서야 나는 급히 마음을 다잡고 방 안쪽의 기척을 살폈다. 그러자 정말로 뚜렷한 호흡과 심장 박동이 느껴졌다. 그중 심장 박동은 크고 작은 두 개의 진동으로 나뉘어 있었다. 방금 전까지는 너무 당황한 나머지 미처 살피지 못했던 것이었다.

무슨 일이 일어났는지는 몰라도 일단 둘 다 살아 있긴 한 모양이다. 숨만 붙어 있으면 내가 어떻게든 살려낼 수 있다. 혼탁하던 머릿속이 조금 맑아지는 것을 느끼며 나는 숨을 크게 몰아쉬었다. 한결 진정하고 나니 주변에 있는 사람들이 눈에 들어왔다. 그들 대다수가 고용인들과 저택 내부를 지키는 일반 병사들이었다. 문 앞에 고인 핏물이 충격적이긴 하지만 그 덕분에 아직 누구도 안에 들어가지 않은 건 다행스러웠다. 이 정도는 상황만 해결되면 충분히 수습 가능한 범위였다.

"이쪽 일은 내가 알아서 할 테니까 모두 이만 돌아가세요."

"예? 하지만……."

"괜찮아요. 별일 없을 테니까 신경 쓰지 마세요."

머뭇거리던 사람들은 내가 재차 물러가길 권하자 어쩔 수 없다는 듯이 흩어졌다. 아마 카웰 공작에게 보고가 올라가겠지만, 이 사나가 알아서 수습해 줄 테니 별다른 문제는 없을 터였다.

사람들이 전부 돌아간 것을 확인한 후, 나는 라피스와 함께 방 안으로 걸음을 옮겼다. 혹여 누군가 다시 기웃거릴지도 모를 것을 대비해 들어온 후에는 문을 단단히 잠그는 것도 잊지 않았다. 문 앞에 번져 있는 핏물은 안쪽까지 흥건하게 이어지고 있었다. 그렇게 만들어진 붉은 길을 따라 천천히 이동하는 걸음이 천 근처럼 무거웠다. 평소라면 몇 걸음 만에 도달할 길인데 긴장한 탓인지 너무나도 멀게 느껴졌다.

이윽고 짧은 복도를 지나, 마침내 방이 드러났을 때. 나는 그 자리에서 잠시 멈춰 섰다. 일부러 그런 것이 아니라 조건 반사적인 반응이었다. 라피스 역시 뒤따라 멈춰서는 것이 느껴졌다. 그로서는 드물게도, 몹시 얼빠진 듯한 표정을 한 채였다. 아마 내 표정도 그와 크게 다르지 않을 것 같았다.

눈앞에 전혀 예상하지 못한, 괴상한 광경이 보이고 있었다. 우선 다 죽어갈 거라 예상했던 데르온은 멀쩡한 모습으로 앉아 있는 상태였다. 거기까지는 괜찮았는데, 문제는 그가 하고 있는 행위였다.

그는 알 위에 자신의 피를 떨어트리고 있는 중이었다. 주먹을 쥐었다 폈다 할 때마다 그의 손에서 다량의 붉은 피가 주르륵 흘러내리는 것이 선명하게 보였다. 그 피는 알을 적시고도 모자라 사방으로 흘러넘쳤다. 주위에 흐르고 있는 흥건한 피의 정체가 바로 이것이었던 모양이다.

"이게 대체⋯⋯."

나는 질린 기분으로 주위를 둘러보았다. 바닥과 천장, 그리고 벽면까지 온통 마법진이 가득했다. 옆으로는 물론 안에서도 서로 몇 겹씩 겹쳐지는 복잡한 형태의 다중 마법진이었다. 역시 그의 피로 그린 듯 전부 검붉은 색을 띤 그것에서 짙은 비린내가 풍겼다. 알은 바로 그 한가운데 놓여 있었다.

"흠, 내가 아는 형식과는 다르긴 하지만 구조를 보니 대다수 보호와 유지, 기운의 흐름을 돕는 마법진이네."

"그래?"

"응, 육체를 강화하거나 단련시키는 종류의 보조 마법들이야.

흐음, 마족들은 이런 식으로 수식을 짜는군? 흐음. 이건 좀 괜찮네."

중얼거리는 라피스의 눈빛이 무섭도록 반짝거렸다. 중간계에서 쓰는 것과는 다른 마법진의 형태가 잠재되어 있는 그의 학구열을 건드린 것 같았다. 마법진을 살피느라 정신없는 라피스를 내버려두고 나는 다시 데르온에게 시선을 돌렸다. 어쨌거나 라피스의 말대로라면 이 마법진은 알을 보호하기 위해 그려졌을 가능성이 높았다. 물론 가장 정확한 건 당사자에게 물어봐야 알 수 있겠지만.

"데르온……. 지금 뭘 하고 있는 거예요?"

떨떠름하게 말을 걸어보는데 돌아오는 대답이 없었다. 소리가 들리지 않을 정도로 집중하고 있는 것 같았다. 하긴 이 정도 자극에 정신이 돌아올 정도면 이미 바깥에서 소음이 나던 순간에 바로 반응했을 것이다. 나는 단숨에 데르온에게 다가가 그의 한쪽 귀를 붙잡고 소리쳤다.

"데르온! 지금 뭐 하냐니까요!"

"우억!"

다행히(?) 사람이 죽어 나가도 모를 것 같은 집중력도 직접적인 접촉에는 손쉽게 무너졌다. 그제야 정신이 들었는지 데르온이 기겁한 얼굴로 돌아보았다.

"헉! 에, 엘 님? 여, 여긴 언제 오셨습니까?"

나를 바로 알아보는 걸 보니 인지 능력은 정상인 것 같다. 바로 죄지은 것처럼 눈치를 살피는 모습을 보아 머리에 이상이 생긴 건 더더욱 아닌 모양이었다. 나는 의심스럽게 그를 바라보다가 눈짓으로 주변의 광경을 가리켰다. 명백히 해명을 요구하는 행동이었고, 데르온도 단숨에 이해한 것처럼 보였다. 그는 비장할 정도로 진지해졌다.

"아, 그게…… 방을 더럽힌 걸 사과드리겠습니다. 이 일만 끝나면 제가 다 말끔히 치우겠습니다."

그래 봤자 돌아온 건 핀트가 엇나간 대답이었지만 말이다. 머리가 아픈 게 피비린내 때문인지, 눈앞에 앉아 있는 마족 남자의 속 타는 대답 때문인지 모르겠다. 어디서부터 따져야 할지를 고민하다가 나는 일단 데르온의 손을 붙잡았다. 무슨 짓을 한 건지 아직도 피가 흐르고 있는 상처를 치료하기 위해서였다. 하지만 치유술을 불어넣기도 전에 대상이 먼저 눈앞에서 사라졌다. 그가 냉큼 손을 거둔 것이다.

"앗, 치료하시면 안 됩니다! 아직 더 필요합니다."

"더 필요하다니……. 피 말인가요?"

이 행위에서 얻는 것이라곤 줄줄 흐르는 피뿐이니 그렇게 물을 수밖에 없었다. 가볍게 눈을 찌푸리는 내게 데르온은 머쓱한 얼굴로 고개를 끄덕였다.

"대체 피는 왜……."

아무리 그가 엉뚱한 성격이라도 이런 짓을 벌이는 덴 그럴 만한 이유가 있었을 것이다. 차분하게 설명을 들어보려는데 아래쪽에서 덜컹거리는 소리가 울렸다. 무심코 시선을 내리자마자 나는 바로 당황했다. 바닥에 얌전히 놓여 있던 알이 부들부들 떠는 것처럼 흔들리고 있었던 것이다.

"아, 이런."

혀를 찬 데르온이 급히 알을 향해 손을 뻗었고, 잠시 중단되었던 행위가 다시 이어졌다. 피를 짜내어 알 위에 떨어트리기 시작한 것이다. 그러자 기다렸다는 듯 들썩거리던 진동이 빠르게 잦아들어 갔다. 나는 긴장한 채 그 모습을 지켜보다가 알이 완전히 얌전해지는 것을 확인한 후에야 조심스럽게 물었다.

"태동……이에요?"

본래 이맘때쯤엔 알이 움직이는 것이 정상이라고 했었다. 처음엔 그런 종류인 건가 싶었는데, 왠지 느낌이 조금 이상했다. 방금 전의 그 광경은 그저 움직인다기보다는 오히려 발작을 일으키는 모습에 더 가까워 보였다. 그게 단순한 착각만은 아니었는지 데르온이 착잡한 얼굴로 고개를 저었다.

"그거랑은 조금 다릅니다."

"태동이 아니면요?"

"무슨 원인인지 기력이 갑자기 크게 떨어지셨습니다. 그 탓에 태아의 상태가 불안정해지신 것 같습니다. 일단 급한 대로 제 피를 공급해드렸더니 조금 나아지시긴 했는데, 좀처럼 회복이 되시질 않는군요. 보시다시피 공급을 잠시만 중단해도 급격히 상태가 나빠지십니다."

"그래요? 일단 제가 한번 볼게요."

나는 데르온이 하는 일을 방해하지 않는 선에서 조심스럽게 알을 살폈다. 손을 대어 보는 순간 이상은 바로 느껴졌다. 늘 따뜻하다 못해 뜨끈뜨끈한 온도를 품고 있었는데 지금은 지나칠 정도로 차가웠다. 심장은 제대로 뛰고 있는 반면 생기가 거의 느껴지지 않았다. 당황해서 데르온을 쳐다보자 그가 굳은 얼굴로 고개를 끄덕였다.

"언제부터 이랬어요?"

"수시간은 된 것 같습니다."

"그때부터 쭉 피를 공급한 건가요?"

"예."

기력이 떨어졌다는 말대로 알 속의 태아는 아프다기보다는 몹시 결핍되어 있는 느낌이었다. 떨어지는 피를 흡수하면서도 부족해서 헐떡거리는 것이 선명하게 느껴졌다. 사실 대다수 흘러넘치기만 하는 상태라, 데르온이 공급하는 양만큼 제대로 흡수하지도 못하는 것 같았다. 시험 삼아 치유의 힘을 불어넣어 봤지만 그 또한 조금 안정시키기만 할 뿐, 큰 효과를 보이진 않았다. 다쳤거나 병에 걸린 문제는 아닌 것 같았다.

"기운이 너무 약한데. 애초에 부실한 알인 거 아니야?"

한창 전전긍긍해가며 알을 살피고 있는데 라피스가 다가오면서 한마디를 던졌다. 이쪽이 심각해 있거나 말거나 마법진 구경에 여념이 없더니, 양껏 흥미를 채웠는지 혼자서만 만족스러운 얼굴이었다. 그런 주제에 대뜸 와서 한다는 참견이 저런 성의 없는 발언이라니. 평소에 남의 속을 뒤집는 법을 전문적으로 연구하고 있는 걸지도 모르겠다.

"그럴 리가 있냐. 마신이 직접 선택한 알이라고 했잖아. 마계의 미래를 바꿀 정도로 대단한 운명을 타고난 아이라고."

"흠, 그럼 정반대라서 문제인가 보네."

"정반대라서?"

"타고난 마력이 너무 강해서 몸이 버티지 못하는 거지. 작은 가죽 부대에 무한대로 술을 부어 넣으면 터지려고 하는 것처럼."

그 순간 뭔가를 깨달았는지 데르온의 얼굴이 급격히 굳었다. 서둘러 알을 살피던 그가 짧게 신음을 삼켰다.

"원인을 알았습니다, 엘 님. 보통 신체가 다 완성된 후에 마력이 생기는 것이 정상인데, 주군은 그 반대가 된 것 같습니다."

"그럴 수도 있나요?"

"흔한 경우는 아닙니다만, 강한 알이 외부의 자극을 자주 받으면 그런 일이 생기기도 한다고 들었습니다. 최근 성장 속도가 느려지신 것이 걱정되어 마력을 수시로 불어넣었는데 아무래도 그게 문제가 됐나 봅니다. 전부 제 불찰입니다."

"으음, 그럼 어떻게 해야 해요?"

그의 얼굴이 죄책감으로 일그러지는 것을 보고 나는 서둘러 질문을 건넸다. 어차피 벌어진 일, 안 그래도 한시가 급한데 탄식을 할 시간도 아껴서 대처를 모색하는 것이 더 나았다. 데르온도 같은 생각이었는지 흐려졌던 얼굴을 바로 다잡았다.

"일단 마력을 감당할 수 있을 만큼 신체를 성장시켜야 합니다. 지금처럼 필요한 만큼 피를 주입해드리는 수밖에 없을 것 같습니다."

"피면 아무거나 다 괜찮나요? 몬스터나 동물의 피도?"

"아뇨, 가능하면 동족일 것일수록 좋고, 그게 아니라도 최소한 농도가 짙은 마력이 담긴 것이어야 합니다. 그것도 어느 정도 안정이 될 때까지 공급하려면 한두 명분으로는 어림도 없을 겁니다. 일단 고비를 넘길 때까지만이라도 제 피를 드리면……."

"하지만 벌써 몇 시간째 이런 상태로 있었다면서요. 이렇게 피를 많이 흘려도 괜찮은 거예요? 아무리 마족이라 해도 무한정으로 피가 생성되는 건 아닐 텐데요."

실제로 그는 지금 안색이 별로 좋지 않았다. 그나마 마족이니까 이만큼 버티는 거지, 인간이었다면 이미 죽음의 문턱을 넘기고도 남았을 것이다. 부정하지도 못한 채 난감한 표정을 짓는 데르온을 보다가 나는 곧바로 라피스를 응시했다. 시선이 닿자마자 그는 얼굴을 찌푸렸다.

"왜 나를 쳐다봐."

"드래곤의 피면 마력도 담겨 있지 않아?"

"흥, 마력뿐이겠냐. 내 피로 종족을 바꾸는 것도 봤잖아? 저 녀석의 부실한 피보다 내 피가 백배는 더 나을걸."

"그럼 내가 왜 쳐다보는지도 알겠네."

"……쯧."

의외로 라피스는 무의미한 저항(?)을 시도하지 않았다. 그냥 짧게 짜증을 내기만 하고는 그대로 알을 집어 든 것이다. 순순히 나서는 그를 보고 데르온이 오히려 당황한 표정을 지었다.

　"도와주시는 겁니까?"

　"뭐, 별 시답지 않은 녀석이라면 나도 어떻게 되든 신경 쓰지 않았겠지만. 미래의 마왕이라며. 빚을 지워 둬서 손해 볼 건 없겠지. 너무 기대할 건 없어. 그래 봤자 급한 불만 꺼주는 것뿐이니까."

　"그거면 충분합니다. 고맙습니다."

　두 눈이 일렁이는 채로 고개를 숙이는 데르온을 보고 라피스는 조금 복잡한 표정을 지었다. 그답지 않게 머쓱해하는 것 같기도 했다. 그런 라피스를 의아하게 바라보는 데르온과 눈이 마주치자 그는 가볍게 헛기침을 한 후에 말했다.

　"애초에 네 방식은 너무 비효율적이야. 마법진을 이렇게 많이 깔아 두면 뭐해. 기능을 전혀 살리지 못하고 있는데."

　"그렇습니까? 제가 알고 있는 방식으로 보호진을 펼친 것뿐입니다만."

　"중첩으로 늘어놓기만 했잖아. 이래 봤자 강화밖에 안 된다고."

　"중첩의 목적이 그것 아닙니까?"

　"응용력이 그것밖에 안되니까 사서 고생을 하지."

　"무슨……."

　"잘 봐둬."

　경고하듯이 쏘아붙인 후 라피스는 손가락을 깨물어 피를 냈다.

그 상태에서 손짓을 하자 놀랍게도 그의 손가락이 움직이는 궤적을 따라 허공에 붉은 선이 그려지기 시작했다. 마치 보이지 않는 판이 존재해서 그 위에 그림을 그리는 것 같았다.

그가 그려내는 것 또한 주위에 있는 것들과 비슷한 형식의 마법진이었다. 빠르게 움직이던 손가락이 진을 전부 완성하는 그 순간, 붉기만 하던 선에서 빛이 뿜어져 나왔다. 더 놀라운 일은 그다음에 벌어졌다. 사방에 그려져 있던, 앞서 데르온이 만들어 둔 마법진들에게서도 빛이 나기 시작한 것이다. 순식간에 사방이 붉은빛으로 가득해지고, 그려진 무늬들마다 마치 살아 있는 것처럼 꿈틀거렸다. 단순히 그렇게 보인다는 감상을 말하는 것이 아니다. 정말로 살아서 움직였다. 각자 있던 자리에서 벗겨져 나와 허공에 둥실둥실 뜨고는, 라피스가 만든 마법진 앞으로 줄지어 모여들기까지 했다.

그 놀라운 현장 속에서 나는 멍하니 입을 벌리고 있는 것 외에는 아무것도 하지 못했다. 라피스는 늘 예상하지 못한 일을 해내곤 했지만, 훗날 가장 굉장했던 순간을 꼽으라면 단연 오늘을 떠올리게 될 것 같았다. 데르온 역시 완전히 넋이 나간 얼굴이었다.

"이게 대체⋯⋯."

모여든 마법진들은 라피스의 마법진 속에 겹치듯이 스며들었다. 더해지는 숫자가 늘어날수록, 바탕은 점점 더 짙은 색을 띠었다. 맑은 붉은색에서 불투명한 붉은색으로, 이어서 더 짙은 적갈색으로. 전부 다 스며들었을 때쯤엔 붉다 못해 새카만 색이 완성되어 있었다. 라피스는 그렇게 하나가 된 마법진을 가로로 눕힌 다음 그 위에 알을 내려놓았다. 그럴 만하니 하는 행동이겠지만, 그저 액체에 불과할 마법진이 막상 접시처럼 알을 받치는 것을 보고 있으려니 더 어이가 없어졌다.

나와 데르온이 얼빠진 상태로 지켜보는 동안, 그는 이번엔 알 위에 직접 뭔가를 적어 갔다. 그러자 바닥을 받치고 있던 마법진이 천처럼 펄럭이더니 위로 뻗으며 서서히 알을 감싸기 시작했다. 기어가듯 표면을 덮어가던 것이 마침내 완전히 알을 덮고 검은 덩어리를 이루기까지는 순식간이었다. 그 상태를 유지하는 시간 또한 굉장히 짧았다. 전부 삼켜졌다고 느끼기 무섭게 마치 빨려 들어가는 것처럼 알 속으로 스며들어 갔기 때문이다.

정신을 차렸을 땐 알은 본래의 멀쩡한 모습으로 돌아와 라피스의 품에 얌전히 안겨 있었다. 마치 현란한 마술쇼를 지켜본 기분이었다.

"봤냐? 중첩진이란 이렇게 쓰는 거다."

"……."

아니, 그러니까 방금 무슨 일이 일어난 건데?

의기양양해하는 라피스를 보며 나는 속으로 멍하니 중얼거렸다. 뭔가 엄청난 일을 했다는 건 알겠는데, 정확히 뭘 한 건지는 잘 모르겠다. 그나마 데르온의 경우엔 나보다는 알아본 것이 더 많은 듯했다. 연신 마른침을 삼키던 그가 떨리는 목소리로 말했다.

"수백 개의 수식을 동시에 연동시키는 것으로 모자라서 아예 새로운 형식으로 재조합해 버리다니. 당신…… 괴물입니까?"

"종류만 많았지 구조는 전부 다 단순하던데? 그 정도는 수백 개가 아니라 수천 개라도 조합할 수 있어."

간신히 정신이 돌아온 듯했던 데르온이 그 말에 다시 멍한 얼굴을 했다. 마법 쪽을 잘 모르는 내가 듣기에도 그게 평범한 일이 아니라는 것만은 알 것 같았다(일단 수천 개라는 범위 자체가 어디에 붙여 놔도 평범하지 않다). 하지만 정작 라피스는 자신의 발언에 문제를 전혀 느끼지 못하는 얼굴이었다. 잘난 척을 하는 게 아니라, 그게 너무 당연해서 상대가 놀라는 걸 오히려 의아해하는 것에 가까웠다. 늘 자화자찬을 늘어놓는 데다 실제로도 그만한 능력을 선보이는 드래곤이긴 하지만, 정작 그를 대단하다고 느끼게 되는 건 이런 모습을 보일 때인 것 같다. 애초에 생각하는 기준 자체가 다르다는 것을 실감하고 마니까.

"그러니까, 데르온의 피를 다 흡수시켜서 해결한 건가?"

"내 피를 더 많이 썼거든? 그 마법진 유지에 피가 얼마나 많이 들어가는데."

"아, 그런 거야?"

어떻게 그걸 몰라줄 수가 있냐는 둥, 도와줘 봤자 하나도 소용이 없다는 둥, 라피스가 볼멘소리로 투덜거렸다. 하지만 난 당당했다. 실제로 그의 몸에서 피가 콸콸 흘러나오는 광경은 보지 못했으니까. 몰라볼 수도 있는 것 아닌가.

어쨌거나 분명해진 건 방금 전 그 마법 덕분에 방이 매우 깨끗해졌다는 사실이었다. 벽과 천장의 얼룩은 물론 바닥에 흥건하던 피까지 전부 사라져서 따로 청소할 필요도 없을 것 같았다.

"뭐 해? 이거나 받아."

멀뚱히 서 있는 내게 라피스가 알을 던지다시피 넘겼다. 서둘러 받아들자 따뜻한 느낌이 전해졌다. 조금 전까지만 해도 차가웠던 온도가 다시 돌아와 있었다.

"이제 괜찮아진 거야?"

"지금 당장은."

"지금만?"

"애초에 임시방편일 뿐이야. 근본적으로 균형이 무너진 거라서 외부의 도움으로는 한계가 있어. 앞으로 몇 번은 더 이런 고비를 겪어야 할걸."

"몇 번이나? 그래도 괜찮은 건가?"

"괜찮을 리가 없지. 운 나쁘면 어디 하나 망가져서 태어날지도 몰라."

산 넘어 산이라더니. 이렇게 되면 고비를 넘겼다고 해도 마냥 기뻐할 수가 없었다.

"뭔가 좋은 방법이 없을까요, 데르온?"

질문하며 돌아보았을 때, 데르온은 막 생각에서 빠져나와 고개를 들고 있는 상태였다. 침착한 표정을 보아 이미 이럴 때를 위한 방안을 알고 있는 것이 분명했다. 예상대로 그는 어렵지 않게 입을 열었다.

"……가장 간단하고 완벽한 해결 방법이 있긴 합니다."

"그게 뭔데요?"

"마력의 샘에 알을 담그면 아무런 문제 없이 균형을 잡을 수 있습니다."

"마력의 샘?"

되물은 말에 그는 굳은 얼굴로 고개를 끄덕였다.

"전에 말씀드린 탄생의 숲 카르텐 안에 있는 샘입니다. 북 공작의 마력이 그 샘물과 반응해서 마신의 정수를 만들어내죠. 그 자체가 마족의 유체엔 더할 나위 없이 훌륭한 양분이자 보완제가 됩니다. 혹은 북 공작의 피만 있어도 비슷한 효과를 낸다고 들었습니다."

"하지만 그걸 구하려면 마계로 가야 하는 거잖아요?"

"그래도 그 방법뿐이긴 합니다."

"……이미 결심을 굳힌 거군요?"

데르온은 부정하지 않았다. 하긴 그로서는 가장 좋은 방법을 굳이 마다할 이유가 없을 터였다.

'마계라……'

카노스는 그 뒤로 여전히 소식이 없고, 대공 쪽의 움직임에도 변화는 없었다. 그쪽의 상황이 어떻게 돌아가는지도 알지 못하는데 데르온을 보내도 괜찮은 걸까. 이왕이면 기분 좋게 다녀오라고 하고 싶은데, 장소가 장소인 만큼 걱정이 앞서는 건 어쩔 수 없었다. 내가 망설이는 것을 읽었는지 데르온은 차분히 설득하기 시작했다.

"카르텐과 본성은 상당히 떨어져 있는 편입니다. 마왕의 눈을 피해 금방 다녀올 수 있습니다."

"북 공작의 도움도 필요한 거잖아요. 그와 길이 어긋나기라도 하면 어쩌려고요."

"그는 카르텐을 떠나는 일이 거의 없으니 괜찮습니다. 운이 좋으면 궁금해하시던 마계 쪽의 동태를 파악할 수도 있을 겁니다."

"으으음."

"주군까지 건너가는 게 염려되시면 저 혼자 데자크를 찾아가서 그의 피라도 받아오겠습니다. 저 혼자라면 발각되더라도 큰 문제가 생기지는 않겠지요."

"……심정은 알겠는데, 난 데르온이 위험해지는 것도 싫거든요."

"물의 왕께서 그렇게 말씀해 주시니 저로선 다시는 없을 영광입니다. 하지만 이대로 주군께서 잘못되시면 저는 죽어서도 마신을 뵐 수 없을 겁니다."

데르온의 두 눈이 결연하게 빛났다. 결코 물러날 기세가 아니었고, 만약 끝까지 안 된다고 하면 몰래 다녀오기라도 할 작정처럼 보였다. 저렇게까지 의지가 확고한 사람을 마냥 반대하기만 할 수도 없어서 나는 한숨을 내쉬었다.

"북 공작의 피만 쓰는 것보다는 마력의 샘에도 담그는 게 더 좋은 거죠?"

"일단은 그렇습니다. 그렇게 되면 마신의 정수를 만들 수 있으니까요."

"알았어요. 그럼 알도 가져가요. 어차피 위험부담을 안고 가는 거라면 확실하게 치료하고 오는 게 더 낫겠죠."

"허락해 주셔서 감사합니다, 엘 님."

"물론 그 전에 해야 할 일이 하나 있어요."

"해야 할 일, 말입니까?"

얼굴 가득 화색을 띠던 그가 내 말에 의아한 표정을 지었다. 나는 고개를 끄덕인 후 근처에 있던 창가로 걸어가 문을 활짝 열었다. 창틀에 붙어 한창 이쪽의 상황을 기웃거리고 있던 투명한 형체들이 와르르 물러나려다 서로 부딪치면서 야단법석을 떨었다. 내 눈에만 보이는 것이 아쉬울 만큼 귀여운 광경에 웃음이 흘러나왔다.

"최소한의 안전장치는 걸어두는 게 좋으니까요."

2.

비현실적으로 새하얀 피부. 달빛을 그대로 옮겨 담은 눈동자. 입고 있는 원피스는 티끌 한 점 없이 깨끗한 밀 빛. 미풍에 따라 춤을 추듯 살랑거리는 머리카락까지도 은백색.

머리부터 발끝까지 온통 새하얀 소녀는 마치 설탕으로 만든 조각상 같았다. 한눈에도 시선을 잡는 외모인데 공중에 둥실둥실 떠 있기까지 해서 더 눈에 띄었다.

"일부러 염탐하려던 건 아닙니다."

허공에 뜬 채로 무심한 듯 말하는 소녀를, 라피스와 데르온이 기묘한 표정으로 응시했다. 짧은 정적이 흘렀고, 두 사람의 시선이 동시에 나를 향했다. 그 일관된 반응을 보아 그들의 눈에도 소녀의 모습이 보이는 모양이었다.

사실 그 부분은 소녀가 나타날 때부터 이미 예상하고 있었다. 본신일 때조차 다소 투명하게 보이는 형태가 지금은 전부 뚜렷하게 잡혀 있었기 때문이다. 인간으로는 보이지 않는 어마어마한 존재감을 드러내고 있지만, 오히려 그게 인위적으로 모습을 '구현'했다는 증거였다. 진짜 그에게선 존재감이 거의 느껴지지 않는다. 스치는 바람에서 형태를 느끼지 못하듯이, 그는 이 세상의 호흡 그 자체였으니까.

바람의 정령왕 미네르바.

눈앞에 서 있는 하얀 소녀의 정체를 상기하며 나는 가볍게 웃었다.

"어서와, 미네. 벌써 누구랑 계약한 모양이네?"

"드래곤 일족으로부터 요청이 있었습니다. 그들을 만나 전대의 계약을 그대로 인수받았습니다."

대답과 함께 허공에서 천천히 하강하기 시작하는 소녀를 나는

두 팔을 뻗어 가볍게 받아냈다. 바닥에 착지하자 그를 감싸고 있
던 청량한 공기가 파도처럼 퍼져 나갔다. 뒤쪽에 서 있던 데르온이
급하게 숨을 삼키는 것이 느껴졌다. 그의 정체를 눈치챈 것이다.

"바, 바람의 왕을 뵙습니다."

서둘러 인사하는 데르온에게 미네르바는 가벼운 고갯짓을 보내
는 것으로 대답을 대신했다. 생각지 못한 존재의 등장에 당황했는
지 데르온은 그답지 않게 조금 긴장한 기색이었다. 물론 평소에도
우월한 간 크기를 자랑하는 라피스는 전혀 아랑곳하지 않았다.

"이 시점에서 미네르바……. 과연. 그런 방법이 있었군."

흥미롭다는 듯이 살펴보던 그의 시선에 이채가 떠올랐다. 누가
눈치 빠른 녀석 아니랄까 봐 단번에 내 의도를 파악한 것이 분명
했다. 나는 머쓱해져서 뺨을 긁었다.

정령계에 있던 미네르바가 이곳에 나타난 이유는 내가 와 주길
요청했기 때문이었다. 창틀에 몰려 있는 수많은 바람의 정령들을
발견했을 때, 직감적으로 그가 보고 있다는 걸 알았다. 정령계를
떠나온 지 그리 오래되지도 않았는데 내가 뭘 하고 지내는지 궁금
했던 모양이다. 그로선 전혀 의도한 바가 아니었겠지만 내게는 적
기에 맞춘 듯이 맞아 떨어진 순간이었다. 덕분에 데르온을 도울
수 있는 좋은 방법이 떠올랐으니까. 누군가를 보호할 수 있는 수
단으로는 세상에서 가장 특별한, 오직 한 사람만이 쓸 수 있는 방
법이.

"그림자의 장막 말입니까?"

미네르바의 말에 나는 고개를 크게 끄덕였다. 바람의 왕인 그가 지니고 있는 고유의 힘. 호흡과 그림자마저 완벽하게 감춰 주는 은신의 힘을 빌릴 수만 있다면 아무리 위험한 장소라도 무사히 다녀올 수 있을 것이다.

"한 번만 도와주면 안 될까?"

"흠."

간절하게 바라보는 나를 물끄러미 마주 보던 미네르바가 데르온을 빤히 응시했다. 그 시선을 받은 데르온이 알을 꼭 끌어안은 채 몸을 움찔거렸다. 몇 초가 몇 년 같은 순간이 지나고, 마침내 미네르바의 입에서 답이 떨어졌다.

"본래는 계약자에게만 해 주는 것이긴 합니다만. 알겠습니다. 도와드리겠습니다."

"정말?"

"그럼요. 다른 사람도 아니고 엘의 부탁인데. 그 정도는 해드릴 수 있습니다."

기묘하게 얼굴을 찌푸린 후(미소 짓는 것이다) 미네르바는 데르온 앞으로 성큼 걸어갔다. 바람의 고유 능력을 실제로 눈앞에서 보는 건 처음이라 나는 기대감을 갖고 그 모습을 지켜보았다. 눈앞에서 데르온이 바로 사라지게 되는 건가 싶었는데, 미네르바는 잠시간 그의 주위를 기웃거리기만 할 뿐이었다. 옆에 서서 키를 가늠해 보거나 폭을 재보기도 하고, 데르온의 주변을 한 바퀴 빙 돌아보기도 했다. 그러는 동안 데르온은 바짝 구워진 것처럼 뻣뻣하게 서 있었다.

"이 정도면 되겠군요."

의미 모를 행동이 몇 번 더 반복되었을 때쯤 미네르바가 혼잣말처럼 중얼거렸다. 그는 우리들과 약간의 거리를 벌리고 선 후 손가락을 들어 허공에 직선을 그어나가기 시작했다. 기점을 벗어나는 순간 손가락 끝에서 광채가 발하고, 움직이는 궤적에 따라 빛의 선이 그려져 나갔다. 미네르바가 태어났을 때 그의 형체가 그려지듯이 생기던 것과 비슷한 광경이었다. 다만 그때엔 화폭에 소묘를 하는 느낌이었다면, 지금은 단순한 사각형을 그려낸 정도에 불과했다.

선이 다 그려졌을 땐 눈앞에 길쭉한 문이 세워진 것처럼 보였다. 진짜 놀라운 일은 그 다음에 일어났다. 미네르바가 두 손으로 사각형의 틀을 잡더니, 창문을 떼어내듯 통째로 들어낸 것이다. 떨어진 부분은 분리되자마자 천처럼 펄럭거리며 아래로 흘러내렸다. 아니, 그건 실제로도 천과 다름없었다. 미네르바의 품 안으로 떨어진 뭉텅이에서 투명하지만 분명한 질감과 형태가 느껴졌다. 마치 공기의 단층을 벗겨낸 느낌이었다.

"여기 있습니다."

짧은 한마디를 마친 미네르바가 들고 있던 것을 그대로 데르온에게 내밀었다. 어서 가져가라는 듯 손에 들고 건네는 동작을 취하는데도 사실 무언가가 출렁거리는 느낌만 있을 뿐 보이는 것이

거의 없었다. 그래선지 데르온은 섣불리 반응하지 못하고 당황한 표정만 짓고 있었다.

그가 의견을 구하는 듯이 나를 돌아보았고, 나는 괜찮다는 뜻으로 고개를 끄덕여주었다. 그제서야 데르온도 비장한 얼굴로 투명한 천을 받아들었다. 처음엔 허우적거리듯 어설픈 동작이었는데, 막상 받아들고 나서는 분명하게 손에 쥐어지는 것이 신기했는지 만지작거리기에 바빴다. 멀찍이서 구경하던 라피스도 어느새 옆에 달라붙어 함께 만지작거리고 있었다. 그는 천 속에 한 손을 넣어보고는 다른 손으로 그 겉을 더듬어보는 과정을 반복했다.

"헤에, 펼쳐진 상태에선 만질 수 있는데 감싸진 부분은 그냥 통과하잖아? 과연 바람의 장막. 단순히 가려지는 정도가 아니라 아예 실체를 사라지게 만드네?"

감탄하는 그의 말에 데르온도 따라 흉내내 보고는 눈을 휘둥그렇게 떴다. 이것저것 실험하느라 정신이 없는 두 남자를 향해 미네르바는 담담한 얼굴로 설명했다.

"그걸 걸치고 있는 동안엔 존재가 완전히 지워지고 누구의 눈에도 보이지 않게 됩니다. 말을 해도 상대에게 전해지지 않을 테니 대화를 하고자 할 땐 벗어야 합니다. 덧붙여 그 효과가 유지되는 기한은 삼 일 정도입니다. 이후엔 사라져버리니 가능하면 그 전에 모든 용건을 마쳐야 할 겁니다."

"명심해서 지키겠습니다. 바람의 왕께 감사드립니다."

"감사 인사라면 엘한테 하십시오. 저는 엘의 부탁을 들어드린 것뿐이니까요."

"엘 님, 정말 감사합니다!"

데르온이 내 앞에 성큼 다가와 몸을 굽혔다. 우렁차게 울려 퍼지는 목소리만큼이나 그의 얼굴은 한껏 격정에 차올라 있었다. 나는 그의 어깨를 두드려 주었다.

"그럼 조심해서 다녀와요. 절대 무모한 행동은 하지 말고요."

"예, 이 목숨 바쳐 무사히 돌아오겠습니다!"

"……아니, 그러니까 목숨을 바치지 말라는 뜻이거든요?"

"예! 목숨까지 바치지는 않고 돌아오겠습니다!"

대답은 잘하는데 뭔가 내용이 이상하다. 너무 흥분한 나머지 자기가 무슨 말을 하는지도 모르는 것 같았다. 그는 그 상태로 알과 바람의 장막을 소중히 챙겨들고는 다시금 꾸벅 인사를 거듭한 후에야 사라졌다. 드디어 마계로 떠난 것이다.

'아무 일 없어야 할 텐데.'

미네르바의 장막만큼 안전하게 운신하는 방법은 없으니 이쪽에서 할 수 있는 조치는 다 한 셈이다. 그럼에도 불안한 기분이 드는건 어쩔 수 없었다. 하지만 상념에 빠져 있는 순간은 그리 오래가지 않았다.

"미네르바, 나한테도 그림자 장막 만들어 주면 안 돼? 방금 전에 만든 것처럼 큰 것까지는 필요 없고, 손수건 크기 정도면 되는데."

"……!"

갑자기 사라진 빈자리가 허전하게 느껴지기도 전에 경쾌한 목소리가 이어졌다. 돌아보니 라피스가 미네르바의 옆을 한창 기웃거리고 있었다. 바짝 붙어서 손을 내밀고 있는 모양새가 딱 지나가는 아가씨에게 추근거리는 동네 양아치다. 아니, 이 경우엔 어린 소녀의 주머니를 털어가려는 불량배 정도일까. 구도는 몹시 불미스러운데, 당하는 쪽(?)의 얼굴이 워낙 담담해서 별로 위급해 보이지 않기는 했다. 싱글싱글 웃는 얼굴을 빤히 들여다본 미네르바는 오히려 이채 어린 표정을 지었다.

"당신은 엘의 계약자군요. 라피스라즐리라는 레드 드래곤이 당신입니까?"

"응, 트로웰의 대자이기도 하지. 만들어 줄 거야?"

"상관은 없습니다만, 그렇게 작은 조각으로 무엇을 하려는 겁니까? 그 정도 크기로는 신체의 일부만 가릴 수 있을 텐데요."

"그냥 신기해서 가지고 놀려고. 바람의 장막은 나도 말로만 들었지, 오늘 처음 봤거든."

"야, 라피스……."

한다한다 했더니 정령왕의 고유 능력을 숫제 장난감 취급이다. 머리가 아파지려고 하는데 의외로 미네르바는 아무렇지 않게 고개를 끄덕였다. 이윽고 즉석에서 빛의 직선이 그려졌고, 작은 수건 정도의 투명한 천이 만들어졌다. 크기가 작아서인지 조금 전과는 비교할 수 없을 만큼 빠른 속도였다.

"오, 친절한데?"

반색해서 받아든 라피스가 휘파람을 불었다. 이 순간마저 담담한 표정을 유지하고 있는 미네르바가 위대하게 보일 정도였다.

"그건 하루 정도만 유지될 겁니다."

"그 정도면 충분해."

씩 웃으며 대꾸한 뒤 라피스는 투명한 손수건을 만지작거리는 채로 희희낙락하며 사라졌다. 무슨 짓을 할지 염려스럽긴 했지만 한동안은 호기심을 채우는 데 바빠 나타나지 않을 것 같았다. 나는 사라지는 뒷모습을 불안하게 지켜보다가 미네르바를 향해 서둘러 사과했다.

"미안해, 미네. 귀찮게 했네."

"아닙니다. 엘 주위엔 재밌는 사람들이 많은 것 같습니다."

"아하하, 매일 지켜보면 별로 그렇지도 않을 거야. 아무튼 정말 크게 신세졌어. 혹시 내가 도울 일이 있다면 뭐든 말해 줘."

"그럼 저도 부탁드리고 싶은 게 있는데 괜찮습니까?"

"응? 뭔데?"

미네르바한테 무슨 일이 있었나? 어리둥절해져서 바라보자 그는 차분하게 입을 열었다. 이어진 말이 뜻밖이라 나는 조금 당황했다.

"블레스터 말입니다. 전대가 엘에게 유지를 남겼다고 들었습니다만."

"아, 그렇긴 한데……."

"전대가 친히 부탁하고 간 이상, 제가 관여할 일이 아니라는 건 알고 있습니다. 제가 직접 그를 찾아보려는 생각은 없습니다. 하지만 엘이 그를 찾게 되면 제게 보내 주지 않으시겠습니까? 가능한 한 있는 그대로의 상태로, 그에게 걸린 봉인도 풀지 말고 말입니다."

"봉인을 풀지 말라고?"

나는 가볍게 얼굴을 찌푸렸다. 블레스터라니. 어떤 무리한 요구를 하든 최대한 수용할 생각이었지만 이건 정말 예상하지 못했다. 그에게 걸린 봉인을 풀지 않으면 전 미네르바와 한 약속을 어기게 된다. 그는 블레스터에게 자유를 주고 싶어 했으니까. 지금의 미네르바도 그 정도는 당연히 알고 있을 것이다. 그런데도 이런 부탁을 한다는 건 나름의 생각이 있다는 거겠지.

"혹시 날 지켜보고 있었던 것도 그거 때문이었어?"

"네."

"……이유를 물어봐도 돼?"

조심스럽게 질문을 건네자 미네르바는 망설임 없이 대답했다.

"봉인을 풀면 그 안의 진은 소멸될 겁니다."

"응, 그렇다고 들었어."

"그는 일평생 인간들의 손에서 떠돌았다고 들었습니다. 마검으로 변해 갈 정도면 상당히 괴로운 경험을 많이 했겠죠. 그에게 다시 정령으로 살 기회를 주고 싶습니다."

"……!"

"다행히 그의 육체는 바람에 속해 있고, 이는 제가 다룰 수 있는 부분입니다. 한동안 바람의 영역에 두어 정화한 후, 새 육신을 부여할까 합니다."

담담한 말투와는 어울리지 않는 파격적인 발언들이 연이어 이어졌다. 놀라서 눈만 깜빡이는 나를 향해 미네르바는 우아하게 말했다.

"아마 전대도 진심으로는 이걸 바랐을 거라고 생각합니다. 그러나 그는 우리들 바람의 치부. 죄인의 낙인이 찍힌 존재. 그를 만든 장본인인 전대조차 생전에 거두어 곁에 둘 생각을 하지 못했죠. 후대인 제가 그를 받아주지 않을 거라 여기고 미리 단념하는 것도 당연합니다."

"으음……. 미네는, 괜찮은 거야?"

블레스터에 관해서는 다른 정령왕들도 한결같이 불쾌해하는 반응을 보였다. 그렇게 상냥한 트로웰조차 싫어한다는 것을 부정하지 않았을 정도였다. 왕이 아닌 이가 왕의 힘을 품은 탓에 그 자체로 정령들에게는 부정(不淨)한 존재가 된 것이다. 심지어 힘을 잃은 지금도 바람의 고유 능력은 다룰 수 있는 상태. 새로운 바람인 그의 입장에선 누구보다 가장 꺼려지는 존재일 터였다. 그 점은 미네르바도 인정하는 모습이었다.

"물론 저도 처음엔 인상이 좋지는 않았습니다만."

"그랬는데?"

"바람의 영역을 새로 정비하는 김에 남은 바람의 잔상을 읽어보았습니다. 엘이 전대에게 그러셨더군요. 진에게는 잘못이 없다구요.”

“아, 응. 그랬었지.”

“그걸 보고 저도 다시 생각해 봤습니다. 확실히 그렇더군요. 그는 단지 왕의 뜻에 충실했을 뿐입니다. 그걸 인정한 이상 저 또한 엘처럼 행동으로 나서야 한다고 여겼습니다. 그렇게 판단하고 나니 이 경우엔 제가 마무리 짓는 편이 더 원만하게 해결할 수 있다는 결론이 내려졌습니다.”

‘그렇지 않습니까?’ 차분하게 의견을 묻는 목소리엔 바람의 왕다운 위엄이 실려 있었다. 나는 감탄을 감추지 않고 미네르바를 바라보았다. 그는 아무렇지 않게 말했지만, 감정이라는 게 그렇게 쉽게 조절할 수 있는 건 아니다. 지금까지 블레스터를 배척했을 정령들도 그에게 잘못이 없다는 사실은 알고 있었을 것이다. 다만 알면서도 거북한 기분이 드는 걸 어쩔 수 없었을 뿐. 그것을 끝내 외면하지 않고 받아들이는 쪽을 택한 미네르바가 대단하게 보였다.

“굉장하다, 미네. 멋있어.”

“그렇습니까? 하지만 이건 엘이 가르쳐 준 겁니다.”

“응? 나?”

“저와 엘은 같은 존재이지 않습니까. 엘이 할 수 있는 생각이라면 저도 할 수 있다고 생각했습니다. 그렇게 여겼더니 모든 게 간단해지더군요.”

나를 똑바로 응시하는 눈빛이 별처럼 반짝거린다. 관대한 자신의 결단에 스스로 뿌듯해진 것 같았다. 그 모습이 귀여워서 나는 그의 머리를 슥슥 쓰다듬었다.

"아무튼 알았어. 그렇지 않아도 봉인을 풀면 그대로 소멸한다는 게 안타까웠는데. 미네가 좋은 해결 방안을 마련해 준 덕분에 편한 마음으로 찾을 수 있을 것 같아. 언제 찾게 될지 모르겠지만 블레스터를 발견하면 바로 미네한테 보내 줄게."

"네, 고맙습니다. 그럼 전 이만 가 보겠습니다. 이왕 내려온 김에 이프리트한테도 들렀다 가 봐야겠네요. 그가 근처에서 상단을 운영하고 있다고 들었습니다. 인간처럼 걸어서 가 보고 싶은데 엘이 길을 안내해 주지 않겠습니까?"

"응, 그럴까?"

손을 내밀자 미네르바는 잠시 고개를 갸웃거리다가 퍼뜩 알았다는 듯이 냉큼 맞잡아 왔다. 묘한 성취감을 느끼는 얼굴을 보고 있으려니 웃음이 나왔다. 이런 모습은 확실히 유희에 익숙하지 않은 어린 정령다웠다.

"손을 잡고 걷다니. 엘은 뭘 좀 아시는군요. 가장 인간다운 행위 같아서 한번 해 보고 싶었습니다."

"마음에 든 것 같아 다행이네."

"네, 실프들이 이럴 때 인간들이 쓰는 표현에 대해서도 알려 줬습니다."

"그래? 뭔데?"

"같이 가요, 언니!"

"……."

"……엄마입니까?"

아니, 그것도 아니거든.

조심스럽게 눈치를 살피는 얼굴을 보며 나는 흘러나오는 탄식을 삼켰다. 이 순간 근처에 아무도 없는 것이 정말 다행이었다. 라피스가 이 대화를 들었다면 몇 년 치 놀림감으로 삼았을 테니까.

3.

마계로 건너온 순간부터 데르온은 내내 쉼 없이 달렸다. 처음부터 카르텐에 바로 도착할 수 있다면 문제가 될 게 없겠지만, 애초에 마계는 차원 이동이 용이한 세계가 아니었다. 차원의 문을 열 수 있는 존재가 공작 급밖에 없듯이, 문이 열려지는 장소도 각 영토마다 한두 개에 불과할 정도로 한정적이었다.

최대한 간격을 단축하기 위해 카르텐과 가장 가까이에 인접한 북토의 문을 열긴 했으나, 이 역시 다른 지역에 비해 이동 거리가 짧은 것에 불과할 뿐이라 단숨에 닿을 만한 거리는 아니었다. 더구나 카르텐은 인근까지 마신의 힘이 강하게 지배하는 땅이기에 공간 이동을 하는 것도 불가능했다.

간신히 목적지에 도달했을 땐 꼬박 하루가 지나 있었다. 그나마도 미네르바가 만들어 준 바람의 장막 덕분에 주변의 눈을 신경 쓰지 않고 지름길로만 이동한 결과였다. 날이 저물어 어두컴컴해지는 하늘을 확인한 후, 데르온은 조심스럽게 카르텐 안으로 진입했다. 금역인 만큼 데자크 외의 누군가와 마주칠 일은 거의 없겠지만 만일을 대비해 바람의 장막은 벗지 않았다.

숲이 깊어질수록 사위는 더 캄캄해졌다. 벌레 울음소리조차 들리지 않는 길은 고요하다 못해 적막했고, 기이할 정도로 싸늘한 한기가 흘렀다. 생명과 탄생의 숲이라는 명칭이 무색하리만치 어둡고 건조하기만 한 공간은 풀 한 포기조차 살아 있지 않은 쓸쓸한 폐허 같았다.

이곳이 이렇게 을씨년스러운 느낌을 풍기는 곳이었던가. 태어나 유년시절을 보낸 장소였다. 익숙한 정경임에도 낯설게 느껴지는 공기에 데르온은 걸어가는 내내 고개를 갸웃거렸다. 이번 번식이 실패로 끝난 영향도 있겠지만 그런 것을 감안해도 분위기가 지나치게 음침했다. 아무래도 그동안 아크아돈의 밝고 화사한 색채에 너무 익숙해진 걸지도 모르겠다. 데르온은 나름의 결론을 내리며 품 안의 알을 고쳐 안았다.

"고향입니다, 주군. 그리운 느낌이 드시지 않습니까? 이제 곧 주군께서 원래 계셨던 장소에 도착할 겁니다. 그곳에 가시면 더 이상 아프실 일은 없을 테지요."

갑자기 발작을 일으켜 그의 심장을 떨어트리는 데 지대한 공을 세웠던 알은 레드 드래곤 라피스의 도움을 받은 이후부터는 쭉 안정적인 상태였다. 온기와 심장박동도 정상이었고 마력의 흐름도 일정했다. 아직 약하지만 조금 전부터는 조금씩 태동도 시작하고 있었다. 마계로 돌아온 덕분인지 평소보다도 상태가 더 좋아진 것 같았다.

데르온은 흐뭇하게 웃은 다음 걸음을 서둘렀다. 카르텐의 숲지기이자 북 공작 데자크는 아마도 카르텐의 심층부, 마력의 샘 부근에 있을 것이다. 번식기엔 알을 돌보는 것이 그의 주 임무지만, 그렇지 않을 때 데자크는 마력의 샘을 지키는 것을 최우선으로 하고 있었다. 마력의 샘 또한 알만큼이나 노려지기 쉬운 것이니 그 곁을 떠나 있지는 않을 터였다.

'살아남은 알이 있다는 걸 알면 놀라서 펄쩍 뛰겠지.'

그 경악할 얼굴을 상상만 해도 벌써부터 즐거워진다. 데자크는 북 공작으로서의 책무에 큰 자부심을 지닌 남자였다. 자신이 해야 할 일을 남에게 빼앗겼다는 생각에 이를 부득부득 갈지도 몰랐다. 루카르엠의 정체에 대해서는 알고 있을까. 증명서를 받으러 간다고 했으니 이미 서로 만났거나, 아직 함께 있을 가능성도 있었다. 그 앞에서 비밀을 공유하는 시선을 나누는 것도 꽤 유쾌할 것 같았다. 한껏 피어오른 기대감이 데르온의 발걸음을 더 재촉하게 했다.

무성한 수풀을 지나 드디어 찾던 장소에 이르렀을 때, 데르온은 근처에서 희미한 물소리를 느꼈다. 소리를 따라 좀 더 가까이 다가가자 작은 샘이 모습을 드러냈다. 샘의 표면은 기이할 만큼 푸르스름한 빛으로 빛나고 있었다. 카르텐의 근원이자, 마계의 심장이나 다름없는 존재—마력의 샘이었다.

드디어 도착했다는 안도감이 찾아드는 순간, 곧이어 눈에 들어오는 광경에 데르온의 얼굴이 더 밝아졌다. 샘 앞에 익숙한 뒷모습이 앉아 있었기 때문이다. 특유의 곧고 우아한 자세, 파란빛이 감도는 긴 머리칼. 멀리서도 한눈에 알아볼 만큼 특색을 지닌 존재는 그가 아는 단 한 사람뿐이었다.

"자크!"

반가운 마음에 말을 걸며 다가서는데 등진 모습에선 아무런 반응이 없었다. 의아해하던 데르온은 자신이 아직 바람의 장막을 뒤집어쓴 상태라는 걸 깨달았다. 실체와 소리조차 전부 차단하는 장막이라 대화를 하려면 벗어야 한다고 했었다.

데르온은 서둘러 머리를 덮고 있던 천을 뒤로 거뒀다. 쓰고 있는 동안 맞춤옷처럼 몸에 밀착되어 있던 장막은 벗는 순간 다시 펄럭거리는 사각형의 천으로 돌아갔다. 그는 그것으로 알을 감싸 허리에 단단히 고정시켰다. 허리 부근이 사라진 것처럼 보여 남이 보기에 꽤 기괴한 행색이 됐지만 어쩔 수 없었다.

그때까지도 데자크는 여전히 반응을 보이지 않았다. 예민한 그라면 장막을 벗는 순간 바로 기척을 느낄 거라고 생각했는데 뭘 하고 있는 건지 평소보다 반응이 둔했다. 아니, 그러면 알면서도 일부러 무시하는 걸지도 모르겠다. 후자의 가능성이 더 크다고 생각하며 데르온은 한숨을 내쉬었다. 실제로 그는 평소에도 자신의 기분이 내킬 때만 누군가를 아는 척하곤 했다.

"자크, 저 데르온입니다."

"……."

"만나서 정말 다행입니다. 이곳까지 불쑥 찾아와서 죄송합니다. 당신에게 꼭 부탁할 일이……."

조심스럽게 말을 걸며 다가서던 데르온은 가볍게 얼굴을 찌푸렸다. 데자크가 있는 곳에 가까이 이를수록 독특한 냄새가 풍겼다. 달큼하고 향긋하지만 결코 꽃 향은 아니다. 살아 있는 것이 죽어 가야만 품을 수 있는 냄새. 마족이라면 누구나 익숙한 냄새이기도 했다.

'마치 피 냄새 같은……'

그 순간 무심코 내린 시선에 뜻밖의 광경이 들어왔다. 데르온은 내딛던 걸음을 그 자리에서 멈췄다. 기분 탓인지 모르겠지만 마력의 샘을 채우고 있는 샘물의 양이 평소보다 줄어들어 있는 것 같았다. 아니, 지금 그게 문제가 아니었다. 가까이서 보니 샘물의 색이 이상했다.

마력의 샘은 푸르스름하게 빛나고 있는 표면만큼 물 자체도 본디 새파란 색이었다. 그런데 지금은 그 안쪽이 온통 까맣게 물들어 있었다. 마치 검은 잉크가 고인 것 같은 모습이었다. 웅크린 듯이 덩어리진 액체에서는 강렬한 힘이 느껴졌다.

마신의 정수. 데르온은 한 번에 그 액체의 정체를 알아보았다. 틀림없었다. 북 공작의 피가 마력의 샘과 반응해야만 만들어지는 마신의 정수였다.

"이게 무슨……."

샘을 한가득 채우고 있는 마신의 정수라니. 그는 태어나서 이렇게 많은 양의 마신의 정수는 처음 보았다. 워낙 귀한 것인 데다 남용의 위험이 큰 편이라, 데자크는 아무리 정수가 필요한 상황에서도 한 잔 이상의 양을 만들어내는 적이 없었다. 그런 그만의 엄격한 기준에 마족들은 모두 불만을 표출했지만 루카르엠만은 몹시마음에 들어 했었다. 덕분에 더 확고하게 지켜오던 소신이기도 했다.

당황한 데르온은 그제야 데자크가 뭘 하고 있는 건지 알아차렸다. 그는 한 팔을 샘에 담그고 있는 상태였다. 문제는 그 팔에서꾸역꾸역 피가 흘러나오고 있다는 사실이었다. 그것이 그대로 샘의 마력과 반응하여 정수를 끊임없이 생산하는 중이었다.

"이런 미친! 자크, 당신! 돌았습니까! 지금 무슨 짓을 하고 있는겁니까?"

기겁한 데르온이 달려들어 데자크의 몸을 잡고 강제로 떼어냈다. 완강히 버틸 줄 알았는데 그는 예상했던 것보다 쉽게 떨어져나갔다. 아니, 지나치게 아무런 반응이 없었다.

"……자크?"

데르온은 굳은 얼굴로 데자크를 불렀다. 그에게 두 어깨를 붙잡힌 상태인데도 데자크는 전혀 인식하지 못하는 것 같았다. 감정을전혀 담아내지 않는 무표정한 얼굴. 눈동자 또한 아무것도 비치지않은 채 텅 비어 있었다. 눈을 뜨고 있지만 깨어 있는 것이 아니다. 인형처럼 생기가 전혀 느껴지지 않는 모습에 심장이 덜컥 내려앉았다.

'의식이 없는 건가?'

그는 침착하게 데자크의 모습을 살폈다. 그의 머리 부근에 마력이 엉켜 있는 것이 느껴졌다. 누군가 그의 머리에 장난을 쳐둔 것 같았다. 그것을 파악하고 나니 그의 행색이 눈에 들어왔다. 항상 깔끔하던 옷차림이 엉망이다. 찢긴 옷자락과 벌겋게 물든 핏물. 목부터 시작해서 몸 여기저기에 심각한 부상의 흔적이 남아 있었다. 누가 보아도 격렬한 몸싸움을 벌이고 난 모습이었다.

"젠장."

무슨 일이지, 대체 무슨 일이 있었던 거야.

데르온은 초조해지는 기분을 삼키며 급히 주위를 경계했다. 그들 외에 다른 누군가가 근처에 있는 기색은 없었지만, 데자크의 상태를 봐선 잠시 자리를 비운 것일 가능성이 컸다. 본능이 이곳을 어서 피해야 한다고 경고하고 있었다. 하지만 데자크를 놔둔 채 자리를 떠날 수도 없었다.

"망할 데자크, 일단 정신부터 차리란 말입니다."

이를 갈 듯이 내뱉은 후 그는 곧장 데자크의 얼굴을 한 손으로 덮듯이 잡았다. 그의 마력을 강하게 불어넣자 미동 없이 앉아 있던 몸이 부르르 떨렸다. 다행히 효과가 있었는지 탁하기만 하던 눈동자가 점차 선명한 빛을 품기 시작했다. 얼굴 가득 만연해 있던 멍한 기운이 사라지고 시선이 또렷해지는 것이 느껴졌다.

"자크?"

"······."

천천히 두 눈을 깜빡이는 남자를 유심히 지켜보다가 데르온이 조심스럽게 이름을 불렀다. 이번엔 소리를 인지한 것인지 데자크의 눈썹이 크게 꿈틀거렸다. 곧 고개를 돌린 얼굴과 시선이 마주쳤다 느낀 순간이었다.

"······!"

돌연 강한 힘이 그의 몸을 덮쳐 왔다. 데자크가 그에게 달려든 것이다. 설마 공격할 거라고는 예상하지 못한 데르온은 그대로 밀쳐져 바닥에 처박혔다.

"큭!"

그의 목을 움켜쥔 두 손이 강하게 조여 오기 시작했다. 데르온은 잠시 버둥거리다가 그를 짓누르고 있는 상대의 배를 있는 힘껏 걷어찼다. 험악하게 덮쳐 오던 기세와는 다르게 데자크는 바로 떨어져 나갔다. 애초에 이런 공격이 가능하리라고 생각지 못할 만큼 몸 상태가 엉망이었으니 반격을 버티지 못하는 것도 당연했다. 무리해서 움직인 것이긴 했는지 쓰러진 이후로 데자크는 다시 일어나지 못한 채 가쁜 숨만 몰아쉬었다. 물론 갑자기 공격당한 데르온의 입장에선 동정의 여지가 없는 모습이었다.

"뭐하는 겁니까? 기껏 정신 차리나 했더니!"

엎어져 비틀거리는 데자크를 향해 데르온이 쏘아붙였다. 그러자 한창 힘없는 기침을 내뱉던 데자크의 움직임이 잠시 멈췄다.

"······데르온?"

고개를 드는 얼굴에 믿을 수 없다는 듯 경악의 감정이 고스란히 드러나 있었다. 충격으로 흔들리는 붉은 눈동자를 보며 데르온은 안도의 한숨을 삼켰다. 다행히 자신을 알아보긴 하는 모양이었다.

"자네, 정말 데르온인가?"

"보면 모릅니까?"

퉁명스러운 대답에 데자크는 눈을 몇 번 더 깜빡거렸다. 조금 전까지만 해도 먹구름이 끼인 듯 갑갑하던 머릿속이 그의 목소리를 들을 때마다 점차 맑아지는 것 같았다. 동시에 깨질 듯한 통증도 함께 느껴졌다.

"자네가 어떻게······ 큭."

"자크, 괜찮습니까?"

말하다 말고 머리를 짚으며 신음하자, 데르온이 서둘러 그의 곁으로 다가왔다. 괜찮다는 뜻으로 고개를 끄덕이려던 데자크는 그대로 얼굴을 굳혔다. 혼미하던 정신에 미처 발견하지 못했던 광경이 뒤늦게 눈에 들어왔다. 새카만 마신의 정수가 가득 들어차 있는, 마력의 샘이.

　　"나를 위해 죽어줘야겠다, 데자크 룬."

나른한 여인의 목소리가 귓가에서 속삭이던 것이 기억났다. 잔인하게 빛나는 두 눈을 보는 순간 데자크는 직감적으로 자신의 죽

음을 느꼈다. 그러나 파고든 손톱은 예상과 다르게 그의 마지막
숨을 거둬 가지 않았다.

　　"아니지. 지금 널 죽여 버리면 마신의 정수를 만들 때 세르
　　피스의 피를 써야 하잖아. 꽤 많이 필요할 텐데, 그건 안 될
　　말이지. 그러다 세르피스까지 죽어버리면 조금 곤란하거든.
　　그녀는 이 외에도 나를 위해 할 일이 남아 있는 몸이니까."

　　손톱을 거둔 카류안이 난처한 얼굴로 중얼거렸다. 그의 뱀 같은
시선이 천천히 훑는 것이 선명하게 느껴져서, 데자크는 헐떡이는
와중에도 이를 갈았다. 차라리 지금 당장 숨이 끊어지는 게 나을
정도로. 견딜 수 없는 치욕감에 소름이 돋아나는 것 같았다.

　　"이왕이면 어차피 죽을 몸을 활용하는 게 좋겠어. 그대도
　　그렇게 생각하지 않나, 데자크?"

　　웃음소리가 맴돌고, 눈앞에 순식간에 뿌옇게 되는 것이 느껴졌
다. 이후의 기억은 먹에 잠긴 듯이 까맣다. 그 결과가 눈앞에 있는
마력의 샘이었다. "빌어먹을." 데자크는 목구멍까지 치밀어 오르
는 욕설을 나직하게 내뱉었다.
　　언제부터 얼마나 많은 마신의 정수를 만들어낸 건지 모르겠다.
확실한 건 이미 상당수의 정수가 봉인을 풀기 위해 쓰였다는 사

실이었다. 그가 알고 있는 것보다 샘물의 양이 훨씬 적었다. 한 번
바닥을 드러내었다가 새로 차오른 것이 분명했다.

"카류안이 한 짓입니까?"

어느 정도 상황을 짐작한 데르온이 차분하게 질문을 건넸다. 타
인의 의식을 장악하는 악질적인 방식은 유체 시절부터 두드러졌던
카류안의 가장 큰 특기였다. 그게 아니라도 애초에 이 마계 내에서
북 공작인 데자크를 이렇게 만들 수 있는 존재는 그리 많지 않았
다.

루카르엠은, 마신 카노스 님은 어디에 계신단 말인가. 그가 마
계에 있다면 이런 일이 벌어졌을 리가 없다. 엄습하는 불길한 생각
에 데르온은 입술을 깨물었다. 오랫동안 소식이 없다 싶었지만 설
마 마계의 상황이 이렇게 나쁘게 흘러가고 있을 줄은 상상도 하지
못했다.

"자세한 설명은 나중에 듣기로 하죠. 어쨌든 지금은 일단 이곳
을 피하는 게 좋겠습니다. 이대로 계속 이곳에 있는 건 위험합니
다."

데르온은 초조한 기분으로 데자크에게 다가섰다. 본래 목적이
던 마신의 정수가 바로 눈앞에 있었지만 지금은 그를 안전한 곳으
로 데려가 치료하는 게 먼저였다. 하지만 그의 부상이 너무 심각해
서 치료가 가능할지 감히 예상이 되지 않았다. 차원 이동만 할 수
있었다면 정령왕 엘퀴네스에게 보일 수 있었을 텐데. 데자크가 마

계를 벗어날 수 없는 몸이라는 사실이 이 순간만큼 안타까웠던 적이 없었다.

"자크……?"

부축하려는데 데자크가 오히려 그의 팔을 붙잡아 내리 눌렀다. 의아하게 바라보는 그를 향해 차갑게 가라앉은 시선이 닿았다.

"자넨 왜 이곳에 왔지?"

"그건 나중에 설명하겠습니다. 지금 이럴 시간이…….."

"아니, 지금 듣겠다."

서늘한 대답에 데르온은 말을 멈추고 입을 다물었다. 이어진 말에 그는 더 당황해야 했다.

"자네가 카류안의 하수인이 아니라는 걸 내가 어떻게 믿지?"

"그게 무슨 말입니까? 카류안의 하수인이라니."

"자네가 모르는 사이에 장악되었을 수도 있지 않은가."

"소름끼치는 소리 좀 하지 마십쇼! 절대 아닙니다! 그럴 리가 없잖습니까!"

"그럼 내가 자넬 믿을 수 있게, 자네가 내가 아는 데르온이라는 증거를 보여."

이 순간에도 그의 숨이 조금씩 가빠지는 것이 분명하게 느껴졌다. 그 자신조차 생명의 빛이 빠른 속도로 꺼져 가는 것을 느끼고 있을 것이다. 한시가 시급한 와중에 왜 이상한 고집을 피운단 말인가. 데르온은 속이 타들어 가는 것을 느끼며 한숨을 내쉬었다. 마음 같아선 강제로 끌어가고 싶었지만 타오를 듯 강렬한 시선을 보니 절대 순순히 따라나설 기색이 아니었다. 할 수 없이 그는 허리춤에 묶어둔 바람의 장막을 조심스럽게 풀어낸 다음, 그 안에 간직해 두었던 것을 꺼내들었다.

"이것을."

"……!"

그가 내미는 것을 의아하게 바라보기를 잠시, 데자크의 눈이 부릅떠졌다. 갑자기 튀어나온 것처럼 나타난 황금색의 물체에서 익숙한 느낌이 전해졌다. 자신의 눈이 잘못된 게 아니라면 그건 틀림없는 마족의 알이었다.

"어떻게……."

데자크는 덜덜 떨리는 손으로 알을 받아들었다. 손에 닿는 순간 따뜻한 온기와 더불어 선명하게 움직이는 태동이 전해져 그는 크게 숨을 몰아쉬었다. 이번 번식기의 알은 그날 이후 전부 다 잃어버렸다고 생각했었다. 그런데 아직 살아남은 생명이 있었다니. 눈으로 보고도 믿을 수가 없었다.

"카노…… 루카르엠 님이 물의 왕께 맡기신 것입니다."

"……루카르엠 님이? 물의 정령왕에게?"

"일이 그렇게 되기 전에 따로 보호해 두셨던 모양입니다. 강한 운명을 타고난 아이라고 하셨습니다. 아마도 다음 왕이 될 자질이겠지요. 물의 정령왕이 태어날 아이의 대부가 되어 주기로 했습니다. 저 개인적으로는 주군으로 모시기로 한 참입니다."

어디까지 밝혀도 좋을지 알 수 없어 데르온은 우선 간략하게 설명을 마쳤다. 그것만으로도 충분했는지 다시금 숨을 터트린 데자크가 일렁거리는 눈으로 알을 쓰다듬었다. 먹먹하기까지 한 그 모습에 데르온은 씁쓸한 표정을 지었다.

"최근 상태가 급작스럽게 나빠지셔서 데자크의 도움을 받기 위해 몰래 모셔온 겁니다. 그런데 여기서 이런 일이 벌어지고 있을 줄이야. 제가 얼마나 놀랐는지 압니까? 지금도 당혹감이 사라지질 않아 미쳐버릴 것 같습니다. 이제 됐습니까?"

"……그래, 자네가 데르온인 건 맞는 모양이군."

"그러게 그렇다고 했잖습니까."

한숨과 함께 대답한 후 데르온은 다시금 부축하기 위해 손을 뻗었다. 그러나 데자크는 이번에도 그 손을 저지하며 중간에서 멈추게 했다. 의아해져서 얼굴을 찌푸리는 데르온을 향해 데자크가 희미하게 웃었다.

"자넨 예전부터 날 즐겁게 하는 재주가 있었지. 이번에도 마찬가지군. 지금 내가 얼마나 기쁜지 자네는 모를 거다. 내 평생 이렇게 기뻤던 순간이 없을 정도로. 자네의 모습까지 예뻐 보일 지경이야."

"……딱히 당신을 즐겁게 하려던 건 아닙니다만. 기쁘다니 다행이긴 하군요. 살아남은 알이 있는 게 그렇게 반갑습니까?"

"물론이다. 하지만 지금은 이곳에 나타난 마족이 데르온 자네라는 걸 확인한 게 더 기쁘군. 이제 안심하고 부탁해도 되겠어."

"예? 갑자기 무슨 부탁을……."

"지금 당장 날 죽여라."

"……!"

데르온은 잠시간 자신의 귀를 의심했다. 내가 지금 무슨 소리를 들은 거지? 방금 전 눈앞에 있는 남자의 입에서 굉장한 헛소리가 흘러나온 것 같은데 잘 기억이 나지 않았다. 아니, 정확히는 못 들은 것으로 하고 싶었다.

"방금, 뭐라고……."

꺼질 듯 간신히 말을 내뱉고 나서야 그는 자신이 지나치게 경직되어 있었다는 것을 깨달았다. 아프도록 뻐근해진 근육을 이완시키자 그때부터 심장이 미친 듯이 뛰기 시작했다. 온몸으로 동요를 드러내고 있는 그와는 다르게 데자크는 담담한 모습이었다.

"두 번 말하게 하지 마라. 네 말대로 시간이 없다. 미적거리지 말고 어서 날 죽여. 알겠나, 데르온? 지금 이 시간 이후부터 네가 북 공작이 되는 거다."

"지금…… 자신이 무슨 말을 하는 건지 알고 있습니까?"

"물론. 카류안의 뒤통수를 치는 중이지."

"예?"

당황해서 되묻는 얼굴을 보며 데자크는 더 짙게 웃었다.

"루카르엠 님이 그의 육체를 봉인한 것 같더군. 카류안은 그 봉인을 깨기 위해 세르피스의 의식을 장악했고, 마신의 정수를 만드는 내 힘을 노리고 있다."

"……!"

"대충 어떤 상황인지 알겠나? 아마 그는 이미 만들어진 정수를 들고 봉인을 풀러 갔을 거다. 아직 필요한 양을 채우려면 더 있어야 할 텐데, 성급하게 자리를 비운 걸 보니 어차피 내가 곧 죽을 거라 생각해서 방심한 모양이다. 설마 그사이에 중간에서 다른 자가 낚아챌 거라곤 상상도 하지 못하고 말이야. 이런 때에 자네가 이곳에 오다니 정말 운이 좋았어. 그야말로 마신이 보우하사 아닌가."

"당신이 다시 멀쩡해져도 되는 거잖습니까! 안전한 곳으로 가서 바로 치료를 시작하면……!"

"기특한 소리를 하는군. 자넨 내 몸이 치유될 것이라고 생각하나?"

시험하듯이 건네진 질문에 데르온은 선뜻 답을 이을 수 없었다. 애써 외면하고 있던 진실이 꾸역꾸역 현실을 돌아볼 것을 강요하고 있었다. 데자크의 육체는 한계를 넘어선 지 오래였다. 이미 빠져나간 생명의 자리가 메울 틈도 없이 벌어진 채 새카만 사기를 풍기기 시작했다. 지금까지 눈을 뜨고 멀쩡히 대화를 하고 있는 것 자체가 기적이었다. 불안정하게 굳어 있는 표정을 본 데자크는 그럴 줄 알았다는 듯이 담담히 고개를 끄덕였다.

"장기에 손상도 많이 입었고 피도 너무 많이 흘렸다. 약 따위는 통할 리가 없고, 치유 마법으로도 재생할 수 있는 수준이 아니라는 건 자네도 알고 있겠지. 자넨 마법에 꽤 조예가 깊으니까."

"자크, 하지만……!"

"정신 차려, 데르온. 냉정하게 생각해라. 난 어차피 곧 죽어. 이 대로 죽으면 내 힘은 카류안 쪽으로 넘어간다. 그것만은 반드시 막아야 해. 자네가 하지 않겠다면 나는 스스로 목숨을 끊는 수밖에 없다."

"……!"

"북 공작의 힘은 자결하면 전승되지 않지. 한동안 사라졌다가 아주 긴 시간이 흐른 후에야 누군가에게 다시 나타나게 될 거다. 그 시간이 몇백 년일지, 몇천 년이 될지 아무도 알지 못해. 그때까지 마족은 번식기를 갖지 못한다. 나는 가능한 한 그 선택지만큼은 택하고 싶지 않아. 아이가 태어나지 않는 세계는 미래가 없는 죽은 세계일 뿐이다. 태어날 미래의 왕께 반쪽짜리 마계를 다스리게 할 건가?"

눈앞에서 똑바로 쏘아지는 시퍼런 안광에 데르온은 헐떡이듯 숨을 삼켰다. 그는 한동안 창백한 얼굴의 데자크와, 그 품에 안겨 있는 황금색 알을 번갈아 바라보았다. 그 망설임에 결단을 촉구하려는 것처럼, 데자크가 들고 있던 알을 데르온의 품에 밀어 넣었다.

닿은 온기에서 두근거리는 태동이 전해졌다. 그제야 침착해진 데르온이 머리를 털어내고 호흡을 길게 내뱉었다. 다시 눈을 뜬 그의 눈빛은 고요하게 가라앉아 있었다. 안정을 되찾은 그를 보고 데자크도 안심한 얼굴을 했다.

"결심을 굳혔나?"

"……북 공작에게 걸리는 장소 제약은 어떻게 되는 겁니까? 마계를 떠나지 못하게 되는 건 곤란합니다. 주군을 위험하게 만들 순 없습니다."

"걱정하지 마라. 그 제약은 전승되지 않으니까. 자리가 바뀔 때마다 새로 계약하는 방식이다."

"그건 잘됐군요."

이를 아득 간 후, 데르온은 한 손에 천천히 마력을 모았다. 단 한순간, 아주 잠깐이기만 하면 된다. 약해질 대로 약해진 몸뚱이는 충격만 강하게 줘도 나약하게 잡고 있는 숨을 놓칠 것이다.

그는 마력을 그러모은 손을 데자크의 심장 부근에 가져다 댔다. 데자크도 그 행동의 의미를 알았다. 마지막을 기다리듯 평온해진 얼굴을 보고 데르온은 다시 입술을 악물었다.

"남길 말은 없습니까."

"글쎄, 늘 이런 때를 대비한 말을 생각해 두었던 것 같은데. 막상 이 순간이 되니 떠오르는 것이 없군."

"그래도 뭐든 말하십시오. 아무거나, 하다못해 욕이라도 좋으니 잔뜩 떠들고 가란 말입니다. 당신이 아무 말도 남기지 않고 떠나면 내가 더 화날 것 같으니까."

심장 끝에서 부들부들 떨리는 감각이 느껴졌다. 데자크는 처음엔 자신이 떨고 있는 거라고 생각했다. 하지만 곧 그게 아니라는 것을 알았다. 진동은 그의 심장에 닿은 손 위에서부터 시작되고 있었다. 그 손의 주인을 따라가 시선을 보내자 참혹하게 일그러진 얼굴이 눈에 들어왔다. 그 모습을 물끄러미 보다가 데자크는 피식 웃었다.

"항상 호시탐탐 날 죽일 기회를 엿보고 있지 않았나, 애송이? 막상 판이 벌어지니 지나치게 수줍어하는군."

"제기랄. 당신은 대체 날 뭐라고 생각하는 겁니까? 내 힘으로 뺏고 싶었지 이딴 식으로 던져 주는 걸 받으려던 게 아니었습니다."

"하긴, 자네는 약한 것과의 승부엔 흥미를 보이지 않았지. 내가 나약해지니 죽이는 것도 재미가 없나?"

"……죽는 순간까지 날 도발해서 뭘 어쩌려는 겁니까?"

분노에 차 이글거리는 눈빛에 데자크는 씁쓸히 웃었다. 그는 죽음이라는 것을 비장한 것으로 받아들일 생각이 없었다. 여느 때처럼 아무렇지 않게, 스치는 일상처럼 지나가고 싶었는데 아무래도 눈앞의 젊은 친구는 그럴 마음이 없는 모양이었다.

물론 그 자신 또한 삶에 미련이 남지 않았다고는 할 수 없었다. 문득 시선을 내렸을 때, 데자크의 눈동자가 짧게 흔들렸다. 조금 전 자신이 억지로 밀어 넣은, 데르온의 품 안에 안겨 있는 황금색 알이 다시 눈에 들어왔기 때문이었다. 그 시선에 담긴 아쉬움은 데르온도 읽어냈다. 그가 지켜보는 것을 깨달은 데자크가 얼굴에 묻어난 감정을 바로 털어냈다.

"아이의 상태는 나쁘지 않다. 성장 속도가 느린 편이긴 하나 이는 정수를 조금만 흡수해도 해결될 거다. 하나라도 무사해서 다행이긴 한데, 태어날 모습을 보지 못하는 건 조금 아쉽군. 강한 운명을 타고 났다, 루카르엠 님이 그렇게 말씀하셨다고 했나?"

"……네, 그렇습니다."

"물의 정령왕이 대부가 되어 줬다니. 앞으로도 목숨을 걱정할 필요는 없겠어."

"물론 그럴 겁니다."

"내가 이름을, 지어 줘도 되나?"

담담하게 의향을 물어보는 목소리에 데르온은 두 눈을 감았다. 그렇게 하지 않으면 목소리까지 떨릴 것 같았다.

"당연한 거 아닙니까. 태어날 아이의 이름을 짓는 건 당신의 의무이자 고유 권한이었습니다. 나도, 세르피스도, 카류안조차. 전부 당신이 지어준 이름입니다. 새삼스럽게 묻지 마십시오."

"……그래, 그렇군."

부드럽게 고개를 끄덕인 후 데자크는 온기를 담은 시선으로 알을 바라보았다.

"아스모델. 아스모델이라고 하지."

이름이 정해지는 순간은 짧았다. 다소 긴장한 기색으로 기다리던 데르온이 그 말에 이채 어린 표정을 지었다.

"……누군지 압니다. 고대에 마신을 섬기던 12명의 대천사 중에서 마계의 4월을 관장한다고 알려진 천사의 이름 아닙니까?"

"그가 맞다. 천마대전에서 마지막까지 마계를 위해 용맹하게 싸우다 소멸한 전사이기도 하지."

데자크는 천천히 고개를 끄덕이며 말했다.

"이번 번식기는 4월에 있었거든. 카르텐에 만발하는 봄꽃을 보면서, 가장 먼저 태어나는 아이에게 붙여주자고 생각한 이름이었다."

쏴아아—

스치는 바람에 그의 머리카락이 천천히 흐트러졌다. 흐릿하게 웃는 모습이 금방이라도 스러질 것처럼 위태로웠다. 데르온은 다시금 얼굴을 굳힐 수밖에 없었다.

위태롭다니. 이 얼마나 데자크에게 어울리지 않는 단어인가. 태어나 처음 봤던 그 순간부터, 늘 한결같이 강하기만 하던 사람이었다. 가만히 서 있기만 해도 숨 막힐 듯 전해지는 존재감과 마력에 늘 압도되는 것을 느꼈었다. 그러나 지금 눈앞의 남자에게선 그런 기운이 전혀 느껴지지 않았다. 바싹 말라 부스러지기만을 기다리는 낙엽 같았다.

이번엔 데르온도 인정하지 않을 수가 없었다. 간절히 오지 않길 바랐던 순간이 분명하게 알 수 있을 정도로 다가와 있었다.

그에게 주어진 시간이, 얼마 남지 않았다.

"이제 시작해 주지 않겠나, 데르온. 난 한계야. 이러다 자네가 거두기 전에 내 숨이 먼저 넘어갈 것 같다."

끝을 직감한 건 데자크 역시 마찬가지였다. 조금 전보다 더 창백해진 얼굴을 물끄러미 바라보다 데르온은 무뚝뚝하게 고개를 끄덕였다.

"······준비는 되었습니까?"

"그 말은 내가 해야 할 것 같은데."

심장에 대어진 데르온의 손 위로, 데자크의 손이 포개어졌다. 이미 온기를 거의 담고 있지 않은 체온에 데르온의 얼굴이 어두워졌다.

"뒷일을 잘 부탁한다."

"······네."

"루카르엠 님께도 먼저 가는 불충한 신하의 인사를 대신 전해 줬으면 한다. 카류안을 봉인하신 이후로 소식이 없어서 걱정되는 군. 혹여 심하게 다치진 않으셨을지······."

"그분은······ 무사하실 겁니다."

"그래, 그럴 테지."

씁쓸하게 중얼거리는 얼굴에 그리움이 깃든다. 마지막 안부를 확인하지 못하고 떠나는 것이 끝내 마음에 남은 것이다. 그것을 본 데르온은 조급해지는 기분을 삼켰다. 아직 데자크는 루카르엠의 정체를 모르고 있는 것이 분명했다. 마신의 뜻을 알지 못하는 이상, 그의 정체를 감히 내가 멋대로 밝혀서는 안 된다. 데르온은 속으로 몇 번이나 중얼거렸다. 그러나 마침내 그 심장에 마력을 불어넣는 순간엔 그도 더는 참을 수가 없었다.

"자크! 실은 루카르엠 님의 정체가······ 마신이었습니다!"

입안에서 맴돌던 고백이 입술이 열리자마자 해방된 것처럼 터져 나갔다. 죽음이 파도처럼 스며드는 때. 귓가에 또렷이 울려 퍼지는 목소리에 데자크의 눈이 크게 떠졌다. 잠시 두 사람의 시선이 마주쳤고, 데자크의 입가에 미소가 그려졌다.

그러나 그 시간은 허무할 정도로 짧았다. 다음 순간 천천히 눈을 감은 데자크의 몸이 빠르게 허물어졌다. 앞으로 고꾸라지려는 그의 몸을 데르온이 다급히 두 손을 뻗어 받아냈다. 미동이 없는 차가운 육신이 그의 품 안으로 힘없이 쓰러져 내렸다.

"자크?"

응답이 돌아오지 않을 걸 알면서도 데르온은 조심스럽게 불러 보았다. 결과는 그의 예상을 벗어나지 않았다. 품 안에 안긴 남자는 여전히 미소 짓고만 있을 뿐, 그 눈이 다시 떠지는 일은 없었다.

들었을까? 진실은 전해 듣고 간 것일까?

조금 더 빨리 말해야 했던 걸지도 모른다. 사무친 후회로 남기 전에 확인을 구하고 싶은데, 유일하게 그 답에 해답을 줄 수 있는 존재의 입은 이제 열리지 않는다. 그에게 찾아든 침묵을 깰 방법을 데르온은 알지 못했다. 다행히 마지막 순간은 그리 고통스럽지 않았던 것 같다. 일렁거리는 눈으로 데자크를 살피던 데르온의 얼굴이 어느 한 부분에 이르러 와락 일그러졌다. 푸른색이 감돌던 데자크의 머리칼이 점차 검은색으로 변해 가기 시작했다.

"아아……."

데르온은 차라리 눈을 감았다. 붉어진 눈시울이 뜨겁게 달아올랐다. 차오르는 눈물이 속절없이 떨어지는 걸 막을 수가 없었다.

왜 이런 일이 일어난 걸까. 입버릇처럼 언젠가는 그를 이기고 그자리를 차지하리라고 말하고 다녔다. 다짐에 다짐을 거듭하면서도 스스로 치기이자 허세라는 것을 알고 있었다. 사실은 일평생 데자크가 아닌 다른 북 공작은 상상해 보지 못했다. 검푸른색 머리카락이 아닌 그의 모습조차 떠올려 본적이 없었다.

그런데 지금 바로 그의 눈앞에서 그 머리칼이 암흑처럼 새카매지고 있었다. 그의 육신에서 빠져나간 숨의 증거가, 그만의 방식으로 영원한 작별을 고했다.

"아아아아아!"

완전히 캄캄해진 하늘, 피어오르기 시작한 별무리가 데르온의 머리 위로 쏟아져 내렸다. 빛이 닿을 때마다 반사되는 색은 마계의 밤하늘만큼이나 푸르스름한 빛을 띠었다. 한때는 그 앞에 잠든 남자가 지니고 있던 색이다.

기나긴 마계의 역사, 그 한 자락의 끝.

카르텐의 주인이 바뀐 밤이었다.

＊　　　＊　　　＊

저벅—

내디딘 걸음이 바닥에 돋아난 풀을 사정없이 짓밟았다. 지금 막 카르텐 안으로 진입한 남자는 긴 망토로 온몸을 감싼 채였다. 창백한 피부에 탁해진 붉은 눈동자. 밤하늘보다 새카만 흑발은 윤기를 잃은 채 힘없이 늘어져 있었다. 그 모습은 무덤 속에서 살아나왔다고 해도 좋을 정도로 음습해 보였다.

실제로 그는 그 비슷한 곳에서 막 벗어난 참이었다. 그러나 꼴이야 어쨌건 자신의 힘으로 몸을 움직이고 걸을 수 있었다. 지금은 그것만으로도 충분했다. 곧 지금과는 비교할 수 없는 자유를 얻게 될 테니까. 그때 만끽할 기쁨을 생각하면 잠깐의 불편함 정도는 얼마든지 참을 수 있었다.

온몸에 가득 차오르는 기대감을 즐기면서, 그는 들뜬 기분으로 이곳까지 당도했다. 그 순간까지만 해도 모든 것이 순조롭게 이뤄지고 있었다.

마침내 원하던 장소까지 도달했을 때, 그는 샘 앞에 누군가가 누워 있는 것을 발견했다. 데자크 룬. 한때 북의 공작이자 카르텐의 숲지기였던 남자였다. 두 눈을 감고 차게 식어 있는 그는 이미 숨을 쉬지 않는 상태였다. 이때쯤 그가 죽을 거란 건 이미 예상하고 있었던 바였기에 딱히 놀라진 않았다.

이변을 느낀 건 마력의 샘을 확인했을 때였다. 이미 한 번 전부 가져다 쓰긴 했지만 지금쯤이면 샘이 어느 정도 다시 차올라 있어야 할 시기였다. 데자크가 죽기 직전까지 피를 흘리게 해 두었으니 마신의 정수 역시 그 안에 가득 들어차 있어야 했다. 그런데 샘 안이 텅 비어 있었다. 마신의 정수는 물론, 본래 머금고 있어야 할 마력조차 존재하지 않았다. 마치 처음부터 샘이 아니었던 것처럼.

완전히 바짝 말라버린 흙바닥만 드러내고 있을 뿐이었다.

그 현상이 가리키는 바는 명백했다. 누군가 샘을 〈거두었다〉. 기존에 품고 있던 마력을 전부 회수했을 뿐만 아니라 다시 명이 내려지기 전까지 다시는 생산하지 못하도록 만들어 두었다. 이런 명을 내릴 수 있는 존재는 숲지기이자 샘의 관리자인 북 공작뿐이었다. 하지만 데자크는 숨을 거둘 때까지 자신에게 의식을 장악당한 상태였다. 그랬어야 했다.

거기까지 떠올린 후 그는 자신의 옆에 인형처럼 서 있는 여인을 붙잡고 그 머리칼을 쓸어 넘겨 보았다. 사방을 분간하기 힘들 정도로 어두운 밤중이었으나 그의 안력으로 머리색을 구분하는 건 어려운 일이 아니었다. 여인의 머리칼은 늘 그랬듯이 검기만 했다. 북 공작이 죽었다면 당연히 이쪽으로 넘어와야 할 푸른색을 띠지 않았다.

"……누군가 가로챘나."

이를 간 그가 두 주먹을 움켜쥐었다. 설마 그사이에 누가 카르텐에 들어왔던가. 짐작 가는 자가 너무 많아서 헤아릴 수가 없었다. 마지막에 이르렀을 때 데자크는 하급 마족이라도 쉽게 죽일 수 있을 만큼 허약해진 상태였다. 누군가 우연히 숲에 들어왔다면 그를 죽이고 공작이 될 기회를 마다하지 않았을 것이다. 그러나 샘을 일부러 마르게 했다는 점이 아무래도 마음에 걸렸다. 대부분의 마족들은 돌아가는 상황을 모르고 있는 상태였고, 그런 이들에겐 굳이 샘을 거둘 이유가 없었다. 오히려 자신이 북 공작이 되었다는 사실에 들떠 정수를 더 만들어내려 했을 것이다.

게다가 그는 침입자를 대비해 숲 입구 쪽에 감지 마법을 펼쳐둔 상태였다. 하지만 누군가 들어서는 흔적은 전혀 느끼지 못했다. 그것만으로도 제3자의 개입 가능성은 현저히 떨어진다.

결국 그는 가장 합당한 결론에 도출했다. 데자크가 죽기 직전에 기적적으로 정신을 차린 것이라고 말이다. 그가 마지막 힘을 쥐어 짜내 샘을 폐하고 자결을 택했다면 이 모든 일이 간단히 설명됐다. 북 공작의 능력은 스스로 목숨을 끊으면 그대로 증발해 한동 안 아무에게도 전승되지 않는다. 마계의 미래를 생각하면 극단적 인 선택이었으나 데자크라면 그런 짓을 저지르고도 남을 자였다. 적의 손에 넘겨 주느니 미래를 버리는 것이 낫다고 판단했을 것이 다.

어쨌거나 이런 일은 전혀 예상하지 못했다. 그, 카류안은 나직 하게 혀를 찼다. 데자크가 숨을 거두기 전에 성급히 자리를 비우 는 것이 아니었다. 미리 만들어 둔 마신의 정수 덕분에 육체가 자 유로워지긴 했지만 봉인이 아직 다 풀리진 못했다. 남은 정수를 써서 마지막 금제를 풀려 했는데 그 계획이 전부 어그러졌다.

"할 수 없군. 다른 방식을 시도할 수밖에."

카류안은 이죽거리며 몸을 일으켰다. 그의 시선이 죽은 데자크 의 시체를 차갑게 훑었다. 마지막까지 뜻대로 되지 않는가. 이런 점은 저가 섬기는 신과 똑같았다.

'좋아, 누가 이기는지 해 보지.'

데자크는 틀린 선택을 했다. 그냥 그대로 죽었다면 그 공헌을 생각해서 너그러운 마음으로 대해 줬을 텐데. 공연히 마지막까지 쓸데없는 발악을 해서 자신의 기분을 상하게 만들었다.

오늘의 수모는 결코 잊지 않을 것이다. 시간이 좀 더 오래 걸릴 뿐, 결국 금제는 곧 풀리게 되어 있었다. 신이 되어 모든 대차원을 전부 자신의 발밑에 복속시키고 나면 그의 영혼까지 찾아 갈기갈기 찢어버릴 것이다. 자신에게 거역하는 것이 어떤 대가를 치르는 일인지 온 세상에 똑똑히 증명하고 말리라.

"그때까지 짧은 안식을 취해라, 데자크."

듣지 못할 상대를 향해 쏘아붙인 후 카류안은 몸을 털고 일어섰다. 그 옆을 세르피스가 정중한 모습으로 따랐다. 카류안은 미련 없이 숲에서 돌아섰다.

"유카르테에게 간다."

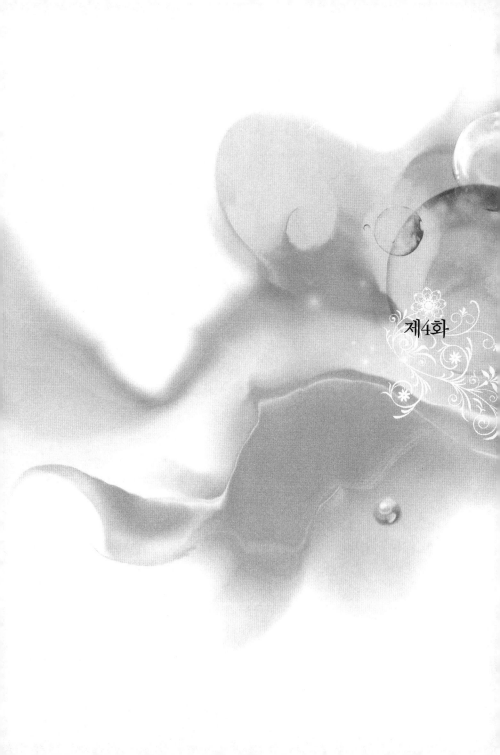

제4화

1.

"유니콘의 눈?"

서류를 검토하던 엘뤼엔이 한 대목에서 눈썹을 찌푸렸다. 혼잣말처럼 중얼거린 그의 질문에 맞은편에 앉은 회색 머리칼의 남자가 고개를 끄덕였다. 조금 전 엘뤼엔에게 서류를 건넨 장본인—명계의 신 섀넌이었다.

"정의와 분별의 신 루세프가 창조한 성마 일족의 눈을 말합니다. 그들의 눈은 사후에 더욱 특별해지죠. 사체가 전부 흙으로 돌아가도 눈만은 유리구슬 같은 형태로 남게 되는데, 그걸로 혼령이나 영체를 비출 수 있습니다. 삼키면 얼마간 혼령과 접촉할 수 있게 된다고도 합니다."

"그건 나도 알고 있다. 그래서, 마왕이 그걸 이용했다는 건가?"

"그렇습니다."

서류는 마왕 카류안이 명계에 침투하기 위해 사용한 방법으로 의심되는 과정을 다루고 있었다. 최종적으로는 물의 정령왕 엘퀴네스의 탄생 과정에 오류가 생긴 이유이기도 했다. 명계 내 혼을 분배하는 부서에서 관리자 한 명이 실수를 저질렀고, 그 탓에 정령왕의 영혼이 지구로 보내졌다. 있을 수 없는 일까진 아니지만 그에게서 최면에 걸린 흔적이 발견됐다는 것이 문제였다. 즉, 누군가가 의도적으로 실수를 유도한 것이다.

최면에 걸린 관리자는 본래 혼을 인도하는 부서 소속으로, 마계 본성이 있는 중앙 구역을 담당하던 자였다. 평소 기존 업무에 충실하던 편이었는데 엘퀴네스의 교체 주간에 갑자기 분배 쪽으로 부서를 변경했다고 했다. 정황상 마왕이 개입한 게 분명했으나 지금까지는 그것을 입증할 방법이 없었다.

아무리 마계가 같은 대차원에 속해 있다곤 해도 구성원인 마족은 엄연히 육체를 지닌 존재였다. 영의 세계인 명계에는 접근할 수도, 그들의 모습조차 볼 수 없다는 것이 정석이었다. 접촉하지도 못하는 상대에게 최면을 거는 건 불가능하다. 그렇기에 그 과정을 파악하는 것이 명계의 입장에서는 매우 중요한 과제였다. 최악의 경우 다른 동조자가 있을 가능성도 있었고, 그렇게 되면 사태가 매우 복잡해졌다.

그러나 오늘, 섀년은 마왕의 단독 범행이라는 것에 무게를 싣는 증거를 발견했다. 그것이 바로 '유니콘의 눈'이었다. 혼령을 볼 수 있게 하는 것만이 아니라 만질 수도 있게 만드는 영물. 그걸 이용한다면 마왕 혼자서도 충분히 이 모든 상황을 진행할 수 있었다.

"그동안 유니콘의 눈은 특별한 장난감 정도의 개념이었죠. 그걸 이렇게 활용할 줄은 몰랐습니다. 정말 허를 찔린 기분이었습니다."

"시기에 맞춰 부서를 바꾸게 했다는 건 미리 날짜를 알고 있었다는 것 아닌가? 그가 정령왕의 소멸일을 어떻게 알고 일을 꾸민 거지?"

"최면을 시도한 흔적이 여러 번 있었습니다. 제대로 되는 게 맞는지 다양한 방식으로 시험해 봤던 것 같습니다. 그때 생명부와 사망부를 확인한 거겠죠. 일일이 확인할 수 있는 양은 아닙니다만, 특정인을 지정해서 찾는 거라면 어렵지 않습니다. 대상을 정령왕으로 한정했다면 특히 더 간단했을 겁니다."

"그 모든 추측을 뒷받침하는 근거가 있나?"

"마왕이 한때 수하들을 풀어 유니콘의 눈을 모은 적이 있습니다. 최면에 걸린 시점이 그 시기와 일치합니다."

그게 사실이라면 거의 확실하다고 봐야 했다. 엘뤼엔은 작게 한숨을 내쉬며 서류를 내려놓았다. 이제 와서 파악한다고 해 봤자 결과가 달라지진 않겠지만 아무것도 모르는 채 넘어가는 것보다는 나았다. 적어도 유니콘의 눈을 이런 식으로 악용할 수 있다는 걸 파악했으니, 이제부터는 그에 합당한 조치를 취하게 될 것이다.

아직 세상에 남아 있는 유니콘의 눈은 전부 회수 조치될 것이고, 살아 있는 성마 일족 또한 엄중한 보호를 받게 될 터였다.

'그러고 보니 엘 옆에도 한 마리 있었지.'

그 사실을 말해 줄까 하다가 엘뤼엔은 그냥 입을 다물었다. 보호 처분이 내려지면 그 성마는 본인의 의사와는 관계없이 신계로 강제 귀속될 것이다. 그러거나 말거나 별로 상관없었지만 그건 왠지 엘이 원하지 않을 것 같았다. 신계의 규율은 엄격히 지켜져야 한다. 그러나 아들을 위해서 그 정도쯤은 눈감아 줘도 상관없다고 생각하는 엘뤼엔이었다. 일단 내버려 두면 알아서 굴러갈 일을 괜히 나서서 피곤해지고 싶지 않았다.

"어쨌든 그쪽에게는 잘된 일이겠군. 더는 마신을 의심하지 않아도 될 테니까. 그가 관련되어 있을까 봐 꽤 곤혹스러워했지 않나."

"알아주시니 고맙군요."

다소 도발에 가까운 말이었으나 섀넌은 아무렇지 않게 웃어 넘겼다.

"그런 의미에서 말입니다만. 카노스는 지금 어디에 있습니까?"

"그걸 왜 나한테 묻지?"

"당신이라면 분명히 알 거라는 생각이 들어서 말입니다."

"어디에서 기인한 확신인지 모르겠는데."

"라데카가 당신에게 붉은 만남이 내정되어 있다고 했습니다. 전 그게 카노스를 뜻하는 거라 생각했습니다만. 아닙니까?"

붉은 만남이라. 확실히 붉기는 했었다. 어차피 숨길 필요를 느끼지 못한 엘뤼엔은 아무런 반응도 하지 않았다. 그의 반응을 이미 예상한 섀넌이 다시 빙긋 웃었다.

"회의 내용은 들으셨습니까? 참석하시지 않아 따로 정리해서 보내드리긴 했습니다만."

"악신을 없애는 데 필요한 재료에 대한 거라면, 확인하긴 했다."

"재료라니. 씁쓸하지만 정확한 표현이긴 하군요. 요즘 그 때문에 신계 전체가 술렁거리고 있습니다. 가급적 자원을 받을 생각이지만 끝까지 지원자가 나오지 않을 경우엔 운명의 조건에 맞춰 강제로 선출하게 될 가능성이 높습니다."

"그렇겠지."

"당신은 긴장되지 않습니까? 당신도 상급신인 이상 예외가 될 수 없습니다. 한순간에 신의 자리를 잃을지도 모릅니다."

"글쎄, 딱히 신의 자리 같은 것에 미련이 있지는 않아서. 난 원래 신이 될 생각도 없었으니까."

"……다른 자리에선 그런 말은 삼가 주십시오. 다들 한마음으로 당신을 재료 속에 밀어 넣으려고 할까 봐 우려되는군요. 개인적으로는 당신에게 호감을 갖고 있고 그 능력을 몹시 아끼고 있습니다만, 다수결이 되면 저도 보호하기가 힘듭니다."

"쓸데없는 걱정이군. 미안하지만 미련이 없다 해서 남 좋은 일을 시켜 줄 생각도 없다. 내 마지막을 타인의 뜻에 맡길 예정은 더

더욱."

"그거 참 다행스러운 다짐이긴 합니다만……. 지원자를 받아야 하는 입장에선 그건 그것대로 유감이긴 하네요."

"헛소리는 관두고 본론으로나 들어가지. 카노스에 대해 궁금한 건 그걸로 끝인가? 좀 더 집요하게 캐물을 줄 알았는데."

"아아, 그를 만나려던 건 아니었습니다. 그의 행방을 파악한 것으로 충분합니다."

"그런가. 그는 그렇게 생각하지 않는 모양인데."

"예?"

의아해져서 반문하던 섀넌은 엘뤼엔이 자신의 뒤쪽에 시선을 두고 있는 것을 발견했다. 무심코 돌아본 순간 그는 바로 얼굴을 굳혔다. 그곳에 새카만 흑발을 지닌 남자가 서 있었기 때문이다.

"카, 카노스!"

깜짝 놀란 섀넌은 자기도 모르게 자리에서 벌떡 일어났다. 언제부터 그 자리에 있었던 것인지 알 수 없는 카노스는 당황한 섀넌을 물끄러미 응시하기만 했다. 머리카락만큼이나 검은 암흑의 눈동자를 마주 본 섀넌은 긴장했다. 그의 표정이 조금 이상했다. 늘 무슨 생각을 하는지 알 수 없는 얼굴이긴 했지만 지금은 지나치게 감정을 읽어낼 수가 없었다. 평소 가면처럼 쓰고 있던 웃는 얼굴조차 지워진 상태라 더욱 그랬다.

"……카노스?"

"섀넌이네."

한 박자 늦게 카노스의 입술 끝이 아주 조금 올라갔다. 여전히 무표정에 가깝긴 했으나, 조금은 웃는 것 같은 인상이 만들어졌다. 그러나 차라리 웃지 않는 것이 나았을 정도로 그 모습이 더 섬뜩한 느낌을 풍겼다. 섀넌은 바짝 굳어진 상태로 마른침을 삼켰다.

"어, 어떻게 되신 겁니까, 카노스? 그동안 당신을 얼마나 찾았는지 모릅니다. 당신에게 묻고 싶었던 것들이……."

"응, 그랬구나. 그보다 마침 만나서 잘됐어, 섀넌. 네게 부탁할게 있었는데."

자신의 말을 건성으로 흘려 넘기는 태도에 얼굴을 찌푸리던 섀넌은 바로 이어진 말에 다시 당혹감을 드러냈다.

"부탁이라고 하셨습니까?"

고개를 끄덕이는 것과는 달리, 카노스의 시선은 그에게 닿아 있지 않았다. 초점 없이 맴도는 눈동자가 지독하리만치 공허하다. 섀넌은 초조해지는 기분으로 그의 입술이 열리기를 기다렸다. 오늘의 그는 마치 꿈을 헤매고 있는 것 같은 모습이었다. 늘 본심을 감추듯 장난스럽게 웃는 얼굴을 그리 좋아하지 않았지만, 이런 모습은 더욱 달갑지 않았다.

그가 있는 곳을 중심으로 어둠이 잠식하기 시작한다. 조금만 가까이 접근해도 새카만 암흑 속에 삼켜져 그대로 끌려 들어갈 것만 같았다. 이 독처럼 지독한 어둠이 아마도 마신 본연의 기운에 가까울 것이다. 힘을 갈무리하지 않으면 이렇게까지 위험했던가. 섀

제4화 **195**

넌은 질린 기분으로 한숨을 내쉬었다. 그간 그가 돌아다니면서 치던 짓궂은 장난들이 차라리 배려였다고 여겨질 정도였다. 덕분에 한 가지만은 확실히 알 것 같았다. 지금 카노스는 기분이 좋지 않았다. 남을 대할 때면 의식적으로 쓰던 가면마저 잊을 정도로. 굉장히 많이.

"······조금 전에, 내가, 아주 싫은 감각을 느꼈거든."

여전히 표정을 읽을 수 없는 얼굴을 한 상태에서, 카노스가 무심히 중얼거렸다. 차라리 노골적으로 분노를 표현하면 더 나았을까. 섀넌은 긴장하지 않으려고 노력하면서, 침착하게 그의 모습을 살폈다.

"싫은 감각이라면······."

"아무래도 내가 아끼던 아이가 죽은 모양이야."

"······!"

눈을 크게 뜬 섀넌이 급히 카노스를 바라보았다. 건조하게 웃는 그의 얼굴은 어딘지 모르게 허탈해 보였다.

"사후의 세계는 섀넌, 네 영역이지. 그 아이를 부탁할게. 평생 고단하게 일하던 아이라 죽어서도 생전의 의무에 얽매여 있으려고 할 거야. 편하게 쉬도록 해 줘."

"······만나 보지 않으셔도 괜찮습니까?"

"응, 그건 됐어."

여전히 건조한 어조로 답한 후 카노스는 지친 듯이 긴 숨을 내쉬었다. 그는 텅 빈 시선을 들어 엘뤼엔을 바라보았다. 엘뤼엔 또한 마찬가지로 그를 응시하고 있었다.

"일이 조금 곤란하게 됐어, 엘뤼엔. 봉인이 생각보다 더 일찍 풀릴 것 같아."

"……뭐?"

"아직 마지막 장치까지 사라진 건 아니지만 묶어 뒀던 속박이 풀렸어. 이미 육체는 자유로워졌을 거야. 남은 금제를 풀기 위해 힘을 모으려 하겠지. 지금까지 했던 대로, 인간의 피를 모으는 방식으로. 그걸 위해 이미 도움을 줄 수 있는 장소로 향했어."

"도움을 줄 수 있는 장소라면……."

"조력자가 있는 곳이겠지. 이를테면 그의 계약자 같은."

"……아크아돈 말인가?"

"네 아들…… 위험해질 거다."

나직한 발언은 경고라기보다는 예언에 가까웠다. 담담히 듣고 있던 엘뤼엔의 눈썹이 크게 꿈틀거렸다.

"그, 그게 무슨 소립니까, 카노스? 지금 악신에 대해 말하신 겁니까? 그가 아크아돈으로 향할 거라고요?"

섀넌이 다급히 묻는 소리가 울렸다. 그가 대답을 듣기 위해 허둥거리고 있는 동안 엘뤼엔은 천천히 몸을 일으켜 카노스의 앞으로 걸어갔다. 저벅저벅, 발걸음 소리가 울릴 때마다 그들이 있는 공간에 싸늘한 긴장감이 감돌았다.

이윽고 눈앞에 똑바로 선 엘뤼엔이 자신을 향해 팔을 뻗을 때까지, 카노스는 미동도 하지 않았다. 이대로 목을 조르더라도 저항

하지 않을 것처럼 보였다. 하지만 엘뤼엔의 목적은 처음부터 따로 있었다. 투둑, 팔을 뻗음과 동시에 목 부근에서 무언가 끊어지는 소리가 울렸다. 뒤늦게 그 의미를 알아차린 카노스가 얼굴을 굳혔다. 엘뤼엔이 그가 걸고 있던 목걸이를 옷 안에서 꺼내 잡아 뜯은 것이다.

"……!"

그의 손가락 사이에 감겨든 줄 안에서 붉은 돌이 흔들렸다. 마신의 굳은 시선을 응시하는 엘뤼엔의 얼굴에 만족스러운 미소가 떠올랐다.

"이 목걸이가 주신의 인장이던가. 신이 중간계에서 오랫동안 머물 수 있도록 도와주는 거였지."

"엘뤼엔, 너……."

"잘 받았다. 고맙게 써 주마."

느긋한 웃음과 함께 돌아서려는 엘뤼엔을 카노스가 서둘러 붙잡아 세웠다. 늘 어떤 일에도 여유를 잃지 않았던 그의 얼굴이 지금 이 순간만큼은 마음 속 동요를 고스란히 드러내고 있었다.

"안 돼, 엘뤼엔. 지금 무슨 생각을 하는 거야?"

"내 아들이 위험해진다고, 지금 네 입으로 그랬잖아. 내가 그걸 두 눈 뜨고 가만히 지켜볼 것 같나?"

"그래서 뭘 하겠다고? 설마 봉인이라도 다시 시도할 예정이야?"

"가능하다면."

"무모한 소리 마! 지난 번 내 꼴을 보고도 몰라? 금제가 남아 있긴 해도 놈은 거의 악신이야! 네가 혼자 가서 어떻게 할 수 있는 존재가 아니라고!"

"상관없어. 적어도 내 아들은 지킬 수 있겠지."

"내 말 좀 들어! 이런 식의 행동은 냉철하게 판단하는 너답지 않아! 지금 이렇게 가 봤자……!"

"너야말로 답지 않게 군말이 많군, 카노스. 그렇게 기운이 넘치면 이제 그만 놀고 일어나 해. 아, 그동안 네놈이 나한테 떠넘긴 서류들도 전부 다 해 놔."

"엘뤼엔!"

비명과도 같은 부름이 이어졌지만 엘뤼엔은 그 자리에서 홀연히 사라졌다. 그대로 중간계에 내려가 버린 것이다. 붙들 곳을 잃은 채 망연히 서 있는 카노스의 모습을 섀넌은 불안하게 바라보았다.

"카노스……."

쿠웅! 말을 걸기 무섭게 요란한 진동이 울렸다. 카노스가 주먹으로 옆에 있던 벽을 내리친 것이다.

"……아무튼 이놈이고 저놈이고, 내 말은 죽어도 안 듣지."

혼잣말로 중얼거리는 그의 두 눈이 위험하게 번뜩거렸다. 화가 난 탓인지 오히려 생기가 돌아온 것 같았다. 왠지 즐거워 보이기까지 한 모습이라 섀넌은 흠칫 어깨를 떨었다. 조금 전 꺼질 듯이 공허하던 모습보단 나았지만 저럴 때의 카노스도 대하기 어렵기는 마찬가지였다. 가능한 한 건드리지 않는 것이 상책이다. 그래서

"당신이 할 말은 아닌 것 같다."라는, 지극히 당연한 대꾸도 할 수가 없었다.

"섀넌, 진은 얼마나 완성됐어?"

"예?"

"소멸진, 만들고 있을 거 아냐."

예상치 못한 말에 섀넌의 입이 멍하니 벌어졌다. 악신에 대해 직감한 순간부터 그는 개인적으로 소멸진을 준비하고 있었다. 기존에 알려져 있는 악신의 제거 방법이 아닌, 누군가를 희생시키지 않아도 되는 방식을 고안해 본 것이었다. 시험작에 가까운 상태라 실패할 가능성이 더 큰 만큼 어느 정도 토대를 마련한 후에 밝힐 예정이었는데, 설마 그걸 카노스가 짐작하고 있을 줄은 몰랐다. 황망하던 섀넌은 자신을 빤히 바라보는 시선을 의식하고 침착하게 대답했다.

"그, 아직 초기 단계에 불과합니다. 게다가 완성한다고 해도 얼마나 효과를 낼 수 있을지는……."

"내야지. 저 아들 바보가 제 아들 눈앞에서 죽어버리기 전에."

누구를 말하는지 알 것 같아 섀넌은 마른침만 삼켰다. 당연히 해내야 한다는 말투에 눈앞이 캄캄해졌다. 그가 바라는 대로 성과를 내지 않으면 악신이 소멸하고 세상에 평화가 찾아온다 해도 편해질 것 같지 않았다. 섀넌이 긴장하는 것은 카노스에게도 고스란히 전해졌다. 그는 피식 웃었다.

"겁 먹지 마. 너 혼자 하라고 안 하니까."

"네? 그럼……?"

"내가 도와주면 더 빨리 완성될 거야. 하지만 틀에 필요한 신력은 한 명이 감당할 수 없을 것 같네. 일단 상급신들을 소집해 줘."

"아, 아아! 네, 알겠습니다!"

황급히 고개를 끄덕인 후 섀넌은 모두에게 소식을 전하기 위해 걸음을 옮겼다. 급작스럽게 돌아가는 상황에 정신을 차릴 수 없었다. 설마 카노스가 도와주겠다는 말을 하다니! 그가 어떤 일에 적극적으로 관여하는 모습을 보이는 건 처음이었다. 아무래도 엘뤼엔의 돌발 행동이 그 안에 잠들어 있던 위험한 도화선을 지핀 것이 분명했다.

내색하진 않았으나 사실 엘뤼엔의 그 모습에는 섀넌도 상당히 놀랐다. 한때 소문이 무성하던 그의 양자가 이번 세대의 엘퀴네스라는 건 알고 있었다. 그래 봤자 어디까지나 가벼운 변덕으로 정한 일이라고 생각했지, 깊은 감정일 거라곤 여겨본 적이 없었다. 그런데 목숨의 위협을 무릅쓰고 지키러 갈 정도였던가.

　　—고립된 채 고독한 자.
　　—부드러운 냉혹함.
　　—엄격하나 관대한 심판관.
　　—고결한 지주.

　　—그리고……아버지.

떠오르는 예언의 문구를 되새길 때마다 새년의 얼굴이 일그러졌다.

'설마……'

그는 초조한 기분으로 입술을 깨물었다.

넘실거리는 파란이 제멋대로 튈 곳을 찾고 있는 것이 느껴졌다. 가늠하는 것보다 더 지독하게 끝나고, 더 많은 것을 잃을 것 같았다. 그런 예감이 들었다.

2.

출정식은 장엄한 분위기 속에서 거행됐다. 모두가 지켜보는 앞에서 단에 오른 이사나가 유카르테 대공이 저지른 만행을 공표했고, 그를 제국의 반역자이자 마신의 이름을 더럽힌 공적으로 선포했다. 이어 카웰 공작이 황성을 탈환한다고 외치자, 군병들이 우렁차게 소리치며 황제 이사나의 이름을 연호했다. 본격적인 내전이 시작된 순간이었다.

당일 선발대의 출정은 수많은 군중의 환송 속에서 이뤄졌다. 무장한 기사와 병사들이 지나갈 때마다, 울거나 환호하는 사람들 사이에서 행운을 기원하는 소리가 울려 퍼졌다. 알리사의 휘장이 걸린 직속 부대의 차례가 됐을 땐 유난히 큰 함성과 더불어 승리를 축원하는 꽃가루까지 뿌려졌다. 과연 선발에 세워야 할 정도로 유명해진 명성다웠다.

그 뜨거운 함성은 예상했던 대로 군대 전체의 사기를 끌어올리는 데 큰 효과를 발휘했다. 한껏 고양된 얼굴로 위풍당당하게 걷는 병사들을 지켜보다, 나는 멀찍이에서 친위 기사들과 함께 서 있는 이사나를 바라보았다. 그 역시 우리 쪽을 바라보고 있는 상태였다. 그와 카웰 공작이 이끄는 본대도 며칠 이내 출정하겠지만, 우리가 다시 만나려면 최소 몇 주일에서 몇 개월은 더 걸릴 것이다. 여정의 중심인 데다 늘 함께했던 존재였던 이사나인 만큼, 한동안 보지 못할 걸 생각하니 조금 묘한 기분도 들었다. 이사나도 같은 마음인지 못내 섭섭한 얼굴이었다.

그래도 그 모습이 불안하게 느껴지지 않는 건 바로 그곳이 이사나가 있어야 할 자리이기 때문일 것이다. 높은 단 위에 서서 군중을 내려다보는 모습에 위화감이 없다. 마치 황제를 하기 위해 태어난 사람처럼 보였다. 웃으며 손을 흔들어 주자 그 또한 마주 웃으며 손을 흔들었다. 그렇게 짧은 이별을 위한 인사가 끝났다.

이후의 일정은 지루할 정도로 단조로웠다. 처음 길을 나섰을 때만 해도 당장 전투가 벌어질 것만 같았는데, 막상 출발한 이후로는 묵묵히 이동만 할 뿐 이렇다 할 사건이 일어나진 않았다. 클모어와 황성은 서로 거리가 있기 때문에 대다수 이동에 시간을 잡아먹는 구조일 수밖에 없었다. 제대로 된 접점은 한 달 후에나 있을 거라는 예측이 내려진 가운데, 종일 걷다가 밤이 되면 야영을 하는 생활이 엿새째 이어졌다.

"오늘은 이곳에서 밤을 보낸다."

해가 떨어지기 시작하자 오늘도 어김없이 굵직한 음성이 떨어졌다. 남들보다 덩치가 큰 남자가 엄중한 시선으로 주위를 살피며 명을 내리고 있는 모습이 보였다. 선봉장인 마커스 백작이었다. 그는 상급 기사이자, 일전 라센성의 전투에서도 선봉을 맡았던 무장이었다. 알리사의 능력에 감화되어 그녀를 선발에 세워야 한다고 강력하게 주장한 인물이기도 했다.

현재 알리사의 부대는 그의 부대와 그리 떨어지지 않은 자리에 배치된 상태였다. 지금 행렬에선 선두나 다를 바 없었지만, 이미 정찰 부대가 출정식 이틀 전에 먼저 출발한 상태라 실제로는 (선발대 안에서)중군에 가까운 위치였다. 내가 보기엔 뭐가 다른가 싶은데, 정찰에 비해 위험하지는 않다고 한다. 물론 어디까지나 정찰보다 위험하지만 않을 뿐이다.

명이 떨어지자 빠르게 흩어진 군사들이 일사불란하게 진을 치기 시작했다. 순식간에 천막을 세우고 모닥불을 지핀 후 저녁 식사 준비에 들어가는 건 이젠 익숙해진 일과 중 하나였다. 음식은 지급 받은 재료로 부대마다 각자 준비하는 방식이었다. 마커스 백작은 '목숨을 건 전우는 전부 평등하다'는 훌륭한 방침을 지닌 지휘관이었고, 그렇기에 지위고하를 막론하고 전부 똑같은 음식을 배식받아야 한다고 생각하는 사람이었다. 덕분에 부대마다 지급되는 음식 재료는 전부 동일했다.

그러나 모든 요리가 다 그렇듯, 같은 재료라도 요리사의 솜씨에 따라 음식 맛은 크게 좌우된다. 그런 의미에서 우리 부대는 매우 운이 좋은 편이었다. 어지간한 전문 요리사보다 솜씨가 좋은 시벨리우스가 있었으므로.

"자, 다 됐으니까 다들 각자 그릇 가져와."

"오오오오!"

기다렸던 신호가 떨어지자 병사들이 눈을 반짝이며 시벨리우스 앞으로 모여들었다. 이 또한 익숙해진 광경 중 하나였다. 식사시간이 되면 시벨리우스의 주도하에 요리가 진행되고, 이후 음식이 완성되면 다들 얌전하게 줄을 서서 차례대로 배식을 받는다. 이 순간만큼은 이 구역에서 시벨리우스를 거역할 수 있는 이가 아무도 없었다.

물론 처음부터 이런 구도였던 것은 아니다. 시벨리우스는 알리사의 호위 자격으로 참전했을 뿐이고, 취사를 맡은 병사들은 엄연히 따로 존재하고 있었다. 당연히 아무도 그에게 요리를 권하지 않았다. 하지만 첫날 그들이 만든 음식을 먹어본 시벨리우스가 먼저 견뎌내지 못했다.

그는 부실한 식단만큼이나 맛없는 식사도 싫어하는 섬세한 미각의 소유자였다. 물론 이건 라피스도 동일하게 해당하는 사항이다. 차이점이라면 라피스는 짜증만 내는 반면, 시벨리우스는 그걸 변화시킬 행동력을 지니고 있다는 것이었다. 음식을 만드는 사람들 옆에 붙어 훈수를 두기 시작하더니, 도저히 안 되겠던지 이튿날 오후부터는 아예 자청해서 요리를 떠맡기 시작했다. 그러면서 본래의 취사병들은 자연스레 뒤로 밀려나 보조 역할만 하게 됐다.

어떻게 보면 굴러온 돌이 박힌 돌을 빼낸 격이었으나 그 사실에 불만을 품은 병사는 아무도 없었다. 오히려 취사병 본인들이 더 적극적으로 그의 간섭을 환영하고 나섰다. 솔직히 그럴 만도 했다. 이왕이면 더 맛있는 음식을 먹고 싶은 건 사람이라면 누구나 당연한 욕구일 테니까.

요즘은 옆 부대까지 소문이 나서 날이 갈수록 기웃거리는 사람들이 늘어나는 추세였다. 어제부터는 마커스 백작도 은근슬쩍 이쪽에 끼어들어 함께 식사를 하게 됐다. 공평함을 외치는 그라도 맛있는 요리에 대한 유혹은 떨치지 못한 모양이었다.

시벨리우스 입장에서는 매우 귀찮은 일을 떠맡은 셈이었지만, 덕분에 그는 부대 안에 완전히 동화됐다. 그건 조금 생각지 못한 수확이었다. 알리사의 개인 호위라는 위치, 더불어 황제의 동료로 알려진 우리는 이 부대 안에서 상당히 이질적인 존재였다. 그중에서도 특히 시벨리우스는 이종족의 특성을 고스란히 드러낸 외향 때문에 사람들과 보이지 않는 벽을 쌓고 있었다. 그런데 음식 하나로 급격하게 그 벽이 허물어진 것이다.

"주방장님! 저 한 그릇 더 먹으면 안 되겠습니까!"

"주방장은 누가 주방장이냐? 난 알리사의 호위무사거든?"

"에이, 그래도 제 맘속에선 최고의 주방장님이십니다!"

"시끄럽고, 필요하면 더 가져다 먹어. 오늘은 재료를 더 줘서 넉넉히 만들어 놨으니까."

"우와아아, 사랑합니다!"

"시커먼 사내놈 사랑은 안 받아!"

시끌벅적하게 떠드는 무리들을 보다가 나는 피식 웃었다. 당사자인 시벨리우스의 생각은 어떨지 몰라도, 서로 어울리는 모습이 보기 좋은 건 사실이었다. 저 모습만 보면 시작된 전쟁도 전부 남의 이야기인 것만 같다. 라피스조차 이 시간만큼은 다소 관대해졌다. 이런 점들을 미루어 볼 때, 맛있는 음식은 세상을 평화롭게 만드는 아이템일지도 모르겠다. ……정작 나는 그 평화를 누릴 수 없는 몸이 되어 버렸지만.

"하아."

생각만 해도 서글퍼지는 기분에 한숨이 저절로 흘러나왔다. 음식이 맛있건, 맛이 없건. 식사의 즐거움을 느끼지 못하는 나와는 전부 상관없는 이야기다. 오히려 끼니때마다 적당히 시간을 때우다 올 장소를 찾아야 해서 조금 귀찮기도 했다.

'……그리고 자청해서 평화를 벗어난 사람도 한 명.'

진영에서 조금 떨어진 나무 위에서, 두 팔을 베고 누워 있는 한 남자를 발견하고 나는 조용히 숨을 삼켰다. 굵은 나뭇가지에 아슬아슬 몸을 걸치고 있는 남자는 두 눈을 굳게 감고 있는 상태였다.

잠든 것처럼 보이지만 실제로 잠이 든 것은 아니다. 차분히 뻗은 머리칼이 바람이 불 때마다 그의 이마 위에서 넘실거렸다. 언뜻 보면 검게 보이는 그 색은 실제로는 남색에 더 가깝다. 그게 굉장히 낯설어서 볼 때마다 당황스러웠다. 불과 얼마 전까지만 해도 칠흑처럼 까맣기만 하던 색이었으니까.

'데르온.'

이름을 부르려다 속으로만 삼켰다. 머리색이 바뀐 후로는 그에게 말을 거는 게 쉽지 않았다. 그 대신 나는 품에 안고 있던 알을 쓰다듬는 쪽을 택했다. 알이 품고 있는 높은 체온 너머로 쿵쿵, 일정한 심박동이 느껴졌다. 데르온에게 건네받은 이후로 쭉 변함없이 유지되고 있는 박자였다.

출정 나흘째 새벽, 그는 검은 공간을 가른 것처럼 홀연히 내 앞에 나타났다. 그때 나는 돌아오지 않는 그를 기다리느라 매일 밤혼자 진영 밖을 서성거리고 있었다. 미네르바가 말해 준 망토의 유지기한은 진작 지났다. 지금쯤이면 아크아돈으로 돌아왔어야 하는데 아무런 소식이 없었다.

설마 마왕에게 발각된 건 아니겠지. 우리가 먼저 출발하긴 했지만 데르온의 실력이라면 따라잡는 게 문제가 될 리가 없었다. 생각이 안 좋은 쪽으로 치우치게 되는 건 당연했다. 궁금하고 걱정이 돼도 내가 찾아가는 것이 불가능한 곳이라 더 갑갑했다. 그래서 그가 아무렇지 않게 멀쩡히 나타났을 땐 반가움보다 화가 더 앞섰다.

"데르온!"

"늦어서 죄송합니다."

데르온은 담담히 사과를 건넸다. 돌이켜 생각해 보면 이미 그때부터 평소보다 몹시 가라앉은 모습이었다. 하지만 그 순간엔 그 사실을 미처 깨닫지 못했다.

"대체 어떻게 된 거예요? 왜 이렇게 늦었어요? 내가 얼마나 걱정했는지……!"

그를 붙잡고 따지듯이 캐묻다가 나는 말을 멈췄다. 밤중이라 한눈에 띄지 않던 그의 변화가 눈에 보이기 시작했기 때문이다.

"데르온. 머리색이……."

당황해서 건넨 말에 그는 멍하니 눈을 깜빡거리다 한 손으로 자신의 머리카락을 천천히 쓸어 올렸다. 깨닫고 싶지 않은 것을 깨달은 사람처럼 그의 눈동자에 동요가 담겼다. 이내 절규하는 듯이 일그러지는 얼굴을 보고 나는 가만히 숨을 가다듬었다.

달라진 건 머리색만이 아니었다. 그가 지니고 있는 마력의 성질도 변했다. 강하다, 약하다는 것으로 구분한다면 전보다 더 강해진 쪽일 것이다. 하지만 그것을 논하기 이전에 완전히 다른 사람이 된 것 같았다. 모습을 드러낸 것이라 알아보았지, 기척만 느꼈다면 그리고 생각하지 못했을 정도였다.

"무슨 일, 있었어요?"

"……."

그제야 데르온의 모습이 하나둘씩 들어왔다. 그러고 보니 얼굴이 온통 엉망이다. 다친 것 같지는 않은데 뼈가 두드러지도록 야위어 있는 데다 눈 밑이 온통 검었다. 지독하게 앓다가 막 일어난 병자만큼이나 위태로워 보이는 행색이었다.

"설마 알에 문제가 생긴 건가요?"

위험을 무릅쓰고 마계까지 건너갔던 이유가 그 때문이었던 만큼 그것 외엔 다른 걸 생각할 수가 없었다. 불안해져서 쳐다보는 나를 향해 데르온은 천천히 고개를 저었다.

"아닙니다. 주군은 무사하십니다."

대답과 함께 그가 품에서 알을 꺼내 들었다. 멀쩡한 황금색의 알을 보자 안도의 한숨이 흘러나왔다. 그는 내게 알을 건네주었고, 나는 얼결에 그것을 받아들었다. 단단한 표면 안에서 힘찬 생명력과 강한 약동이 전해졌다. 강제로 붙들고 있지 않으면 럭비공처럼 튀어 다닐 것 같았다. 이렇게 보니 지금까지가 얼마나 얌전했던 건지 알겠다. 이런 상태가 정상인 거라면, 데르온의 입장에서는 호들갑스럽게 걱정할 만도 했다.

다행히 갔던 용건은 무사히 마친 모양이다. 그런데 왜 저렇게 괴로운 모습인 걸까. 그의 달라진 머리색과 마력이 그와 관련되어 있다는 건 직감적으로 알겠는데, 왠지 선뜻 물어볼 수가 없었다. 지금도 그가 간신히 버티고 있는 상태라는 것을 알 수 있었다. 건드리면 그대로 주저앉아 다시는 일어나지 못하게 될 것 같았다. 다행히 침묵이 더 길어지기 전에 데르온이 먼저 입을 열었다. 하지만 그 용건은 전혀 뜻밖의 내용이었다.

"……엘 님. 한 가지만 부탁드려도 됩니까."

"부탁이요?"

"태어날 아이의 이름을, 아스모델이라고 지어 주시지 않겠습니까."

이어지는 목소리가 짙은 여운을 담고 흔들린다. 가슴 속이 철렁해질 만큼 서글픈 울림이었다. 나는 그 뜻을 헤아리기도 전에 반사적으로 고개부터 끄덕였다. 딱히 거절할 이유도 없었다. "감사합니다." 정말 다행이라는 듯 연거푸 인사하는 얼굴이 한층 밝아진다. 조금은 나아진 안색을 보고 나는 용기를 내어 물었다.

"머리색은, 왜 그래요?"

"아아, 이건…… 북 공작의 표식입니다."

"북 공작이요?"

그 의미를 파악하느라 머릿속이 바쁘게 돌아갔다. 북 공작의 표식을 지니고 있다는 건 그가 마계의 북 공작이 되었다는 뜻이다. 그럼 기존의 북 공작은 어떻게 된 거지? 의문을 담고 바라보자 데르온은 다시금 자신의 머리칼을 쓸어 올렸다. 어색한 듯 한참이나 만지작거리던 그가 내 시선에 반응해 쓸쓸한 표정을 지었다.

"그냥 그렇게 됐습니다."

속삭이듯이 중얼거리는 얼굴에 힘없는 미소가 걸렸다. 그 이상은 설명을 꺼리는 표정이라 나 역시 더 묻지 못하고 속으로 의문을 삼켜야 했다. 마계의 상황도, 카노스의 안부도 묻지 못했다. 그저 굉장히 우울한 일이 있었다고만 짐작할 뿐이었다.

그날 이후로는 단 한 번도 그가 웃는 걸 본 적이 없는 것 같다. 나는 다시금 나무 위에 누워 있는 데르온을 바라보았다. 원래도 표정이 그리 다양한 사람은 아니었지만, 웃지 않는 것과 못하는 것은 차이가 상당히 크다. 지금 데르온은 명백히 후자에 속한 상태였다.

며칠째 식사도 전부 거르고, 잠도 거의 자지 않았다. 다른 일행들과는 아직 대화도 섞은 적이 없었다. 간간이 알의 상태를 신경 쓰기는 하지만, 그 또한 프로그래밍 된 시스템처럼 주어진 역할을 소화해 내는 것에 불과했다. 그나마도 대부분은 나한테 맡겨둔 채로, 홀로 멍하게 있는 시간이 더 많았다. 바로 지금처럼 말이다.

'아무리 마족이라도 해도 저렇게 오랫동안 먹지 않는 건 위험할 텐데.'

언제쯤이면 그가 예전의 모습으로 돌아오게 될지 모르겠다. 침울 속에 삼켜진 것이 분명하게 보이는데, 내가 해 줄 수 있는 것이 없어서 난처했다. 그렇다고 역효과가 날지도 모르는 부분을 함부로 건드릴 수도 없다. 데르온에게 혼자 있는 시간이 필요하다면 그렇게 해 주는 것도 배려일 것이다. 나는 그를 방해하지 않기 위해 자리를 피하는 쪽을 택했다. 걱정스럽더라도 당분간은 그가 스스로 마음을 추스르도록 내버려 두는 것이 좋을 것 같았다.

"네가 태어나면 조금 괜찮아질까? 응? 어떻게 생각해, 아스모델?"

다른 한적한 장소를 찾아가는 동안에도 나는 알을 계속 쓰다듬
었다. 이름을 불렀더니 품속의 태동이 더 커진다. 그게 마치 내 말
에 화답하는 것처럼 느껴져서 쓴웃음이 지어졌다.

그 순간, 그것을 발견했다.

3.

"라피스! 라피스!"

헐레벌떡 뛰어서 달려간 곳은 한창 저녁식사가 이뤄지고 있는
진영 안이었다. 이제 막 식사를 마쳤는지 라피스가 입가심으로 물
을 마시다 얼굴을 찌푸렸다.

"뭔데 호들갑이야."

"아기가 곧 태어날 것 같아!"

"풉!"

삼킨 걸 뱉어내는 소리가 터져 나왔다. 그 소리는 다른 쪽에서
도 연거푸 들려오고 있었다. 기분 탓인가. 왠지 주위 사람들이 멍
한 얼굴로 나를 바라보고 있는 것 같았다. 정확히는 내 상체의 어
느 한 부분을.

'남의 배를 왜 저렇게 뚫어지게 보지?'

이해할 수 없는 현상에 어리둥절해하고 있는데 짧게 혀를 차는
소리가 들렸다. "아, 젠장." 나직하게 투덜거린 라피스가 물이 튀

어 젖은 입가를 대충 닦아내고 나를 응시했다. 이어지는 말에 나는 그대로 굳을 수밖에 없었다.

"너 언제 임신했냐?"

"뭐?"

"애 태어난다며."

"무슨 헛소리야! 알이 부화할 것 같다고, 멍청아!"

"나도 알아. 그냥 농담한 거거든?"

"무슨 농담을 그딴 식으로 하고 난리야? 하나도 재미없어!"

"나도 재밌으라고 한 거 아냐. 그냥 방금 전에 네가 한 말의 어감이⋯⋯."

"어감이 뭐!"

"⋯⋯아니, 됐다. 아무튼 너한테 멍청하다는 소리를 듣다니. 아무래도 내가 죽을 날이 다가온 모양이다."

정말로 충격이 크다는 얼굴로 중얼거리는 걸 보니 한 대 쥐어패고 싶은 충동이 스멀스멀 밀려들었다. 나는 한숨을 내쉰 후에 들고 있던 알을 그에게 들이밀었다.

"시끄럽고, 이거나 좀 봐봐."

"뭘 보라고."

대놓고 귀찮은 표정을 짓던 라피스가 내가 가리키는 부분을 힐끗 확인하고는 두 눈에 이채를 띠었다. 조금 전 내가 발견한, 세로로 그어진 희미한 선을 그 또한 알아본 것이다.

"균열이 생겼네. 이제 곧 부화하려나 본데."

"그치? 이거 부화하려는 거 맞지?"

역시 내가 잘못 본 게 아닌가 보다. 언젠가 태어나려니 했었지만 막상 부화를 앞뒀다고 생각하니 기대감이 마구 치솟았다. 더불어 급속도로 긴장되기 시작했다.

"어떡하지? 그냥 이대로 놔둬도 되는 건가? 따뜻한 걸로 감싸두거나 그래야 하는 거 아닌가? 네가 보기엔 언제쯤 부화할 것 같아?"

"알 게 뭐야. 보모한테나 던져주든가. 그 녀석이 알아서 하겠지."

"안 그래도 오는 길에 찾아봤는데 보이지 않더라고. 조금 전까지만 해도 근처에 있었는데."

그가 누워 있던 나무를 다시 찾아가 봤지만 이미 데르온은 사라지고 없는 상태였다. 아무래도 그 자리는 너무 눈에 띄어서 다른 곳으로 옮긴 듯했다. 라피스는 코웃음을 쳤다.

"대놓고 농땡이냐. 팔자가 아주 늘어진 보모시구만."

"그렇게 말하지 마. 뭔가 안 좋은 일이 있었던 것 같던데."

"그 반대 아닌가? 서열이 더 높아졌잖아."

"뭐?"

"그 녀석 머리색. 북 공작만 지닐 수 있는 고유색이잖아. 북 공작이 다스리는 카르텐은 마계의 심장부라고. 상징성만 따지면 오히려 마왕보다 더 중요한 존재일걸?"

자칭 타칭 천재라고 불리는 드래곤답게, 라피스는 한눈에 머리

색의 의미를 알아보았던 모양이다. 그렇지 않아도 궁금했던 부분
이라 나는 조심스럽게 물었다.

"그거 말인데. 기존의 북 공작은 어떻게 된 걸까?"

"죽었겠지."

"으음, 역시?"

"그 표식은 그냥 넘겨지지 않거든. 보유자가 죽어야만 넘어간다
고 들었어."

예상했던 대답에 마음이 가라앉았다. 방황하는 데르온을 보면
서 어느 정도는 그럴 거라 짐작은 하고 있었다. 하지만 막상 확답
을 들으니 씁쓸해지는 건 어쩔 수 없었다.

북 공작의 이름이 자크라고 했었던가? 그에게 소식을 전하러
가지 못해 아쉬워하던 데르온의 모습이 떠올랐다. 친하냐고 물었
을 때, 그는 어쩔 수 없는 일이라는 것처럼 말하면서도 그 사실
을 부정하지는 않았다. 험악한 묘사를 늘어놓긴 했지만, 그 역시
도 애정이 없이는 할 수 없는 말이었다. 그런데 그가 죽고 그 힘을
데르온이 넘겨받게 되다니. 심정을 짐작하는 것조차 조심스러워서
위로의 말도 건넬 수 없었다. 지금 마계의 상황이 어떻게 돌아가
고 있는 건지 모르겠다. 마신의 문장이 무사한 것을 보면서 안심
하고 있었는데, 예상했던 것보다 나쁠 수도 있겠다는 생각이 들었
다.

"두 사람, 여기서 뭐 하고 있는 거야? 지금 엄청 눈에 띄는 거
알고 있어?"

"……!"

상념에서 빠져나온 건 불쑥 끼어든 음성 덕분이었다. 눈앞이 화사해진다 싶더니 솜사탕처럼 사랑스러운 소녀의 얼굴이 시야에 들어왔다. 가벼운 여행복에 가죽 갑옷을 걸친 알리사가 손을 흔들고 있었다. 바로 옆에 시벨리우스도 동행한 채였다.

그녀의 말에 주위를 둘러보자 근처에 있던 사람들이 허둥지둥 자리를 피하는 것이 느껴졌다. 나와 라피스가 수군거리고 있는 걸 구경하고 있었던 모양이다. 작은 소리로 대화했으니 내용까진 듣지 못했겠지만, 구경거리가 된 것 같아 기분이 좋지는 않았다.

내가 왜 사람들 앞에서 라피스와 대화를 나눴을까. 알에 금이 갔다는 사실에 정신이 팔린 나머지 그가 굉장히 튄다는 사실을 깜빡 잊었다. 뒤늦게 깨달은 실책에 혀를 찬 후, 나는 그 옆에서 한 발짝 떨어졌다. 그러자 눈치 빠른 알리사가 대번에 어이없어하는 표정을 지었다.

"라피스 님 옆을 피한다고 될 일이 아니야. 엘 님도 만만치 않게 눈에 띄거든?"

"그, 그래?"

머쓱해져서 웃자 이번엔 라피스와 시벨리우스도 황당하다는 시선을 보냈다. 그 시선이 힐난으로 바뀌기 전에 나는 서둘러 화제를 바꿨다.

"아! 그보다 이것 좀 봐, 알리사. 알이 곧 부화할 것 같아."

"어, 정말?"

균열이 난 부분을 가리켰더니 반응이 즉각 돌아왔다. 알리사는 신기한 표정으로 알을 살피기 바빴다. 처음에는 안아보려고 했지만 살짝 건드리기 무섭게 바로 손을 떼고 혀를 내둘렀다.

"굉장히 뜨겁다. 만지지도 못하겠어."

"그래? 아아, 그렇겠다. 이 정도면 인간의 체온보다 훨씬 높겠구나."

뒤늦게 깨달은 사실에 나는 조금 당황했다. 알의 온도가 높다는 건 알고 있었지만, 그것에 영향을 받지는 않다 보니 뜨겁다고 생각하지도 못하고 있었다. 알리사가 부럽다는 시선으로 나를 바라보았다.

"근데 이대로 태어나도 괜찮은 거야? 전쟁하러 가는데 갓난애를 안고 다닐 순 없잖아."

"아, 그건 괜찮을 거야. 마족은 성장 속도가 굉장히 빠르거든. 몇 시간 정도면 걸어 다닐걸?"

대답은 시벨리우스의 입에서 나왔다. 본래 마족을 상대하기 위해 창조된 일족이다 보니, 그는 어릴 때부터 마계의 생태계에 대해 전문적인 교육을 받았다고 했다. 오히려 이 부분에서는 라피스보다 아는 것이 더 많았다.

"두세 달 정도면 청소년기로 보일 만큼 자랄 거야. 완전한 성체가 되는 건 10년 후지만. 그때까지는 아무리 커도 유체로 분류된다고 해."

"10살에 성인이 된다는 말이야? 정말 빨리 크긴 하네."

"워낙 호전적인 종족이잖아. 빨리 성장해야 생존 확률이 높아지다 보니 그럴 수밖에 없지."

설명을 마친 후 시벨리우스는 내게서 알을 건네받고는(이때 알리사가 또 부러운 표정을 지었다) 유심히 살폈다.

"균열 상태를 보니 오늘 밤 안으로 부화할 것 같아. 엘, 알 옆을 지킬 거지? 따로 머물 침소를 만들어 줄게."

"응? 왜?"

"갓 태어난 마족 아이는 굉장히 예민하고 사납거든. 다른 종족을 보면 대뜸 공격하려고 할지도 몰라. 가급적 외부와 차단한 상태로 두는 게 나을 거야."

"아, 그, 그래."

방금 뭔가 엄청난 소리를 들은 것 같은데, 잘못 들은 거겠지. 시벨리우스가 다시 내게 알을 건네주었고, 나는 불안한 기분으로 받아들었다. 곧 부화한다는 생각에 무작정 들떴었는데 기대감이 조금 식었다. 정말 이대로 태어나도 괜찮은 거 맞나? 조금 전 알리사가 했던 질문이 다른 의미로 와 닿으면서, 진심으로 걱정되기 시작했다.

데르온이 어서 돌아와야 할 텐데.

지금, 누구보다 그의 존재가 가장 절실해졌다.

*　　　*　　　*

툭툭—

"……으음?"

무언가가 뺨을 건드리는 것이 느껴졌다. 두드리는 것 같기도 하고, 간질이는 것 같기도 했다. 반복적으로 와 닿는 감촉을 견디지 못하고 눈을 뜨자 흐릿한 빛이 들어왔다.

가장 먼저 느낀 건 사방이 몹시 캄캄하다는 사실이었다. 주위는 공기가 흐르는 소리마저 들릴 것처럼 고요했고, 전체적으로 서늘한 온도를 띠고 있었다. 근처에 있는 희미한 조명불이 간신히 주변의 형태만 비추는 채였다.

여기가 어디더라? 멍한 머리로 고개를 들고서야 내가 누워 있었다는 사실을 자각했다. 이 공간이 시벨리우스가 따로 만들어 준 천막 안이라는 사실도 뒤늦게 떠올랐다.

아, 그래. 아스모델의 부화를 기다리던 중이었지. 머릿속이 맑아지면서 대강의 상황이 파악되기 시작했다. 원래는 데르온에게 전부 맡길 예정이었다. 하지만 그의 귀가가 생각보다 더 많이 늦어졌고, 시간이 지날수록 알에 생긴 균열은 점점 커지기만 했다. 이러다 부화하면 곤란해질 것 같아 결국 나 혼자 알을 데리고 천막 안에 들어왔다. 푹신한 바닥에 내려놓고 그 앞에 앉아 지켜봤던 것 같은데, 어느 순간부터 기억이 나지 않았다. 아무래도 구경하다가 깜빡 잠이 든 모양이다.

가볍게 혀를 찬 후에 나는 몸을 일으키고 천천히 주위를 둘러보았다. 시벨리우스가 주술로 만들어 주는 침소는 겉은 천막이라도 내부는 여느 저택 안과 똑같다. 그 사실은 따로 제작한 개인용이라고 해도 크게 다르지 않았다. 침구는 물론 바닥에 깔린 융단의 형태와 무늬마저도 동일했다. 단지 일행들과 쓰던 방보다 크기가 조금 더 작을 뿐이다. 잠든 이후로 얼마나 지났는지 모르겠지만 지금이 밤이 깊은 시각이라는 것만은 알겠다. 어두워서 그런지 을씨년스럽기까지 한 공간에 존재하는 사람은 나 하나뿐이었다.

지금, 누군가 날 만지지 않았나?

나는 손을 들어 양 볼을 천천히 눌러보았다. 분명 일어나기 직전까지 뺨에 닿는 감각을 느꼈었다. 사람의 손길이라고 생각했고, 당연히 일행 중 한 명이 나를 깨우는 거라 여겼다. 그런데 막상 일어나고 보니 주위에 아무도 없다니. 마치 귀신에게라도 홀린 기분이었다.

"이상하네……."

의아한 기분을 삼키면서 뒤를 돌아보았을 때였다. 그 순간, 어둠 속에서 선명한 한 쌍의 붉은 눈동자가 또렷하게 보였다.

"……!"

비명이 터져 나올 뻔한 걸 간신히 참았다. 몸이 뻣뻣해지는 것과 동시에 등에 벽이 닿는 것이 느껴졌다. 나도 모르게 반사적으로 뒤로 물러난 모양이다. 숨을 크게 삼키는 나를, 붉은 눈동자의 주인이 빤히 쳐다보았다.

"……왜 놀래?"

원인을 제공한 쪽이 오히려 이상하다는 듯 묻는다. 처음 들어

보는 목소리인데, 마치 나를 아는 것 같은 말투였다. 나는 다시금 숨을 삼킨 다음 눈동자가 있는 방향을 뚫어지게 바라보았다. 캄캄한 공간 속에 실루엣이 일렁거리듯이 잡혀 있는 것이 보였다.

"너, 뭐야? 누구야?"

이렇게 분명한 기척을 조금 전까지 전혀 느끼지 못했었다. 경계하면서 묻자 눈동자가 천천히 감겼다 떠졌다. 질문의 의도를 이해하지 못하는 듯한 모습이었다. 머뭇거리는 기색이 느껴진다 싶더니 한참 만에야 짤막한 대답이 돌아왔다.

"기억 안 나."

"……뭐?"

"내 이름. 길어. 어려웠어. 아직 다 못 외워."

"무슨…….."

"대부가 다시 불러. 그러면 안 돼? 이번엔 기억할게."

"……!"

그 순간 놀랍도록 이 모든 상황이 선명해졌다. 이 세상에서 나를 대부라고 부를 수 있는 존재는 단 한 명밖에 없었으니까. 그러고 보니 이 공간에 나만 있었던 건 아니었다. 비록 사람의 형태는 아니었지만, 처음부터 함께 있었던 존재가 하나 더 있기는 했다. 그리고 그건 곧 사람이 될 예정이었다. 거기까지 생각하고 나자 신음이 저절로 흘러나왔다.

"자, 잠깐! 너, 너, 네가 혹시…… 아스모델이라고? 지금 그렇게 말하는 거 맞아?"

"아스모델. 응, 그거야."

실루엣이 위아래로 흔들리는 것이 느껴졌다. 고개를 끄덕인 것이다. 맙소사! 막상 긍정하는 걸 보고 있으니 이제 다른 심정으로 눈앞이 캄캄해졌다.

"으아, 말도 안 돼! 정말 아스모델이라고? 벌써 부화했단 말이야? 왜 날 안 깨웠어!"

"……방금 깨웠는데."

"아, 그, 그런가? 잠깐만! 잠깐 기다려 봐!"

나는 서둘러 주위를 살핀 다음 근처에 있던 호롱에 불을 넣었다. 빛이 터지면서 순식간에 주위가 밝아졌고, 비로소 정면에 자리한 형체가 눈에 들어왔다. 긴 머리칼을 늘어트린 채, 우뚝 서 있는 어린아이의 모습이.

그 모습을 보고 조금 멍해졌다. 처음 보자마자 느낀 건 '까맣다'는 느낌이었다. 흑단같이 새카만 머리카락이 아무것도 걸치지 않은 맨몸을 덮고 있기 때문인지도 모르겠다. 아이답지 않게 선이 뚜렷한 이목구비도, 새하얀 피부도 눈에 띄었다. 하지만 가장 인상적인 건 어둠 속에서도 선명하게 빛났던 붉은 눈동자였다. 라피스도, 이프리트도, 데르온 역시 붉은 눈동자이긴 했다. 그러나 지금 눈앞의 아이만큼 예쁜 색은 보지 못한 것 같았다.

'아니, 그보다 이게 어딜 봐서 갓 태어난 아이인데!?'

아이는 겉보기로 치면 한 열두세 살쯤 되어 보였다. 유아라고 하기에도 무색하리만치, 아니, 솔직히 말하면 소년에 더 가까운 모습이다. 아무리 마족이 성장이 빠르다지만 이건 조금 심한 거 아닌가? 유심히 살피는 나만큼이나 아이 역시 눈을 깜빡거리고 있었다.

"방금, 갑자기 환해졌어."

"응? 아, 불을 켰거든."

"불? 저게 불이구나."

맹한 반응을 보면 정말 갓 태어난 게 맞긴 한 모양이다. 나는 일단 급한 대로 근처에 있던 담요를 가져다 벗은 몸에 덮어주었다. 피부에 닿는 감촉이 신기한지 아이가 또다시 눈을 휘둥그렇게 떴다.

'귀엽네.'

시선을 맞추자 호기심을 비춘 눈동자가 바로 따라온다. 갓 태어난 마족은 예민하다더니, 딱히 그런 모습은 보이지 않는 것 같다. 사납기는커녕 오히려 너무 순해서 당황스러울 정도였다.

"근데 너 언제 태어난 거야? 왜 이렇게 커?"

"몰라. 방금 됐어."

"방금 됐다니. 지금 막 컸다는 말이야? 그럼 원래는 어느 정도였는데?"

내 질문에 소년, 아니, 아스모델이 천천히 고개를 끄덕였다. 그가 한 손을 들어 자신의 허리 부근을 가리켜 보였다.

"이 정도……?"

"처음에 태어났을 때 그 정도 크기였다고?"

"처음? 아, 처음. 음, 아니, 더 작았어. ……이 정도?"

주섬주섬 담요를 추스른 아스모델이 이번엔 힘겹게 쪼그려 앉고는 바닥 부근을 짚었다. 그 모습이 귀엽기도 하고 안타깝기도 해서 나는 쓰게 웃었다.

"으음, 알았어. 억지로 위치 안 짚어줘도 돼. 정말 많이 자랐구나. 그럼 말을 하게 된 것은 언제야? 그것도 지금?"

불안해져서 물었더니 어김없이 고개를 끄덕인다. 그 유순한 반응을 보고 있으려니 한숨이 저절로 흘러나왔다. 내가 왜 잠들어 버린 걸까. 잠깐 눈을 감고 일어났을 뿐인데 그 사이에 부화해 버릴 줄은 몰랐다. 태어나는 모습도, 가장 아기다웠을 순간도 전부 다 놓쳤다.

이렇게 빨리 자라는 줄 알았으면 정신 줄을 단단히 붙잡고 있었을 텐데. 그 시간 동안 방치된 아이가 혼자서 불안해했을 걸 생각하면 더 미안했다. 앞으로 두고두고 이 순간을 후회하게 될 것 같아서 입 안이 썼다.

"내가 너무 무신경해서 미안해. 부화했는데 아무도 없어서 많이 서운했지?"

"아무도……? 대부, 있었는데."

"하지만 자고 있었잖아. 캄캄한데 혼자서 무섭진 않았어?"

안절부절못하며 건넨 질문에 아스모델은 고개를 갸웃하더니 천천히 고개를 저었다.

"어둠, 좋아. 무섭지 않아."

"그, 그래?"

"응, 그리고…… 대부 숨소리, 들렸어. 무척 편안했어."

나를 똑바로 응시하는 얼굴에 처음으로 희미한 미소가 떠올랐다. 그 작은 행동이 일으킨 변화는 놀라울 정도였다. 날카롭게 뻗은 눈매 때문에 다소 냉랭하게 보이던 인상이 순식간에 부드러워지며, 몹시 사랑스러운 느낌이 되는 것이다.

사람을 한순간 무방비하게 만드는 미소라고 해야 할까. 웃고 있을 때와 그렇지 않을 때의 모습이 이렇게 극단적으로 다른 얼굴은 처음 본 것 같다. 누가 마신이 눈여겨본 아이 아니랄까 봐, 아직 꼬맹이인 주제에 타고난 분위기가 범상치 않았다. 이런 걸 두고 장래가 두렵다고 하는 건가. 물론 이제 막 태어난 아이를 대상으로 하기에 적합한 평가는 아니겠지만.

"대부……?"

"아, 응!"

의아하게 부르는 목소리에 나는 머릿속의 쓸데없는 잡념을 바로 털어냈다. 어쨌든 기대 이상으로 귀여운 아이라 기분이 좋은 건 어쩔 수 없었다. 머리를 가볍게 쓰다듬어 주자 아스모델은 다시 희미하게 웃었다. 전체적으로 멍해 보이는 것에 비해 생각보다 표정이 풍부하다. 말투가 느리고 다소 나른한 느낌을 풍기는 건 아직 세상에 적응되지 않았기 때문일 뿐, 타고난 천성은 아닌 것 같았다.

"대부, 물의 정령왕이야?"

"응, 맞아. 엘퀴네스라고 해."

"엘……퀴?"

눈동자가 느릿하게 깜빡거린다. 알려 준 이름이 잘 와 닿지 않는지 당황한 기색이었다. 그러고 보니 본인의 이름도 길어서 어렵다고 했었지. 나는 뒤늦게 상기하고 웃으며 덧붙였다.

"그냥 편하게 엘이라고 불러. 그게 애칭이야."

"애칭……."

"친근하게 부르는 별칭 같은 거야. 그게 발음하기 더 편하지?"

눈을 깜빡거리던 아스모델이 고개를 끄덕였다. 꽤 마음에 들었는지 수줍어하는 표정이라 나는 피식 웃으며 다시 머리를 쓰다듬어 주었다.

"그런데 내가 대부인 건 어떻게 알았어? 그러고 보니 네 이름도 이미 알고 있었지?"

"음, 들었어."

"들었다고? 누구한테?"

"부하가."

"부하? 데르온을 말하는 거야? 그가 왔다 갔었어?"

"아니. 지금 아니야. 예전에?"

"예전이라니……아, 혹시 알 속에 있을 때 들었다는 소리야?"

놀랍게도 고개가 다시 끄덕여졌다. 그동안 태교를 시켜야 한다며 열심히 알을 들고 다니던 데르온이 떠올랐다. 뭘 저렇게까지 하는 건가 싶었는데 그게 정말 허튼 시도는 아니었던 모양이다. 생각해 보면 이맘때쯤에 주변의 말소리도 듣는다고 하긴 했었다. 하지만 무의식에 영향을 받는 거라고 생각했지, 이렇게 선명하게 다 알아듣고 기억하는 건 줄은 몰랐다. 하긴, 인간 아이도 몇 년까지는 태(胎) 중의 기억이 남아 있는 경우가 있다고 들었으니까. 아직 태어난 지 얼마 안 된 아스모델이 기억하는 건 당연한 걸지도 모르겠다.

"정말 다 들리는 거였구나. 이름 말고 또 뭔가 기억나는 건 없어? 어디서부터 어디까지 기억해?"

호기심에 물어보자 아스모델은 붉은 눈동자를 천천히 깜빡이며 머뭇거렸다. 아직 말에 익숙하지 않은 탓인지 생각하고 있는 것을 입으로 옮기는 게 어려운 듯 보였다. 한동안 입을 벙긋거리던 아이가 잠시 후 느릿한 어조로 대답했다.

"음, 부하가 날 돌보겠다? 고 한 거랑. 중간계는, 너무 평화롭다, 재미없다…… 전쟁 기대된다, 그런 말들이랑……. 그리고, 마계 갔다 와야 한다고? 그래서, 갔다 왔는데. 아, 그리고…… 대부, 임신했다고 해서, 화냈어."

"……으음. 무슨 소린지 대충 알 것 같아. 설명하느라 수고했어."

"…응……."

정말로 힘들었던 모양인지 작게 벌어진 입에서 긴 숨이 흘러나왔다. 유려한 화법이라고 할 수는 없지만 대화를 시작한 이후로 가장 말을 많이 하긴 했다. 이제 막 말을 깨우친 아이에게는 꽤 힘든 과정이었을 것이다. 어쨌든 지금 들은 내용만 종합해 봐도 생각보다 많은 걸 알고 있는 것 같았다. ……이왕이면 마지막 상황은 모르는 게 더 좋았을 뻔했지만.

'마계에서의 일도 기억하려나.'

다녀왔다는 사실을 기억하고 있을 정도면 그 안에서 겪은 일 또한 알고 있을 것이다. 살짝 운을 떼 봤더니 역시나 긍정의 반응이 돌아왔다. 큰 폭으로 고개를 한 번 끄덕인 아스모델이 중얼거리듯이 말했다.

"부하, 자크 만났어. 근데 자크 아팠어. 구할 수 없었어."

"……마왕한테 당한 거야?"

"응."

"왜 마왕이 북 공작을……."

"금제."

"금제?"

"마왕, 금제 있어. 풀려면 마신의 정수 필요해. 그거 북 공작만 만들어."

즉, 마왕의 힘이 봉인됐고, 그걸 풀기 위해 정수를 만들어낼 수 있는 북 공작의 피를 노린 모양이다. 전체적인 상황이 그려지는 듯해 나는 씁쓸한 기분을 삼켰다. 마신의 정수를 사용해야 할 정도로 강력한 금제라면 카노스가 걸어둔 것일 가능성이 컸다. 힘을 봉인한 것을 보아 상황이 나쁜 건 분명한데, 그를 완전히 제거하지 않고 그냥 놔두었다는 게 마음에 걸렸다. 죽이지 않아도 될 만큼 그냥 별거 아니었던 걸까? 그게 아니면…… 죽일 수가 없었던 걸까.

다행히 마왕의 계획 자체는 데르온이 북 공작의 자리를 인수받으면서 실패로 돌아갔다고 했다. 금제가 완전히 풀리지 않은 상태라고 하니 한동안은 허튼 짓을 할 수 없을 것이다. 그동안 어떻게든 신계 쪽의 상황을 알아봐야 할 것 같았다.

"고마워, 아스모델. 덕분에 머릿속이 많이 정리됐어. 데르온은 너무 괴로워 보여서 차마 물어볼 수가 없었거든."

"내가 도움 됐어?"

"응, 정말 크게 도움 됐어."

웃으며 고개를 끄덕였더니 아스모델의 표정이 밝아졌다.

"있지. 내 이름, 자크가 줬어."

"그랬구나."

어렴풋이 그런 게 아닐까 하고 생각하긴 했었다. 그 이름으로 지어 달라고 부탁하는 데르온의 표정이 너무 비장하고 슬퍼 보였으니까. 마치 누군가의 유언을 전하듯이. 그래서 무작정 고개부터 끄덕였던 걸지도 모르겠다.

"아스모델, 예쁜 이름이야. 너와 잘 어울려."

"정말……?"

"응, 정말."

하얀 두 뺨이 잘 익은 사과처럼 붉어졌다. 쑥스러움을 정직하게 표현하는 얼굴이라 지켜보는 나까지 마음이 따뜻해지는 것 같았다.

"기뻐. 나도 이름 마음에 들어."

"다행이네."

"응. 그치만 나, 대부 것도 갖고 싶어."

"어? 내 거?"

"이름, 가족이 주잖아. 대부랑 나 가족이니까."

……사실은 마족이 아니라 천사가 태어난 게 아닐까. 데르온의 태교법이 결코 아름답지는 않았던 걸로 기억하는데, 이렇게 예쁜 말은 어디서 배웠는지 모르겠다. 감동스러운 기분에 잠시 말을 잇지 못하다가 나는 아스모델을 끌어안고 머리를 마구 쓰다듬어 주었다.

"그럼 우리 이렇게 할까? 내가 애칭을 지어 줄게."

"애칭……?"

"그래, 애칭. 그게 뭔지는 기억하고 있지? 본명을 줄여서 부르는 별칭 말이야."

"엘, 처럼?"

"응, 맞아. 엘처럼. 이렇게 하면 자크가 지어 준 이름과 내가 지어 준 이름을 둘 다 갖게 되겠지?"

"굉장하다. 나, 애칭 갖고 싶어."

크게 떠진 붉은 눈이 단숨에 초롱초롱하게 빛났다. 의도한 건 아니겠지만, 원하는 것을 받아내는 방법을 굉장히 잘 알고 있는 아이다. 설렘으로 잔뜩 부풀어 오른 얼굴을 보니 기대에 부응해야 한다는 사명감마저 들었다.

"좋아, 그럼 이제부터 넌 아스야."

"아스."

"아스모델이니까, 앞 글자를 가져와서 아스. 음, 너무 간단한가?"

"아니."

혹시 실망하는 건 아닌가 싶었는데 아스모델은 바로 고개를 저었다. 지금까지 봤던 동작들 중에서 가장 빠른 것 같았다.

"정말 좋아. 고마워, 대부."

만개한 꽃처럼 얼굴에 빛을 피워낸 아이가 내 품에 뛰어들어 안겼다. 어린아이다운 사랑스러운 애정 표현에 저절로 미소가 지어졌다. 생김새도 예쁜 애가 하는 행동도 예쁘니 도저히 미워할 구석이 없다. 지금도 이렇게 귀여운데 갓 태어났을 땐 얼마나 예뻤을까. 분명 세상에서 가장 예쁜 아기였겠지. 천사가 따로 없었을 거다.

역시 잠들지 말고 부화하는 걸 지켜봤어야 했다. 헛된 후회가 다시 가슴을 치는 걸 어쩌지 못한 채, 나는 품에 안긴 아스모델, 아스를 꼭 끌어안아 주었다.

"앞으로 잘 부탁한다, 아스."

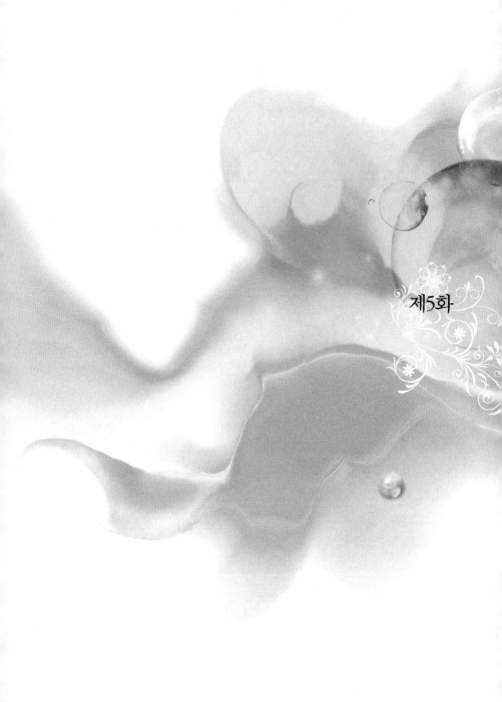

제5화

1.

아침 해가 뜨자마자 나는 일행들이 머무는 천막 안으로 쳐들어
갔다. 본격적인 하루가 시작되면 정신없이 바빠질 테니, 그 전에
모두의 앞에서 아스를 소개하기 위해서였다. 그때까지 담요만 걸
치고 있던 아스에게는 적당한 옷부터 찾아 입혔다. 마침 평소 가
지고 다니던 아공간 배낭에 이사나가 입던 여벌 옷이 남아 있어서
다행이었다. 체형의 차이가 있다 보니 헐렁거리긴 했지만 임시로
입혀 두기엔 그럭저럭 나쁘지 않았다. 나중에 마을에라도 들려 맞
는 옷을 구해 볼 예정이었다.

"좋은 아침! 엄청난 소식이 있어! 다들 그만 일어나!"

활기찬 인사와 함께 문을 열고 들어서자 누워 있던 일행들이 부스스 몸을 일으켰다. 가장 왼쪽 끝 침구에 있던 라피스를 기점으로 중간의 시벨리우스, 마지막으로 오른쪽 구석을 차지한 알리사까지. 마치 순번을 정한 것처럼 차례대로 기상이 이어졌다.

"꼭두새벽부터 웬 소란이야."

단잠을 방해받은 것에 화가 났는지 라피스가 인상을 잔뜩 썼다. 그런 것치고 자다 깬 티는 하나도 나지 않았다. 눈빛도 또렷한 데다 졸린 기색도 없을뿐더러 머리카락 한 올 흐트러지지 않았다. 시벨리우스 역시 멀쩡한 얼굴이긴 마찬가지였다. 정작 가장 마지막에 일어난 알리사만 혼자 비몽사몽해서 정신을 차리지 못했다.

"엘 님? 후아아암, 뭐야아. 너무 일찍 깨우는 거 아니야아?"

"미안, 알리사. 중요한 발표가 있어서."

"으으, 중요한 발표? 적이 쳐들어왔어?"

"아니, 소개해 줄 사람이 있어."

"소개?"

"뭔지 알 만하네. 벌써 태어난 거냐?"

눈치 빠른 라피스가 단번에 핵심을 파고들었다. 그제야 시벨리우스와 알리사도 사태를 파악했는지 눈을 크게 떴다.

"어? 정말? 알이 부화한 거야?"

"아기는?"

호기심을 한가득 드러낸 시선들이 부지런히 내 두 팔을 살폈다. 갓 태어난 아이를 찾으려는 것이다. 나는 그들을 향해 씩 웃어준

다음, 내 뒤에 바짝 붙어 있던 아이를 앞으로 이끌었다. 머뭇거리면서 나타난 아스를 발견하자 일행들의 눈이 더 휘둥그렇게 벌어졌다.

"설마 그 아이가……?"

"응, 맞아. 짠, 아스입니다! 너무 귀엽지?"

"아스?"

"이름을 아스모델이라고 지었잖아. 줄여서 아스라고 부르기로 했어."

"그, 그렇구나. 그런데 아기가 생각했던 것보다…… 좀 크네? 성장이 빠르다고 듣긴 했지만 많이 커봤자 네다섯 살 정도를 예상했는데. 이렇게 쑥쑥 자라는 거였어?"

"그러게. 이건 내 예상보다도 큰데?"

충격을 고스란히 드러낸 알리사 옆에서 시벨리우스도 당황한 얼굴로 중얼거렸다. 이런 게 바로 선배의 마음인 걸까. 조금 전의 나와 똑같은 혼란을 느끼는 얼굴들을 보고 있으려니 괜히 우쭐한 기분까지 들었다.

"자, 모두와 인사해, 아스. 다들 누군지 알겠어?"

찌르듯이 쏟아지는 눈길을 의연히 받아내던 아이가 그 말에 천천히 고개를 끄덕였다. 그러자 그때까지만 해도 시큰둥하던 라피스의 두 눈에 이채가 서렸다.

"누군지 안다고?"

"신기하지? 나도 단번에 알아봤다? 부화하기 전의 일을 어느 정도는 기억하고 있다나 봐."

"흠, 그래? 그럼 내가 누군데?"

도발하듯 건넨 질문에 아스는 망설임 없이 대답했다.

"드래곤 라피스."

"오?"

"나 아플 때 도와줬어. 은인이야."

"흐음, 제법이네. 제대로 알고 있잖아?"

느긋하게 중얼거리는 얼굴에 흡족한 표정이 떠올랐다. 빈정거리지 않고 순순히 칭찬하는 걸 보니 꽤 마음에 드는 대답이었나 보다.

"혹시 나도 알아?"

상황이 마무리되기 무섭게 이번엔 알리사가 잔뜩 상기된 얼굴로 끼어들었다. 조금 전까지만 해도 잠기운에 취해 다 죽어가더니만, 재밌는 일을 발견했다 싶었는지 지금은 물먹은 화초처럼 생생했다. 아스도 싫지는 않은지 눈을 반짝거리고 있었다.

"……알리사."

"꺄! 정말 맞췄어! 너 정말 굉장하다! 그럼 이 사람은? 이 사람 이름도 알아?"

알리사의 손끝이 시벨리우스를 가리켰고, 아스는 그를 가만히 응시했다. 지금까지 막힘없이 대답하던 것에 비해 이번엔 조금 생각하는 표정이었다. 물끄러미 바라보는 시선에 시벨리우스가 긴장한 표정을 지었을 무렵이었다.

"퍼런 엘프."

"푸핫!"

경박한 웃음소리의 출처는 너무도 뻔하니 굳이 밝히지 않겠다. 시벨리우스의 푸르스름한 피부가 붉게 달아오르는 건 순식간이었다.

"젠장, 누가 퍼런 엘프야? 왜 나는 이름으로 기억하지 않는 건데!"

"퍼런 엘프 아니야?"

"굳이 구분을 짓자면 블루 엘프라는 정식 명칭이 있거든? 그전에 나한테는 엄연히 시벨리우스라는 멀쩡한 이름이 있다, 이 맹랑한 마족 꼬맹아!"

"아스는, 꼬맹이 아니야."

"하! 이제 막 태어난 녀석이 꼬맹이가 아니긴! 넌 나이로 보나 키로 보나 어느 구석을 봐도 틀림없는 꼬마거든? 네가 꼬마가 아니면 이 세상에 꼬마라고 불릴 만한 존재가 없을걸?"

반복되는 꼬마라는 호칭에 기분이 나빠졌는지 아스가 얼굴을 찌푸렸다. 아이답지 않게 서늘해진 시선에 시벨리우스의 눈빛도 덩달아 형형해졌다.

"흥, 어려도 마족은 마족이다 이거냐? 조금 기분 상하니까 바로 살기부터 흘리는 것 보게. 하긴, 머릿속에 싸움밖에 없는 야만적인 일족이 다 그렇지."

"……그러는 본인도. 루세프의 혈마(血馬)면서."

"이것 봐라? 내 정체가 뭔지 다 알고 있었잖아. 그러면서 일부러 그 빌어먹을 호칭으로 불렀다 이거지?"

이제 분위기는 급격하게 냉랭해졌다. 당장 두 사람 사이에 눈보라가 몰아쳐도 이상하지 않을 만큼 살벌한 공기였다. 시작은 꽤 순조로웠는데 왜 일이 이렇게 돌아가는 건지 모르겠다. 다만, 아스가 시벨리우스를 꺼림칙하게 여기고 있다는 것만은 알 것 같았다. 서로 대립되는 종족이라 그런가. 본능적으로 거부감을 느끼는 것 같다. 그의 이름을 잘못 부른 것도 처음엔 장난이라고 생각했는데 이제 보니 도발이었던 모양이다.

이럴 때 시벨리우스만이라도 이성적으로 행동하면 괜찮았겠지만, 그는 사나운 고슴도치처럼 건드리는 대로 가시를 잔뜩 세우고 있었다. 본능적인 적개심이라면 이쪽도 만만치 않은 것이다. 데르온과는 원만히 지내는 것으로 보였는데, 사실은 그쪽에서 건드리지 않기 때문에 유지되던 평화였나 보다.

'내 팔자가 그렇지.'

자애와 화목이 넘치는 세상에서 살 수는 없는 걸까. 안 그래도 툭하면 다투는 녀석들 때문에 충분히 골치 아팠건만, 거기에 새로운 복병이 더해졌다는 경보가 울렸다. 이쯤 되니 나한테 나도 모르는 신비한 능력이 있는 걸지도 모른다는 생각이 든다. 그래, 예를 들면, 전생에 원수였던 사람들만 끌어들이는 힘이라든가.

어쨌든 지금은 일이 더 커지기 전에 말려야 할 것 같았다. 서로 노려보고 있는 두 사람을 중재하기 위해 나서려던 순간이었다. 돌연 아스가 가볍게 한숨을 내쉬더니 난감한 얼굴로 나를 돌아보았다.

"우리 싸우면, 대부 곤란해?"

"어? 그, 그거야 그렇지."

"그렇구나. 그럼 안 싸워. 그냥 아스 잘못 할게."

……세상에. 내가 방금 무슨 소리를 들은 거지?

예상치 못한 습격을 당한 기분에 나는 가만히 숨을 삼켰다. 이렇게 기특한 말이 내 일행의 입에서 나왔다는 사실을 믿을 수가 없었다. 천상의 노래라도 들은 듯 현실감이 느껴지지 않아 머리가 다 멍해지는 것 같았다. 시벨리우스도 이런 상황은 예측하지 못한 듯 한 대 얻어맞은 표정을 하고 있었다. 물론 다시 순식간에 일그러졌지만.

"저, 저거! 완전 여우 아냐?"

그가 기가 막힌다는 얼굴로 아스를 손가락질했다. 눈앞의 현실을 인정할 수 없는 나머지 이젠 아예 억지를 쓰기로 한 모양이다. 마음에 들지 않는 상대에 대해선 한없이 옹졸해지는 방식, 한때 나도 겪어봐서 넘치도록 잘 안다. 새삼 분석해 볼 필요도 없이 뻔한 패턴이라 한숨만 흘러나왔다. 라피스를 상대로 하는 거면 모른 척 속아줄 의향도 있겠지만, 아스라니. 상대가 나빠도 너무 나빴다.

"으이구. 이제 그만해, 시벨. 어른답지 못하게. 아까부터 애를 상대로 뭘 하는 거야? 아스는 이렇게 의젓한데."

"엘, 속지 마! 쟤 방금 나한테 혀 내밀었단 말이야!"

"글쎄, 그만하랬지. 자꾸 그러면 화낼 거야."

"정말이야! 봤지, 알리사? 너도 봤지?"

"응? 못 봤는데."

"아, 진짜라니까!"

마지막 희망까지 부서진 탓인지 시벨리우스의 얼굴이 울상으로 변했다. 그 옆에서 라피스는 웃느라 정신이 없었다.

말리지는 못할망정 돌아가는 상황이 재밌어 죽겠는 모양이다. 그에 비해 아스와 알리사는 감탄을 자아낼 정도로 차분하기만 했다. 나이가 많을수록 정신연령이 높은 게 정상일 텐데, 어떻게 된 게 이 일행은 완전히 정반대다.

아무튼 나잇값이라고는 한 푼도 못하는 두 남자 때문에 내 신세만 고달파진 것 같았다. 그럼에도 뭐라 할 수 없는 건, 둘이 존재함으로써 얻는 실익이 너무 크기 때문이다. 내가 이렇게 속물이었던가. 통탄을 금치 못하고 있는데 문득 옷자락이 당겨지는 느낌이 들었다. 시선을 내렸더니 아스가 나를 쳐다보고 있었다.

"대부, 나 배고파."

"응? 아, 그렇겠다. 아직 아무것도 안 먹었었지?"

"응."

"음, 곧 식사 시간이긴 한데…… 그전에 뭔가 간단히 먹을래? 시벨, 과일이랑 빵 같은 거 있을까?"

돌아보며 건넨 질문에 시벨리우스는 복잡한 표정을 지었다. 마음에 차지도 않는 꼬마한테 먹을 걸 챙겨주려니 내키지 않는 얼굴이었다. 나도 이럴 때 물어볼 상대로 그가 적합하지 않다는 건 안다. 하지만 식량과 관련된 건 전부 시벨리우스가 담당하고 있었기 때문에 어쩔 수 없었다.

"……있어. 가져올게."

다행히 곧 체념했는지 그가 고개를 끄덕였다. 투덜거리면서도 성실하게 음식을 챙기는 모습을 보면서 나는 피식 웃었다. 이러니저러니 해도 천성이 나쁜 녀석은 아니라서 끝까지 모질게 대하지는 못한다. 잠시 후 그가 들고 온 접시엔 먹음직한 파이가 놓여 있었다.

"옛다."

"이게 뭐야?"

"애플파이. 간식용으로 만들어 둔 건데 일단 이거라도 먹고 있어."

"……당신이 만들었어?"

"그래, 내가 만들었다. 왜, 독이라도 들어 있을 것 같냐? 꺼림칙하면 그냥 먹지 말든가."

그 말에 머뭇거리면서 파이를 받아든 아스가 나를 쳐다보았다. 어서 먹어 보라는 뜻으로 고개를 끄덕이자 그는 조심스럽게 파이를 한 입 베어 물었다. 그 순간 아스의 눈이 동그래졌다.

"……맛있다."

"그치? 시벨이 요리를 엄청 잘하거든."

"굉장하다."

아스는 순순히 감탄했다. 단숨에 환해진 얼굴을 보니 애플파이가 상당히 마음에 든 것 같았다. 칭찬은 돌고래도 춤추게 한다고, 뚱해 있던 시벨리우스의 얼굴도 한결 누그러졌다.

"그게 입에 맞는 걸 보니 단 거 좋아하나 보네. 크림빵도 있는데 그것도 먹을래?"

"응!"

"뭔지는 알고 먹겠다고 하냐."

"맛있는 거잖아?"

"……나 참. 아무튼 이따 밥 먹어야 하니까 적당히 먹어."

"응!"

얼굴 가득 행복한 미소를 지은 채 아스는 본격적으로 파이를 먹기 시작했다. "웃는 얼굴은 제법 귀엽네." 복잡한 표정으로 중얼거린 시벨리우스가 어쩔 수 없다는 듯 갖가지 과일이며 음료수를 줄줄이 내왔다. 알리사와 라피스까지 옆에 앉아 하나씩 집어먹기 시작하면서, 순식간에 거창한 한 상이 차려졌다. 이미 주는 사람이나 먹는 사람이나 간식이라는 것을 완전히 잊어버린 모습이었다.

그때 인기척이 느껴진다 싶더니 누군가 거칠게 문을 열고 안으로 들어왔다. 나는 뒤를 돌아보자마자 반색했다. 데르온이 흐트러진 모습으로 서 있었기 때문이다.

"아, 데르온! 지금 와요?"

"실례합니다, 엘 님. 아무 일 없으셨습니까? 이곳에 마족의 기척이…… 느껴져서…….”

굳은 표정으로 답하던 그가 무심코 내 뒤쪽을 보더니 천천히 말을 멈췄다. 일행들과 둘러 앉아 한창 파이를 먹고 있던 아스를 발견한 것이다. 아스 역시 말똥말똥한 눈으로 그를 돌아보고 있었다.

두 사람의 시선이 마주쳤고, 한동안 주위에 정적이 감돌았다. 담담히 응시하는 아스와는 달리, 데르온은 벼락이라도 맞은 것처럼 충격에 휩싸인 얼굴이었다. 연거푸 눈을 깜빡이고 있는 모습이, 선뜻 사태 파악을 못하는 것처럼도 보였다.

“……부하야?”

“아…….”

먼저 입을 연 것은 아스 쪽이었다. 데르온이 멍한 얼굴로 신음을 흘리는 동안 몸을 일으킨 아스가 그 앞에 똑바로 걸어와 마주섰다. 그제야 퍼뜩 정신을 차린 데르온이 황급히 바닥에 부복했다.

“마, 마 공작 데르오느빌, 주군께 인사 올립니다! 뵙게 되어 영광입니다!”

“데르오느빌……. 이름이구나.”

“예, 그렇습니다. 데르온이라고 불러주십시오.”

아직 충격을 갈무리하지 못한 듯, 바닥에 닿아 있는 그의 손이 부들부들 떨었다. 아스도 그것을 발견했는지 물끄러미 내려다보았다.

"데르온. 어디 갔었어?"

"죄, 죄송합니다. 설마 주군께서 태어나실 줄 모르고 주위를 돌아보고 있었습니다. 생각보다 멀리까지 간 바람에 주군의 마력을 느끼는 것이 늦었습니다. 이런 중요한 상황에서 곁을 비우다니, 입이 열 개라도 드릴 말씀이 없습니다."

"나, 언제 알았어?"

"……솔직히 말씀드리면 뵐 때까지 알아차리지 못했습니다. 주군을 노린 적이 나타났다고만 생각했습니다."

"그렇구나."

들어왔을 때 그가 유난히 다급해 보였던 이유가 바로 그래서였던 모양이다. 낯선 마족이 나타난 건 느꼈는데, 그걸 알의 부화와 연결시키진 못한 것이다. 나도 그 점은 이해했다. 알에 있을 때와 부화한 후 아스의 기척이 생각보다 많이 달랐으니까. 오죽하면 옆에 두고 잠들었던 나도 그의 정체를 바로 깨닫지 못했을까.

나는 새삼스럽게 아스의 기운을 살펴보았다. 이전까지가 그저 조금 강한 마력 덩어리에 불과했다면, 지금은 어디에 놔둬도 사람임을 분명하게 알 수 있을 만큼 뚜렷한 색을 지니고 있었다. 그것도 성인인지 아이인지 분간하기 힘들 정도로 강하다. 이 정도면 다른 마족이 접근했다고 착각할 만도 했다.

"나 반가워?"

"물론입니다, 주군! 탄생을 진심으로 경하드립니다!"

힘차게 울려 퍼진 말에 아스는 선심을 쓰는 것처럼 고개를 끄덕였다. 그리곤 잠시 주위를 두리번거리다 음식이 한가득 쌓여 있는 상 앞으로 걸어갔다. 식사 중이었으니 마저 먹으려는 건가 싶었는데, 아스는 파이 하나를 집어 들고는 다시 되돌아왔다. 그가 손에 든 파이를 데르온에게 내밀었다.

"이거. 가져."

"……?"

어리둥절한 얼굴로 고개를 든 데르온은 눈앞의 파이를 발견하고 더 당황한 표정을 지었다. 의미를 파악하지 못해 혼란스러워하는 그에게 아스가 말했다.

"맛있는 거야. 줄게."

"주군……?"

"데르온, 요즘 안 먹어. 그러면 안 돼."

"……."

뜻밖에 정곡을 찔린 듯, 데르온의 몸이 움찔했다. 나 역시 깜짝 놀라서 돌아보았다. 설마 아스가 그의 상태를 신경 쓰고 있었을 줄은 몰랐다. 데르온의 손에 파이를 강제로 떠넘기면서 아스는 엄격한 얼굴을 했다. 아이가 엄격한 표정을 지어 봤자, 라고 생각하기 쉬운데 의외로 박력이 있었다.

"안 먹으면 약해. 데르온 전보다 약해졌어."

"아아, 죄송……."

"북 공작, 마계에서 제일 강해. 데르온 북 공작이야. 강해야 해."

"……예, 죄송합니다."

"자크가 준 힘. 함부로 하지 마."

"……!"

숨이 억눌리는 소리와 함께, 데르온의 눈동자가 흔들렸다. 누구나 알 수 있을 만큼 뻣뻣하게 굳은 그가 불안정한 얼굴로 아스를 바라보았다. 아스는 그의 눈동자를 똑바로 직시했다.

"자크는 강했어. 그 힘 데르온이 가졌어. 데르온 그 힘에 책임 있어."

"주군."

"걱정 마. 데르온 혼자 아냐. 나도 책임 있어. 같이 해."

"……주군."

"응, 나 데르온 주군이니까. 강한 주군은 부하만 힘들게 안 해. 데르온 그걸 잊고 있어. 혼자하려고 해. 나는 그런 거 싫어."

"저는……."

입술을 악문 데르온이 변명하려는 듯 입을 열려고 했다. 그것을 가로막은 아스가 고개를 흔들었다.

"화내는 거 아냐. 방향 알려주는 거야."

"……방향……?"

"데르온. 길 잃었어? 왜 그러는지 알아. 이상한 데를 봐서 그래. 아래 보지 마. 앞을 봐. 난 거기 있어."

"……!"

"알겠어? 자크 죽을 때, 나 데르온 앞에 있었어. 지금도 데르온

앞에 있어. 난 주군이잖아. 날 의지해. 내가 데르온의 길 해줄게. 절대 외롭게 안 해."

그 말에 더는 참을 수 없었는지 데르온의 얼굴이 와락 일그러졌다. 금방이라도 울 것처럼 눈동자가 일렁거렸다. 아스도 울 것 같은 표정을 지었다.

"그럴 거지?"

확답을 재촉하는 질문을 그는 거부하지 못했다. 데르온은 무너지듯이 고개를 끄덕였다.

"……예. 예, 주군. 그러겠습니다."

"정말이지? 내 말대로 하는 거지?"

"그럼요. 제가 어떻게 감히 주군을 거역하겠습니까."

"나 혼자 두지 마."

"예, 주군. 언제나, 언제까지나 당신의 곁에서. 당신과 함께하겠습니다."

연신 고개를 끄덕이는 데르온의 눈에서 마침내 후두둑 눈물이 떨어지기 시작했다. 그와는 반대로 그의 얼굴은 그 어느 때보다 환하게 웃고 있었다. 울면서 웃는 얼굴이 어딘지 모르게 후련해 보여서, 오히려 가슴이 아렸다.

직후 데르온이 급하게 눈물을 훔치더니 들고 있던 파이를 한입 크게 베어 물었다. 입에 넣고 마구 씹어 삼키는 그를 반짝거리는 얼굴로 보던 아스가 물었다.

"맛있어?"

"예, 정말 맛있습니다! 이렇게 맛있는 파이는 태어나서 처음 먹어봅니다!"

"똑같아. 나도 그래."

"그게 정말이십니까? 굉장하네요! 이거 아무래도 저희는 주종이 될 운명이었나 봅니다!"

"헤헤."

마주 보는 두 사람 사이에서 환한 웃음이 번졌다. 이 순간만큼은 세상에 오직 저 둘밖에 존재하지 않는 것 같았다.

'다행이다.'

나는 한시름 덜어낸 기분으로 숨을 크게 내쉬었다. 한때는 어떻게 되는 건 아닌가 싶었는데 이제 괜찮을 것 같았다. 데르온의 표정이 좋아진 것이 느껴졌다. 다시 지탱하고 일어설 힘을 얻은 눈이다. 그의 시선이 다시 선명하게 앞을 향하기 시작했다. 그 앞을 걸어 나갈 작은 등을 위해서.

"흐어엉, 어떡해. 너무 슬퍼."

옆에서 함께 그 광경을 지켜보던 알리사가 눈물을 펑펑 쏟아냈다. 한창 감수성이 풍부한 나이답게 두 사람의 감정에 그대로 이입한 것 같았다.

"흥, 주종이 될 운명은 무슨. 저 꼬맹이야 음식 자체를 처음 먹어 봤으니 당연히 그게 제일 맛있겠지. 저 녀석 벌써부터 꼬맹이한테 말 맞추는 것 봐. 엄청난 팔불출 되겠구만."

다른 쪽에서는 시벨리우스가 투덜거리는 소리가 이어졌다. 하지만 그렇게 말하는 그의 눈도 이미 토끼처럼 새빨개져 있었다. 나는 그 모습을 빤히 보다가 피식 웃었다.

"시벨, 눈이 새빨개."

"어어? 아, 아니, 이건 딱히. 눈물이 나서 그런 건…… 아, 그래. 여기가 너무 건조한가 봐. 하하하하."

"내가 옆에 있는데?"

"어? 하하, 그, 그렇지. 엘이 물의 정령왕이지. ……하하, 거참. 아무튼 기분이 좀 묘하네. 마족들은 동료애고 뭐고 없을 줄 알았는데."

어색하게 중얼거리는 그를 보다 나는 다시 웃었다. 방 전체에 감동의 물결이 출렁거리는 것이 느껴졌다. 아무래도 꽤 오랫동안 여운이 이어질 것 같았다. ……물론, 전혀 영향을 받지 않는 한 사람도 있었지만.

나는 떨떠름한 기분으로 그 한 사람―라피스를 바라보았다. 이 와중에도 그는 제 자리에 버티고 앉아 마지막 남은 쿠키를 느긋하게 먹어치우고 있었다. 남이 울든지 말든지 신경 쓰지 않는 수준을 넘어, 아예 모르고 있는 눈치다. 그래도 자신을 주시하는 눈길은 느끼는 건지 시선을 보낸 즉시 곧 이쪽을 돌아보았다. 나와 눈이 마주치고 나서야 주변 상황을 파악한 듯, 그가 뒤늦게 진지한 표정을 지었다.

"이 쿠키 맛있네. 하나 더 없어?"

"……"

모두가 다 같이 화목해지는 방법은 사실 의외로 가까이에 있는 게 아닐까. 그런 의미에서 새삼스러운 말이긴 한데. 실익이고 뭐고 저 녀석은 그냥 버리는 게 맞는 것 같다. 응, 그래야 할 것 같아.

2.

보좌관으로서 데르온은 훌륭한 수하였다. 본격적으로 아스를 보필하기 시작한 그는 활동에 필요한 기본적인 편의부터 살폈다. 가장 먼저 아스의 체형에 딱 맞는 옷과 신발을 구해 왔고, 그를 태울 말도 마련했다. 필요하다고 하는 건 무엇이든 즉각 내오는 것은 기본. 아침에 일어나는 순간부터 잠들기까지, 아스가 하는 행동 하나하나에서 시선을 떼지 않으며 말하지 않는 그의 상태까지 세심히 파악했다. 식사 때의 모습을 지켜보면서 좋아하는 음식과 싫어하는 음식, 그에 관련된 재료와 맛, 식감까지 분류해서 메모하는 것을 보았을 땐 수십 년 된 집사의 관록마저 느껴졌다.

하지만 그가 가장 신경 쓰는 건 아스의 교육이었다. 갓 태어난 마족 아이는 힘을 잘 제어하지 못해 불안정한 부분이 많은 존재였다. 특히 아스는 타고난 마력이 강한 편이라 작은 실수가 대형사고로 이어질 가능성이 매우 컸다. 자칫 잘못하면 폭주해서 본인의 목숨까지 위험해지는 경우도 있다는 모양이다. 이에 대비해 데르온은 아스가 스스로 조절할 수 있을 때까지 마력을 쓰는 것을 금지시키고 관련 규칙을 만들었다. 무력을 포함한 모든 힘을 써야 할 경우에는 반드시 도구를 활용해야 한다는 규칙이었다.

"검은 이걸 쓰십시오."

그가 아스에게 건네준 것은 상당히 큰 장검이었다. 아이가 들기엔 너무 큰 거 아닌가 싶었는데, 놀랍게도 아스가 건네받자 검은 그의 체형에 딱 맞는 크기로 줄어들었다.

"마법검?"

놀란 일행들의 시선이 쏟아지자 데르온이 머쓱한 얼굴로 고개를 끄덕였다.

"제가 유체 때 쓰던 건데, 주인의 신체에 맞게 스스로 크기를 조절하는 검입니다. 주군은 당분간 빠르게 자라실 테니 안정이 되실 때까지 쓰시기에 좋을 겁니다."

"응."

선물 받은 검이 꽤 마음에 들었는지 대답하는 아스의 표정이 밝았다. 태어나 처음 잡아본 건데도 검을 쥐고 선 자세가 무척 안정적이었다. 연거푸 손잡이를 잡았다 놓기를 반복한 후, 아스가 허공에 대고 검을 시험했다. 가볍게 휘두르는 것 같았는데 꽤 묵직한 파공음이 울렸다. 그것을 본 데르온이 잠시 놀란 얼굴을 했다가 곧 흐뭇한 표정을 지었다.

"다루는 방법을 차차 알려드릴 생각이었습니다만, 그럴 필요는 없는 것 같군요. 지금까지 많은 유체들을 봤습니다만, 주군처럼 처음부터 이렇게 검을 잘 다루시는 분은 처음 뵙니다."

"나 잘해?"

"예, 성인이 되시면 마족 중에서 주군을 앞설 자가 아무도 없을 겁니다."

망설임 없는 호언장담에 아스의 얼굴이 더 환해졌다.

"나, 가장 강한 왕이 될 거야."

"물론입니다. 주군은 충분히 되실 수 있습니다. 무사히 왕좌에 오르실 때까지 제가 목숨을 걸고 보필하겠습니다."

"응, 잘 부탁해."

"예, 주군!"

힘찬 대답과 함께 데르온이 전신에서 마력을 일으켰다. 그의 몸에서 피어난 새카만 기운이 하나로 뭉쳐 들더니 손바닥 위에 두 가지의 물건을 남겼다. 언젠가도 보았던 검은 팔찌와, 처음 보는 짙은 남색의 반지였다. 그는 그것을 아스에게 건네주며 말했다.

"북과 동의 증명서입니다. 동 공작의 자격을 갖고 있던 상태에서 북의 작위를 받았기 때문에, 당분간은 제가 두 영토를 다 관할하는 존재입니다. 제가 당신을 왕으로 인정한다는 맹세의 증표로 받아 주십시오."

"이거, 알아. 공작들 거 다 필요하지?"

"예, 운 좋게도 제가 두 개를 드릴 수 있게 됐습니다."

"응, 그럼 이제 서쪽만 있으면 돼."

"예?"

"남쪽 거 이미 있어."

"······!"

데르온의 눈이 크게 떠졌다. 놀라서 숨을 삼키는 그를 보고 아스가 빙긋 웃었다.

"기억나. 카노스 님이 나한테 언령 새겼어. 그거 깨워야 하는데 아직 내 힘 부족해. 지금보다 더 강해져야 해. 그럼 남쪽 거 저절로 나타날 거야."

"······그렇군요. 마신께서 이미 그렇게 관할해 두신 거군요. 루카르엠 님이······."

나직하게 중얼거린 데르온의 얼굴에 아픈 표정이 번졌다. 카노스가 루카르엠이던, 이제 다시는 돌아갈 수 없는 그 시절을 떠올린 것이 분명했다. 하지만 그 순간은 오래가지 않았다. 아스가 다독이듯이 그의 손을 잡자 데르온은 곧 멀쩡하게 웃었다. 남은 미련을 전부 털어낸 그의 모습에서 옛 추억의 잔상은 더 이상 남아 있지 않았다.

그날부터 두 마족은 훌쩍 주위를 쏘다니기 시작했다. 어디서 정확히 뭘 하고 다니는 건지는 모르겠는데, 마력을 다루는 법을 익힌다는 것 같았다. 수시로 대련을 하고, 실전 훈련을 명목 삼아 근방의 몬스터들을 잡으러 다니기도 했다. 얼마나 바쁜지 부대 안에 있을 때보다 없는 시간이 더 많을 정도였다.

그럼에도 불구하고 부대 안에서 어린아이의 존재는 눈에 띄었다. 어느 날 갑자기 불쑥 나타난 아이가 이상했는지 병사들 중에서는 아스를 예의 주시하는 자들이 많았다. 물론 그때마다 데르온이 위협적인 시선을 보냈기 때문에 큰 문제가 생기지는 않았지만. 안 그래도 튀는 우리 일행이 더 튀는 존재가 된 것만은 분명해 보였다.

늘 똑같은 일상이 변하기 시작한 건 아스의 존재가 슬슬 이곳의 일부로 자리 잡아 갈 무렵이었다. 출정 보름째 새벽, 이른 시각부터 진영 안에서 긴급회의가 열렸다. 앞서 출발한 정찰대로부터 도착한 전언 때문이었다.

"야콘 계곡에 매복 가능성이 있다는군."

"……으음."

선봉장 마커스 백작이 전한 소식에 간부들의 얼굴이 급격히 어두워졌다. 현재 우리는 아발론이라는 도시를 향해 이동하고 있는 중이었다. 아발론은 수도를 방어하기 위해 세워진 외각 도시 중 하나로, 요새인 데다 한 편에 큰 강과 농지를 끼고 있어 주요 보급로로 활용이 가능한 전략적 요충지였다. 황성으로 가기 위해서는 반드시 거쳐야 하는 지역이기도 해서 적보다 앞서 거점을 확보하는 것을 목표로 하고 있었다.

클모어에서 아발론으로 가는 가장 최단 경로는 두 지역 사이에 자리 잡은 거대한 산줄기, 크란 산맥을 통과하는 방법뿐이다. 하지만 험한 산세 안에서는 짐을 싣고 건널 수 있는 경로가 그리 많지 않았다. 그래서 일단은 평지로 우회해서 가되, 최대한 산길도 활용하는 쪽으로 노선을 잡아가고 있는 상태였다. 야콘 계곡은 그중에서도 가장 크게 기간을 단축할 수 있는 최적의 노선이었다. 그런데 바로 그곳에 적이 잠복한 흔적을 발견했다는 정보를 입수한 것이다.

"야콘 계곡은 길이 좁아 퇴로를 만들기 힘들고, 전투를 하기에 적합한 장소도 아닙니다. 급습을 허용하면 그대로 몰살당할 위험이 큽니다. 이 노선은 포기하는 게 좋겠습니다."

참모의 발언에 마커스 백작도 이견 없이 고개를 끄덕였다. 전투가 부적합한 지형에서 무모한 가능성에 승부를 거느니 안전하게 돌아가는 것이 낫다고 판단한 것 같았다. 그 대신 늘어난 일정을 최대한 줄이기 위해 당분간은 짧은 휴식만 취하고 밤에도 쉬지 않고 이동하기로 했다.

"당분간이 어느 정돈데?"

"이삼일쯤. 그 정도면 본래 계획한 일정과 엇비슷하게 맞출 수 있나 봐."

"쯧."

회의 결과가 탐탁지 않았는지 라피스가 온통 못마땅한 표정을 지었다. 알리사 혼자 보낼 수 없어 따라나선 건데 저 얼굴을 보니 내가 가길 천만다행이다 싶다. 귀찮다고 그에게 맡겼으면 온갖 진상이란 진상은 다 부리고 왔을 게 분명했다. 안 그래도 에이프릴을 맡은 동안 무슨 짓을 했던 건지, 이미 간부들 사이에서 라피스의 평판은 최악을 달리고 있었다. 그들이 우리 일행을 탐탁지 않게 여기는 것에 그가 전부는 아니더라도 70프로쯤은 기여했다는 점에 내 전 재산을 걸 수도 있다.

"귀찮게 뭘 그런 걸 이삼일이나 지속해? 안 먹고 안 쉬면서 전속력으로 뛰어가면 하루 안에도 끝낼 수 있겠구만."

"가다가 병사들 다 죽일 일 있냐? 그걸 어떻게 해?"

"고작 그것도 못 버틴단 말이야?"

"초인도 아닌데 당연히 못 버티지!"

"하아, 정말 쓸데없는 육체네. 비루할 정도로 약하군."

본인은 인간이 아니라고 천인공노할 소리를 아무렇지 않게 내뱉는다. 그나마 다른 일행들이 식사하러 간 상황이라 아무도 없어서 다행이었다. 만약 이 자리에 있었다면 알리사만 빼고 다들 아무렇지 않게 그 말에 긍정할 게 분명했으니까. 그 꼴을 봤다간 속이 더 뒤집어졌을 거다.

"……너는 제발 다음 생엔 평범한 인간으로 태어나라. 인간이 된 네가 하룻밤 새웠다고 비실거리는 모습을 봐야 내 속이 시원할 것 같아."

"왜 갑자기 시비야?"

"시비는 네가 먼저 걸었거든요?"

쏘아붙인 말에 그는 전혀 이해할 수 없다는 표정을 지었다.

"왜 그렇게 짜증내는지 모르겠는데, 넌 인간 아니거든?"

"나도 알아! 그래도 기분 나빠!"

"묘하게 신경이 날카로운 걸 보니 무슨 일이 있구만?"

……아무튼 눈치 하나는 얄미울 정도로 빠른 녀석이다. 나는

잠시간 눈을 굴리다 얌전히 한숨을 내쉬었다. 어차피 고민을 털어
놓을 상대가 필요했던 참이다. 라피스라면 의외의 해답을 안겨 줄
지도 몰랐다.

"엘뤼엔이 요즘 연락을 안 받아."

"흐음."

"마계 쪽 상황도 마음에 걸리고 해서 좀 알아보려고 했거든. 근
데 아무리 불러도 대답을 안 해. 아니, 정확히는 연결이 아예 안
되는 것 같아. 뭔가에 자꾸 얽혀서 엉클어지는 느낌이라고 해야
하나? 꼭 통신에 혼선이 일어나는 것처럼."

"그거 맞을걸?"

너무 선뜻 흘러나온 대꾸에 어안이 벙벙해졌다. 눈을 깜빡거리
면서 응시하자 라피스도 똑같이 멀뚱한 시선을 보내 왔다.

"맞다니?"

"혼선 말이야. 그거라고."

"신의 문장은 직통으로 연결되는 거 아니야?"

"직통이긴 하지."

"그럼 왜……."

"그건 말 그대로 통로가 하나일 때의 얘기고. 넌 하나 더 있잖
아."

"……!"

순간 머릿속에서 해일이 몰아친 것 같았다. 있지도 않은 피가
삽시간에 가시는 기분이었다.

"······카노스의 문장 때문에 통신이 막히는 거라고?"

"뭐, 지금까지 너 같은 경우가 존재한 적이 없으니 어디까지나 추측일 뿐이지만. 거의 확실할걸? 문장을 받으면 몸의 파장이 그 신에게 맞춰져. 그게 두 개가 되었으니 충돌을 하든 섞이든 불안 정해질 수밖에. 믿을 수 없으면 한번 시험해 보든지. 마신에게 연락해 보면 되겠네."

그럴듯한 방법이란 생각에 나는 곧바로 카노스에게 연락을 시도했다. 하지만 기대는 짧았고 절망은 빨랐다. 기운이 하나로 모아지지 않고 여기저기 뒤엉켜 엉망이 되는 느낌이 자꾸만 일었다. 엘뤼엔에게 연락을 시도할 때와 똑같은 현상이었다. 멍해지는 내 얼굴을 본 라피스가 그럴 줄 알았다는 듯 씩 웃었다.

"내 말이 맞지?"

"으으! 이게 뭐야! 카노스는 이렇게 될 걸 다 알고 있었을 거 아 냐! 근데 이걸 왜 준 거지?"

"글쎄. 수프나 해 먹으라고?"

"지금 농담할 기분 아니거든!"

열 받아 소리쳤더니 라피스가 찌푸린 얼굴로 가볍게 귀를 휘저 었다.

"그 능구렁이 신의 속을 내가 어떻게 알아. 미처 거기까진 생각을 안 했을 수도 있지. 아니면 작정하고 방해할 생각이었거나."

"왜 방해를 해?"

"네가 이 일에 너무 깊이 관여하는 것 같아서 그러는 거 아냐?

운명의 선이란 건 꽤 묘해서, 본인이 관심을 갖는 쪽으로 방향이 계속 이어진다더군. 게다가 사회적 영향력이 클수록 더 큰 파장을 일으키지. 넌 이미 상당히 발을 담근 상태잖아. 위험해질 수 있으니 더 이상 개입하지 말라는 뜻 아니겠어?"

"하지만 카노스가 문장 주면서 연락하자고 했는데?"

"그걸 믿냐. 순진하긴."

"……."

지적할 때면 늘 한심하다는 듯이 말하곤 했지만 이번만큼은 진심으로 황당해하는 시선이다. 다른 존재도 아니고 어떻게 마신을 믿을 수 있느냐는 의문이 그의 얼굴 가득 차올라 있었다. 그걸 보니 내가 엄청난 바보가 된 기분이 들었다.

사람 좋은 얼굴로 해맑게 웃던 카노스의 모습이 떠올랐다. 어쩐지 부탁도 하지 않은 일들을 먼저 배려해 준다 싶었지. 그때 이미 다른 속내가 있었음을 눈치챘어야 했던 건지도 모른다. 생각해 보면 그는 내가 방심하기 전까지는 늘 과도한 친절을 베풀곤 했다. 그게 전부 뒤통수를 치기 위한 추진력을 모으는 과정이었는데, 그걸 알면서도 또 당하다니! 이쯤 되면 당하는 내 쪽에 문제가 있는 게 아닐까.

"라피스. 통로가 불안정해진 거면 신 쪽에서도 연락 못 하나?"

"그거야 당연한 거 아냐?"

"그렇겠지……."

돌아온 대답이 꿈도 희망도 없어서 더 서글퍼졌다. 엘뤼엔은 이

사태를 알고나 있을까. 왠지 모르고 있을 가능성이 더 큰 것 같다. 알았다면 그가 지금까지 조용할 리가 없었다. 당장 내 앞에 나타나고도 남았겠지. 우아하고 단정한 분위기를 지닌 주제에 의외로 상당한 과격파니까.

군대 행렬 한가운데 신의 강림이라니. 엄청난 파란이 일어날 게 분명하다. 그런 의미에서 엘뤼엔이 모르고 있는 게 차라리 다행인 것 같은데, 왜 이렇게 불안한 마음이 드는 건지 모르겠다. 마치 안심할 수 없는 장소에 소중한 것을 두고 온 것처럼 찜찜한 기분이었다.

3.

첫 밤의 야행은 은밀한 방식으로 진행됐다. 횃불도 들지 않고 오직 하늘의 달빛과 감각에만 의지해서 이동한다는 계획이었다. 이쪽의 행로를 숨김으로써 매복하고 있는 적들에게 혼선을 주기 위해서였다.

다만 이 계획은 아군에게도 꽤 고된 방식이었다. 무난한 길만 골라 이동해 오긴 했지만 일단은 산맥 안으로 들어온 상태였기 때문에 주위는 무성한 숲만 가득한 상태였다. 밝을 때는 종류를 구분할 수 있는 것도 어두울 땐 다 비슷해 보이기 마련이다. 하물며 비슷비슷한 형태의 나무들은 두말할 필요가 없었다. 이런 곳에서 횃불도 없이 걷는 건 눈을 가리고 가는 것이나 다름없었다.

"이렇게 캄캄한데 불도 없이 길을 어떻게 찾아요?"

사방이 완전히 캄캄해져 (인간의 시야로는)주위를 분간하기 힘들 정도가 되자 알리사가 불안한 표정을 지었다. 그 질문에 싱긋웃은 마커스 백작이 한 나무를 가리켰다. 그가 가리키는 곳을 따라 시선을 내렸더니 밑동 부근에서 희미하게 빛나는 부분이 보였다. 미리 알고 찾아보는 게 아니면 무심코 넘어갈 만큼 연약한 빛이었다. 그 빛은 앞쪽에 있는 나무들에게서도 규칙적인 간격으로 군데군데 나타나 있었다. 마치 길을 안내하는 이정표처럼.

"······뭔가 발려져 있는 건가요?"

알리사가 이채 어린 표정을 짓자 마커스 백작이 기특하다는 듯고개를 끄덕였다.

"뮤타라는 곤충형 몬스터의 체액이네. 어두워지면 빛을 내는 성질을 띠지. 먼저 간 정찰대가 남겨 둔 거네. 우리는 이 표시만 따라가면 된다네."

"그렇군요."

신기하다는 얼굴로 고개를 끄덕이길 잠시, 알리사의 표정이 묘하게 딱딱해졌다. 급히 주위를 두리번거리는 게, 몹시 불안해 보이는 모습이었다.

"왜 그래, 알리사?"

"있잖아, 엘 님. 긴장해야 할 것 같아."

"응? 그게 무슨 말이야?"

"왠지 감이 안 좋아."

단지 예감에 불과하다고 하기엔 알리사가 말하는 감은 위력이 완전히 달랐다. 나는 나도 모르게 목소리를 낮추고 물었다.

"……그거, 예지야?"

"그건 잘 모르겠어. 그치만 지금까지 위기가 있기 전에 받았던 느낌들과 비슷해. 지금 저 빛을 따라가면 굉장히 나쁜 일이 일어날 것 같은 예감이 들어."

알리사가 이런 식으로 '감'을 느끼는 건 꽤 오랜만이었다. 그동안 확실히 평화롭긴 했었던 모양이다. 새삼 전쟁이 시작되었다는 실감이 들었다.

"마커스 백작에게 더는 가지 말자고 해 볼까?"

"이런 상황에서? 아무도 안 들을걸."

"너한테 예지력이 있다는 걸 알리면 되지."

"아냐, 지금도 스피어의 딸이라고 떠받들어지고 있는데 더 피곤해지고 싶지 않아. 게다가 왠지 여기서 멈춘다고 해서 딱히 좋을 것 같지도 않고."

"그것도 감이야?"

"응. 방금 그런 느낌이 왔어."

"흠, 진퇴양난이라는 소리구나."

앞으로 가도 문제, 멈춰 있어도 문제라니. 몹시 곤란하게 됐다. 그나마 다행스럽게도, 알리사가 느끼는 '감'은 고정된 미래는 아니다. 어떤 일이 벌어진다는 신호에 가까우니 결과가 나쁠 것이라고 미리 단정할 필요도 없었다.

"일단 이상한 점이 보이면 알려 줄 테니까, 대비하고 있어."

"응."

숨죽인 알리사가 긴장한 얼굴로 고개를 끄덕였다. 함께 듣고 있던 다른 일행들도 신중한 눈으로 주위를 살피기 시작했다. 나 또한 정신을 집중하고 주위를 세세히 둘러보았다. 혹시 근처에 매복이 있는 건가 싶었는데 우리 군대 외의 다른 기척은 느껴지지 않았다. 있다 해도 작은 산짐승들 정도에 불과했다.

'딱히 이상은 없는데.'

한참 이동하는 동안에도 위협이 될 만한 부분은 찾을 수 없었다. 주변은 물론 근방 지역을 전부 다 살펴봐도 마찬가지였다. 긴 시간 아무런 일이 벌어지지 않자 일행들도 서서히 긴장을 풀어가는 분위기였다. 알리사 또한 자신의 과민반응이라 여겼는지 머쓱한 표정을 짓고 있었다.

위화감을 느낀 건 오히려 엉뚱한 쪽에서였다. 이건 나만 알아볼 수 있는 부분이긴 한데, 주위를 돌아다니고 있는 나이아스와 운디네의 숫자가 갈수록 많아지고 있었다. 그것도 대부분 바닥에 몰려들어 있는 상태였다. 이쯤 되면 근처에 큰 샘이나 호수가 형성되어 있어야 정상이다. 하지만 눈앞에 펼쳐져 있는 건 무성한 풀숲뿐이었다. 더 괴상한 부분은 그렇게 수많은 물의 정령들이 땅의 하급 정령인 놈들과 손을 꼭 잡고 다닌다는 사실이었다. 누가 보면 두 정령들끼리 사귄다고 오해할 것 같았다.

"여기 다른 데보다 땅이 좀 무른 것 같지 않아?"

"그러게. 비가 왔었나?"

그 영향은 보통의 사람들에게도 확연히 드러났다. 앞서 걷고 있던 병사들에게서 소곤거리는 소리가 들렸다. 나는 그들의 모습을 멍하니 바라보다가, 바닥을 분주히 돌아다니고 있는 정령들을 다시 내려다보았다. 나한테 위험한 일 같지는 않은데 왠지 거슬리는 느낌이 들었다.

가끔 길을 다니다 보면 왕이 지나간다는 이유로 근처에 있는 정령들이 우르르 몰려들 때가 있다. 처음엔 그런 현상 중 하나인 건가 싶었지만 곧 그건 아니라고 판단했다. 일시적으로 몰려드는 정령들은 통일성이 없고, 마구잡이로 흩어져 있는 편이다. 그에 비해 눈앞의 정령들은 종류는 물론 숫자와 배열 간격까지 뚜렷한 규칙을 드러내고 있었다. 원래 이곳에 자리 잡은 정령이라는 소리였다. 내 짐작이 맞았다. 이곳은 분명 호수여야 했다. 그래, 물과 함께 어울리는 땅의 정령만 없었다면 말이다.

"호수…… 그만큼 섞인 흙인가. 아니, 이 정도면 흙이 더 많으려나."

나도 모르게 중얼거리는 소리를 들은 걸까. 알리사가 의아한 표정으로 쳐다보다가 바로 얼굴을 굳혔다.

"백작님! 기다려요! 더 앞으로 가면 안 돼요!"

그녀의 비명소리에 깜짝 놀란 마커스 백작이 황급히 돌아보았다. 바로 그 순간이었다. 바닥이 울렁거리는 것과 동시에 시야가 갑자기 푹 꺼졌다. 아니, 정확히 말하면 꺼진 것은 바닥 쪽이었다. 조금 전까지만 해도 단단하던 지반이 무너져 내리더니, 다리가 끈적한 진흙 속에 파묻힌 것이다.

"우아악!"

"뭐, 뭐야!"

당황한 사람들이 우왕좌왕하며 몸을 움직였다. 하지만 아무리 허우적거려도 그 자리를 빠져나가는 사람은 없었다. 아니 오히려 발버둥 칠수록 점점 더 밑으로 내려가고 있는 것 같았다.

"젠장! 늪이다!"

"다들 어서 여길 빠져나가!"

"어디로? 아무것도 안 보여!"

진흙에 빠진 사람들 사이에서 일대 혼란이 벌어졌다. 마커스 백작도 크게 놀란 듯 얼굴이 창백해져 있었다.

"모두 움직이지 마라! 나가려고 할수록 더 깊이 빠질 거다!"

그의 외침에 허둥거리던 병사들이 뻣뻣하게 굳었다. 하지만 그들을 태우고 있는 말들은 당연히 명령을 알아듣지 못했고, 소란은 좀처럼 진정될 기미를 보이지 않았다. 입술을 악문 백작이 옆에 있던 참모를 다급히 돌아보았다.

"이게 어떻게 된 거지? 왜 이곳에 늪지가 있나!"

"헤수르 늪입니다, 백작님! 이 근방에서 이런 규모의 늪이라면 헤수르 늪밖에 없습니다!"

"헤수르 늪? 거긴 우리가 가려던 방향과 반대에 있는 곳이잖나! 왜 우리가 이곳에 들어온 거지? 분명 표시대로 이동했을 텐데?"

"함정입니다! 표시가 바뀐 것 같습니다!"

침통한 목소리로 대답하는 참모는 이미 절망에 빠진 얼굴이었다. 아무래도 적들은 우리가 매복을 알아차리고 야행을 할 것까지 미리 예상해 두었던 모양이다. 그래서 이쪽의 위치 표시를 찾아내 늪지로 향하도록 방향을 틀어둔 것이다.

딛자마자 빠지는 종류면 초반에 바로 알아차렸을 텐데, 이 늪은 어느 정도 체중이 실리면 그제야 한꺼번에 무너지는 구조인 것 같았다. 덕분에 너무 많은 인원이 갇히고 말았다. 이 상태에서 공격까지 받았다면 타격이 컸을 텐데, 불행 중 다행이랄지 적들도 이 안에 들어올 용기까지는 없었던 것 같다. 그럴 만도 한 게, 늪지 범위가 커서 근방에 숨어 있을 만한 장소가 없었다.

"그렇구나. 이건 늪지에서 보이는 현상이구나."

물과 흙의 정령이 끈끈하게 뭉쳐 있던 이유를 이제야 알겠다. 고개를 끄덕이며 중얼거리고 있는 내게 알리사의 타박이 이어졌다.

"뭘 혼자 감탄하고 있어, 엘 님! 그걸 이제 와서 알아차리면 상당히 곤란하거든?"

"아, 미안. 나도 늪지를 제대로 본 건 처음이라서."

"못살아!"

이미 사람들의 몸은 허벅지까지 진흙에 잠겨 있었다. 그나마 끝에 있던 자들은 단단한 부분을 찾아 빠져나가려는 시도라도 했지만, 늪 한복판에 갇힌 사람들은 이도저도 할 수 없는 처지였다. 움직이지 않는다 해도 속도만 느릴 뿐이지 빠지지 않는 건 아니다. 최대한 짐을 버리고 몸을 가볍게 해도 마찬가지였다.

"다들 침착해라!"

서로 마땅한 돌파구를 찾지 못한 채, 마커스 백작의 애탄 외침만 반복적으로 울려 퍼졌다. 아무것도 보이지 않는 상황에서 점점 땅속으로 끌려들어 가는 건 엄청난 공포일 것이다. 여기저기서 불안하게 숨을 삼키는 소리가 들렸다.

이 속에서 태연한 건 우리 일행들밖에 없었다. 시벨리우스와 데르온은 옷이 지저분해지는 걸 신경 쓰는 정도였고, 아스는 진흙이 신기한지 연신 찰박거리기 바빴다. 그때 라피스가 긴 창 하나를 불쑥 꺼내들더니(아공간에 있던 걸 꺼낸 것 같다.) 지면에 푹 꽂아 넣었다. 아마 깊이를 확인하려는 듯했다. 그 결과는 내 짐작을 크게 벗어나지 않았다. 장신인 그의 신장을 훌쩍 넘을 정도로 큰 창이었는데 밀어 넣는 대로 끝없이 삼켜지고 있었다. 끝 부분까지 완전히 파묻혀 사라지는 것을 확인한 그가 산뜻한 얼굴로 중얼거렸다.

"인간의 힘으론 못 나가겠네. 여기서 전원 몰살 확정이군."

"……야."

대체 어디서 저렇게 창의적으로 남의 염장을 지르는 법만 배웠는지 모르겠다. 저 녀석이 태어나 자란 배경을 심층적으로 연구해 보고 싶을 정도다. 틀림없이 정상적인 환경은 아니었겠지.

다행스러운 점은 다들 정신이 없는 와중이라 그가 한 말을 듣지 못했다는 사실이었다. 단 한 사람, 바로 옆에 있던 알리사만 제외하고.

"어, 어떡하지, 엘 님? 여기서 못 나가는 거야? 모두 구하기 힘들어?"

불안한 얼굴로 어쩔 줄 몰라 하는 작은 소녀를 바라보다 나는 지긋이 라피스를 노려봐 주었다. 물론 반성할 리가 없는 녀석은 뻔뻔한 얼굴로 고개를 치켜들기만 할 뿐이었다.

"저런 말 귀담아 듣지 마, 알리사. 자력으로 나가는 게 어렵다는 것뿐이야. 우리가 도와주면 나갈 수 있어."

"그러다 엘 님 정체 드러나는 거 아니야?"

"뭐, 드러내야 하는 상황이면 할 수 없지. 근데 그렇게까지는 안 해도 될 거야. 이번에도 알리사 네가 수고 좀 해야겠지만."

"응, 할게! 내가 뭘 하면 돼?"

전원 몰살이라는 단어가 자극적이긴 했나 보다. 다른 때라면 또 혼자 눈에 띈다고 불만스러워했을 텐데 이번엔 무척이나 적극적이었다. 비장한 표정을 짓고 있는 알리사가 기특해서 나는 가볍게 그녀의 머리를 쓰다듬어 주었다.

"일단 다들 너무 겁먹은 거 같으니까 주위 좀 밝히자. 라피스, 조명 마법 같은 거 없을까?"

"범위는?"

"사람들을 진정시키려는 거니까 늪지 전체면 좋을 것 같아. 아, 그치만 은밀하게 이동한다는 계획을 망치지 않는 선에서. 너무 밝지는 않게 해 줘."

"어차피 근방에 아무도 없어. 들킬 것도 없는데?"

"나도 알아. 하지만 여기 사람들한테 그걸 납득시킬 순 없잖아. 그리고 주의해서 나쁠 건 없으니까. 이런 밤중에 강한 빛이 생기면 꽤 멀리까지 보일 테고. 누군가의 눈에 띌 가능성도 배제할 수 없어."

"쯧. 귀찮긴."

못마땅한 표정을 짓는 것과는 달리 라피스는 순순히 마나를 운용하기 시작했다.

"빛의 구."

그의 손바닥 위에 희뿌연 빛 덩어리가 피어올랐다. 처음에는 조금 황당했다. 밝지 않게 해달라고 주문하긴 했지만 완성된 조명이 반딧불이 빛보다 작고 흐렸기 때문이다. 주변은커녕 고작 손바닥 한 면도 간신히 비추는 수준이었다.

장난하는 거냐고 한마디 해 주려는데 곧 그의 전신에서 비슷한 크기의 빛들이 두둥실 피어오르기 시작했다. 그것은 점차 그의 주위를 떠나 늪지 전체로 퍼져 나갔다. 수십, 수백 개의 흐린 빛들이 사방에 퍼져 가는 모습은 그 자체로 장관이었다. 시야를 뚜렷하게 확보할 만큼 밝지 않아도, 사람들의 시선을 사로잡기엔 충분했다. 먹물처럼 캄캄한 공간을 수놓기 시작한 빛 무리에 주위를 가득 채운 고통의 소리가 잠시 멈췄다. 사람들은 혼란한 상황도 잊은 채 홀린 듯이 빛의 운무를 응시했다.

"예쁘다……."

그들의 마음을 대변하는 것처럼 알리사가 탄성을 내뱉었다. 나 역시 그 광경에서 시선을 떼지 못하고 있었다. 마치 하늘에 있던 별무리가 그대로 쏟아져 내린 것 같았다. 정작 이 아름다운 광경을 연출한 장본인만 시큰둥한 얼굴이었다.

"됐지? 이 정도 밝기면 이 범위 밖에선 잘 안 보일 거다."

"어, 응. 고마워. 꽤 괜찮네."

"내가 한 건데 당연하지."

그다운 대꾸에 피식 웃음이 나왔다. 적응이란 게 무섭다고, 이제 저 정도 말은 딱히 잘난 척으로 느껴지지도 않으니 큰일이다.

그때 모두와 마찬가지로 넋을 잃고 있던 마커스 백작이 황급히 우리 쪽을 바라보았다. 늪지에 빠진 이후로 창백하게 질려 있던 그의 얼굴에 작은 희망이 떠올라 있었다. 빛의 마법을 보고 나서야 우리 일행에 이능력자가 있다는 사실을 상기한 것 같았다.

"알드레프 경! 혹시 늪지를 빠져나갈 좋은 방법이 없겠소?"

작위를 받은 이후 알리사는 새로 받은 성으로 불릴 때가 곧잘 있었다. 특히 귀족 출신들은 모두 깍듯하게 그녀에게 '경'의 호칭을 사용했다. 그럴 때마다 알리사는 온몸이 오그라드는 듯 어색한 표정을 짓곤 했다. 이번에도 멋쩍은 얼굴을 한 알리사가 도움을 구하는 시선으로 나를 돌아보았다. 그녀를 대신해서 내가 입을 열었다.

"그전에 한 가지 물어볼 게 있어요. 늪을 이대로 건너가는 쪽이 낫나요, 다시 돌아가는 쪽이 낫나요?"

"경로를 묻는 거라면 건너는 쪽이 더 낫소. 거리상으로는 오히려 늪을 건너는 쪽이 야콘 계곡을 지나는 것보다 더 빠르오. 건널 수 있다면 말이지만."

"그래요? 그럼 건너야겠네요."

거리가 더 단축된다니, 함정에 빠진 것이 전화위복이 되려는 모양이다. 아무렇지 않게 고개를 끄덕였더니 듣고 있던 사람들의 얼굴에 황당하다는 표정이 떠올랐다.

"지금 이 상황이 보이지 않소? 늪에 빠져서 다 가라앉게 생겼는데 여길 어떻게 건넌단 말이오? 일단은 빠져나갈 방안부터 먼저 생각해야 하는 것 아니오?"

"그거야 당연하죠. 빠져나가기 위해서 물어본 거예요. 범위를 지정해야 하니까요."

"범위?"

"알리사가 늪지 위에 단단한 길을 만들 거거든요. 바닥이 없는 게 문제인 거니까 디딜 곳이 있으면 빠져나올 수 있겠죠? 다들 그 위에 올라서게 하세요."

"그, 그게 가능하단 말이오?"

"그럼요. 땅의 정령사잖아요."

백작과 그 수하들의 얼굴이 구원을 받은 사람처럼 환해졌다.

반대로 알리사는 경악한 모습이었다(그 와중에도 사람들을 향해선 아무렇지 않게 웃어 주는 노련미를 발휘했다). 살았다는 분위기로 주위가 온통 들끓는 동안 그녀가 다급히 내 귓가에 속삭였다.

"뭐야, 엘 님! 길이라니! 무리야! 상급 정령사도 아니고, 중급 정령사인 내가 이렇게 큰 늪지에 길을 어떻게 만들어? 운이 좋아 만들 수는 있어도 내 힘으로는 오래 못 버텨. 이렇게 많은 사람들이 올라섰다간 금방 무너질 거라고."

"응, 알고 있어. 지난번처럼 가자."

"지난번처럼?"

"길이 생긴 것처럼 보이도록 위에 흙만 깔아줘. 지탱하는 부분은 내가 만들어 줄 테니까. 그렇게 하면 버틸 수 있지?"

"……!"

즉 겉형태는 알리사가 만든 길인 것처럼 위장하고 실제로는 내 힘으로 지탱하는 방식이었다. 그제야 흙빛이던 알리사의 얼굴에 다시 핏기가 돌았다. 안도의 한숨을 길게 뱉어낸 그녀가 이내 복잡한 표정을 지었다.

"근데 자꾸 이렇게 해도 돼? 전에 성벽을 무너트린 것도 그렇고, 이런 거 원래 중급 정령사는 못하는 일이잖아. 능력을 너무 심하게 부풀리는 게 되는 거 아니야?"

"괜찮아. 알리사 네가 특히 대단한 거라고 하면 되지. 같은 급의 정령사라도 실제로 사람마다 능력 편차가 있거든."

"으으으, 그래도. 뭔가 사기꾼이 된 기분이야."

"흐음, 그럼 나도 사기꾼인가?"

"윽, 그런 뜻이 아니라……."

"하하, 그러니까 너무 신경 쓰지 말라는 소리야. 정 마음이 불편하면 그냥 일시적으로 나랑 계약했다고 생각해. 정령왕의 계약자 생활 미리 체험해 보기 시간이라는 건 어때? 이 순간만큼은 내가 너의 힘인 거야. 그럼 간단하지?"

"우와, 그게 뭐야. 이사나 씨가 부러워. 엘 님, 나랑도 계약해 주면 안 돼?"

"제가 이래 봬도 비싼 몸이라서요. 계약하려면 소환식을 통과하셔야 한답니다, 아가씨. 그리고 인간하고는 한 명밖에 계약 못 해."

"칫, 치사해. 두고 봐, 진짜. 언젠가 트로웰 꼭 소환하고 말 거야."

"그래, 그래. 기대할게."

귀여워서 웃은 걸 놀린다고 생각했는지 알리사의 얼굴이 샐쭉해졌다. 하지만 그녀는 곧 표정을 가다듬고 진지한 모습이 됐다. 주변의 상황을 의식했기 때문이다. 사방에 있는 모두가 알리사만을 구명줄처럼 바라보고 있었다. 대화를 나누는 동안 경쾌했던 공기가 급속도로 무거워졌다. 머리카락 한 올까지 셀 듯한 시선에 그녀는 가볍게 심호흡했다.

"준비됐어, 알리사?"

내가 보낸 신호에 고개를 끄덕인 후, 알리사가 곧바로 멀든을 소환했다. 우드득, 콰지직! 사방을 뒤흔드는 것처럼 요란한 소리와 함께 바닥에서 굵은 기둥이 솟았다. 빠르게 뻗어나간 가지가 알리사를 태운 채 하늘로 솟구치기 시작했다. 늪지 한가운데 솟아난 거대한 나무, 그 가지 위에 걸터앉은 소녀의 모습에 지켜보는 이들이 경외의 표정을 지었다.

"이왕 하는 거 아주 화려하게 해 버리겠어. 부탁해, 멀든!"

알리사가 외친 말에 멀든이 늪 아래로 뿌리를 뻗었다. 그녀가 말한 '화려한' 방식은 금방 알게 됐다. 발끝에 단단한 것이 닿는다 싶더니 진흙에 파묻힌 하반신이 떠오르는 듯한 감각이 느껴졌다. 아니, 실제로 떠오르고 있었다. 알리사가 아래에서부터 바닥을 차오르게 해서 늪에 빠진 사람들을 전부 한꺼번에 들어낸 것이다.

'이런⋯⋯.'

"우와아아!"

혀를 차고 있는데 상황을 파악한 사람들이 함성을 질렀다. 다들 흥분한 나머지 이렇게 크게 소리를 지르면 적에게 위치가 노출될지도 모른다는 생각마저 잊은 것 같았다.

열광하는 분위기 속에서 나는 조용히 머리를 짚었다. 그냥 표면에 길을 만들어내기만 하는 것도 중급 정령사인 알리사에겐 꽤나 힘이 많이 소모되는 일이다. 그런데 아예 사람들을 전부 떠받쳐 들어내다니. 이 한 번에 온몸의 마나를 다 퍼부어버리기로 작정한 것이 분명했다.

아니나 다를까, 알리사의 안색이 금방이라도 숨넘어갈 듯이 창백해졌다. 나는 서둘러 물을 운용해 고체처럼 단단하게 만든 다음 그녀가 만든 바닥을 떠받쳤다. 알리사의 힘을 최소한으로만 남기고 대부분을 내 힘으로 교체하는 과정이 순식간에 이루어졌다. 원래 바닥을 형성하고 있던 마나는 그 주인에게 전부 되돌려 보냈다. 그제야 살 것 같다는 얼굴을 한 알리사가 긴 숨을 몰아쉬었다. 한계까지 마나를 쥐어 짜냈으니 정말 죽다 살아난 기분일 것이다. 덕분에 0.1초마저 쪼개 가는 기분으로 서둘러야 했던 나까지 백 년은 한꺼번에 늙은 기분이었다.

"저 녀석……."

이를 갈며 흘겨봤더니 눈이 마주친 알리사가 난처한 표정으로 웃었다. 본인도 미안하긴 한 모양이었다.

"스피어의 딸 알리사!"

"알리사!"

이 순간에도 사람들은 알리사의 이름을 연호하느라 정신없었다. 어두운 밤에 흩뿌려져 있는 희뿌연 빛의 운무. 늪지에서 기적처럼 떠오른 단 하나의 생명 길. 그 한가운데 솟아 있는 아름드리 나무와, 가장 높은 곳에 서서 모두를 굽어보는 소녀의 모습. 이 모든 것들이 한데 어우러져 꿈같은 풍경을 연출하고 있었다.

"……알리사의 유명세가 더 커지겠는데?"

"그런 것 같군요. 본인은 미처 생각하지 못한 모양이지만."

시벨리우스가 어색하게 웃으며 중얼거린 말에 데르온이 묵묵히 덧붙였다. 그 말대로 알리사는 아연실색한 얼굴을 하고 있었다. 뒤늦게 자기가 어떤 짓을 저지른 건지 깨달은 듯했다.

"나 저거 알아. 자기 무덤 팠다는 거지?"

그 모습을 가만히 지켜보던 아스가 방긋 웃었다.

차마 아무도 부정할 수 없는 평가였다.

4.

"늪지로 유인당했는데 알프레드 경의 재치로 무사히 빠져나갔다는 건가?"

"예! 덕분에 한 사람의 사상자도 없이 전원 아발론에 도착했다고 합니다."

보고를 받는 이사나의 얼굴에 잔잔한 미소가 떠올랐다. 이른 아침 선발대로부터 도착한 반가운 소식은 황제군의 본 진영에 큰 활기를 불어넣었다. 함정에 빠져 자칫 몰살당할 뻔했던 선발대가 한 소녀의 활약으로 위기를 모면하고 아발론의 점거에 성공했다. 본래 예상한 일정보다도 이틀이나 빠른 성과였다.

보급로가 중요한 전쟁에서 아발론은 반드시 필요한 첫발이었다. 성공 그 자체도 기쁜 일이었지만 적의 작전을 무용지물로 만들고 이뤄낸 성공이라는 점에서 더 가치가 높았다. 이로써 아군은 자신감을 얻게 될 것이고, 반대로 적군의 기세는 한풀 꺾일 것이다. 알리사에게 선발을 권했던 카웰 공작에게도 이 같은 결과는 놀랍기만 했다.

"지진을 일으켜 성벽을 허물더니 이젠 수렁으로 된 늪지에 길을 내는군요. 알면 알수록 굉장한 소녀입니다."

"네, 그렇네요, 형님."

"솔직히 말씀드리면 당황스럽기까지 합니다. 지인 중에도 중급 정령사가 있지만 이렇게 대단한 실력을 보인 적은 없었습니다. 그는 불의 정령사였으니 속성의 차이일지도 모르겠지만, 그렇다 치더라도 놀랍군요. 아, 그래. 자네가 보기에는 어떤가. 땅의 정령사는 다 이런 걸 할 수 있는 건가?"

카웰 공작의 시선이 이 질문에 답을 줄 수 있는 존재, 정령사 페리스를 향했다. 페리스는 묘한 얼굴로 웃었다.

"시도 자체는 가능하겠으나 말씀하신 바와 같이 중급 정령사의 힘으로 얻어낼 수 있는 성과는 아닙니다. 알드레프 경의 힘이 독보적인 편이라고 보셔야 할 겁니다."

"역시 그런 건가. 정말 대단하군."

'사실은 엘퀴네스 님이 다 하셨을 겁니다.'

감탄한 듯 중얼거리는 공작을 보며 페리스는 목구멍까지 솟아오른 진실을 꿀꺽 눌러 삼켰다. 그의 뒤편에 있던 친위 기사들도 근질근질한 얼굴을 감추느라 다들 딴청을 피우고 있었다. 카웰 공작이 그들 사이에 흐르는 미묘한 분위기를 읽어내고 의아한 표정을 지었을 때였다. 천막이 걷히더니 병사 한 명이 급히 들어와 경례했다.

"각하, 보고 드릴 것이 있습니다. 한 노인이 찾아와 각하를 뵙기를 청하고 있습니다. 마법사 협회의 인장을 지닌 자입니다. 개인적인 용무라고 하는데, 어떻게 할까요?"

"마법사라고?"

"올리반이라 하면 아실 거라 했습니다."

이름을 듣는 순간 카웰 공작의 얼굴에 놀란 빛이 떠올랐다.

"그가 이곳엔 왜……."

"마법사 올리반이라면, 혹시 올리반 폰 다니멜을 말하는 겁니까? 카터스 제국 황실 수석 마법사의 이름이 그랬던 것 같은데요. 대관식에서 본 기억이 있습니다."

이사나가 관심을 보이자 공작은 당혹감을 감추지 못하고 있다 급히 정신을 차렸다. 그가 침착하게 고개를 끄덕였다.

"정확히 알고 계십니다. 그가 맞습니다."

"형님이 그와 친분이 있었습니까?"

"유학시절 지인입니다. 졸업 동기였습니다."

카웰 공작이 어릴 때 카터스 제국에서 유학한 경험이 있다는 것을 상기한 이사나는 바로 상황을 받아들였다. 심지어 그는 '아카데미' 출신이었다. 기초교육부터 고등교육까지 폭넓게 지도하는 학술원과는 달리, 아카데미는 일정 이상 고등 교육을 받은 사람, 그중에서도 수재들만 들어갈 수 있다. 카웰 공작이 졸업한 '얀 아카데미'는 카터스 제국 최고의 명문으로, 대륙에 수많은 학자와 예술가, 뛰어난 지휘관과 정계인사 등을 배출한 곳이었다. 마법과 연금술 분야로는 특히 독보적이라, 출신지나 신분을 막론하고 각 대륙에서 인재들이 끊임없이 몰려드는 곳이기도 했다. 현 알폰프 제국의 황제를 비롯하여 각국의 왕족까지. 카웰 공작의 명성이 높은 것엔 그곳에서 쌓은 그의 인맥이 화려한 덕분도 있었다.

"다니멜도 형님과 졸업 동기였다니, 놀랍군요. 그는 지금 60대 아닙니까?"

"예, 아마 그럴 겁니다."

담담한 대답에 이사나는 카웰 공작의 모습을 새삼 살펴보았다. 소드 마스터가 되면 신체의 노화가 느리게 진행된다. 겉으로 보기엔 20대 중반처럼 보였으나, 실제 그의 나이는 40대 중반이었다. 하지만 그런 점을 감안하더라도 60대인 다니멜과 동기라고 생각할 만한 나이 차는 아니었다. 그리고 보니 알폰프의 황제도 60대 후반의 나이였던가. 이사나는 묘한 표정으로 그의 사촌 형을 응시했다.

"……형님이 월반해서 졸업했다는 말은 들었습니다만. 대체 몇 학년을 건너뛴 겁니까?"

"하하, 월반한 것은 맞지만 이건 제가 졸업한 아카데미의 특징에 더 가깝습니다. 얀 아카데미는 마법 학부의 이수 조건이 굉장히 까다로워서 그쪽 학부생들은 보통 30대에 졸업하는 편입니다. 덕분에 다른 학부생들보다 평균 나이가 더 많습니다. 하지만 중도 포기자가 많고 졸업생 자체가 적다 보니 졸업 동기라면 전부 동문으로 칩니다."

"아아, 그렇군요. 알폰프의 황제도 마법사 출신이었던가요."

"예. 당시 황태자이면서도 젠 학파에 가입하기 위해 카터스 제국 유학행을 서슴지 않는 괴짜였죠."

젠 학파는 다양한 마법 계열들 중에서도 공격 마법 부문으로 가장 권위 있는 학파였다. 얀 아카데미의 마법 학부는 젠 학파의 이론을 따랐고, 이곳 졸업생만이 젠 학파에 소속될 자격을 가질 수 있었다.

마법사에게 학파란 그가 사용하는 마법의 전통성을 입증하는 부분이다. 가입 욕심이 나는 건 누구나 당연하겠지만, 태자의 지위에 있는 자가 몇 년씩 바쳐가며 강행할 만한 일은 아니었다. 알폰프와 카터스 제국이 서로 앙숙에 가까운 사이라는 점을 감안하면 더욱 그랬다.

"워낙 지지기반이 굳건한 태자였기에 가능했던 일이라고 보고 있습니다. 지금 카터스 제국의 라온휘젠 태자처럼 말입니다."

"라온휘젠이라면, 저와 동갑이라던 황태자 말이군요. 마법에 재능이 있다던."

"예, 맞습니다. 혈통으로도 황제의 적자이고, 성품이나 재능 면에서도 다른 형제들을 압도하는 편이라 그가 태자로 책봉되었을 때 모두 당연하다는 반응이었지요. 원로는 물론, 지방 귀족들의 지지를 한 몸에 받는 데다 백성들 사이에서도 인기가 상당히 많은 태자입니다. 덕분에 평소 과감한 시도를 잘 하는 편이라고 합니다. 아마 관심을 둔 학파가 알폰프에 있었다면 그 역시 유학을 감행했을 겁니다."

"그러고 보니 그 태자는 어느 학파입니까?"

"공교롭게도 그 역시 젠 학파입니다. 현재 얀 아카데미의 마법학부에서 수학 중이라고 들었습니다. 다니멜이 그를 수제자로 삼았을 겁니다."

"그렇습니까. 그렇다면 다니멜은 황실 수석 마법사에 태자의 스승이기도 한 거군요. 그런 자가 타국, 그것도 전시에 있는 지인을 개인적인 용무로 방문이라. 무슨 용건인지 궁금해지는데요? 형님이 괜찮다면 함께 이야기를 들어보고 싶군요."

"그렇게 하겠습니다. 그를 이곳으로 안내하라."

"예!"

우렁찬 대답과 함께 사라진 병사들이 잠시 후 한 노인을 데리고 다시 나타났다. 검은 로브를 입고 있는 노인은 마법사치고는 상당히 늠름한 풍채를 지니고 있었다. 카웰 공작이 일어나서 그를 맞이했다.

"오랜만입니다, 다니멜 님."

"클모어 공작, 오랜만에 보는군요."

짧은 인사를 마친 다니멜이 곧 안쪽으로 시선을 보냈다. 빈틈없이 서 있는 기사들과, 그 가운데 앉아 있는 금발의 소년을 의식한 것이다. 이사나와 눈이 마주치기 무섭게 그가 예법에 맞춰 허리를 굽혔다.

"신이 세운 제국의 가장 높으신 분께 인사 올립니다. 미천한 마법사, 올리반 폰 다니멜이라 합니다."

"반갑습니다, 다니멜. 대관식에서 봤었지요."

"기억해 주셔서 영광입니다."

황제 앞에 선 탓일까. 대답하는 다니멜의 목소리가 떨렸다. 실제로 그는 몹시 긴장한 상태였다. 그를 이곳까지 안내해 준 병사들로부터 황제가 있다는 언질은 미리 받았으나, 막상 들어서기 전까지는 크게 신경 쓰지 않았었다. 그가 알고 있는, 대관식에서 보았던 스왈트 제국의 황제는 몹시 어둡고 유약한 느낌의 소년이었다. 누가 보기에도 황제라는 자리와는 어울리지 않아 내심 혀를 찬 기억이 있었다. 그와 동갑인 그들 황태자의 위풍당당한 모습과 비교되어 더 한심하게 여기기도 했다. 그래서 내전 중이라는 얘기를 들었을 때도 크게 놀랍지 않았다.

전쟁 준비로 기운이 빠졌을 테니 그때보다 더 볼품없어졌을 모습을 상상했다. 그런데 막상 눈앞에 둔 황제는 예전에 그가 보았던 유약한 인상의 소년이 아니었다. 다니멜은 연신 마른침을 삼켰다. 단정하면서 섬세한 외모, 차분한 눈빛과 목소리까지. 그를 이루고 있는 모든 것이 강제로 시선을 잡아끄는 것 같았다. 주위를 감도는 공기에 청량감까지 느껴지는 듯하다. 성장하면서 좋게 변하는 사람이 있긴 하지만 이건 정말 예상을 넘어서는 수준이었다. 한때나마 그를 평범하다고 판단했다는 사실을 스스로 믿을 수가 없을 정도였다. 덕분에 방문 전까지만 해도 가슴을 채우고 있던 자신감이 급격히 떨어졌다.

"카터스 황실의 수석 마법사가 이곳엔 무슨 일로 방문했는지 궁금하군요. 보다시피 지금 시기가 꽤 어수선해서 말입니다."

건네는 음성은 부드러웠으나 숨기지 않은 날을 드러내고 있었다. 다니멜은 더 긴장했다.

"소, 송구합니다. 제가 이곳에 온 건 카터스 황실에서는 모르는 일입니다. 옛 지인에게 부탁할 일이 있어 염치 불구하고 찾아왔습니다."

"그 부탁, 내가 같이 들어도 되겠습니까?"

"……폐하께 큰 누를 끼치는 내용이 될지도 모르겠습니다. 그러나 감히 말씀드리옵건대, 제 용무에 허튼 의도는 전혀 없습니다. 겉으로 드러난 목적 외에 다른 생각은 결코 없다는 점을 미리 말씀드립니다."

"그렇게 말하니 더 궁금하군요. 일단 말해 보세요."

이사나가 경청하는 자세를 취했음에도 다니멜은 쉽사리 말을 잇지 못했다. 그냥 돌아가야 한다는 생각이 꾸역꾸역 밀려들었다. 가지고 온 용건이 조금만 덜 중한 사안이었어도 그렇게 했을 것이다. 하지만 지금은 물러설 곳이 없었다. 그는 자신을 이곳까지 발걸음 하게 한 일을 거듭 떠올리면서 도망가고 싶은 충동을 꾹 눌러 참았다. 한참을 망설이던 끝에 그가 조심스럽게 입을 열었다.

"실은, 사람을 찾고 있습니다. 그분을 찾는 일에 도움을 구하고 싶습니다.”

“사람? 누구를 말입니까?”

“……입니다.”

“잘 안 들리는군요.”

“……그게…… 라온휘젠 황태자……입니다.”

“…….”

“…….”

천막 안에 싸늘한 정적이 감돌았다. 이사나와 카웰 공작은 물론, 뒤편에 서 있던 친위 기사들까지 모두 멍한 얼굴을 하고 있었다. 다니멜은 질끈 감은 눈을 차마 뜨지도 못했다. 기나긴 침묵에 그의 숨이 반쯤 넘어갈 때쯤, 이사나가 입을 열었다.

“……이곳이 스왈트 제국이라는 건 굳이 설명할 필요가 없을 것 같고. 라온휘젠 황태자는 당신들의 태자 아닙니까? 그를 왜 이곳에서 찾습니까?”

“시, 실은 그분이 가출을 하셔서…….”

“…….”

“정확히는 아카데미에 휴학계를 내버리시곤 그대로 잠적해 버리셨습니다. 행선지를 따라가고 있습니다만 워낙 흔적을 남기지 않는 분이신지라……. 최근 스왈트 제국으로 향하셨다는 것만 간신히 알아낸 상태입니다.”

들으면 들을수록 가관이었다. 이사나는 지끈거리기 시작하는 머리를 꾹 짚었다. 여러 가지 상황을 가정해 봤지만 이런 황당한 용건일 거라곤 조금도 예상하지 못했다.

"……이해할 수가 없군요. 카터스 제국에선 태자의 실종을 이런 식으로 처리합니까?"

"그, 그렇지 않습니다. 말씀드린 대로 제가 이곳에 온 일은 황실에선 전혀 모르고 있습니다. 전하께서 사라지신 건 현재까지 아카데미 총장과 저만 알고 있는 일입니다. 이 사실이 알려지면 황실이 완전히 뒤엎어질 겁니다. 최대한 저희들 선에서 조용히 수습하려고 합니다."

"사안치고는 임하는 태도가 꽤 안일하네요. 태자의 신변에 위험이 생길 거란 생각은 안 합니까?"

"그건 괜찮습니다. 그럴 일은 없을 겁니다."

내내 머뭇거리던 목소리에 처음으로 힘이 실렸다. 이사나는 묘한 표정으로 다니엘을 바라보았다. 그의 얼굴은 자신감에 가득차 있었다. 황태자가 위험해질 일이 없다는, 신념을 넘어 확신에 가까운 태도였다.

'글을 배울 때부터 마법을 터득한 천재라고 했었지.'

그 자신감의 원천을 짐작한 이사나가 가볍게 고개를 끄덕였다. 라온휘젠 황태자를 실제로 본 적은 없다. 하지만 동갑에 비슷한 위치였기에, 어릴 때부터 사람들 입에 늘 함께 오르내렸었다. 예전의 자신이라면 조금은 위축되었을지도 모르겠다. 하지만 지금은 전혀 아무렇지 않았다. 그 언젠가 엘이 말해 준 대로, 자신이 가진 힘 역시 누군가에게 밀려날 것이 아니었으니까. 무엇보다 천재라고 불리는 마법사에겐 이미 면역이 되어 있다. 그 황태자가 아무리 대단하더라도 라피스를 넘어설 것 같진 않았다.

"태자가 사라진 이유는 뭡니까? 단순한 유람입니까?"

이사나가 거리낌 없이 상황을 받아넘기자 오히려 위축된 건 다니엘 쪽이었다. 좋은 적수라고 여긴 상대가 사실은 이쪽을 취급도 해 주지 않는다는 것을 깨달은 기묘한 패배감이 그를 괴롭혔다. 하지만 세간에 알려진 바로 이사나 황제는 무언가에 빼어난 재능을 가지고 있는 편은 아니었다. 검술을 곧잘 한다고는 들었지만 그 또한 수재까지 되지는 못했다. 단순한 기분 탓이라고 생각하며 그는 질문에 대답했다.

"사실 라온휘젠 태자 전하는 특별한 별을 타고나신 분입니다."

"특별한 별?"

"이런 말씀을 어떻게 받아들이실지는 모르겠습니다만. 제왕의 별을 타고나셨다고 들었습니다. 실제로 그것을 증명하는 것처럼 혈통이며 능력이며 그분께 주어진 모든 것들이 특별하지요. 옆에서 지켜보고 있으면 운명이 그분을 왕의 길로 인도하고 있는 것이 느껴질 정도로요."

"흥미롭군요. 계속 말해 보세요."

"흠흠, 그러니까 이 제왕의 별은 몇 세대마다 한 번꼴로 나타난다고 알고 있습니다. 그리고 이 별이 나타난 시대에는 몹시 드문 확률로 태어나는 또 다른 별이 있습니다."

"그게 뭡니까?"

"반려성이라고 불리는 별입니다."

"……!"

느긋하게 듣고 있던 이사나의 얼굴에 처음으로 온기가 가셨다. 하지만 워낙 작은 변화라 아무도 그 온도차를 눈치채지 못했다.

"……반려성?"

"네, 그렇습니다. 말 그대로 제왕의 반려가 될 운명을 타고나는 별이지요. 푸른 달과 함께 나타나며, 그 별 아래에서는 반드시 여아만 태어난다고 합니다. 워낙 희귀한 별입니다만, 이번에 그 반려성이 나타났다는 이야기를 들었습니다."

"……."

"태자 전하는 늘 반려성이 어떤 여인일지 궁금해하셨죠. 하지만 점술가가 아무리 찾아도 그녀의 위치를 알아낼 수가 없었습니다. 그런데, 얼마 전에 드디어 보이기 시작했다고 합니다."

"그래서……."

"예, 그래서 반려성을 찾기 위해 떠나신 겁니다."

주먹에 저절로 힘이 실렸다. 이사나는 신음을 흘리지 않기 위해 억지로 비틀린 웃음을 지었다. 제왕의 별 따위는 모르겠지만 반려성이라면 알았다. 그 전설을 토대로 직접 푸른 달을 새긴 휘장을 내리지 않았던가.

'알리사.'

짙은 주홍빛이 사랑스러운 소녀의 눈동자가 떠올랐다. 돌아보며 환하게 웃던 얼굴과 재잘거리던 목소리들도.

"황태자가 이곳에 있다는 건 확실한 겁니까?"

"예, 그건 틀림없습니다. 출발하실 땐 알폰프 제국으로 향하셨다고 들었습니다만, 갑자기 스왈트 제국으로 방향을 트신 것 같습니다. 아무래도 반려성이 이동 중인 모양입니다."

"……그렇군요."

"이사나 씨는 운명이라는 거에 대해 어떻게 생각해?"

역시 운명 같은 건 싫다. 이사나는 한숨을 내쉬었다. 그 단어는 차가운 가면을 쓸 때 한없이 잔인해진다. 아무렇지 않게 다가와 소중한 것을 간단히 앗아가고는 그것을 당연한 것으로 정해서 무력하게 만들었다. 바라는 방향의 반대쪽 문만 열어두고 사람을 골리는 악마였다.

하지만 그럼에도. 그때 알리사에게 한 대답을 후회하지는 않는다. 운명만큼이나 강한 인연이 닿아 있다고 생각한다. 그와 그녀의 만남에도 의미가 있다고 믿고 싶었다. 적어도 갑자기 튀어나온 운명의 별이란 존재가 멋대로 그녀를 끌어가도록 그냥 내버려 두진 않을 것이다. 그게 비록 자기만족에 불과할지라도.

"좋습니다. 그를 찾는 걸 도와 주겠습니다."

"그게 정말이십니까? 감사합니다, 폐하! 정말 감사합니다!"

울려 퍼지는 감사 인사가 기쁘게 들리지 않았다. 감격한 다니엘을 외면한 채 이사나는 조용히 투지를 불태웠다. 아무도 알려주지 않았지만 본능적으로 깨닫고 있었다. 허락지 않은 인연의 줄기가 그의 삶을 타고 들어와 속에서부터 단단히 엮어지기 시작했다. 아주 끈질기고, 끊어내기 힘든 줄기가 될 것 같았다.

5.

"그래서, 이미 아발론에 도착했다?"

낮게 뇌까리는 음성은 짐승의 으르렁거림에 더 가까웠다. 사납다 못해 흉흉한 시선이 눈앞에 놓인 검은 구슬 위에 쏟아졌다. 그 속에 비쳐 있던 갑옷 차림의 남자가 꿀꺽 마른침을 삼켰다. 마법으로 투영된 형상을 보고 있을 뿐인데도 상대가 뿜어내는 살기에 질식할 것 같았다.

"막을 수 있다고 호언장담하지 않았나, 세트니오 경? 그런데 왜 황제의 군대가 벌써 아발론을 점거한 거지?"

『소, 송구합니다, 대공 전하. 면목이 없습니다.』

기어들어가듯 이어지는 사과에 대공, 유카르테가 짧게 웃었다. 그러나 미소 짓는 얼굴에도 그의 분위기는 전혀 달라지지 않았다. 오히려 더 섬뜩하게 변했다.

"실패한 뒤의 사과는 누구나 할 수 있지. 내가 원하는 건 입에 발린 감언이설 따위가 아니라 실적이다. 경이라면 잘 알고 있을 거라고 생각했는데. 내가 잘못 봤던 건가?"

『어떤 변명을 드려도 마음에 차지 않으실 거라는 걸 알고 있습니다. 이번 결과에 크게 실망하신 것도 당연합니다. 하지만 계획은 정말 완벽했습니다. 실제로 그들을 늪지로 유인하는 것도 성공했습니다. 그런데 설마 그곳을 빠져나갈 줄은…….』

"애초에 부실한 함정이었다는 말을 참으로 길게 돌려 말하는군."

『그, 그렇지 않습니다. 헤수르 늪지는 한번 빠지면 아무도 나오지 못하는 악명 높은 수렁입니다. 지금까지 그곳에 들어가 무사히 나온 사람이 아무도 없었습니다. 믿어 주십시오!』

"믿어? 그걸 어떻게 믿지? 그 악명 높다는 늪을 황제의 군대는 전부 아무렇지 않게 통과하지 않았나. 오히려 지름길로 안내한 꼴이 되어 버렸지."

『그것은…….』

열심히 이어지던 변명이 멈췄다. 어차피 전부 무의미한 변명이었다. 결과만이 중요한 전투에서 본래의 성공 확률 따위는 그다지 중요하지 않았다. 어쨌든 적들은 함정을 통과했고, 계획은 실패했다. 입이 열 개라도 할 말이 없는 것이 당연했다.

"경은 날 실망시켰다. 다음 보고 땐 오늘처럼 한심한 소식이 아니어야 할 거다. 경에게 주는 마지막 기회다."

『……명심하겠습니다.』

침울한 답변을 마지막으로 수정구의 빛이 꺼졌다. 일렁거리던 구슬의 표면이 완전히 까맣게 변할 때까지, 유카르테는 경멸의 시선을 떼지 않았다.

"머저리 같은 놈."

그 가차 없는 평가에 눈썹을 찌푸린 건 옆에 서 있던 카리브디스였다. 분을 참지 못하는 유카르테를 보며 그는 가볍게 한숨을 내쉬었다.

"세트니오 백작은 야심가이긴 하지만, 지휘관으로서 실력이 나쁜 자는 아닙니다. 조금은 관대하게 봐주시지요."

"본인이 지키지도 못할 허풍을 떠는 자다. 이 이상 얼마나 관대하게 보라는 거지? 머저리라는 칭호도 부족해."

"상대가 예상 밖이었을 뿐입니다."

어떤 말에도 변하지 않을 것 같은 눈빛이 그 말에 조금 누그러졌다.

"땅의 정령사가 활약했다고 했지."

"네."

"늪지에 빠져 허우적거리는 걸 단숨에 들어냈다고."

"그렇게 알려졌다 하더군요."

또 그 소녀인가.

유카르테의 얼굴이 일그러졌다. 라센 성의 전투를 승리로 이끈 소녀가 선봉에 섰다는 정보는 이미 파악했었다. 그때까지만 해도 그다지 신경 쓰이는 종류는 아니었다. 성벽을 무너트렸다는 사실이 놀랍긴 했지만 온전히 소녀만의 실력이라고 보지는 않았기 때문이다. 한쪽이 무너지면 쓰러지는 힘이 가해지므로 다른 쪽까지 연속으로 무너지기 쉽다. 즉, 요령과 운만 있으면 적은 힘으로도 큰 효과를 끌어낼 수 있는 일이었다.

아마 세트니오 백작도 같은 판단을 내렸을 것이다. 당연한 판단이었다. 정령사가 몹시 희귀한 존재인 건 사실이나 황성엔 이미 페리스가 있었다. 중급 정령사의 능력은 넘치도록 잘 알았다. 제아무리 땅의 정령사라도 수렁 같은 늪지에서 수백 명의 병사들을 전부 구해내진 못한다. 설마 아무런 희생 없이 넘어갈 거라곤 상상도 하지 못했을 것이다.

'물의 정령왕이 도와준 건가. 하지만 그러기엔 이사나가 있는 본대와 거리가 너무 멀어.'

정령이 계약자의 곁에서 멀리 떨어지지 못한다는 건 누구나 알고 있는 기본적인 상식이었다. 신(神)에 필적하는 힘을 지닌 존재라 해도 어차피 계약으로 묶인 몸일 뿐. 유카르테는 물의 정령왕이 개별적으로 행동하지는 못할 거라고 생각했다. 정령왕에 대한 정보는 정령사조차 알지 못하는 경우가 태반인지라 제대로 알려진 것들이 없었다. 하물며 정령사도 아닌 유카르테가 정령왕은 그런 제약에서 자유롭다는 사실을 알 수 있을 리가 없었다.

그렇기에 그의 사고는 한 가지 흐름으로 이어졌다. 본대에 있는 황제는 가짜고, 실제 이사나는 선봉에 있을 거라는 쪽으로. 아군의 사기를 높임과 동시에 이쪽의 허를 찌르려는 작전일지도 모른다. 물론 어디까지나 가정에 불과했기에 섣불리 확신할 수는 없었다.

'하지만 확인해 볼 가치는 있겠지.'

황제가 선봉에 있는 거라면 이쪽의 작전도 바꿔야 한다. 그러자면 좀 더 상황을 정확히 알아볼 필요가 있었다. 그 정령사 소녀가 마음 놓고 날뛰도록 내버려 두는 것도 더는 곤란했다. 이미 황제의 군대는 그 소녀를 스피어의 딸이라 부르며 추앙하고 있는 것 같았다. 아직까지는 그들만의 여신이었으나 이런 분위기가 지속되면 곧 이쪽에까지 영향이 미칠 것이다. 전쟁에서는 무력만큼이나 전투에 임하는 심리도 중요하다. 허울 좋은 명분이라도 억지로 만들어 내려는 것이 바로 그래서가 아닌가. 이쯤에서 찬물을 부어 주는 것이 좋을 터였다.

'어디, 어떤 식으로 뒤흔들어 놓는다…….'

그가 조용히 턱을 쓰다듬으면서 생각에 잠기던 때였다. 소리 없이 문이 열리더니 시종장이 조심스럽게 들어섰다. 부르지도 않은 등장에 유카르테가 가볍게 얼굴을 찌푸렸다. 시종장은 황급히 고개를 숙였다.

"송구합니다, 대공 전하. 급히 전해드려야 할 일인 것 같아서 말씀 올립니다."

"무슨 일이지?"

"궁에 귀빈이 찾아오셨습니다."

이어진 대답은 뜻밖이었다. 유카르테의 얼굴에 의아한 표정이 떠올랐다.

"……귀빈?"

　　　　　*　　　　　*　　　　　*

　스왈트 제국 황궁에는 총 세 개의 접견실이 존재한다. 그중에서 가장 크고 화려한 방은 통칭 붉은 방이라고 불리는, 외국에서 온 귀빈들을 위한 접견실이었다. 나뭇결을 살려 멋을 낸 바닥, 고급 원목으로 제작된 소파와 탁자가 놓인 공간은 그 별명에 걸맞게 온통 붉은 융단으로 장식되어 있었다. 그 안에 단출한 차림을 한 일행이 불편한 자세로 주위를 둘러보고 있었다.

　그들 중 유일하게 소파에 앉아 있는 남자는 머리끝까지 후드를 뒤집어쓴 상태였다. 얼굴 대부분에 드리운 그늘 속에서 아슬아슬하게 드러난 남색의 눈동자가 선명한 빛을 품었다.

　"스왈트 제국이 내전 중이라는 말은 못 들었는데."

　후드를 쓴 남자가 중얼거렸다. 무심한 말투였으나 그 안에 서린 힐책을 느끼지 못할 정도는 아니었다. 뒤에 서 있던 남자가 불만스러운 얼굴로 답했다.

　"잊으신 것 같지만 상황이 나쁘다는 말씀은 이미 수차례 드렸습니다. 스왈트 제국은 최근 내란 때문에 정세가 몹시 혼란스러운 상태이며, 황제의 행방도 묘연하다고요. 설마 그사이에 본격적으로 내전이 시작될 줄은 몰랐습니다만. 어쨌든 전부 예측 가능한 부분이었습니다. 그런데도 굳이 이곳에 오겠다고 하셨잖습니까."

　"흠."

"이러실 때가 아닙니다. 지금이라도 그냥 돌아가시죠. 이런 시기에, 주인도 없는 궁에, 그 주인과 대치하고 있는 상대를 만나다니. 아무리 생각해도 이건 좀 아닌 것 같습니다."

"뭘 그렇게 걱정하지? 어차피 내 입장에선 황제든 대공이든 마찬가지다. 필요한 건 이곳에 있고, 그걸 활용할 수 있는 자라면 누구든 상관없어."

"하지만 그렇다 해도……!"

만류하던 목소리가 조금 더 커졌을 때였다. 굳게 닫혀 있던 문이 열리더니 누군가 안으로 들어섰다. 어림잡아 40대 중반으로 보이는 날카로운 인상의 남자였다. 결 좋은 금발을 멋스럽게 다듬은 그는 붉은 휘장과 함께 발끝까지 닿는 새하얀 예복을 걸치고 있었다. 그게 신관이 입는 법의라는 것을 알아본 일행은 한눈에 남자의 정체를 알아차렸다.

유카르테 대공. 마신관이면서 황제의 숙부. 또한 그 황제를 몰아내고 황궁을 점거하고 있는 남자. 유력한 황위 계승권을 지닌 황자의 신분에서 마신의 대신관으로, 이후 섭정왕의 자리에 오르기까지. 그 삶 자체가 한편의 각본처럼 화려하다 보니 국제 정세를 논하는 자리에서는 단 한 번도 빠지지 않고 오르내리는 인물이었다. 그에 대한 세간의 평가는 극과 극을 이루는 편이지만 최근 들어서는 안 좋은 쪽의 소문이 더 컸다. 그래서일까. 온화한 미소를 짓고 있었음에도 전체적으로 위험한 분위기가 느껴졌다. 그의 주변을 감도는 공기에 피 냄새가 배 있는 듯했다. 아무리 마신관이라고는 하지만 평범하지 않은 살기였다.

그의 뒤편에는 샛노란 머리칼을 지닌 훤칠한 기사가 조용히 따르고 있었다. 그 모습 또한 몰라볼 수가 없던 일행은 자기도 모르게 숨을 삼켰다. 파이런 드 카리브디스. 대륙 최연소 소드 마스터이자 대륙의 제일검으로 알려진 남자였다. 검술을 아는 자든, 모르는 자든, 심지어 인간이 아닌 이종족일지라도. 이 땅에 사는 존재라면 누구나 태어나서 한 번쯤 그 이름을 들어봤을 터였다. 그렇게 유명한 남자가 일개 호위처럼 대공의 뒤를 지키고 있는 것을 보니 당황스럽기만 했다.

"오래 기다리시게 했습니다. 설마하니 이런 시기에 외국에서 찾아올 귀빈이 계실 거라고는 전혀 생각지도 못했지 뭡니까."

엉거주춤 서서 경계하는 일행을 향해 유카르테는 부드럽게 웃었다. 그의 시선이 후드를 쓰고 있는 남자를 주시했다.

"스왈트 제국에 오신 것을 환영합니다. 혹여 원하던 상대가 아니라 실망한 건 아닌지 모르겠군요. 카터스 제국의 라온휘젠 황태자 전하."

"……."

그때까지 말없이 앉아 있던 남자가 천천히 자리에서 일어났다. 그가 쓰고 있던 후드를 뒤로 걷었고, 감춰져 있던 머리카락이 흘러내렸다. 그 색은 특이하게도 짙은 분홍빛을 띠고 있었다. 금낭화를 떠올리게 만드는 머리색은 카터스 제국 황족들에게서만 나타나는 고유색이었다. 단숨에 시선을 사로잡는 화려한 색의 머리칼, 그 아래 자리 잡은 남색의 눈동자가 머리색과 대비되어 몹시 강렬한 인상을 풍겼다. 이목구비 자체는 화려한 편이라고 할 수는 없었지만 어디에서도 한 번 보면 쉽게 잊히지는 않을 얼굴이었다. 아직 성년식을 치르려면 몇 년이 더 있어야 하는 나이임에도 이미 완성되어 있는 신체는 누가 보기에도 장성한 청년처럼 보였다.

"반갑습니다."

무심하게 벌어진 입술에서 건조하리만큼 짧은 인사가 흘러나왔다. 다소 무례하게 여겨질 수 있는 태도였으나 유카르테는 전혀 개의치 않았다. 그는 오히려 즐거운 표정을 지었다.

"태자 전하의 위명은 많이 들었습니다만, 이런 호남인 줄은 미처 몰랐습니다. 카터스의 나르젠 황제께서는 든든한 후계자를 두시어 참 기쁘시겠습니다."

뱀 같은 사내다.

라온휘젠은 한눈에 유카르테를 그렇게 판단했다. 이런 유형의 사람은 가까이해도, 적이 돼도 매우 골치 아팠다. 물론 그 뒤에 그림자처럼 서 있는, 제일검의 호칭을 지니고 있는 남자도 충분히 거슬리긴 마찬가지였다. 유카르테가 자리를 권했고, 라온휘젠은 묵묵히 의자에 다시 앉았다.

"그래, 공사다망하신 태자께서 기별도 없이 무슨 용건으로 오신 건지 물어도 되겠습니까?"

부드럽게 웃는 얼굴인데도 안심할 수 없는 건 기분 탓만은 아닐 것이다. 그의 일행이자 수행원들은 이미 여차할 때의 상황을 대비해 방어 자세에 들어간 상태였다. 라온휘젠의 얼굴에도 경계심이 서렸다.

"……이곳에 온 건 어디까지나 지극히 개인적인 방문입니다. 스왈트 제국의 내정이 어떻게 돌아가든, 그에 관여할 의도도, 연관될 생각도 없습니다."

"하하, 그러십니까. 염려하지 마십시오. 다른 제국의 황태자가 자국의 내분에 휘말리는 건 저 또한 바라지 않는 일입니다. 태자께서 원하신다면 오늘 이곳에 방문하신 건 철저히 비밀에 부쳐질 겁니다."

"배려에 감사드립니다."

"그럼 용건을 들어볼 수 있을까요? 원하시는 것이 있어 방문하셨다 하셨다지요?"

질문하는 얼굴에 호기심 외의 다른 목적은 느껴지지 않았다. 이번엔 라온휘젠도 순순히 고개를 끄덕였다.

"사람을 한 명 찾고 있습니다."

"사람이라……?"

"제 반려가 될 운명의 여인입니다. 지금 이 제국에 와 있을 겁니다. 그녀를 찾는 일에 스왈트 황실의 정보망을 사용하고 싶습니다."

"호오, 운명의 여인 말입니까? 이건 또 꽤 의외이면서도 무척이나 달콤한 이야기로군요. 설마하니 이런 내용일 줄은 상상도 못했습니다."

나직이 울려 퍼지는 탄성에 라온휘젠의 수행원들이 얼굴을 붉혔다. 짐작하지 못한 내용인 것이 당연했다. 설마하니 일국의 황태자가 여인 한 명을 찾기 위해 이 먼 타국에까지 직접 발걸음 했다고 누가 생각할 수 있겠는가. 사정을 잘 아는 그들조차 이렇게 남부끄러운데, 아무것도 모르는 이들에겐 그야말로 꿈같은 이야기일 터였다. 라온휘젠만이 처음과 변함없는 표정을 유지하고 있었다. 남의 반응이야 어쨌든, 오롯이 대답을 기다리는 태도에 유카르테는 웃을 수밖에 없었다.

"황실 정보망을 운용하는 건 어렵지 않습니다. 허나 태자께서도 아시겠지만 이 넓은 땅에서 그저 여인 하나를 찾아야 한다고 하면 범위가 너무 큽니다. 뭔가 추려낼 수 있는 특징이 필요할 것 같군요. 외모라든가, 이름, 나이 같은 것들 말입니다."

"이름과 생김새는 모릅니다. 다만 나이라면, 10대 초반에서 중반쯤 될 거라고 짐작하고 있습니다. 알폰프 제국 출신이고, 몇 개월 전 이곳으로 건너왔을 겁니다."

"흐음, 최근 알폰프 제국에서 건너온 10대 중반 가량의 소녀라……."

"가장 두드러지는 특징으로는 그녀가 태어날 때 푸른 달이 떴다는 말을 들었을 겁니다. 그리고 매우 높은 확률로 예언자이거나, 대지를 다루는 힘을 갖고 있을 거라고 보입니다. 보다 정확히 말하자면, 땅의 정령 말입니다."

그 순간 뒤쪽에 서 있던 카리브디스의 얼굴이 움찔했다. 흥미롭게 듣고 있던 유카르테의 눈동자에도 빛이 서렸다.

"……호오, 그렇군요. 정령이라고요."

"그렇습니다."

"알폰프 제국 출신의 소녀. 그리고 땅의 정령사, 라는 거군요?"

"말씀하신 그대로입니다."

이어진 대답을 마지막으로 잠시간 유카르테는 아무 말도 하지 않았다. 묘해진 분위기를 느낀 라온휘젠이 두 눈을 가늘게 떴다.

"무슨 문제라도 있습니까?"

"아아, 그렇진 않습니다. 단지 의외의 결과가 나온 것 같아 조금 당황했을 뿐입니다."

"의외의 결과……?"

"이걸 기뻐해야 할지 모르겠군요. 멀리 갈 필요도 없이, 제가 방금 태자께서 말씀하신 조건의 소녀를 찾아낸 것 같아서 말입니다."

"……!"

전혀 상상조차 하지 못한, 뜻밖의 대답이었다. 라온휘젠은 눈을 휘둥그렇게 떴다. 그의 수행원들 또한 어안이 벙벙한 얼굴을 하고 있었다. 시간이 경과한 것도 아니고, 이제 막 특징이라고 할 만한 것들을 말한 참이었다. 그것을 단서로 누군가에게 알아보라 지시를 내리기도 전에 바로 찾아냈다고 하니 당황할 수밖에 없었다.

"말씀하시는 바를 이해할 수가 없습니다. 지금 절 놀리시는 겁니까?"

"설마 그럴 리가 있겠습니까. 있는 그대로의 사실을 알려드린 것뿐입니다. 제가 아는 곳에 방금 태자께서 말씀하신 것과 비슷한 조건을 지닌 소녀가 있습니다. 아니, 거의 동일하다고 봐야 할 것 같군요. 10대 초중반의 나이. 땅의 정령사. 그리고 알폰프 제국 출신이지요. 아무리 대륙이 넓어도 이 조건을 다 갖춘 소녀가 또 있을 것 같진 않아서 말입니다."

"그런……! 그녀는 지금 어디에 있습니까?"

라온휘젠이 저도 모르게 벌떡 일어나서 물었다. 금방이라도 달려 나갈 것 같은 그를 다시 달래어 앉힌 건 유카르테였다. 하지만 자리에 앉은 후에도 라온휘젠은 좀처럼 차분해지지 못했다. 그건 뒤에 서 있는 그의 수행원들 또한 마찬가지였다. 그중에서도 특히 감개무량한 사람은 따로 있었다. 화려하게 구부러진 갈색의 곱슬 머리, 초록색 눈동자를 지닌 소년이 울 것 같은 얼굴로 신을 찾았다. 그의 이름은 아셀. 황태자 라온휘젠의 아카데미 동기이자 보좌관이면서 점술가라는 독특한 경력을 지닌 남자였다.

눈물로 얼룩진 그의 시야에 과거의 행적들이 주마등처럼 스쳐 지나갔다. 그저 심심해서 쳐 봤을 뿐인 별점에서 그가 반려성의 위치를 찾아낸 건 말 그대로 우연이었다. 지금까지 무슨 방법을 써도 보이지 않던 행방이 잡히기 시작했다는 건 그 자체로 경이로운 일이긴 했다. 하지만 설마 그 어설픈 확률만을 믿고 황태자가 그대로 짐을 싸서 제국을 나설 줄은 전혀 예상하지 못했다. 그렇게 출발한 여정이 자그마치 몇 개월이나 이어질 거라곤 더더욱 짐작할 수 없었던 일이었다.

다시 생각해 봐도 그건 정말 무모한 짓이었다. 어렴풋이 방향을 짐작할 수는 있어도, 애초에 점술로는 정확한 위치를 짚어내는 것이 불가능했다. 당연히 매번 맞아 떨어질 리도 없었다. 그렇게 길에서 시간을 버리는 동안 떠돌이 생활도 한계에 이르렀다.

반려성이 스왈트 제국으로 넘어갔다는 사실을 확인한 건 끝나지 않는 여정에 다들 지쳐 있을 무렵이었다. 그 점괘를 확인하자마자 라온휘젠은 스왈트 황성에 지원을 요청하기로 했다. 황성의 정보망을 사용하면 찾는 게 더 쉬워질 거란 판단이었다. 황태자의 의견이니 일단 따르긴 했으나 그때까지만 해도 다들 거의 자포자기에 가까운 심정이었다. 그런데 설마하니 이렇게 간단히 정보를 얻게 될 줄이야. 눈뜨고 꿈을 꾸는 기분이었다. 첫인상에서 음산하다고 판단했던 대공 유카르테의 모습마저 천사처럼 보일 정도였다.

얼굴 가득 화색이 오른 사람들로 인해 접견실의 분위기가 몹시 밝아졌다. 그러나 구름처럼 둥실거리던 공기는 그리 오래가지 않았다. 난처하다는 듯 씁쓸한 표정을 짓는 유카르테에 의해서였다.

"그런데 이걸 어떻게 말씀드리면 좋을지 모르겠습니다. 태자께는 그다지 좋은 소식이 아닐 겁니다."

"그게, 무슨 뜻입니까?"

"이곳이 내전 중이라는 건 알고 계시겠지요. 지금 이 순간에도 수만 명의 군대가 이동하고 있습니다. 저도 그렇지만, 제 조카인 이사나 황제도. 이 전투에서 이기기 위해 꽤 혈안이 되어 있는 상태입니다."

"······?"

뜬금없는 이야기에 라온휘젠은 얼굴을 찌푸렸다. 서늘히 가라앉은 시선 속에 갑자기 그런 이야기를 왜 하느냐는 의문이 담겨 있었다. 유카르테는 다시 난처한 듯 웃었다.

"사람은 필사적이 되면 수단과 방법을 가리지 않기 마련이죠. 이사나 폐하는 혈기가 왕성한 나이인 만큼 특히 더할 겁니다. 항상 걱정했던 부분이었는데 아나나 다를까. 본인의 힘이 통하지 않으니 각국에서 전쟁에 참여할 능력자들을 끌어 모으러 다녔던 모양이군요. 그마저도 최근엔 점점 선을 넘어서서, 얼마 전에는 외국에서 한 소녀를 납치해 왔습니다. 그녀가 땅의 정령사라고 했습니다."

"······그 말은······."

"어떤 방식을 쓴 건지는 모르겠으나, 그 어린 소녀를 구슬리고 협박해서 그녀와는 상관도 없는 이 전쟁에 밀어 넣은 것 같더군요."

"그게, 사실입니까?"

내내 표정 변화가 없던 라온휘젠의 얼굴이 마침내 일그러졌다. 떨림을 담은 목소리는 명백한 분노를 드러내고 있었다.

"금방 드러날 거짓말을 제가 왜 하겠습니까? 믿어지지 않으신다면 직접 가서 확인해 보시지요. 그리 멀리 가지 않으셔도 될 겁니다. 지금 황제 쪽 군대의 선발대에 있으니까요."

"선발? 그 어린 여인을 전쟁의 선발에 세웠단 말입니까?"

"이사나 폐하에게 이국의 소녀야 단지 화살받이에 지나지 않으니까요. 전투를 승리로 이끄는 데 쓰일 소모품일 뿐이지요. 병사들에겐 스피어가 낳은 딸이라 치켜세우며 마치 전투의 여신인 것처럼 꾸며 놓았다더군요."

"그런 잔악한!"

노한 음성은 라온휘젠의 수행원들 사이에서 터져 나왔다. 오랜 가뭄으로 혹독해진 세상, 아이라도 제 한 몸을 스스로 건사해야 살아남을 수 있는 시대였으나 소년병의 존재는 항상 논란이 많았다. 아직 성인도 되지 않은 아이들을 참혹한 전장에 밀어 넣는 것을 올바른 일로 볼 수는 없었기 때문이다. 그런데 하물며 소녀라니! 아무것도 모르는 여자아이를 가장 위험한 선발에 세우다니! 충격으로 온몸이 굳을 정도였다. 유카르테는 더욱 슬픈 표정을 지었다.

"저로서도 매우 난처한 차였습니다. 소녀의 사정은 안타까워 보이나 이쪽도 여유 있는 상황은 아니라서 말입니다. 이런 상황에서 황태자께서 찾으시는 여인이 그녀와 같다고 하니 차라리 다행이다 싶군요. 염치없지만 태자께서 그 소녀를 구출해 주시지 않겠습니까? 이대로 놔두면 그녀는 틀림없이 곧 죽게 될 겁니다."

"······어디로 가면 됩니까?"

대답이 나오는 것엔 오랜 시간이 걸리지 않았다. 그 순간 유카르테의 입술에 떠오른 회심의 미소를, 라온휘젠과 그 수행원들은 아무도 알아보지 못했다. 이미 그들의 머릿속엔 납치되어 능력을 착취당하고 있는 가련한 소녀만이 가득 채워져 있었다.

"제가 그곳까지 안내할 사람을 붙여드리겠습니다."

잠시 후 황궁 밖으로 한 대의 마차가 미끄러지듯이 빠져나갔다. 라온휘젠 일행을 태운 마차였다. 창가에 서서 그 모습을 지켜보는 유카르테의 시선이 나른했다. 그런 그를 응시하는 카리브디스의 표정은 무겁게 가라앉아 있었다.

"······대체 무슨 생각으로 일을 그렇게 만드신 겁니까. 황태자더러 소녀를 구출하라 부탁하시다니."

조금 전 접견실 안에서는 표정을 감추느라 온 힘을 다해야 했다. 자기도 모르게 터져 나올 뻔한 한숨을 참느라 몇 번이나 주먹을 움켜쥐었는지 몰랐다.

"왜? 꽤 재밌게 되지 않았나? 난 기발하다고 생각했는데 말이야."

유카르테가 가볍게 키득거렸다.

"타국의 황태자가 끼어들어 여신의 딸을 납치하다니. 분탕질로는 더할 나위 없지. 이사나가 그곳에 있다면 더 일이 커질 테고, 그게 아니라도 충분히 혼란을 줄 수 있을 거다."

"소녀가 저항할 겁니다."

"그거야 당연하지. 이왕이면 매우 격렬했으면 좋겠군. 그 소녀가 황태자를 다치게 하거나, 혹은 죽게 만든다면 더 재밌어질 거야. 나르젠 황제는 제국의 자랑인 황태자를 끔찍하게 아낀다고 들었는데 말이야. 그렇게 귀애하는 아들이 본인과는 상관도 없는 전쟁에 휘말려 비명횡사하면 어떻게 될지 몹시 궁금해지는군. 제국 전쟁으로 번지는 건 일도 아니겠어."

"전하."

들을수록 상황이 점점 심각해졌다. 어디서부터 어디까지 지적해야 할지 모를 사태에 카리브디스는 다시 한숨을 삼켰다.

"아무도 다치지 않고 오해가 풀린 채로 끝날 수도 있습니다. 오히려 우리가 속인 걸 알아차리면 황태자의 칼이 이쪽을 향할 겁니다."

"아아, 그래. 그럴 수도 있겠군. 뭐, 그러면 할 수 없지."

"그 말씀뿐이십니까?"

"그럼 뭐가 더 있지?"

"……전하의 생각을 잘 모르겠습니다."

"내 생각? 무슨 생각?"

"요즘 전하를 뵈면 뒤를 전혀 돌아보지 않으시는 것 같습니다. 마치 이 세상에 아무런 미련을 두지 않으신 분처럼 보입니다."

그래, 그때 그 시절처럼.

금방이라도 흐트러질 듯 공허하기만 하던 뒷모습은 지금도 사라지지 않는 잔상이었다. 그렇기에 이 말을 내뱉기까지 상당한 용기가 필요했다. 금방이라도 그의 주군이 그때와 똑같은 모습으로 무너져 내리지는 않을까. 초조해하는 마음은 금단 앞에 한 걸음 다가선 기분에 가까웠다. 그러나 돌아보는 유카르테는 오히려 밝게 웃고 있었다.

"하하, 그런 걸 염려하고 있었나? 걱정하지 마라, 파이. 난 미련을 두지 않는 게 아니야."

불쑥 들려온 어릴 적 애칭에 카리브디스는 움찔했다. 혼란스럽게 흔들리는 그의 두 눈을 응시한 채, 유카르테가 입술 가득 호선을 그렸다.

"더 큰 세상을 보고 있는 거다."

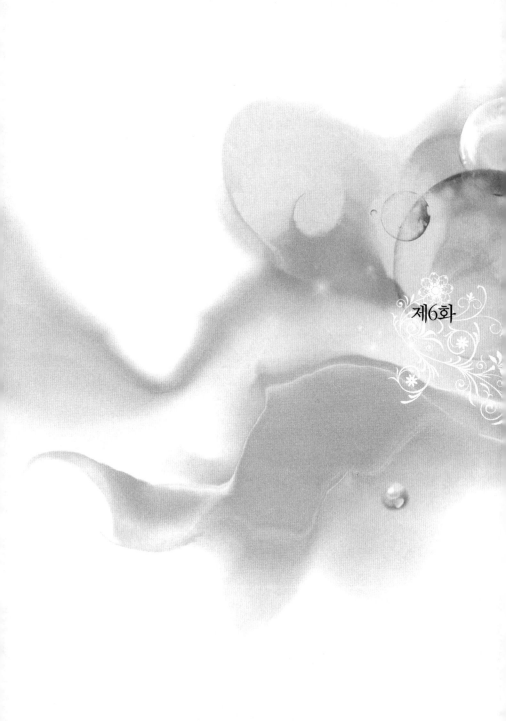

제6화

1.

　날이 저물어가면서 짙은 석양이 궁 안을 물들이기 시작했다. 업무를 끝마친 사람들이 한차례 썰물처럼 빠져나가고 한산해지는 시각이었다.

　본격적인 내전이 시작되었다고는 하나 황궁의 일상은 변한 것이 거의 없었다. 평소와 같은 업무에 여느 때와 다름없는 일과가 이어졌다. 물론 겉으로만 보이는 모습이었을 뿐, 내부의 사정은 조금 달랐다. 내전이 시작되기도 전에 귀족들 중 일부가 쥐도 새도 모르게 사라졌다. 그들 대부분이 황제 파에 속해 있거나, 그들과 연계되어 있던 자들이었다. 미리 상황을 알고 몸을 피했다는 말도 있었고 대공이 손을 썼다는 말도 있었다.

진실이야 어찌 됐건 중요한 점은 대공이 황제와 반목한다는 사실이었다. 그는 황제의 선전포고에 항복하지 않았을뿐더러 오히려 적극적으로 반격하는 중이었다. 황제가 사라진 순간부터 이미 병력을 일으켰다는 소문도 있었다. 그 모두가 지금까지 그가 취해 왔던 입장을 완전히 뒤집는 흐름이었다.

대공은 황제가 역도들에게 납치되었고, 카웰 공작이 바로 그 주동자이며, 황제는 그의 꾐에 빠져 자신을 오해하는 것뿐이라고 주장했었다. 의적단의 활동 때문에 반대 주장이 나온 적도 있었으나 대체적으로는 다들 대공의 말을 신뢰하던 분위기였다. 그만큼 그동안 대공이 걸어온 행보가 좋았기 때문이다. 하지만 지금은 모두가 진위를 파악하고 있었다. 모르려고 해도 모를 수가 없게 되었다. 이제 와서는 깨달았다 해도 아무것도 할 수 없다는 것이 문제였지만.

대공을 지지하는 귀족들도 그 나름대로 고민을 안고 있기는 마찬가지였다. 대공이 정보를 통제하고 있긴 했지만, 알음알음 들려오는 소식들을 아예 막지는 못했다. 백전노장인 카웰 공작이 황제를 위해 검을 뽑았다는 사실은 그들에게 상당한 위협일 수밖에 없었다. 황제의 군대가 어디까지 올라왔다더라, 어느 지역에서 어떤 전투가 벌어졌다더라, 출처를 알 수 없는 정보를 접할 때마다 그들은 정말로 황제가 환궁하게 될까 봐 노심초사했다.

각자의 사정으로 굳어진 분위기는 당연히 궁 전체로 이어졌다. 웃음과 대화 소리가 완전히 그쳤고, 누구도 서로 눈을 맞추지 않앉다. 모이는 자리에선 다들 제 몸을 사리기에 바쁘다 보니 자연스레 어색한 침묵만 흘렀다.

이런 상황에서 대공의 검이라 불리는 남자의 모습은 특히 주목받기 쉬웠다. 파이런 드 카리브디스. 검붉은 망토를 걸친 그가 스쳐 지나갈 때마다 사람들은 유령이라도 본 것처럼 몸을 부르르 떨었다. 본래도 그를 가까이하는 사람은 없었지만 지금은 사신이라도 만난 듯 피하기 바쁜 태도였다.

이미 사람들 사이엔 그가 궁을 돌아다니며 황제를 지지하거나 대공을 거스르는 자들을 색출해 낸다는 소문이 깊게 퍼져 있었다. 실제와는 달랐지만 카리브디스는 전혀 신경 쓰지 않았다. 혼자 있는 것이 편한 그는 부관조차 대동하지 않는 성격이었다. 시선이 따라붙는 것도 귀찮았는데 알아서 피해 주니 오히려 마음이 편했다. 사실 최근엔 머릿속을 떠나지 않는 생각 때문에 주위의 시선까지 신경 쓸 여력이 없었다.

해가 떨어지는 속도만큼 어두워지는 복도를 걸어가는 내내, 그는 깊은 생각에 잠겨 있었다. 원래 그는 세상을 단순하게 바라보는 편이라 어떤 일이건 고민을 오래 잇지 않았다. 생각을 거듭하며 집중하는 경우는 오직 그의 주군인 대공과 관계된 일밖에 없었다. 이번에도 마찬가지였다. 그의 머릿속엔 조금 전 물러나기 전에 보았던 대공의 모습이 꽉 차 있었다. 그가 했던 마지막 말이 가시가 걸린 듯 마음에 남았다.

"더 큰 세상을 보고 있는 거다."

웃으면서 건넨 그 말은 도대체 무슨 의미였을까.

요즘 대공은 기분이 계속 좋아 보였다. 작전이 실패했다는 보고에도 불쾌해 하긴 했지만 그 정도면 평소보다는 반응이 온건한 편이었다. 대수롭지 않게 넘어가면서도 위화감을 느꼈는데, 그가 한 말을 돌이켜보니 이유를 알 것 같았다. 지금 대공에겐 눈앞의 내전보다 더 중요한 것이 있었다. 그게 무엇인지까지는 알 수 없으나, 판을 크게 키우려는 것만은 분명했다.

그는 정복 전쟁을 바라고 있는 걸까. 카리브디스는 굳은 얼굴로 주먹을 움켜쥐었다. 대공이 어떤 길을 향하든 아무것도 묻지 않고 묵묵히 따를 생각이었다. 하지만 요즘은 이대로 괜찮은 건지 때때로 의문에 잠기게 된다.

각 대륙은 서로 독자적인 노선을 구축하고 있었고, 스왈트는 충분히 넓고 풍요로운 땅을 보유한 제국이었다. 지독한 가뭄도 끝나 이제야 겨우 안정기에 접어들었는데 굳이 정복 전쟁까지 할 이유가 없었다. 물론 그건 그 개인적인 판단에 불과할 뿐, 대공의 시각에서 바라보는 세상은 다를지도 모른다. 그래도 무모하다 여겨지는 건 어쩔 수 없었다.

'나중에 다시 말씀드려봐야겠군.'

대공은 일평생 황제가 되어야 한다는 생각에만 매달려 있었다. 그 여념이 지나치게 강해진 나머지 너무 멀리까지 뻗어 나간 걸지도 모른다. 이 내전이 끝나고 나면 흥분도 어느 정도 가라앉을 테니 다시 이성을 되찾을 것이다. 카리브디스는 애써 그렇게 생각했다.

본궁 건물을 막 나섰을 때, 그는 무심코 고개를 들어 하늘을 확인했다. 어둑해진 저편으로 어느새 달이 떠올라 있었다. 완만한 곡선을 이루는 형태가 마지막으로 봤을 때보다 제법 차오른 상태였다. 그 사실을 깨닫고 나서야 그는 자택에 꽤 오랫동안 돌아가지 않았다는 것을 자각했다. 본래 한 달이든 두 달이든 내킬 때만 얼굴을 비치는 정도였으니 딱히 새삼스러울 일은 아니었다. 지금처럼 상황이 언제 변할지 모르는 시기에 돌아볼 장소로 적합하지도 않았다. 그렇기에 아쉬움을 느끼는 자신의 모습이 당황스럽게 느껴졌다.

'기다리고 있을까.'

황궁으로 출발하던 날 저택 앞까지 배웅 나왔던 아이의 얼굴이 떠올랐다. "다녀오세요!" 환하게 웃으며 흔드는 손을 물끄러미 바라보다 그는 천천히 고개를 끄덕였다. 저택을 나설 땐 늘 사람들의 배웅을 받아왔지만 그날따라 퍽 이상한 기분이었다. 평소답지 않게 대꾸를 건넨 건 아마 그 때문이었을 것이다. "다녀오겠다." 무뚝뚝한 대답이었을 텐데도 아이는 기쁜 얼굴을 했었다. 그 모습을 상기하자 더 마음이 초조해졌다. 비상시국이라 해도 당장 출정하는 게 아닌 이상 황궁에 종일 매여 있을 필요는 없었다. 귀족들은 여전히 저택을 오가며 근무했고, 병사들 또한 가족이 있는 자들은 간간이 들렀다 오는 편이었다.

'……가족이라.'

그 울림이 주는 묘한 느낌에 그는 입가를 문질렀다. 더 바빠지기 전에 한두 번 정도는 들러도 괜찮을 것이다. 결국 결심을 굳힌 그는 근처에 있던 병사에게 말 한 필을 가져오게 했다.

"다녀오십시오, 각하!"

안장에 오르기 무섭게 출발하는 그를 향해 병사들이 우렁찬 목소리로 경례했다. 카리브디스는 고개를 끄덕여 준 다음 빠른 속도로 내성을 벗어났다. 순식간에 정문에 다다르고, 이어서 마지막 통로를 나서려던 때였다. 시야에 막 길목을 돌고 있는 검은 마차한 대가 들어왔다. 마차의 방향이 동쪽 숲으로 향하는 것을 보고 그는 얼굴을 찌푸렸다. 누군가 입궁하기에는 늦은 시간이었거니와, 그 길에 있는 건 히아신스 궁이라고 불리는 작은 궁전 하나밖에 없었다. 본궁에서 가장 멀리 떨어져 있는 별궁으로, 워낙 외진 장소에 있어 방문하는 이가 거의 없는 곳이었다. 최근 들어서는 대공이 개인 시간을 보내는 데 쓰는 것 같긴 했으나 아무도 접근하지 못하게 했기에 그조차 가 본 일이 없었다.

"멈춰라."

카리브디스는 한달음에 말을 몰아 마차 앞을 막아섰다. 갑자기 나타난 사람을 견제하던 병사들이 그를 알아보고 서둘러 고개를 조아렸다.

"공 각하!"

"히아신스 궁으로 가는 길인가? 이건 무슨 마차지?"

"신전에서 오신 마신관들이십니다. 대공께서 부르셨습니다."

"마신관?"

"승리를 위한 제사를 지내시는 데 보조할 사제들이라고 하셨습니다."

대공은 평소에도 마신을 위한 제사를 자주 지내는 편이었다. 그 자체는 특별할 게 없었기에 카리브디스는 별다른 의문 없이 마차의 창을 가리고 있던 천을 거둬 보았다. 누군가 숨어들었을 가능성을 대비해 간단히 내부를 확인할 생각이었다. 그러나 안에 앉아 있는 인영을 확인한 순간 그의 눈썹이 꿈틀거렸다. 겁먹은 듯 고개를 든 사람들은 전부 마신관의 복장을 하고 있긴 했다. 하지만 대다수가 아직 10대 초반으로 보이는 어린아이들이었다.

"다들 나이가 너무 어려 보이는데."

"견습 신관이시라 그렇습니다."

"……그렇군."

흠잡을 수 없는 대답에 걸리는 문제점은 없었다. 카리브디스는 이내 천을 내리곤 고개를 끄덕였다. 긴장하고 있던 병사들이 안도한 얼굴로 경례한 후 마차를 다시 몰아갔다.

카리브디스는 한동안 그 자리에 멈춰 선 채 미끄러지듯이 사라지는 마차를 바라보았다. 무언가 위화감이 드는데 그것이 뭔지 정확히 설명할 수가 없었다. 자꾸만 뭔가를 놓치는 듯한 기분이 들었다.

"어서 오십시오, 공작님."

자택에 들어서자 집사 루벤이 환한 얼굴로 반겼다. 한동안 돌아오지 않을 거라 생각했던 주인의 갑작스러운 귀환에 그는 무척 놀란 상태였다. 한편으로는 짐작 가는 바가 있었기에 흐뭇하기도 했다. 카리브디스는 겉옷을 벗기도 전에 이제는 습관이 된 질문부터 건넸다.

"레이는?"

"도련님은 서재에 계십니다."

"서재?"

"요즘 그림책 읽는 재미에 푹 빠지셨습니다."

그러고 보니 아이를 위해 그림책을 들여놓는다 했던가. 고개를 끄덕인 후 카리브디스는 곧장 서재로 향했다. 안에 들어서자마자 그의 눈에 들어온 것은 바닥에 아무렇게나 늘어져 있는 다양한 종류의 그림책들이었다. 그는 곧 그 속에 파묻혀 앉아 있는 작은 아이의 뒷모습을 발견했다. 제 몸만큼이나 큰 책을 펼쳐 둔 아이는 누가 들어오는 것도 느끼지 못하고 꾸벅꾸벅 졸고 있었다.

솜털처럼 보송보송한 머리칼 위로 램프의 빛이 은은하게 내려앉았다. 아늑하게 꾸며진 저택과 잘 어울리는, 꿈처럼 평화로운 광경이었다. 카리브디스는 자기도 모르게 미소 지었다. 대공과 전쟁에 대한 생각으로 팽팽히 당겨지기만 했던 신경이 조금 느슨해지는 기분이었다. 그는 조심스럽게 다가가 아이를 안아 올렸다.

뒤따라 들어온 집사가 그 광경을 보고 당황해서 다가섰다.

"이런, 그만 잠이 드셨나 봅니다. 도련님을 이리 주십시오. 제가 침실에……."

"아니, 됐다. 내가 하겠다."

그때 잠결에 기척을 느꼈는지 레이가 웅얼거리며 두 팔을 뻗었다. 아이 특유의 높은 체온과 달달한 우유 냄새가 한가득 그의 목을 감쌌다. 카리브디스는 잠시 멈칫했다가 곧 천천히 아이의 등을 쓸었다. 곤한 숨을 내쉬면서 잠들어 있는 레이를 바라보는 눈길에 따스한 온기가 스몄다. 그것을 지켜보는 집사의 얼굴에도 흐뭇한 미소가 떠올랐다.

"쭉 주인님이 돌아오시는 날만 기다리셨습니다."

"……식사는. 잘하고 있나?"

"예, 가리는 것 없이 잘 드십니다. 요즘은 고기에도 적응하셨는지 드셔도 탈이 나지 않으십니다."

"그래."

아이가 건강하게 잘 지내고 있다는 건 뽀얗게 살이 오른 얼굴만 봐도 알았다. 카리브디스는 문득 레이가 처음 왔던 날을 떠올렸다. 막 데려오던 당시 레이는 부드러운 수프와 빵 외에는 아무것도 제대로 먹지 못했다. 고기는 소화를 시키지 못해서 먹기만 하면 탈이 나기 일쑤였다. 그랬던 아이가 이제는 그러지 않는다고 한다. 단지 그것뿐인데, 그게 이상할 정도로 만족스러웠다.

"견습 신관이시라……."

"……."

아이의 등을 다독이던 손이 잠시 멈췄다. 겁먹은 듯 올려다보
던 눈망울들이 눈앞에 스쳐 지나가는 듯했다. 왜 그 순간에 마차
안에 있던 아이들의 모습이 떠올랐는지, 카리브디스도 이유를 알
수가 없었다. 아마도 얼핏 보았던 아이들 중 하나가 레이와 비슷
한 또래였기 때문일 것이다. 합당한 이유를 머릿속으로 새기면서,
그는 알 수 없이 차오르는 불안감을 무시했다.

2.

화전민들이 모여서 형성된 에탄 마을은 인구수가 이백 명 정도
에 불과한 작은 마을이었다. 그 근처에 이른 낮부터 한 무리의 군
사들이 천막을 치고 머물렀다. 다섯 조로 나뉘어 이동 중인 황제
군의 정찰대 중 하나로, 때마침 보급품이 거의 떨어진 상태라 보
충할 겸 들린 김에 휴식을 취하는 중이었다.

황제의 군대가 왔다는 소식에 마을 사람들은 문을 꼭 걸어 잠
그고 숨을 죽였다. 일생 군주의 지배하에 살아가는 백성들에게는
대공이나 황제나 똑같이 두려운 존재였다. 행여 거친 병사들에게
해코지를 당할까 경계할 수밖에 없었다. 익숙한 반응이었기에 정

찰대 쪽도 그다지 신경 쓰지 않았다.

상황이 묘하게 돌아가기 시작한 것은 날이 저물어 갈 무렵이었다. 진영 앞에서 보초를 서던 병사들이 다가오는 기척을 느끼고 창을 세웠다. 마을 어귀 쪽에서 한 무리의 사람들이 우르르 몰려 나오고 있었다.

"글쎄, 안 된다니까! 위험할지도 모른다고!"

"그렇다고 이대로 가만히 있을 거예요? 뭐라도 해 보는 것이 낫잖아요!"

옥신각신하며 다가오고 있는 무리는 에탄 마을의 주민들이었다. 주부로 보이는 여인들이 앞장선 채였고, 그 뒤를 당황한 표정을 한 사내들이 따르고 있었다. 상황은 즉시 부대 안쪽에 전해졌다. 소식을 들은 부대의 대장이 천막에서 나와 주민들을 마주했다.

"무슨 일이지?"

정찰부대는 대부분 용병으로 이루어져 있었으나 각 대장은 작위를 지닌 기사들이었다. 자로 잰 듯 딱딱한 어투에 긴장하고 있던 주민들의 얼굴이 더욱 경직됐다. 작아도 평화로운 마을이다 보니 완벽하게 무장한 군대를 보는 건 처음이었다. 가까이에서 본 병사들의 모습은 생각했던 것보다 더 무서웠다. 겁에 질린 사람들은 불현듯 건너 건너 어느 마을에서 일어났다는 사건을 떠올렸다. 한 여관에 대공의 병사들이 머물렀는데, 내온 음식이 형편없다는 이유로 종업원들이 전부 끌려 나가 인사불성이 되도록 얻어맞았다는 내용이었다. 구입한 물품값도 제대로 치르지 않고 떠났다고 했다. 황제의 군대도 그러지 않으리라고 장담하기는 어려웠다.

하지만 하루 종일 지켜본바, 황제의 군대는 꽤 얌전히 머물고 있는 중이었다. 식료품을 구하러 마을에 들르긴 했지만 주민들에게 해코지를 하지도, 물품을 강탈해가지도 않았다. 그렇기에 이곳까지 발걸음 할 엄두를 낼 수 있었던 것이다. 어차피 이제 와서 그냥 물러설 수도 없었다. 마을 사람들은 서로를 바라보며 고개를 끄덕였다. 그중 선두에 있던 여인이 비장한 얼굴로 입을 열었다.

"화, 황제 폐하의 군사들이시지요? 저희는 이 마을에 사는 사람들입니다."

"여기서 구입한 물품값은 전부 제대로 치른 걸로 아는데. 무슨 문제라도 있나?"

"예? 아뇨! 그게 아니에요. 그런 것이 아니라…… 도움을 요청하고 싶어서요."

"도움?"

온건한 반응에 주민들은 더욱 희망을 얻었다. 여인이 울 것 같은 얼굴로 고개를 끄덕였다.

"시, 실은 마을 아이들 세 명이 실종되었어요. 마신전에 기도를 드리러 갔는데 그대로 사라져서 돌아오질 않아요. 사제님들은 아이들이 오지 않았다고만 하시고…… 어찌할 바를 모르겠어요."

"그런 일이라면 시 관할 치안대에 접수가 가능할 텐데?"

"찾아가 봤지만 외지고 작은 마을이라 그런지 적극적으로 수사해 주질 않아요. 그저 기다리라고만 하더군요. 그래서 황제 폐하의 군대시라면 관심을 가져주지 않으실까 싶어서……."

"흠."

"아이들이 사라진 지 벌써 사흘째예요. 제발 도와주세요, 나리! 이렇게 부탁드립니다!"

여인이 엎드리듯 몸을 숙이자 다른 주민들도 서둘러 몸을 굽혔다. 그것을 지켜보는 대장의 얼굴이 심각해졌다. 필요한 물품은 전부 채웠고 휴식도 충분히 취했다. 애초에 임시로 들린 곳이었던지라 새벽에 바로 출발할 예정이었다. 하지만 명색이 황제군으로서 백성들의 안타까운 사정을 모른 척할 수도 없었다.

황제 이사나는 이번 내전에서 무고한 백성들에게 피해를 입히지 말 것을 첫 번째 원칙으로 삼았다. 그만큼 그가 백성들의 삶을 신경 쓰고 있다는 뜻이었다. 아이들이 마신전으로 가는 길에 실종되었다는 사실도 마음에 걸렸다. 마신의 교단은 그들의 적인 유카르테 대공과 깊은 유착 관계를 맺고 있는 곳이다. 사소한 부분이라도 조사하고 넘어갈 필요가 있었다.

"그 일, 저희가 맡아도 되겠습니까?"

"……!"

그때 병사들 중에서 누군가의 목소리가 들려왔다. 돌아본 대장이 두 눈에 이채를 띠었다. 옅은 금발에 준수한 얼굴, 훤칠하게 큰 남자가 앞으로 나와 있었다. 이번 내전에 용병으로 참전한 그는 부대 안에서 모르는 이가 없을 정도로 유명한 존재였다. 금패의 용병 휴센. 상급 기사와 비견되는 실력자이면서도 스스로 방랑의 길을 선택한 자유 전사. 맡은 의뢰는 단 한 번도 실패한 적이 없는, 그야말로 용병의 귀감이라고 할 만한 남자.

그의 뒤에는 역시나 익숙한 얼굴들이 서 있었다. 휴센과 함께 참전한, 그와 같은 용병단의 단원들이었다. 그들 또한 범상치 않은 실력자들이라는 것은 이 여정 내내 질리도록 실감한 참이었다. 멍하게 바라보는 부대의 대장을 향해 휴센이 빙긋 웃었다.

"정찰부대 파빌라스조(組) 소속, 휴센 이하 다섯 명. 임무 자원합니다."

*　　*　　*

모든 것을 망치기만 하는 것처럼 보이는 전쟁도 누군가는 기회의 순간으로 여길 것이다. 전투로 먹고사는 직업 용병들이 바로 그런 존재들이었다.

스왈트 제국에서 내전이 일어난다는 소식이 퍼지자 각 대륙에서 수많은 용병들이 목돈을 노리고 모여들었다. 기존 제국 안에서 활동하던 용병들 또한 각자의 신념에 따라 설 줄을 찾아가기 시작했다. 평소 용병끼리의 대립이나 분란에 예민한 길드도 전쟁 중의 대립엔 관여하지 않는 입장이었다.

오늘의 우방이 내일의 적이 될 수도 있는 상황에서, 샴페인 용병단은 고민할 것도 없이 황제 군을 택했다. 원래 황제 쪽을 더 지지하는 편이기도 했지만, 여정 중에 닿은 특별한 인연이 그들에게 다른 선택의 여지를 주지 않았다. 다만 최연소 단원이자 마지막 진급 시험을 앞두고 있는 매튜만은 참전 자체를 꺼려해 한동안 따로 행동하기로 했다.

비록 한 사람이 빠지긴 했으나 샴페인 용병단은 스왈트 제국에서 손꼽히는 용병단 중 하나였다. 샴페인 용병단을 모르는 사람조차 단장인 휴센의 이름만큼은 알고 있었다. 그들이 지원했다는 소식에 황제군은 크게 반색했다. 실제로 그들의 활약은 정말 굉장했다. 감쪽같은 적의 매복도 노련한 눈썰미로 쉽게 찾아냈고, 추적을 피해 이동하는 노선도 기가 막히게 파악했다. 간간이 산길을 이동하다 보면 피할 수 없는 몬스터와의 전투 또한 늘 순식간에 종결시켰다.

그렇기에 그들이 마을의 실종 사건을 맡겠다고 나섰을 때, 정찰대 파빌로스조의 대장 라우간 드 파빌로스는 잠시간 눈앞이 캄캄해지는 충격을 느껴야 했다. 하지만 그는 이내 필요한 부분이라고 판단, 요청을 수락했다. 유능한 그들이라면 빠르게 사건을 해결하고 복귀할 수 있을 거라 생각한 것이다. 물론 샴페인 용병단 또한 그러한 자신감으로 나선 것이리라 믿어 의심치 않았다. 그 모두가 휴센의 충동적인 결정에 불과하며, 나머지 단원들이 속으로 경악하고 있다는 사실을 조금도 알지 못했다.

"젠장, 놀라서 숨넘어가는 줄 알았네. 갑자기 불쑥 튀어나가는 짓 좀 하지 말아 줄래, 단장? 우리도 마음의 준비라는 게 필요하거든?"

땅거미가 내려앉은 저녁. 부대를 벗어나기 무섭게 터져 나온 불만 소리에 휴센은 머쓱한 표정을 지었다. 그 모습을 노려보는 헤롤의 얼굴이 크게 실룩거렸다.

군으로부터 정식으로 임무를 하달받은 후 그들은 바로 실종 사건 조사에 착수한 참이었다. 마을 사람들을 상대로 자세한 정황도 파악했고, 필요한 정보도 얻었다. 그때까지는 다들 묵묵히 맡은 역할에만 충실했다. 그리고 마침내 그들끼리만 남게 되자 참고 있던 푸념을 터트리기 시작했다.

"단장은 매번 이런 식이야. 혼자 맘대로 결정하고, 무작정 일을 떠맡고. 군에 들어와서는 한동안 그 꼴 좀 안 보고 사나 했더니 이게 또 뭐야? 단장이 단장이면 다야? 단장이면 다냐고!"

몰아붙이는 듯한 헤롤의 항의에 단원들이 모두 한마음으로 고개를 끄덕였다. 쉐리만은 이러지도 저러지도 못한 채로 안절부절못하는 모습이었다. 그 모습에 더 미안해진 휴센이 난처한 얼굴을 했다.

"미안하다. 하지만 아이들이 실종됐다잖아. 그걸 어떻게 그냥 놔두겠냐."

"아, 글쎄 누가 조사하지 말재? 결정을 내리기 전에 미리 신호를 좀 주란 말이야, 신호를! 손짓, 발짓, 눈짓! 그거 하나 보내 주는 게 그렇게 어려워? 내가 지금 이룰 수 없는 소원 같은 걸 말하고 있는 거야?"

"그래, 그래. 내가 정말 잘못했다. 다음부터는 신경 쓸게."

"거짓말! 항상 말로만 그러면서! 내가 또 속을 줄 알고?"

"뭘 또 그렇게까지……."

"모르는 척하지 마! 생각해 보면 단장은 처음부터 날 가지고 놀았어! 용병단에 들어오면 잘해 주겠다고 온갖 사탕발림으로 순진한 나를 살살 꼬셔대더니! 막상 넘어가고 나니까 나 몰라라 방치해 두는 데다 예뻐해 주지도 않잖아! 잡은 물고기에는 밥도 안 준다 이거지! 이 나쁜 남자야!"

진지하게 경청하던 휴센의 표정이 썩어 들어갔다. 뒤에서 응원하던 일행들의 얼굴도 좋지 않기는 마찬가지였다. 가련한 순정녀 역할에 도취된 헤롤은 이를 인지하지 못한 채 연기 혼을 불태웠다.

"남자가 환심을 사려 할 때 하는 말은 믿으면 안 된다더니! 어떻게 당신이 나한테 이럴 수가 있어! 배 속의 아이도 이렇게 아빠만 바라보고 있는데! 책임져! 책임지란 말이야!"

"……누가 저 녀석 입 좀 막아."

지시는 즉각 실행됐다. 모두가 흉흉한 얼굴로 일제히 무기를 꺼내든 것이다. 기겁한 헤롤이 마구 비명을 질러댔지만 이 순간엔 연인인 이릴조차 그의 편이 되어 주지 않았다. 오히려 그녀는 누구보다 적극적으로 응징에 나섰다. "악! 악! 잘못했어, 이릴! 예뻐해 달라는 말은 너한테만 할게! 다시는 남발 안 할게! 제발 용서해 줘!" 살벌하게 날아드는 채찍을 피해, 헤롤은 한동안 애처롭게 빌어야 했다. 일련의 과정이 끝났을 무렵엔 애초에 왜 이런 일이 시작되었는지 아무도 기억하지 못했다. 본전을 찾기는커녕 본인의 평판만 깎아 먹은 꼴이 된 헤롤은 몹시 풀이 죽었다. 어깨를 늘어트리고 시무룩해져 있는 그에게 마이티가 끌끌 혀를 찼다.

"그러니까 한 소절만 하지. 아무튼 잘 나가다 꼭 매를 벌어요."

"아니, 말을 하다 보니 너무 신나서 그만……."

"시끄러. 그나마 매튜가 없어서 다행인 줄 알아. 경멸의 시선이 쏟아졌을 거다."

"컥, 죽을래, 너? 상상해 버리고 말았잖아! 매튜가 한심하다는 듯이 바라보면 얼마나 무서운 줄 알아?"

"그거 알아. 정말 오금이 저리지."

"말이라고. 난 단장은 배신해도 매튜는 절대 배신하지 않을 거야. 매튜가 용병단 새로 차린다고 하면 무조건 따라갈 거다."

"어, 치사하게! 나도 갈래!"

"……거기 미래의 배신자들. 내친김에 제대로 기합 받고 싶냐?"

휴센의 목소리가 낮아지자 의기투합하던 두 사람이 조용히 입을 다물었다. 틈만 나면 단장의 머리끝까지 기어오르긴 하지만 그건 휴센이 봐주고 있기 때문에 가능한 일이다. 그가 정말 화가 나면 감당하기 어렵다는 건 두 사람이 누구보다 더 잘 알고 있었다.

한결 얌전해진 분위기를 못마땅한 눈길로 훑어본 후, 휴센은 나직하게 한숨을 내쉬었다. 일반적으로 용병단은 군대와 체제가 비슷해서 상하 구분이 분명하고 엄격한 편이었다. 하지만 샴페인 용병단은 소수 정예로만 구성된 단이었고, 단장인 휴센 그 자신이 그런 분위기를 좋아하지 않았기 때문에 자유분방한 분위기로 운영되어 가고 있었다. 그 자체는 만족스러운데, 이따금 인내심에 시험을 받는 건 어쩔 수 없었다. 차라리 이 자리에 매튜가 있었다면 좋았을 텐데. 그러면 이런 상황에서 "당신들 따윈 와도 안 받아줘요." 하고 간단하게 웃으며 침몰시켰을 것이다. 나름 알게 모르게 시끄러운 일행들의 중재 역할을 해 왔던 만큼 그의 부재가 뼈저리게 아쉬워졌다.

"어쨌든 지금까지 파악한 정보를 다시 정리해 보자. 실종된 아이들이 남자아이 하나, 여자아이 둘이라고?"

화제를 전환할 겸 휴센은 모두를 돌아보며 질문을 건넸다. 실제로 그 방법은 분위기를 바꾸는 데 큰 효과가 있었다. 가볍던 분위기가 순식간에 무거워지면서 모두 진지해졌기 때문이다. 고개를 끄덕인 쉐리가 마을 사람들로부터 들은 정보를 떠올리며 설명했다.

"여자아이들은 로지아와 아휘나라고 하고, 남자아이 이름은 아이길이야. 그중 아이길과 로지아가 열두 살 동갑이고, 아휘나는 아홉 살. 아이길과 아휘나는 남매라고 했어."

설마 했던 황제군 쪽에서 선뜻 돕겠다고 나서자 주민들은 눈물을 멈추지 못했다. 그중에서도 고맙다고 연신 허리를 굽히던 젊은 부부가 있었는데, 그들이 사라진 남매의 부모라고 했던 것을 휴센은 어렴풋이 상기했다.

실종된 아이들은 평소에도 서로 자주 뭉쳐 다니며 이곳저곳을 탐험하길 좋아하는 편이었다. 걸어서 몇 시간이나 걸리는 곳에 있는 내성에도 자주 놀러 가곤 했다. 그러던 어느 날 아이들이 예쁜 성을 발견했다며 신이 나서 달려왔다. 눈으로 빚은 듯이 새하얗고, 얼음처럼 반짝거리는 궁전이라고 했다. 알고 보니 마신전을 말하는 것이었다.

"아이들은 한 번도 신전을 본 적이 없었거든요. 공주님이 사는 곳 같다고 들떠 있기에 그건 성이 아니라 신전이라고 말해 줬어요. 경건한 마음으로 기도를 드리면 마신께서 소원을 이뤄줄 거라고도 했죠. 그 말이 인상 깊었는지 다음날에 신전에 기도하러 가겠다고 하더군요. 기특해서 그러라고 했어요. 신전에 바칠 헌금도 손에 쥐여서 보냈죠."

그러나 그렇게 떠난 아이들은 그날 이후 아무도 돌아오지 않았다. 늦은 시간에도 소식이 없어 걱정이 된 부모들이 신전을 찾아갔지만, 그땐 이미 모든 것이 틀어진 후였다. 그곳에 아이들은 없었다. 심지어 사제들은 그런 아이들을 본 적도 없다고 했다. 믿지 못하는 부모들에게 아무도 없는 신전 내부를 친히 보여 주기까지 했다. 이후 온 성 안을 돌아다니며 찾아봐도 결과는 마찬가지였다. 어느 곳에도, 그 어떤 장소에도 아이들의 흔적은 찾을 수가 없었다. 마치 증발이라도 한 것 같았다.

"귀신이 곡할 노릇이죠. 한꺼번에 사라진 아이가 셋이나 되는데 아무도 목격한 사람이 없다니. 이건 정말 너무 이상한 일이에요. 어떻게 이런 일이 일어날 수가……."

울먹이면서 설명하던 남매의 부모는 끝내 말을 잇지 못하고 자리에 주저앉아 오열했다. 소중한 아이들을 잃어버린 상실감과, 자신들로 인해 이런 비극이 벌어졌다는 죄책감이 그들을 무겁게 짓누르고 있었다. 남매와 함께 사라진 여아의 부모는 그에 비하면 비교적 차분한 모습이었지만, 그건 침착하기보다는 넋을 잃은 상태에 더 가까웠다.

"흠, 몬스터의 소행일까? 근처에 개머리 토끼의 서식지가 있긴 한데."

"개머리 토끼는 소심한 녀석들이잖아. 아무리 외진 마을이라고 해도 인가(人家)까지 내려오지는 않았을걸? 그래도 일단 확인해 둘 필요는 있겠지만."

"흔적을 전혀 남기지 않은 걸 보면 노예 사냥꾼의 소행일지도 몰라."

"아, 그것도 일리 있네."

워낙 다양한 위협이 존재하는 세상이다 보니 짐작 가는 부분이 너무 많았다. 아이들이 실종되었는데도 시가 방관하고 있는 태도를 보면 이 지역의 치안도 뻔했다. 고개를 끄덕인 휴센이 모두를 돌아보았다.

"일단 오늘은 너무 늦었으니까 내일 아침 일찍 인원을 나눠서 조사를 시작하자. 위험할지도 모르니 두 명씩 한조로 묶는다. 쉐리와 마이티, 너희들이 개머리 토끼 서식지를 맡아. 헤롤과 이릴은 빈민가 쪽으로 가서 떠도는 소식들을 확인해 줘. 은밀한 소식은 그쪽이 제일 먼저 퍼지겠지."

"단장은?"

"난 마신전으로 간다."

"마신전? 흐음, 하긴. 그곳이 모든 일의 시작점이니까 다시 확인해 볼 필요는 있겠네."

"응, 그리고 조금 걸리는 점이 있어서."

"걸리는 점?"

"분명, 대공이 어린아이들을 모은다는 소문이 있었지."

"……!"

의아하게 바라보던 얼굴들에 동요가 일었다. 모두 허를 찔린 표정으로 멍하니 서로를 바라보았다.

'미색이 고운 아이는 대공이 잡아간다.' 세상 돌아가는 일에 조금이라도 관심이 있는 자라면, 다들 한 번쯤은 들어본 적이 있는 소문이었다. 실제로 대공의 병사들이 그들 일행을 멋대로 끌어가려 한 적도 있었다. 까맣게 잊고 있던 기억을 상기하자 눈앞이 캄캄해지는 것 같았다.

"맞아, 정말 그랬어! 그걸 왜 잊고 있었지?"

"이거 확실히 냄새가 나네. 아주 심한 구린내가 나."

이릴이 숨을 삼키며 외치는 말을 헤롤이 받았다. 다른 가능성도 배제할 수는 없으니 계획은 그대로 진행될 예정이지만, 이미 분위기는 마신전의 소행일 거라는 쪽으로 굳어져 있었다. 그때 가만히 듣고 있던 쉐리가 뚱한 얼굴로 소리쳤다.

"잠깐! 근데 왜 내가 마이티랑 움직여? 헤롤이랑 이릴 언니는 같이 가잖아! 나도 휴센이랑 갈래!"

사심을 가득 담은 주장에 휴센은 잠시 당황한 얼굴을 했다가 고개를 저었다.

"아니, 그건 안 돼. 그럼 마이티가 혼자가 되잖아. 우리 중에서 한 사람만 혼자 움직여야 한다면 그건 내가 하는 게 맞아."

"아, 그러고 보니 우리들 지금 다섯 명이었지? 치이, 매튜는 왜 빠지고 그런담. 여섯 명이면 서로 둘씩 짝 맞출 수 있었을 텐데."

"참전을 강요할 수는 없으니 할 수 없지. 미안하다, 쉐리. 이번 일을 마무리 지을 때까지는 이 방침에 따라 줘."

"하아, 알겠어. 대신 다 끝나면 떨어져 다닌 시간만큼 잔뜩 달라붙어서 어리광 부릴 거야. 각오해."

"하하, 그럼 나야 좋지."

마주 보는 두 사람의 시선에 애정이 가득 차올랐다. 서로에게 집중하느라 이미 주위를 완전히 잊은 모습이었다. 덕분에 감도는 공기마저 화사해지자 헤롤과 이릴도 질 수 없다는 듯이 달라붙었다.

"이릴 자기! 난 지금 어리광부리고 싶어!"

"좋아! 이리와!"

사랑의 위대한 힘은 산적 같은 남자의 어리광도 수용한다. 수줍어하며 안기는 헤롤을 예뻐 죽겠다는 듯이 바라본 이릴이 그의 얼굴에 쪼는 듯한 키스를 퍼부었다.

"……저기 너희들. 커플들 사이에 낀 내 심정도 좀 알아주지 않을래? 뭐, 이렇게 말해도 이미 안 들리겠지만."

마이티가 우울한 얼굴로 중얼거렸다.

3.

가까운 여관에서 하룻밤을 묵은 휴센 일행들은 다음 날 동이 트자마자 각자 맡은 임무대로 흩어졌다. 쉐리와 마이티는 몬스터의 서식지가 있는 산맥 쪽으로, 헤롤과 이릴은 빈민가가 있는 외각 지역으로, 휴센은 내성 안으로 들어가 마신전을 찾았다.

신전은 내성 안에서도 가장 깊숙한 곳에 있었다. 번화가하고는 상당히 거리가 멀었고, 그나마도 호수를 사이로 두고 뚝 떨어져 있어 홀로 딴 세상처럼 보였다. 그야말로 신전에 용건이 있는 사람이 아니면 찾아갈 일이 없게 설계된 구조였다.

'누가 몰래 끌고 가도 모르겠군.'

상황이 상황이다 보니 휴센의 감상은 자연히 삭막해졌다. 그는 곧장 신전에 들어가는 대신 건물 밖을 기웃거렸다. 본관인 예배당을 비롯해서 모든 건물마다 한 바퀴씩 돌아보았다. 신전 분위기에 어울리게끔 꾸며 놓은 듯한 장식물들과, 한쪽 부근에 마련된 제법 큰 화단도 확인했다. 신전에서 직접 가꾸고 있는 것으로 보이는 화단엔 한창 아름답게 만개한 꽃이 무성히 피어 있었다. 휴센의 시선이 그 꽃에 닿았을 때였다.

"누구십니까? 여기서 뭘 하시는 거지요?"

본관 문이 열리더니 나이 지긋한 사제가 걸어 나왔다. 낯선 사내가 기웃거리고 있는 것에 몹시 경계하는 모습이었다. 휴센은 당황하지 않고 태연히 웃음 지었다.

"이거 실례합니다. 사실은 사람을 찾으러 왔는데 너무 이른 시간에 방문하는 것 같아서 시간을 때우던 중입니다."

"사람이요?"

"예, 신전으로 간다고 나간 아이들이 며칠째 돌아오지 않아서 말입니다. 혹시 사제님은 뭐 아시는 거 없으십니까?"

"아, 무슨 말씀인지 알겠습니다. 그 실종되었다는 아이들 말이군요. 며칠 전에 그 마을 분들이 다녀갔었지요. 그때는 못 뵀던 분 같은데, 귀하께서도 그 마을 사람이십니까?"

"아뇨, 저는 그냥 용병입니다. 지나는 길에 우연히 사정을 들었는데 아이들을 찾아 주면 보수를 잘 챙겨 준다고 해서요. 소일거리 삼아 맡기로 했습니다."

"그러시군요. 금쪽같은 아이들이 사라졌으니 부모들의 입장에선 천만금이라도 아깝지 않겠지요. 저도 정말 안타깝게 생각하는 일입니다. 하지만 심히 유감스럽게도 그에 관해서는 도와드릴 게 없을 것 같습니다. 그때도 말씀드렸지만, 이곳엔 아이들이 온 적이 없습니다."

"으음, 역시 그런가요. 그렇다는 말은 듣긴 했지만 그래도 혹시나 싶었습니다. 이야, 그나저나 사실 신전에는 처음 와 봤는데 굉장히 아름답네요. 화단은 직접 가꾸시는 건가요? 예쁜 꽃들이 많아서 눈이 다 즐겁습니다."

휴센은 선한 분위기를 지니고 있었고, 인상이 부드러워 대체로 사람들의 호감을 사는 편이었다. 그런 사람이 살갑게 칭찬하고 나서자 사제 또한 경계심을 늦췄다.

"허허, 그렇지요? 오시는 분들마다 모두 칭찬하시더군요. 이 신전의 자랑이랍니다."

"정말 그럴 만하네요. 아, 저어, 사제님. 일단 의뢰를 받았으니 뭘 찾는 시늉은 하긴 해야 할 것 같아서 말입니다. 폐가 되지 않는다면 잠시 신전 안에 들어가 봐도 되겠습니까?"

"흠, 아이들이 오지 않았다는 말을 안 믿으시는 거로군요?"

"아, 아뇨! 그렇진 않습니다. 다만 절차상의 문제라는 게 있으니까요. 신전으로 가는 길에 사라졌다 하니, 한 번 더 자세히 둘러보고 왔다는 말은 전해야 저도 체면이 서질 않겠습니까? 아하하."

"하긴 그것도 그러시겠군요. 뭐, 그러시지요. 얼마든지 둘러보십시오."

고개를 끄덕인 사제가 선뜻 따라오란 손짓을 했다. 그의 안내를 받아 걸어가면서 휴센은 천천히 신전 안을 돌아보았다. 이른 아침이라 고즈넉한 예배당의 내부는 웅장한 겉모습과는 다르게 몹시 단출한 모습이었다. 물건이라고는 중앙에 세워진 단상 하나뿐이었고, 의자도 없어 맨바닥에 방석들만 놓여 있었다. 누군가가 숨을 수도, 숨길 수도 없는 공간이었다. 사제들이 머무는 별관에도 침구와 간단한 생활용품밖에 없었다. 어딜 가나 텅텅 빈 공간은 황량하기까지 했다.

"사제님들은 굉장히 검소하게 지내시는군요."

"그것이 신의 길을 따르는 신실한 종의 모습 아니겠습니까."

신전 건물은 총 세 채였지만, 워낙 있는 것이 없다 보니 돌아볼 만한 것도 없었다. 내부를 전부 다 둘러보는 시간이 차 한 잔 마시는 시간보다도 짧았다. 용건이 끝나고 나니 휴센도 더 붙어 있을 핑계를 댈 수가 없었다. 그는 안내해 준 사제에게 감사 인사를 건네고 얌전히 신전을 떠났다.

휴센 일행이 다시 한자리에 모인 것은 오후가 거의 끝나갈 무렵이었다. 내성 안쪽 번화가에서 운영 중인 작은 주점이 그들이 정해 둔 합류 지점이었다. 휴센이 가장 먼저 도착해서 자리를 잡았고, 이어서 이릴과 헤롤이 간발의 차이로 들어왔다. 쉐리와 마이티는 그들이 주문한 맥주를 한 잔씩 비우고 있을 쯤에야 피곤한 모습으로 도착했다. 온종일 돌아다니느라 제대로 먹지도 못한 일행들은 자리에 모인 후에도 한동안 식사에만 집중했다. 그리고 어느 정도 배가 채워지고 나서야 본격적으로 보고를 시작했다.

"갔던 일은 어땠어?"

"응, 일단 개머리 토끼의 소행은 아닌 것 같아. 서식지를 다 돌아봤는데 딱히 걸리는 건 없었어. 먹이를 저장해 두는 놈들은 아니니 아마 아이들을 끌고 갔다면 그날 전부 먹어치웠을 텐데 옷자락 하나 남은 게 없더라고. 짐승의 사체 조각은 꽤 발견했는데 말이야."

"그렇군. 헤롤, 너희는?"

"우리 쪽은 건진 건지 아닌 건지 좀 모호해. 어린아이의 실종과 관련된 소문 위주로 캤는데, 죄 이상한 괴담뿐이더라고."

"괴담?"

"고아원에 큰불이 나서 모두 전소했는데, 탈출한 아이가 한 명도 없었음에도 시체가 단 한 구도 나오지 않았다더라, 대충 그런 이야기들. 갑자기 앓아누운 아이가 반나절 만에 죽어서 무덤에 넣었더니 다음날 시체가 사라졌다는 말도 있었어. 이런 것들도 실종이라면 실종이겠지만."

"흠, 그리고?"

"아이랑 관계된 내용은 그것뿐이야. 그밖에는 죄다 마약이랑 밀주 얘기뿐이라 변변한 건 아니었어."

"마약이라······."

"뭐, 그런 지저분한 이야기야 그쪽에서는 워낙 흔한 거잖수. 단장은 신전에서 뭐 건진 거 없어?"

"흠, 글쎄. 우연히도 내가 할 얘기 역시 그거랑 좀 비슷할 것 같다. '이쪽'에선 흔한 얘기가 아니겠지만."

"그게 뭔 소리야?"

"화단에 마영초가 무성하더군."

"······!"

때마침 맥주를 마시고 있던 헤롤이 그 자세 그대로 굳었다. 멍하니 벌려진 입에서 채 삼키지 못한 맥주가 줄줄 흘러나왔다. 평소였다면 다들 기겁하며 난리가 났을 상황이었지만 지금은 아무도 그에 반응하지 못했다. 모두 비슷한 상태였기 때문이다.

"마영초? 진짜 그 마영초?"

뒤늦게 정신을 차린 이릴이 추궁하듯이 물었고, 휴센은 천천히 고개를 끄덕였다. 일행들은 약속이라도 한 듯 동시에 헛숨을 삼켰다.

"마영초라니. 그거 환각을 일으키는 마화 아냐? 검은 숲에서나 자라는 건데."

마이티가 질린 얼굴로 중얼거렸다.

알폰프 제국에 존재하는 검은 숲은 바론 사막과 더불어 악명 높은 죽음의 땅이었다. 원래는 아름다운 마을이었으나 땅의 저주를 받아 짙은 사기에 잠식되었고, 이를 발견한 어느 마족이 그 안에 마계의 것들을 풀어다 놓으면서 지금의 형태가 완성되었다는 유래가 있었다.

그 유래만큼이나 검은 숲에 있는 것들은 하나같이 비정상적이었다. 그곳에 있는 것들은 아무리 작은 생물이라도 전부 주위의 것을 공격하는 성향을 지녔다. 하다못해 바닥에 돋아난 잡풀들마저도 전부 독초뿐이었다. 그나마 바론 사막에 비해 나은 점이라면 조심해서 다닌다는 전제하에, 숲의 외각만큼은 둘러볼 수 있다는 것이다. 일부 약사나 학자들에게는 그 안에서 자라는 식물이 몹시 중요한 연구 재료였기에 종종 짐을 싸들고 방문하곤 했다. 물론 외각이라도 그냥 들어가기엔 몹시 위험한 지역이었으므로 반드시 용병을 고용했다.

검은 숲 호위는 위험도가 높긴 해도 그만큼 보수가 높아 용병들이 꽤 선호하는 일자리였다. 휴센 일행도 명성을 듣고 호기심에 의뢰를 받은 적이 몇 번 있었다. 마영초의 존재를 알게 된 것도 그때의 경험을 통해서였다.

검은 숲에서도 조금 더 안쪽으로 들어가면 드문 확률로 오색의 화려한 꽃을 발견할 수 있다. 그게 바로 마영초였다. 줄기를 자르면 푸른색의 진액이 나오는데, 그 자체가 매우 강력한 환각 작용을 지니고 있었다. 대륙에 유통된다면 치명적인 마약으로써 명성을 떨칠 테지만, 워낙 드문 꽃이고 구하기 쉬운 것이 아니다 보니 그 존재조차 아는 사람이 많지 않았다. 그런데 그 마영초가 신전 화단에서 버젓이 키워지고 있다는 소리였다. 그것도 무성하게.

"으음, 완전 말도 안 되는 소리긴 한데. 단순 관상용일 가능성은? 마영초 꽃이 예쁘긴 하잖아."

"그랬다면 좋겠지만, 그건 아닌 것 같다. 일단 신전 안이 죄다 텅텅 비었어. 예배당이든 별관이든."

"비었다니? 의자라든가 장식물 같은 게 하나도 없었다고?"

"응, 달랑 단상 하나 있더라. 숙소에도 판자 같은 침대뿐이었고."

그 말에 모두의 얼굴이 굳었다. 늘 목숨을 걸어야 하는 용병들은 필연적으로 신전과 인연이 깊었다. 보통은 치유의 신전을 더 많이 찾기는 하지만, 강하고 노련한 용병은 마신전과도 자주 접했다. 위험한 의뢰일수록 저주에 관련되거나 보조적인 힘이 필요한 경우가 많은데, 그 모두가 마신전에서 다루는 분야였기 때문이다. 당연히 샴페인 용병단도 종종 방문하는 편이었고, 마신전의 구조에 대해서는 잘 알았다.

마신전은 웅장한 겉모습만큼이나 내부도 화려하게 이루어져 있는 편이었다. 의자도 많았고, 조각상도 세워져 있었다. 숙소도 여느 저택의 방처럼 아늑하게 꾸며진 구조였다. 같은 신의 신전은 모두 다 동일한 형태로 만들어지기 때문에 어느 한 신전만 초라할 수는 없었다. 홀로 다른 모습이라는 건 뭔가 다른 문제가 작용했다는 뜻이었다.

"들어본 적 있어. 신전은 그곳에 주거하는 사제들의 심성을 반영한다고. 한 지역에서 진정한 신관이라고 할 만한 존재가 없으면, 그곳에 있는 신전도 기능을 잃어버린다고 했어. 건물 자체가 사라지는 건 아니지만 아름다움을 잃는다고 했던가?"

"맞아. 결국 내부가 휑해질수록 사제들이 타락했다는 뜻이지."

쉐리가 중얼거리는 말에 휴센이 다시금 고개를 끄덕였다. 그래서 그는 사제를 만났을 때 일부러 신전에 처음 와 봤다고 거짓말을 했다. 자신을 어리숙한 삼류 용병으로 보이도록 위장하려는 목적도 있었고, 왠지 그렇게 말해야 내부를 보여 줄 것 같다는 생각이 들었기 때문이다. 실제로 그렇게 말하고 나서야 사제의 경계가 풀렸다. 안도하는 사제의 얼굴을 보면서, 휴센은 그가 자신을 '신전을 보여줘도 문제가 없을' 존재로 인식했다는 걸 알았다. 아마 휴센이 방문 경험이 있다는 걸 알았다면 그는 결코 안내하려고 하지 않았을 것이다.

"허, 완전히 비어 버릴 정도면 여기 사제들은 대체 얼마나 타락했다는 거야? 용케 지금까지 안 들키고 살았네. 에탄 마을 주민들에게도 당당하게 안을 보여줬다고 하지 않았어?"

"뭐, 그런 사실을 아는 사람들은 별로 없으니까. 적당히 둘러댔겠지."

"하긴, 마영초조차 대놓고 키울 정도니."

제국 사람들은 대부분 한 고장에서 태어나 죽을 때까지 마을을 떠나는 일이 거의 없었다. 지방일수록 그런 성향은 더욱 강했고, 그 안에서도 구석에 있는 마을은 외지인을 만날 일조차 드물었다. 주어지는 정보만을 진실로 받아들일 수밖에 없는 환경인 셈이었다. 휴센 일행은 가볍게 한숨을 내쉬었다.

"단장, 난 아무래도 마신관들이 아이들을 납치한 게 확실하다고 보는데. 어떻게 생각해?"

"나도 마찬가지야, 헤롤. 대공의 소문만 놓고 봐도 혐의가 유력한데, 이미 사제라고 할 수도 없는 수상한 집단을 신뢰할 이유가 없지. 아마 떠돌고 있다는 괴담들도 그저 단순한 괴담만은 아닐 거다. 특히 두 번째 괴담은."

"두 번째? 무덤에서 시체가 사라졌다는 이야기 말이야?"

"마영초로 만든 마약, 강하게 쓰면 일시적으로 숨이 흐려져서 죽은 것처럼 된다고 들었거든."

"⋯⋯!"

모두가 동시에 맥주를 들이켰다. 차가운 액체가 퍼부어지자 까맣게 타들어 가던 속이 겨우 진정되는 것 같았다. 괴담을 직접 알아왔던 이릴과 헤롤은 두 잔을 연달아 더 비웠다.

어느 마을에 가든지 괴담 한두 개쯤은 존재하기 마련이다. 혹시나 싶어 들어 두면서도 정말로 유용한 정보가 될 거라고는 기대하지 않았었다. 이거 가져가 봤자 욕만 얻어먹는 거 아니냐고 킬킬거리기까지 했다. 하지만 차라리 욕을 얻어먹는 게 더 나았을 뻔했다.

"와, 진짜 미치겠네. 대체 그놈들은 무슨 짓을 벌이고 있는 거야? 이 천벌을 받을 놈들!"

"이제 어떡하지, 단장? 신전을 본격적으로 털어 볼까?"

헤롤이 흉흉하게 눈을 빛냈다. 이릴과 마이티는 당장이라도 달려 나갈 기세였다. 결국 참지 못하고 일어나는 두 사람을 휴센이 강제로 눌러 앉혔다.

"거긴 비었다고 했잖아. 돌아보면서 최대한 기척을 살펴봤는데 느껴지는 게 전혀 없었어. 신전 안에서 손을 쓴 게 아닐 수도 있고, 아마 그렇더라도 다른 곳으로 옮겼을 거다. 이 시점에서 신전을 다시 조사하는 건 무의미해."

"으음, 하긴. 벌써 며칠이나 지났는데 옮겨도 한참 전에 옮겼겠지."

"이미 이 지역엔 없는 거 아냐?"

불길한 결론에 도달한 쉐리의 안색이 창백해졌다. 다른 이들도 표현하지는 않았지만 모두 비슷한 생각이었다. 사실 떠난 것 자체는 큰 문제가 되진 않았다. 쉬지 않고 이동하면 며칠 간격 정도는 얼마든지 따라잡을 수 있다. 상대는 아이들을 데리고 이동하는 거니 그렇게 속도를 내지도 못할 것이다.

하지만 그것도 경로를 어느 정도 파악할 때나 해 볼 만한 일이었다. 대공이 모으는 거라면 수도로 갈 가능성이 가장 크지만, 반드시 그렇다고 확신할 수도 없었다. 지금처럼 정보가 거의 없는 상태에선 헛수고로 끝날 가능성이 더 높았다.

"당장 이곳에 없다고 판단하기엔 일러. 보아하니 한두 번 하는 짓이 아닌 것 같은데. 매번 납치한 애들을 그때그때 외부로 내보내는 건 번거롭기도 하고, 들킬까 봐 겁도 나겠지. 그러니 의심을 사지 않을 만한 이동 수단을 활용하려고 할 거야."

그나마 이어진 휴센의 말이 그들을 안심시켰다. 모두 심각한 얼굴로 그에게 집중했다.

"의심을 사지 않을 만한 이동 수단이라……. 짐작 가는 거 있어, 단장?"

"내가 알기론 마신의 교단은 보름 간격으로 한 번씩 교황의 이름으로 본단에서 파견이 나와. 공식적으로 정해진 방문이라 정기적으로 다녀가도 아무도 주목하지 않지. 아마 그때까지 기다렸다가 한꺼번에 아이들을 넘기는 게 아닐까 싶어."

"오, 그거 일리 있네. 그럼 파견이 오는 날을 알아보면 되겠군?"

"이미 알아봤어. 이틀 후더라."

여유롭지는 않지만 그렇다고 촉박한 기한도 아니었다. 일단 추격할 대상이 있다는 점에서 조금 전보다는 한결 차분한 반응이 돌아왔다.

"잠복했다가 현장을 덮치는 것도 방법이겠지만, 어떤 이변이 있을지 모르니 가능하면 그 전에 구해내자. 일단 아이들을 숨긴 장소부터 찾아야 해. 파견단 편으로 보낼 생각이라면 그리 먼 곳에 두진 않았을 거다. 신전을 자주 오가거나 교류하는 곳부터 수색을 시작한다."

"즉, 외부에 협력자가 있다?"

"사제도 타락하는데 다른 사람이라고 타락하지 않으리란 법은 없지."

쓸쓸한 얼굴로 대꾸한 뒤 휴센은 이어서 설명을 시작했다. 그가 오후 동안 마을을 돌아다니며 알아낸 정보들이었다.

"사나흘에 한 번꼴로 식료품과 비품을 실은 수레가 정기적으로 들어가는 것 같더군. 반대로 신전 쪽에서 다른 장소로 보내지는 수레도 있었어."

"오오, 그게 뭔데?"

"빨래."

"빨래?"

"신전 안엔 빨래터가 없어서 의복을 전부 외부에서 세탁해서 가져오는 모양이야. 그래서 빨랫거리가 나가는 거지. 그것도 하루에 한 번씩, 매일 꾸준히."

"호오, 빨래라……. 위쪽에 옷가지를 잔뜩 쌓아 두면 아래에 뭐가 들어 있는지 아무도 모르겠네. 그것 참 쥐도 새도 모르게 꼬마 몇 옮기기에는 딱 적당한 수단인 것 같은데?"

빙긋 웃은 헤롤이 입술을 가볍게 혀로 핥았다. 사냥감을 앞둔 맹수의 얼굴이었다.

"그래서, 그 수레 도착점이 어디라고?"

4.

밤이 깊은 시각. 어둠 속에 잠긴 한 건물 부근에 두 개의 검은 인영이 어른거렸다. 기척을 감춘 채 조심히 걸음을 옮기고 있는 자들은 바로 휴센과 헤롤이었다.

"젠장, 왜 내가 단장이랑 한 조냐고."

주위를 살피는 내내 헤롤은 작은 소리로 연신 투덜거리는 중이었다. 안쪽을 살피던 휴센이 못마땅한 시선을 보냈다.

"이제 그만 좀 구시렁거려라. 제비뽑기였잖아. 다 끝난 얘기를 대체 언제까지 물고 늘어질 셈이야?"

"아무리 생각해도 기가 막히니까 그렇지. 단장이랑 같이 가는 한 명에 내가 뽑힌다는 게 말이 돼? 대체 왜 제비뽑기로 정한 거야? 그냥 쉐리랑 간다고 하면 됐잖아."

"우린 모두 한식구고, 난 단장이야. 그런 방식으로 일을 진행할 순 없어."

"처음엔 지정해서 정했잖수? 나랑 이릴이랑 묶어줬으면서."

"그래서 뭐. 그게 너희가 연인이라서 붙여준 건 줄 알아? 임무에 맞는 성향과 효율성을 고려해서 나눴을 뿐이야. 너희들이 연인이 아니라 원수였다고 해도 붙였을 거다."

"아무튼. 단장은 그 고지식한 성격이 가장 큰 문제야. 덕분에 이런 끔찍한 사태가 일어나고 마는 거잖아. 그에 대해서는 어떻게 생각하슈?"

"시끄러. 나라고 너랑 같이 가는 게 좋은 줄 아냐?"

"아니, 뭐? 내가 어디가 어때서?"

"그 말 그대로 돌려주마."

"허, 단장. 그렇게 나한테 매력을 어필하고 싶었어? 미안하지만 내겐 이릴이 있거든."

"……됐다. 너랑 말을 섞은 내가 잘못이지."

실력으로는 한참 앞서는 휴센이지만 입담으로는 헤롤을 이길 수가 없었다. 깔끔하게 포기한 휴센은 본인에게 더 편한 방식을 선택했다. 간단히 말해, 헤롤의 뒤통수를 주먹으로 꾹 내리눌렀다.

"큽! 아프잖아!"

"목소리가 크다. 이러다 들키면 가만 안 둔다, 너."

"우씨, 맨날 나한테만 뭐라 그래."

억울하다는 표정을 짓는 헤롤에겐 본인이 맞을 짓을 한다는 자각이 전혀 없었다. 휴센은 고개를 절레절레 저었다. 자꾸만 깐죽거리는 동료에게 울화가 치밀긴 하지만, 덕분에 남의 집에 숨어든 상황에서도 긴장감이 전혀 느껴지지 않았다. 이걸 좋아해야 할지 슬퍼해야 할지 알 수가 없었다.

지금 그들이 있는 곳은 팔크라고 불리는 한 부호의 저택 앞이었다. 팔크는 비단과 명주를 비롯한 다양한 직물과 그 가공품들을 취급하는 상인이었다. 저녁 시간을 모두 할애해서 조사한 끝에, 휴센은 그가 운영하는 상단에서 마신전의 의복을 관리하고 있다는 것을 알아냈다.

신전에서 나온 빨랫거리들은 모두 그의 저택 안에 있는 개인 빨래터로 보내졌고, 건조와 다림질까지 전부 마친 후 다시 신전으로 돌려보내졌다. 정식으로 계약을 체결해서 진행하는 일이라 별개의 보관 창고까지 따로 마련되어 있을 정도였다. 휴센과 헤롤은 바로 그 창고를 노리고 있었다.

　"정말 저기에 있을까, 단장?"

　저택의 경비는 삼엄했지만 따돌리는 것이 어렵진 않았다. 두 사람은 손쉽게 창고를 찾아냈다. 외딴곳에 홀로 서 있는 구조물은 단단한 판자로 지어져 있었다. 꽤 으슥한 곳에 있어서 낮에 와도 어두울 것 같았다.

　"있길 바라야지."

　창고 옆엔 운송 수단인 듯한 빈 수레들이 늘어서 있었다. 그 모습에서 눈을 떼지 않은 채로 휴센이 담담하게 중얼거렸다. 그는 주머니에 넣어둔 작은 폭죽을 손으로 매만졌다. 위급 시 다른 일행들에게 위치를 알리기 위한 것이었다.

　그가 가지고 있는 것과 똑같은 것이 나머지 일행 쪽에도 있었다. 휴센과 헤롤이 팔크 상단 쪽을 조사하는 동안 다른 세 사람은 신전에 식료품과 비품을 공급하는 상단 쪽을 맡았다. 지금쯤이면 그들도 도착해서 작전을 개시했을 터였다.

　"가자."

　"응, 근데 단장. 지금 막 생각난 건데. 본단에서 나온다는 파견대 말이야. 거긴 이쪽이랑 한편이 아닐 수도 있지 않을까? 이틀 후에 오는 게 그냥 평범한 정기 방문이라면?"

"갑자기 그건 무슨 소리야?"

"아니, 왜. 단장의 추측이 맞다면 이곳 상인들도 이 일에 가담하고 있는 거잖아. 그럼 그놈들 편으로 운송될 수도 있는 거 아냐? 사실 타지를 자주 왔다 갔다 해도 주목받지 않는 곳이라면 상단만 한 게 없잖아. 즉, 납치된 애들은 이미 이 지역에 없을 가능성이 매우 높다는 거지."

"그건 알겠는데, 그게 왜 파견대는 무고할 거라는 결론으로 이어지냐?"

"단장이야말로 왜 본단이 관여한다고 확신하는데? 마신관들이 다 한통속이라고 볼 수는 없잖아. 대공이 포섭한 몇 개의 신전들만 이러는 걸지도……."

"글쎄. 다 한통속은 아니라도 본단 쪽은 확실히 대공의 끄나풀일걸? 교황이 황제 폐하한테 지명수배도 내렸던 거 기억 안 나?"

"어? 헉, 맞다. 그랬지? 워낙 조용히 묻혀서 까맣게 잊었네."

머쓱하게 뺨을 긁는 헤롤을 보며 휴센은 한숨을 내쉬었다. 용병 길드의 등급 시험엔 상황 판단력을 보는 부분도 있었다. 무위를 가장 높게 치긴 하지만 그 또한 꽤 높은 비중을 차지하는 부분이었다. 그는 헤롤이 어떻게 은패를 딸 수 있었는지 문득 궁금해졌다.

"으음, 그럼 상단을 통해서 운송하지는 않는 건가?"

"……넌 어떻게 하나에 하나만 생각 하냐. 그야 상단 편으로

운송되기도 하겠지. 하지만 이번 일에선 그쪽 가능성은 낮게 보고 있어. 알아보니까 최근 얼마간은 어느 상단도 외부로 나가거나 들어온 적이 없더군. 새벽에 몰래 나갔을 수도 있겠지만."

"허어, 그건 또 언제 알아봤대? 이럴 때 보면 엄청 치밀하다니까."

"네가 너무 허술한 거다. 어쨌든 지금은 아이들이 아직 이 마을 안에 있다는 것을 전제로 하고 움직이는 상태야. 다른 생각 말고 이쪽에나 집중해. 찾아서 나오지 않는 후의 일은 나중에 고민할 문제니까."

"예이."

고개를 끄덕인 헤롤의 눈에 날카로운 빛이 들어왔다. 집중하기 시작했단 뜻이었다. 진지해진 헤롤은 꽤 믿음직한 동료였기에 휴센도 안심하고 작전에 착수했다.

두 사람은 빗장을 빠르게 부수고 문을 열었다. 안으로 들어서자 목조 건물 특유의 향과 마른 먼지 냄새가 풍겼다. 헤롤이 허리춤에 찬 배낭 안에서 작은 호롱을 꺼내들어 불을 붙였다. 캄캄하던 공간에 빛이 생기면서 주변의 것들이 조금 더 선명하게 보이기 시작했다.

창고 안은 줄에 걸린 옷들로 빼곡했다. 양 벽면엔 거대한 장이 꽉 채워져 있었고, 그 안에 옷을 담은 바구니가 칸마다 가득 들어찬 모습이었다. 바닥 한구석에 아직 빨지 않은 옷더미가 쌓여 있는 것도 보였다. 휴센과 헤롤은 신중하고 빠르게 주위를 살폈다.

옷더미가 쌓인 곳은 물론 문이 달려 있는 장은 전부 열어 아이들을 숨길 만한 공간을 찾았다. 하지만 기대할 만한 결과는 얻을 수 없었다. 마지막으로 도구함인 듯 보이는 장을 열어본 헤롤이 낙담한 얼굴로 휴센을 돌아보았다.

"여긴 아무것도 없어. 단장은?"

"이쪽도 마찬가지다. 누가 갇혀 있다기엔 아무런 기척도 느껴지지 않는 것 같은데. 네가 보기엔 어때?"

"단장이 못 느끼면 없는 거지."

허탕인가.

휴센의 얼굴이 흐려졌다. 추측으로만 진행하던 작전이라 실패할 가능성은 충분히 염두에 두고 있었다. 그럼에도 막상 이렇게 되니 입맛이 썼다.

"저택 안에 숨겼을 수도 있지 않아? 지하실이나 벽장 같은 곳에."

"할 수 없지. 여기까지 온 김에 그냥 돌아가기도 좀 그러니까 그쪽도 가 보자. 들키면 각자 알아서 도망치는 거다."

"그거 좋지. 완전 스릴 넘치겠는데?"

이런 순간에조차 유머를 잃지 않는 게 헤롤다웠다. 휴센은 피식 웃었다.

"그럼 이 문만 제대로 닫아놓고…… 어이쿠!"

쿵! 그 순간 도구함 속에 걸려 있던 물건 하나가 바닥에 떨어졌다. 문을 닫던 헤롤이 실수로 안을 건드린 것이다.

"……헤롤."

"으아, 미안, 미안. 이게 왜 갑자기 떨어지지?"

어색하게 웃는 헤롤을 노려봐 준 후, 휴센은 창고 문 앞에 바짝 기대어 섰다. 혹시 누군가 소리를 듣고 오지는 않을까 바깥의 상황을 파악하기 위해서였다. 다행히 근처에 아무도 없는 듯 별다른 기척이 느껴지진 않았다. 안심한 휴센은 한마디 해 주기 위해 헤롤에게 다시 시선을 보냈다. 하지만 곧이어 보이는 광경에 그는 그대로 당황해야 했다. 바로 수습해 두었을 거란 예상과 달리, 헤롤은 도구함 안에서 오히려 물건들을 잔뜩 꺼내놓고 있었다. 정리를 해 둬도 모자를 판에 반대로 어질러 놓는 것을 보고 휴센은 자신의 눈을 의심했다.

"너 지금 뭐하는 거냐?"

"단장, 이리 좀 와 봐."

헤롤은 돌아보지도 않고 물건만 계속 꺼냈다. 아예 도구함 자체를 비울 생각인 듯했다. 이유가 궁금했던 휴센은 잠자코 그에게 다가갔다. 안을 채우고 있던 것들을 대부분 빼낸 탓에 도구함 은 바닥을 고스란히 드러내고 있었다. 큰 물건들 위주로 보관해 두었던 곳이라 그런지 생각보다 내부가 넓었다.

"뭔데."

"아니, 아까 떨어졌을 때 소리가 좀 이상해서."

"소리?"

"봐."

헤롤이 주먹을 눕혀 바닥을 가볍게 튕겼다. 퉁, 짐작했던 것보다 가볍게 울리는 소리에 휴센의 눈동자가 흔들렸다. 헤롤이 그런 그를 보며 장난스럽게 웃었다.

"지하실 같은 거. 찾아낸 것 같지 않아?"

＊　　＊　　＊

바닥을 들어내자 뻥 뚫린 구멍이 나타났다. 그 아래엔 사다리가 내려져 있었다. 휴센은 조금 어이없는 기분으로 헤롤을 바라보았다. 될 놈은 뭘 해도 된다더니. 실수로 떨어트린 물건 하나가 계기가 되어 밀실을 찾아낼 줄 누가 알았겠는가.

생각해 보면 헤롤은 예전부터 꽤 운이 좋은 편이었다. 위험한 순간에 전혀 생각지 못한 방법으로 살아난 적도 여러 번이었다. 마수와 싸우다 죽어갈 때, 신관 지망생이라고 생각했던 엘이 갑자기 치유력을 써서 살려낸 것처럼 말이다. 거기까지 생각한 뒤, 휴센은 헤롤의 머리를 주먹으로 쥐어박았다. 들떠 있던 헤롤이 기습 공격에 끙끙 앓았다.

"왜 또 때리는데!"

"조금 재수 없어서."

"와, 이제 성과를 올려도 구박이야. 단장은 그냥 내가 마음에 안 들지?"

"닥치고 내려가."

휴센의 눈빛이 더 살벌해졌다. 헤롤은 투덜거리면서도 얌전히 사다리에 몸을 실었다. 휴센도 이어서 아래로 내려갔다.

"단장."

밀실은 그다지 깊은 편은 아니었다. 바닥에 닿자마자 자신을 부르는 소리에 휴센은 고개를 들었다가 바로 얼굴을 굳혔다. 헤롤이 몸을 굽히고 앉은 상태에서 급히 손짓하고 있었다. 그가 들고 있는 호롱불에 정신을 잃고 누워 있는 어린아이들이 비쳤다. 남자아이 둘, 여자아이 둘. 찾아야 하는 숫자보다 하나가 더 많았지만 그건 중요하지 않았다.

"우리가 제대로 찾았군."

"응. 근데 다들 몸이 엄청 차가워. 숨을 안 쉬는 것 같아."

그 말에 휴센은 바로 아이들에게 다가가 상태를 살폈다. 정말로 몸이 얼음장처럼 차가웠다. 호흡도 거의 없어서 죽은 것처럼 보였다. 바깥에서 아무런 기척을 느끼지 못한 것도 이런 상태였기 때문인 듯했다. 손목을 잡고 한참을 집중하고 나서야 아주 약한 맥이 잡혔다. 그제야 휴센은 겨우 숨을 내쉬었다.

"……괜찮아. 아직 살아 있어. 마영초로 재워 놓은 모양이다."

"젠장, 설마 납치한 뒤에 내내 이런 상태로 가둬 둔 건가? 밥도 안 주고?"

"시체로 보낼 생각은 아닐 테니 뭔가 먹이긴 했을 거다. 제대로 챙겨 주진 않았겠지만."

"그게 굶기는 거나 다름없지!"

"일단 애들 챙겨. 바로 데리고 나가자."

아직 주위는 이변을 알아차리지 못한 채 침묵에 잠겨 있었다. 휴센과 헤롤은 각자 두 명씩 아이들을 안아들고 조심스럽게 창고를 빠져나갔다. 어른거리는 횃불을 피해 빠르게 이동하던 두 사람의 시야에 곧 저택의 담장이 들어왔다. 저 담을 넘고 나면 한시름 덜 수 있을 것이다. 코앞에 다가온 목적지에 그들이 걸음을 더욱 박찰 때였다.

"……!"

그 순간 두 사람의 앞에 누군가가 불쑥 뛰어들었다. 무장한 병사들이 나타난 것이다. 흠칫 놀란 휴센과 헤롤이 반사적으로 이동을 멈추고 방어 자세를 취했다. 그 짧은 틈에 창과 횃불을 든 무리가 그들의 주위를 에워쌌다. 그들 모두 칠흑같이 검은 갑옷을 입고 있었다. 한눈에 봐도 본래 저택 안을 지키는 경비대와는 다른 존재들이었다. 휴센은 바로 그들의 정체를 알아보았다.

"……어둠의 기사단. 대공의 수족들이군."

"이런 일이 있을까 봐 준비해 두었지."

병사들 사이에서 하얀 법의를 입은 사람들이 걸어 나왔다. 마신의 신관들이었다.

"최근 우리 일을 방해하고 다니는 쥐새끼들이 있다더니. 오늘에서야 드디어 꼬리를 잡는군."

그들 중 가장 앞에 서 있는 노사제는 오전에 휴센에게 신전 안을 안내했던 신관이었다. 그 또한 휴센을 알아보고 놀란 표정을 지었다.

"네놈은……."

"또 보는군요, 사제님."

"하하, 그래, 그렇게 된 거군. 왠지 평범한 녀석은 아닌 것 같다 싶었지. 처음부터 다 알고 접근한 거였나? 여기까지 알아내다니 보통 실력이 아니군. 배후가 누구지?"

"이 아이들의 부모가 보냈습니다만."

"헛소리 말고 진짜 배후를 대라. 네놈들이 요 근래 계속 우리 일을 망치는 곳과 연관되어 있는 게 분명하렷다?"

"우와, 우리 말고도 또 이 짓을 막고 있는 영웅들이 있단 말이야? 아직 이 세상도 살 만하네."

"닥쳐라!"

노사제가 대화에 끼어든 헤롤을 증오의 시선으로 바라봤다. 헤롤 또한 지지 않고 그를 노려보았다.

"순순히 답할 생각이 없다면 할 수 없지. 자백을 받아낼 방법은 얼마든지 있다. 어차피 네놈들은 살아서 이곳을 나가지 못할 것이다. 아이들을 얌전히 넘겨라."

"이거 완전 멍청한 할아범이네. 살려 줄 테니까 애들만 내려 놓고 꺼지라고 해야 협상이지. 그딴 식으로 말하면 누가 그러십쇼 하겠어?"

이번에도 헤롤이 약을 올렸다. 휴센도 같은 기분이었기 때문에 그가 도발하는 걸 말리지 않았다. 하지만 노사제도 만만치 않은 사람이었다. 그가 피식 비웃었다.

"멍청한 것은 네 녀석이겠지. 넘기는 게 마음은 편할 것이다. 그 아이들을 살려 두고 싶다면 말이다."

"……즉, 넘기지 않으면 우리랑 같이 죽이겠다?"

"이번엔 제대로 알아들은 모양이구나."

"하! 이 새끼들을 보게? 아이들을 구하러 온 사람한테 그 아이들의 목숨을 걸고 협박을 해? 사람 새끼도 아니잖아?"

대놓고 퍼부어지는 욕설에도 신관들은 꿈쩍하지 않았다. 이를 부득부득 갈던 헤롤은 다리에 와 닿는 묵직한 감각에 어리둥절한 표정을 지었다. 휴센이 안고 있던 아이들을 그의 다리에 기대어 앉혀 두고 있었다.

"……단장, 지금 뭘 하는 거요?"

"잠시 애들 좀 보고 있어라."

"뭐? 아니, 잠깐……!"

"다치게 하면 죽는다."

제 할 말만 마친 뒤, 휴센은 바로 주머니에서 폭죽을 꺼내 들었다. 물 흐르듯이 자연스러운 동작이라 주위를 둘러싼 사람들 중 그 누구도 그를 막을 생각을 하지 못했다. 한발 늦게 상황을 알아차린 노사제가 경악한 표정을 지었을 땐 이미 늦었다. 그의 손에서 터진 폭죽이 하늘에 붉은 빗줄기를 그려내고 있었다.

"이게 무슨……!"

"미안하지만 납치범들이 하는 '살려 준다'는 말을 믿을 정도로 순진한 성격은 아니라서."

"뭐라?"

"그러니 제안은 듣지 않은 걸로 하겠습니다. 뭐에 쓰려고 애들을 모으는지는 모르겠습니다만. 그쪽에 넘겨주면 죽는 것보다 나은 삶을 살 것 같진 않군요."

담담한 대꾸와 함께 휴센은 빙긋 웃었다. 부드러운 미소였으나 옆에 있던 헤롤은 흠칫 어깨를 떨었다. 휴센을 감도는 기류가 사나워져 있었다.

'완전히 열 받았네.'

저럴 때의 휴센은 건드리지 않는 게 신상에 이롭다. 헤롤은 얌전히 아이들이나 돌보기로 했다.

"자, 그럼."

휴센이 가볍게 팔을 움직였다. 노사제는 어디선가 바람이 부는 것 같다고 생각했다. 실제로 바람이 부는 건 아니었다. 그저 멀리 떨어져 있던 휴센이 한순간에 눈앞에 나타났을 뿐이었다. 노사제는 눈을 부릅떴다. 갑자기 일어난 상황에 몸이 제멋대로 굳었다. 그래서 어느새 휴센이 검을 뽑아든 것도, 그것으로 바로 옆에 있는 병사를 찌르는 것도 제대로 보지 못했다.

"컥!"

단말마의 비명과 함께 검에 찔린 병사가 고꾸라졌다. 놀란 그의 동료들이 자기들도 모르게 우르르 흩어졌다. 노사제는 너무 놀라 입만 뻐끔뻐끔 벌렸다. 휴센은 다시 웃었다.

"지금부터 우리를 죽여 봐. 아, 참고로, 내 동료들이 오기 전에 죽이는 건 좀 힘들 거다. 물론 동료들이 오면 너희가 다 죽을 거고."

5.

근처에 있던 수 명의 병사들이 순식간에 당했다. 낙엽처럼 쓰러지는 병사들은 휴센의 움직임을 제대로 읽지도 못했다. 그는 빠른 속도로 적을 치고 빠지는 쾌검을 구사하는 검사였고, 속도만큼이나 힘도 강한 편이었다. 그의 검술은 다수를 상대할 때 더 큰 진가를 발휘했다. 대공의 병사들은 휴센을 공격하기는커녕 어디서 치고 들어올지 모를 공격에 대비하기만 바빴다. 아예 빈틈을 내놓고 있는 헤롤에겐 접근조차 할 수 없었다.

'별거 아니네.'

잠시간 상황을 지켜보고 있던 헤롤은 곧 안도했다. 상대의 숫자가 많아 내심 걱정했는데 실력을 보니 일반 기사 수준도 안 됐다. 저 정도면 헤롤이 나설 것도 없이 휴센 혼자서도 얼마든지 버틸 수 있었다. 지킬 아이들만 없었다면 더 마음 놓고 싸웠을 테니 순식간에 처리하고 끝내는 것도 가능했을 것이다.

"이, 이런 말도 안 되는……!"

무장한 병사들이 고작 한 사람에게 농락당하다시피 하자 노사제의 얼굴은 딱딱하게 굳었다. 당혹감을 노골적으로 드러내고 있는 그를 보며 헤롤은 킬킬 웃었다. 설마 아이들을 구하러 온 자들이 이만한 실력자라고는 상상도 하지 못했을 것이다.

'곧 끝나겠군.'

헤롤이 느긋하게 중얼거렸다. 하지만 순조롭게 흘러갈 것만 같았던 상황은 순식간에 급변했다. 이를 악문 노사제가 품 안에서 무언가를 꺼내 든 것이다. 그것은 향유처럼 보이는 작은 병이었다. 불투명한 유리 속에 찰랑거리는 액체가 담겨 있었다. 왠지 모를 불길함에 헤롤은 바로 휴센에게 경고를 하려 했다. 휴센 역시 이상한 느낌을 감지했는지 노사제 쪽을 돌아보고 있었다. 그러나 이번엔 그들보다 노사제가 움직이는 것이 더 빨랐다. 그가 무언가 주문 같은 것을 중얼거리면서 병의 마개를 뽑았다. 이후 보이는 광경에 헤롤과 휴센은 당황했다. 병 속에서 새카만 안개가 피어 나오기 시작한 것이다.

"무슨…… 컥!"

안개가 주위를 감쌌다 느낀 순간 휴센은 목을 부여잡았다. 갑자기 숨을 쉬기가 힘들었다. 반사적으로 그의 움직임이 멈추자 앞에 있던 병사들이 달려들어 휴센의 몸에 창을 꽂았다.

"단장!"

경악한 헤롤이 소리 높여 그를 불렀다. 다행히 휴센은 간신히 공격을 막아냈다. 하지만 여전히 숨을 쉬지 못하는지 목을 부여잡고 있는 상태였다. 형세가 순식간에 뒤집혀 그는 날아드는 공격을 막기에도 급급해졌다. 헤롤은 미치고 펄쩍 뛸 지경이었다. 당장 달려가고 싶은데 그가 보호하고 있는 아이들이 발목을 잡았다. 휴센이 무너지자 틈을 보고 있던 병사들이 헤롤에게도 달려들었다. 급히 몸을 틀어 피했지만 아이들을 안은 채로는 한계가 있었다.

"아이 한둘 정도는 죽어도 괜찮소! 그놈을 당장 죽여 버리시오!"

노사제가 소리치자 병사들의 공격은 더 거세졌다. 사방에서 날아드는 창끝에 헤롤은 이러지도 저러지도 못한 채로 갈등해야 했다. 이런 곳에서 이런 방식으로 개죽음을 당하는 건 싫었다. 하지만 그렇다고 애들을 버릴 수도 없었다. 일의 성공과 실패는 부차적인 결과였다. 그가 놔 버리는 바람에 아이들이 죽으면 여기서 살아나가도 평생 찜찜한 기분으로 살게 될 것 같았다.

"제기랄!"

결국 자포자기한 그는 아이들을 덮은 자세로 몸을 둥그렇게 말았다. 일반인보다 튼튼한 육체를 믿고 자신의 등을 방패 삼을 생각이었다. 휴센이 신호를 보냈으니 지금쯤 일행들이 오고 있을 것이다. 그들이 도착할 때까지만 버틸 수 있기를 바랄 뿐이었다.

"컥, 커헉!"

헤롤이 그의 마지막을 직감했을 때, 휴센도 그가 한 선택을 발견했다. 소리가 나가지 않아 비명조차 지르지 못하는 그의 입에서 간헐적인 신음만 터졌다. 병사들의 날카로운 창이 헤롤의 몸 위

로 쏟아져 내리는 것이 선명하게 보였다. 경악한 휴센이 두 눈을
부릅떴을 때였다.

"여기였군."

별안간 눈앞이 환해지는 것 같더니 헤롤에게 달려들던 병사들
이 모두 우르르 떨어져 나갔다. 아니, 정확히는 팽개쳐진 것 같았
다. 그와 동시에 주변에 굉장히 시원한 공기가 감돌았다. 휴센은
자신의 숨을 틀어막고 있던 무언가가 사라진 것을 깨달았다.

"헉! 허억! 헉!"

엎드려진 채 숨을 몰아쉬면서도 휴센은 돌아가는 상황을 전혀
파악할 수 없었다. 뭔가 중얼거리는 소리를 들은 것 같은데, 제대
로 들은 게 맞는지 자신이 없었다. 다만 뭔가가 병사들을 공격했
다는 것만은 분명했다. 그 공격에 의해 헤롤과 자신이 살았다.

'쉐리? 다들 온 건가?'

그렇게밖에 생각할 수 없었던 휴센이 고개를 들었다. 헤롤도
얼떨떨하면서도 반가운 표정으로 몸을 일으키고 있었다. 하지만
그들이 발견한 건 전혀 낯선 존재였다. 그들 앞에 한 남자가 서
있었다. 벌꿀로 빚어 내린 듯 은은한 빛이 감도는 금발, 청아한
푸른색 눈동자를 지닌 아름다운 남자였다. 횃불이 기능을 잃어
사방이 캄캄해진 상황이었지만, 그의 모습은 이상하게 분명히 보
였다. 마치 그 스스로 빛을 발하는 것 같았다.

"어……."

두 사람은 멍하니 눈을 깜빡거렸다. 갑자기 나타난 남자는 가볍게 주위를 돌아본 후 헤롤에게 걸어갔다. 그가 자신에게 다가오는 것을 보고 헤롤은 마른침을 삼켰다. 그 역시 뭐가 어떻게 된 건지 정신을 차릴 수가 없었다.

남자가 그 앞에 몸을 굽히고 앉아 손을 뻗자 그의 혼란스러움은 절정에 달했다. 상대는 분명 남자였다. 남자인 게 분명한데 심장이 미친 듯이 뛰어서 몹시 부도덕한 기분이 들었다. 하지만 남자의 손이 닿은 곳은 헤롤이 안고 있는 아이들 쪽이었다. 그 사실을 깨닫자 이번엔 미칠 듯한 민망스러움으로 얼굴이 뜨거워졌다. 그나마 바로 이어진 광경이 그런 창피한 기분을 금방 잊게 만들었다. 남자의 손에서 하얀빛이 터져 나온 것이다. 그러자 시체처럼 굳어 있던 아이들의 몸에 온기가 돌기 시작했다. 완전히 따뜻해진 순간 아이들이 약한 기침과 함께 숨을 토해냈다. 헤롤의 눈이 휘둥그레졌다.

"신성력……?"

"이런 식으로는 끝도 없겠어."

놀라서 무심코 입을 여는데, 남자가 한숨처럼 중얼거렸다. 우와, 이 사람 목소리도 끝내준다. 헤롤은 상황도 잊고 다시 멍청하게 중얼거렸다.

"네, 네놈은 뭐냐!"

갑자기 나타난 낯선 존재에게 당황한 건 마신의 사제들 쪽도 마찬가지였다. 기척은커녕 공격을 하는 것도 느끼지 못했는데, 한 순간에 병사들이 우르르 쓰러졌다. 그중 대다수는 다시 일어나지도 못하고 있는 채였다.

노사제의 고함에 금발의 남자가 아이들을 어루만지기를 멈추고 몸을 일으켰다. 서늘하게 응시하는 푸른 눈동자에 짜증이 서렸다. 단지 그것뿐인데 사제들은 왠지 모를 두려움을 느꼈다. 그가 다가오기 시작하자 온몸이 부들부들 떨리는 것 같았다.

"히익! 저, 저리가!"

결국 겁에 질린 노사제가 품 안에서 병을 꺼내 들고 주문을 외웠다. 뚜껑이 뽑힌 병 안에서 검은 안개가 퍼져 나오기 시작했다. 그것에 이미 호되게 당한 휴센이 놀라서 남자를 향해 손을 뻗었다.

"위험……!"

그러나 이번엔 전혀 다른 상황으로 흘러갔다. 안개가 남자를 감쌌지만 놀랍게도 아무런 일도 벌어지지 않았다. 아니, 정확히는 남자가 귀찮다는 듯이 손짓하자 그대로 날아가 버렸다. 너무 쉽게 물리치는 바람에 그를 대신해서 뛰어들려던 휴센이 오히려 더 당황했다. 마신의 사제들은 경악하다 못해 주저앉았다. 안개를 뿌렸던 노사제 역시 마찬가지였다.

"어, 어떻게……."

그에게 이 유리병을 내려준 대공은 인간의 힘으로는 결코 이 주술을 깰 수 없을 거라고 했었다. 실제로 지금까지 이 병을 통해 수많은 위기를 극복해 왔었다. 그런데 눈앞의 남자는 그걸 아무렇지 않게 없애버렸다. 인간의 힘을 뛰어넘을 만큼 강하거나, 인간이 아닌 존재라는 뜻이었다. 부들부들 몸을 떨기 시작하는 노사제를 남자는 감흥 없는 시선으로 응시하고 있었다. 그 눈길을 받는 순간 사제들은 마치 심판대에 오른 듯한 기분을 느꼈다. 까마득히 높은 단상 위에 심판관인 남자가 냉정한 표정으로 앉아 그들을 내려다보는 것 같았다.

"이미 크라제의 소관인 것 같다만. 살아 봤자 갚아야 할 죄만 늘겠군. 너희들은 여기서 죽는 게 낫겠다."

심판관의 입에서 판결이 떨어졌다. 그가 손을 뻗었고, 이어서 새하얀 빛이 주위를 감쌌다. 그러자 그곳에 있던 모든 사제와 병사들이 풀썩 힘을 잃고 짚단처럼 쓰러졌다. 휴센은 그들이 모두 죽었다는 사실을 직감했다. 그의 가슴 가득, 두려움보다 경이로운 마음이 차올랐다. 헤롤도 멍한 표정으로 넋을 놓고 있기는 마찬가지였다. 한동안 입만 벙긋거리던 그는 주저앉아 있는 휴센을 보고서야 퍼뜩 정신을 차렸다.

"단장, 괜찮아?"

급히 다가간 그가 분주히 휴센의 상태를 살폈다. 뭐가 괜찮냐고 물으려던 휴센은 얼굴을 찌푸렸다. 놀라운 일들이 연속으로 일어난 탓에 잊고 있던 통증이 느껴졌기 때문이다. 관통된 배에서 끊임없이 피가 쏟아지고 있었다. 벌겋게 물든 복부를 내려다보며 휴센은 혀를 찼다. 창에 뚫렸으니 예상은 했지만 내장이 삐져나오지 않은 게 다행일 정도로 큰 상처였다.

"잠깐 기다려봐. 성수를……."

간단하게 지혈을 마친 뒤 헤롤이 황급히 배낭 안을 뒤졌다. 그
런데 그보다 먼저 움직이는 사람이 있었다. 금발의 남자가 그들
앞에 다가온 것이다. 당황한 헤롤이 얼음처럼 굳어버린 동안, 남
자는 무심히 손을 내밀어 휴센의 상처를 덮었다. 그러자 이번에도
하얀빛이 터져 나왔고, 순식간에 피부가 아물었다.

"아, 가, 감사합니다."

휴센이 허둥거리며 인사하자 남자는 가볍게 고개를 끄덕이곤
몸을 일으켰다. 그대로 떠나려는 듯 미련 없이 돌아서는 모습이
었다. 휴센과 헤롤은 어쩔 줄 몰라 안절부절못했다. 이대로 헤어
지기는 아쉬운데 왠지 붙잡아도 괜찮을지 조심스러웠다.

"저, 저어! 실례지만 누구신지 여쭤 봐도 되겠습니까?"

결국 마음이 다급해진 휴센이 자기도 모르게 외쳤다. 다행히
용기를 쥐어짜 낸 보람은 있었다. 힐끗 돌아본 남자가 선뜻 대답
해 준 것이다.

"엘뤼엔."

"엘뤼엔? 형벌의 신 엘뤼엔? 아, 혹시 엘뤼엔의 사제라는 말씀
이십니까?"

"……."

설마 눈앞의 남자가 신(神)일 거라는 생각은 전혀 하지 못한 휴
센은 당연히 그가 신관이라고 생각했다. 금발의 남자, 엘뤼엔은

잠시 얼굴을 찌푸렸지만 그냥 잠자코 있었다. 숨길 생각은 없어서 대답해 주긴 했으나 오해를 억지로 바로잡을 생각도 없었다. 그 판단은 뜻밖의 방향으로 흘러갔다. 두 사람이 나누는 대화에서 익숙한 이름을 듣게 된 것이다.

"엘뤼엔의 사제? 어디서 많이 들어봤는데."

"멍청한 놈아. 당연히 들어봤겠지. 엘이 엘뤼엔의 사제였잖아."

"아, 맞다! 그랬지?"

"……엘?"

그 이름을 가진 사람 중에서 그의 사제라고 칭해질 만한 이는 단 하나뿐이었다. 엘뤼엔은 묘한 표정으로 그들을 돌아보았다.

"너희, 엘을 아나?"

"아, 역시! 엘과 같은 교단의 사제님이 맞으시군요!"

휴센과 헤롤의 얼굴이 동시에 환해졌다. 엘뤼엔은 어떻게 할까 잠시 고민하다가 머리카락을 거둬 목을 보이게 했다. 어리둥절하던 두 사람은 곧 탄성을 흘렸다. 그곳에 신의 문양이 찍혀 있었기 때문이다. 물론 엘뤼엔이 방금 전에 만들어낸 것이었다.

세상에, 진짜 형벌의 사제였어. 근데 저쪽 사제들은 다들 하나같이 생김새가 왜 저런대? 형벌의 사제가 아니라 미의 사제를 해야 하는 거 아니야? 평범하게 생긴 사람은 무서워서 사제도 못 하겠네, 등등. 들리지 않게 한답시고 작게 수군거리는 소리들이 엘뤼엔의 귀에는 전부 선명하게 닿았다.

어쨌든 신분이 명확해지자 두 사람은 엘뤼엔을 완전히 믿었다.

목에 문장이 있다는 건 고위 사제라는 뜻이다. 그것을 깨닫고 보니 그의 경이로운 능력들도 전부 이해됐다. 최근 엘뤼엔의 교단은 천사가 강림하고 교황이 탄생하는 등 놀랍고도 강력한 권능이 펼쳐지고 있는 중이었다. 마신의 교단 또한 부흥기 때는 사제들의 능력이 말도 못하게 강했다고 했다. 그때는 하급 신관 한 명이 군대를 상대할 수 있을 정도였다. 그 강력한 힘에 매료된 초대 황제가 자청해서 스왈트 제국을 마신에게 바치지 않았던가.

"저기, 이곳엔 어떻게 알고 오신 건지……. 아, 혹시 근래 마신전의 일을 방해하고 다닌다는 분이 혹시 형벌의 사제님들인 겁니까?"

"……비슷하다고 해 두지."

간격을 두고 천천히 나온 대답에 휴센이 마음이 벅차올랐다. 형벌의 신전이 최근 마신전과 분위기가 좋지 않다는 건 알고 있었다. 곧 성전(聖戰)이 일어날 거라는 예측도 있었는데, 어쩌면 그런 일환인 걸지도 몰랐다. 어쨌거나 덕분에 목숨을 건지게 되었으니 그들 입장에선 큰 행운인 셈이었다.

물론 사실은 교단과는 상관없이 엘뤼엔 혼자서 진행하는 일이었다. 초롱초롱한 눈길을 보내는 두 남자를 외면하며 엘뤼엔은 잠시 한숨을 내쉬었다. 그 또한 처음부터 이럴 생각을 했던 건 아니다. 원래 그의 계획은 아크아돈 어딘가에 숨어 있을 마왕을 찾아내어 소멸시키는 것이었다. 그런데 막상 내려오고 나자 생각지 못한 문제가 발생했다. 그가 걸고 있는 목걸이 때문이었다.

중간계에 내려오기 직전 카노스에게서서 빼앗아 온 주신의 인장.
엘뤼엔은 자신의 목 아래에 자리 잡고 있는 붉은 돌을 못마땅한
시선으로 내려다보았다. 가죽 끈에 매달아둔 단순한 형태에 불과
하지만 신물이라 불리는 귀한 것으로, 그 가치는 일개 보석에 비
할 바가 아니었다.

중간계의 존재들은 매우 약하기 때문에 신의 기운에 금방 장악
당한다. 신이 머무는 곳은 그대로 성지가 되고, 스치기만 해도 정
화되며, 만지기라도 하면 성력이 넘치는 것이 되어 버렸다. 기가
약한 자들은 눈만 마주쳐도 숨이 넘어가 죽을 수도 있었다. 그래
서 신들은 중간계에 내려오면 본인의 힘을 억제하게 되는데, 그걸
유지할 수 있는 시간이 매우 짧았다. 이런 불편을 해소하기 위해
만들어진 것이 바로 이 목걸이와 같은 신물(神物)이었다.

신물을 착용하는 동안엔 기운이 저절로 억제되어 본인이 제어
하는 것보다 더 오랜 시간을 버틸 수 있었다. 하지만 신물은 구하
기도 어렵고, 대부분 기한이 짧은 데다 지켜야 할 규칙이 많았다.
영구적이면서 사용 규칙이 거의 없는 신물은 신계에서 단 하나,
마신이 지닌 '주신의 인장'이 유일했다. 그래서 가져온 것까진 나
쁘지 않았는데, 이 자체가 마신의 파장에 맞춰져 제작된 것이다
보니 생각했던 것보다 다루기가 더 어려웠다. 목걸이를 통제하는
데만 힘이 다 소모돼서 본래의 능력을 제대로 발휘할 수가 없었
다.

이대로는 카노스가 말한 대로 마왕을 찾아가 봤자 당하는 건

자신이 될 게 뻔했다. 찾은 뒤에 풀어내자니 그조차 불가능했다. 신물을 착용한 후 해지하면 반작용이 크게 일어나 신계로 강제 송환되기 때문이다. 그래서 할 수 없이 그는 악신의 각성을 늦추는 쪽으로 노선을 바꿨다. 가장 효율적인 방법이 제물을 모으지 못하게 하는 것이라 한동안 마신관들을 방해하고 다니는 일에만 집중했다. 신들에게 향하는 아이들의 기도 소리를 듣고, 그중에서 절박한 것 위주로 찾아 탐색하니 어느 정도는 맞아 떨어졌다. 물론 그 또한 제한되는 영역이 많아 놓치는 것도 많았다.

"빌어먹을 카노스."

손쉽게 목걸이를 내준다 싶더니. 그 망할 마신은 처음부터 이렇게 될 줄 알고 있었던 게 분명했다. 적당히 마신전을 다니며 분풀이를 하고 나면 포기하고 돌아올 거라고 생각했을 것이다. 대체 무슨 짓을 해 둔 건지 엘과의 통로도 끊겨서 말을 전할 수도, 위치를 짚어낼 수도 없었다. 덕분에 아크아돈에 온 이후 변변한 연락조차 못하는 중이었다. 그것만 생각하면 이가 저절로 갈렸다. 그런 자세한 상황을 알 길이 없는 헤롤과 휴센은 그의 입에서 나온 신성모독적인 발언에 눈을 동그랗게 떴다.

"그보다 너희, 엘에게 연락할 수 있나?"

"예? 아아, 헤어진 후로 꽤 시일이 됐습니다. 그동안 연락을 안 해 봐서 정확히 어디에 있는지는 모릅니다. 아마 황제 폐하가 계시는 곳에 있지 않을까 싶긴 합니다만."

"그게 어디에 있지?"

"본대 자체는 지금쯤 카델라 평원을 넘었을 겁니다. 하지만 폐하가 계시는 부대가 어디에 있는지는 정확히 모릅니다."

엘뤼엔은 시야를 넓게 펼쳐 대강의 거리를 가늠해 보았다. 유희 경험이 많지는 않지만 꽤 오랜 시간을 지켜봐 온 대륙이기에 아크아돈의 지리는 손바닥을 들여다보는 것만큼 훤했다. 카델라 평원이면 이곳에서 생각보다 그렇게 멀리 떨어져 있는 거리는 아니었다. 어차피 이 상태로 계속 시간을 끄는 것도 한계가 있었다. 갑자기 소식이 끊겨 엘도 당황했을 테니 한번 만나 보는 것도 좋을 것 같았다.

단지 지금은 그의 힘을 방해하는 목걸이가 감각까지 둔하게 만들고 있다는 게 문제였다. 오늘만 해도 공간이동을 했는데 전혀 엉뚱한 장소로 떨어졌다. 덕분에 본래 생각해 뒀던 것보다 늦게 도착하고 말았다. 자칫하면 엘을 찾아가도 길이 어긋나거나 그를 난감한 상황에 처하게 만들 가능성이 높았다.

휴센은 고심하는 엘뤼엔의 모습을 찾아갈 방법을 알지 못해 고민하는 것으로 판단했다. 그가 조심스럽게 제안했다.

"저어, 사제님. 일단 본대와 합류하기로 한 지점은 알고 있습니다. 저희도 이곳 일을 마무리하는 대로 그쪽으로 이동할 생각입니다만. 괜찮다면 저희와 같이 가시는 건 어떻습니까?"

"……본대로 간다고?"

"예, 그곳에 가시면 폐하가 계시는 위치도 알 수 있으실 겁니다."

결정을 내리는 시간은 짧았다. 엘과 친분이 있는 이들이니 목숨을 잃지 않도록 지켜줄 겸 같이 가는 것도 나쁘지 않을 것 같았다. 엘뤼엔은 고개를 끄덕여 승낙했다.

"좋아. 그러지."

『정령왕 엘퀴네스』 10권에서 계속

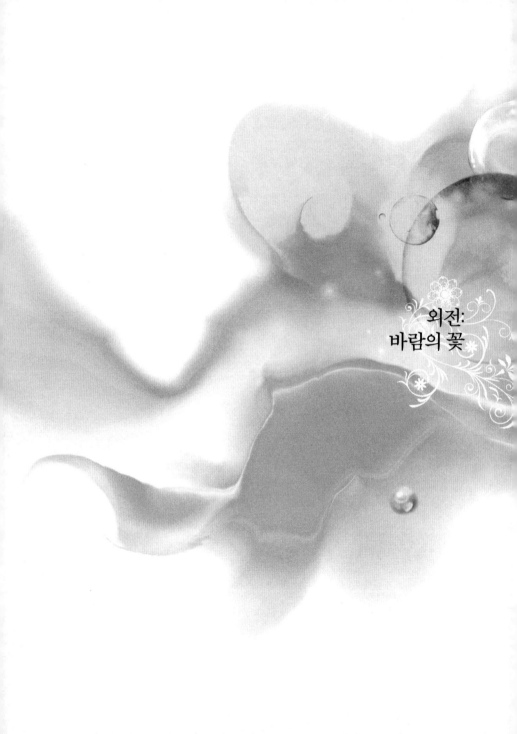

외전:
바람의 꽃

1.

　그녀의 잠을 깨운 건 코끝을 간질이는 바람이었다. 어루만지듯
이 스치고 지나가는 부드러운 감각에 눈이 저절로 떠졌다. 몸을
일으키자 몸을 덮고 있던 달빛의 머리카락이 폭포수처럼 흐트러졌
다. 그녀는 천천히 눈을 깜빡였다. 그 속에 잠긴 새파란 눈동자가
보석처럼 빛을 발했다. 온통 하얗기만 한 그녀에게서 그 부분만이
유일한 색인 것 같았다. 시선을 들어 잠들기 전과 별로 달라지지
않은 공간을 확인했다. 얼마 동안을 잠들어 있었는지는 그녀 자신
도 몰랐다. 다만 꽤 긴 시간이 흘렀다는 것만은 느낄 수 있었다.
　"안녕히 주무셨습니까, 아네아 님."
　어느새 나타난 남자가 정중하게 고개를 숙이며 인사를 건넸다.

아네아는 차분히 그를 응시했다. 붉은 빛이 감도는 갈색 머리카락에 청회색 눈동자를 지닌 남자는 엘프의 모습을 하고 있었다. 한때는 겉모습처럼 실제로도 엘프였다. 하지만 지금은 그녀에게 종속된 '카테나'다. 원래 주어졌던 수명과 종족을 스스로 버리고 일평생 주인의 수호자로, 오직 주인만을 위해서 살아가길 선택한 존재. 주인과 수명을 공유하는 마법체.

"리벨."

"날이 매우 좋습니다. 오랜만에 돌아보시겠습니까?"

늘 그래 왔듯 태연하게 일상을 이어가고 있지만 리벨의 얼굴엔 숨길 수 없는 반가움이 가득했다. 아네아는 그가 내미는 손을 잡고 자리에서 완전히 일어났다. 이끄는 걸음을 따라 밖으로 나서자 익숙하면서도 낯설게 느껴지는 새하얀 고원이 펼쳐졌다. 풍성한 바람이 그녀를 감싸 안듯이 쏟아졌다. 조금 전 그녀를 깨웠던 바람이었다.

"바람이 바뀌었구나."

중얼거리는 말에 뒤쪽에 선 리벨이 고개를 조아렸다.

"내가 얼마 만에 일어난 거야?"

"3천 년 만이십니다."

"그래. 벌써 그렇게나 되었구나."

어느 정도는 예상했던 부분이라 아네아는 크게 놀라지 않았다. 그녀는 눈밭을 밟고 걸어가 차디찬 바람을 온몸으로 맞았다. 소매도 없이 얇은 드레스 차림이었지만 추위는 전혀 느껴지지 않았다. 시리도록 새하얀 고원, 그 한가운데 서 있는 눈부신 은발의 여인은 마치 얼음으로 빚은 조각상 같았다. 눈을 감은 채 한참 동안 바람을 만끽하던 여인이 다시 눈꺼풀을 들어올렸다.

"그도…… 끝에 이르렀을까."

불쑥 이어지는 한마디에 리벨은 아무 대답도 하지 않았다. 의미를 알아듣지 못해서가 아니라 답을 알지 못했기 때문이다. 아네아 또한 그가 대답하지 못할 거라는 걸 알았다. 그녀 자신의 입으로 그에 관한 일들을 금지했었으니까. '카테나'는 결코 주인의 명을 거스르지 못한다. 그렇기에 그녀의 질문은 그저 혼잣말에 불과했다.

앞으로 결코 두 번 다시. 그를 돌아보지 않을 거라고 생각했었다. 결국 그걸 견디지 못해서 잠에 들었다. 하지만 그 오랜 시간도 감정의 희석엔 도움이 되지 않는 듯했다. 아네아는 한숨처럼 중얼거렸다.

"그에 대해서 알아와 줘."

"명, 받들겠습니다."

정중히 부복한 리벨이 그 자리에서 사라졌다. 타인의 기척이 지워진 공간에 쓸쓸한 적막이 감돌았다. 그녀는 바람이 강하게 부는 방향으로 손을 뻗었다. 한가득 움켜쥐었으나 붙잡히는 것은 아무것도 없었다. 당연한 일임에도 아네아는 서글픈 마음이 들어 얼굴을 일그러뜨렸다.

─행복해, 아네아.

허무하게 사라져 버렸던 마지막이 떠올랐다. 그때도 그녀는 손을 뻗었지만 닿지 못했다. 아니, 닿았으나 그냥 통과해 버렸다. 그때만큼 그의 존재를 실감하고, 또 원망했던 적이 없었으리라.

"행복하지 않아."

아네아의 푸른 눈동자가 허망하게 허공을 훑었다.

"난 여전히 행복하지 않아."

미풍처럼 잔잔하던 드래곤 일족의 일상이 술렁거리기 시작했다. 실버 드래곤 아네아달리스가 오랜 수면에서 깨어났다는 소식 때문이었다. 드래곤이 수면기를 가졌다가 깨어나는 건 그다지 특별할 게 없지만 아네아달리스의 경우에는 조금 달랐다. 그녀가 깨어난 건 거의 3천 년 만이었다.

드래곤의 수면기는 보통 몇십 년에서 몇백 년 정도였고, 길어도 천 년을 넘는 경우는 흔치 않았다. 그마저도 고룡들에게나 해당하는 편이라 아무도 아네아달리스가 이렇게 오랫동안 잠들 거라곤 예상하지 못했다. 수면기를 가졌을 당시 그녀의 나이는 드래곤의 삶에서 한창 활발한 시기라 평가받는 3천 년 초반 대였다. 그런 그녀가 6천 세가 되어서야 깨어났다. 살아온 시간의 절반을 잠든 채 보냈다고 해도 과언이 아니었다.

이건 또 다른 의미에서 상당히 괄목할 만한 일이었다. 드래곤의 수면은 단순히 잠드는 것이 아니다. 육체의 활동만 멈출 뿐 그 영혼은 끊임없이 탐구하고 힘을 길렀다. 수면기를 거칠 때마다 강해진다고 해도 좋았다. 단지 그 과정이 매우 고통스럽고 지루하기 때문에 오래 지속하지 못하는 것뿐이다. 아네아달리스의 수면기가 천 년이 넘게 이어지자 대부분의 드래곤은 그녀가 그대로 죽을 거라고 예상했다. 실제로 수면기에 빠졌다가 그대로 숨을 거두는 드래곤이 간혹 있었다. 그렇기에 그녀가 깨어났다는 사실이 더욱 충격적일 수밖에 없었다.

이 소식에 가장 기뻐한 건 실버 일족의 드래곤들이었다. 실버 일족은 전 드래곤 중에서 가장 수가 적은 데다 이렇다 할 활약을 남긴 존재가 없었다. 차기 수장감조차 정하지 못해 전전긍긍하던 상황이었는데 뜻밖에 그 고민을 단숨에 해결할 존재가 등장한 것이다.

"오랜만에 뵙습니다, 티아만. 인사가 늦었습니다만 수장이 되신 걸 축하드립니다."

고요하게 서서 인사하는 여인의 모습에 현 실버 일족의 수장 티아만은 속으로 감격했다. 아네아는 원래 타고난 자질이 뛰어난 편이라 헤츨링 때부터 기운이 강한 편이었다. 그런데 지금은 가만히 서 있기만 해도 풍만하게 느껴지는 마력에 온몸이 저릿해지는 것 같았다. 이 정도면 실버 일족의 수장 정도가 아니라 전 드래곤 일족의 로드를 넘보기에도 충분했다.

"정말 오랜만이구나, 아네아. 살아서 널 이렇게 다시 볼 수 있게 되다니 몹시 기쁘다."

적극적인 환대에도 아네아는 별다른 표정 변화가 없었다. 티아만이 뒤에서 쭈뼛거리고 서 있는 세 사람을 아네아 앞으로 이끌었다.

"네가 잠든 사이에 태어난 아이들이다."

"세 명인가요?"

"그렇단다. 자, 다들 인사하거라. 아네아다."

"아, 아네아 님. 처음 뵙겠습니다."

"그래, 반갑다."

담담한 답변은 무심해 보이는 그녀의 분위기과 잘 어울렸다. 초롱초롱한 눈으로 올려다보던 세 사람 중 한 명이 무심코 입을 열었다.

"아네아 님. 바람의 왕을 많이 닮으셨네요."

"……그래?"

"예, 외모도 그렇지만 분위기가 특히…….."

"자자, 아네아와 할 얘기가 있으니 너희들은 이만 돌아가 보거라."

티아만이 급히 세 사람을 밖으로 내몰았다. 쫓아내듯 떠나보낸 기척이 완전히 사라진 것을 확인한 후, 티아만이 어색한 얼굴로 아네아의 눈치를 살폈다.

"얼마 전 미네르바의 세대교체가 있었다."

"……."

"새 바람의 왕이 전대의 계약을 그대로 인수했단다. 아네아, 너는……."

"저와는 관계없는 일이네요. 전 전대와 계약하지 않았으니까요."

"새 왕과도 계약하지 않을 것이냐?"

"예."

돌아오는 대답은 냉정할 정도로 완고했다. 안타까운 시선으로 응시하는 티아만을, 아네아는 여전히 무심하게 바라보았다.

"제가 바람의 정령과 계약할 일은 다시는 없을 거예요."

돌아선 아네아가 완전히 사라질 때까지 티아만은 그 모습에서 눈을 떼지 못했다.

"아직 정리하지 못한 모양이군요."

곁에 서 있던 그의 카테나가 조용히 운을 뗐다. 티아만은 씁쓸한 표정을 지었다.

"우리들에게 기억은 낙인이지. 지우고 싶어도 지울 수 없는."

그렇기에 드래곤은 모든 관계를 꿈으로 치부한다. 적당히 거리를 두고, 견딜 수 있는 부분까지만 취한다. 그렇게 하지 않으면 평생 고통에 시달리게 되니까. 아네아는 그 선을 넘고 말았고, 값을 치르고 있다.

"지워지지 않는다면 다른 것으로 덮어야 할 텐데. 아직 그조차 용기를 낼 수 없는 모양이야."

티아만은 깊은 한숨을 내쉬었다.

"정령과 친구가 될 수 있나요?"

자신을 올려다보던 여인의 새파란 눈동자가 떠올랐다. 그때 아무 생각 없이 고개를 끄덕였던 것을 티아만은 항상 후회하고 있었다. 그게 모든 일의 시작이었으니까.

2.

드래곤들이 언제부터 정령과의 계약을 당연시하게 되었는지는 알 수 없다. 다만 자연의 속성을 강하게 타고난 그들에게 계약 정령은 그가 가진 힘과 정체성을 상징하는 존재나 마찬가지였다. 실제로 같은 속성의 정령과 계약하면 기운도 더 강해졌을 뿐만 아니라 정서적으로도 상당한 안정감을 얻을 수 있었다. 그렇기에 대다수 드래곤들은 정령 계약을 일종의 치러야 할 의식처럼 여겼다.

그건 아네아도 마찬가지였다. 어느 정도 힘이 성장하고 나자 그녀는 정령 계약을 바로 시도했다. 당연히 소환하려고 한 대상은 바람의 왕인 미네르바였다. 이왕 계약하는 거라면 가장 강한 존재와 계약하고 싶은 건 누구에게나 당연한 본능일 것이다. 타고난 자질도 뛰어난 만큼 어느 정도 자신감도 있었다.

─짜잔, 간절한 부름에 대령이오!

그래서 생각지 못한 남자가 호쾌하게 등장했을 때 아네아는 잠시 멍해졌다. 살랑거리는 새하얀 머리칼 아래 장난스럽게 웃는 얼굴이 보였다. 훤칠한 장신을 지닌 남자는 전체적으로 불투명한 느낌이었다. 아네아는 한눈에 그의 정체를 알아보았다. 바람의 상급 정령인 진이었다.

"왜 네가 나와?! 난 미네르바를 불렀다고!"

─어, 그랬어? 안됐지만 지금 네 부름은 왕에게까지 닿기는 힘들 것 같은데?

"그게 무슨……!"

─정령왕이 그렇게 쉽게 소환되는 존재가 아니거든. 그냥 나로 만족해.

"이, 인정할 수 없어! 썩 내 앞에서 꺼져! 난 미네르바와 계약할 거야!"

─하하! 너 화내는 얼굴 되게 웃긴다.

"뭐라고?"

─너 친구 별로 없지? 내뱉는 말마다 무례한 걸 보니까 아무도 안 어울려 줄 것 같은데.

"무례한 건 너야! 뭐 이런 불쾌한 정령이 다 있어?"

씩씩거리면서 돌아서려던 순간 아네아는 자신의 손목을 감싸드는 공기에 흠칫 놀랐다. 그 부분을 진이 잡고 있었다.

─화났어? 미안. 가지 마. 네가 귀여워서 놀려 본 거야.

"너…… 너 지금 날 잡고 있는 거 맞아?"

―응? 아, 감촉이 별로 안 느껴지지? 내가 자연체에 가까운 상태라 그래.

"자연체?"

―계약하지 않은 자유 정령 말이야. 한번 만져볼래?

아네아는 자기도 모르게 진의 얼굴을 향해 손을 뻗었다. 뺨이 있는 부분을 건드렸는데 바람이 강하게 흐르는 듯한 느낌만 있을 뿐, 닿는 감각이 없었다. 그게 이상해서 아네아는 얼굴을 찌푸렸다.

"……느낌이 이상해."

―지금은 그냥 형태만 있을 뿐이니까. 계약하면 감촉도 선명해져.

"그, 그런 거야?"

―응, 나랑 계약할래?

"하지만 난 미네르바와……."

―지금 네 마나로는 안 된다니까. 그리고 그 성격으로는 왕을 소환해도 계약 거절당하기 딱 좋을걸?

"내 성격이 어떻다는 거야?!"

―봐, 엄청 쉽게 발끈하잖아. 그게 다 친구가 없어서 그런 거야.

"너 정말……!"

화가 나서 한마디 소리치려던 순간, 아네아는 자신의 앞에 내밀어지는 손에 눈을 깜빡였다.

―그러니까 계약하자. 내가 되어 줄게. 친구.

홀린 듯이 진과 계약을 했다. 그날부터 진은 당연하다는 듯이 아네아의 일상을 차지했다. 시시콜콜 모든 일에 참견하고 늘 그녀의 곁을 분신처럼 따라다니며 챙겼다.

─네가 내 왕을 닮아서 가만히 내버려 둘 수가 없어.

그게 진이 밝힌 이유였다. 사실 이전에도 아네아는 바람의 정령 왕과 닮았다는 말을 종종 들어왔었다. 투명할 정도로 새하얀 머리카락과 새하얀 피부, 특유의 무심한 분위기가 그를 연상시킨다고 했다. 그럴 때마다 아네아는 별거 아닌 걸 과장한다고 생각했었다. 그들이 열거하는 특징은 실버 드래곤이라면 누구나 다 가지고 있는 것이기 때문이다. 적발에 적안이 특징인 레드 드래곤을 보고 이프리트가 생각난다고 하는 것과 다를 바 없는 유형이었다. 하지만 바람의 정령인 진까지 호감을 보일 정도라면 정말로 닮긴 한 모양이었다. 거기까지는 상관없었다. 오히려 모두가 숭배하는 바람의 정령왕과 닮았다고 하니 조금 기분이 좋기도 했다. 하지만 진이 호들갑떠는 게 무척 거슬렸다.

─자, 아네아. 침대에 누워. 잠들 때까지 자장가 불러줄게.

"필요 없어."

─안 돼. 미네르바 님에게 이런 시중 들어 주는 게 꿈이었단 말이야.

"난 미네르바가 아니야!"

─그치만 닮았잖아! 그러니까 협조하라고! 대리 만족이라도 좀 하자!

"설마 이걸 노리고 계약하자 한 거였어?"

―당연하지! 첫눈에 찍었단 말이야! 너처럼 닮은 분위기를 가진 존재도 흔치 않다고!

"……진, 너는 아무리 생각해도 정상이 아닌 것 같아."

―헉, 그렇게 심한 말을!

"내가 계약한 게 변태 정령이라니! 이런 부당한 계약을 지속할 수 없어! 난 계약을 파기하겠어!

―후후, 거절하지.

"뭐? 거절이라니?"

―몰랐구나? 이미 성립한 계약에서 파기는 정령 쪽에서만 할 수 있다는 거. 즉, 네가 아무리 원해도 내가 싫으면 파기 못 한다는 거지.

"말도 안 돼!"

―경악해도 소용없어. 이제부터 넌 평생 나한테 시달릴 운명이라구.

히죽히죽 능청스럽게 웃는 진을 보며 아네아는 좌절했다. 대체 내가 왜 이런 말도 안 되는 정령과 계약을 했을까! 이미 어찌할 수 없는 후회가 밀물처럼 밀려들었다. 아무래도 단단히 잘못 찍힌 것 같았다. 그러거나 말거나 진은 자신이 하고 싶은 대로 행동할 뿐이었다.

―아네아, 편식이 심하구나? 골고루 잘 먹어야지.

―아네아, 아침이야. 그만 자고 나랑 놀아 줘!

―아네아, 인간들의 나라가 축제 중이래. 가 보지 않을래? 신기한 게 많아.

―아네아!

처음엔 귀찮기만 했던 재잘거림도 어느새 익숙해졌을 때쯤. 아네아는 진에게 자신의 곁을 내어 주는 것을 당연하게 여기게 되었다. 진은 적당히 무례했지만, 오히려 그 덕분에 아네아와는 쉽게 가까워졌다. 아무리 냉정하게 말하고 구박해 봤자 꿈쩍도 하지 않으니 밀어낼 수도 없었다.

그게 아네아는 조금 신기했다. 일족들은 툭툭 냉정하게 대꾸하는 그녀를 조금 어려워했다. 반감이 있는 자는 반감이 있는 대로, 호감이 있는 자는 호감이 있는 대로. 절벽 위에 놓인 얼음 꽃을 보듯이 멀찍이 거리를 두고 그녀를 지켜보기만 했다. 하지만 진은 그러지 않았다. 언제나 서슴없이 먼저 다가오고, 그녀가 원하지 않아도 곁에 머물렀다. 그녀의 싫은 소리도 웃으며 넘겼다.

나는 쓸쓸한 고원에 깃든 외로운 꽃.
찾아와 주는 이는 한줄기 바람뿐이라.

그맘때쯤 인간들 사이에서 낭만시 하나가 유행했다. 그 속에 들어 있는 한 구절이 아네아는 자신과 진의 관계를 표현하는 것 같다고 생각했다.

"진, 너는 내가 싫지 않아?"

—아네아가 싫어? 왜?

"난 말을 못되게 하잖아. 네가 날더러 무례하다고 했던 거 지금도 다 기억해."

—하하, 무례한 건 나도 마찬가지잖아. 피장파장이니 상관없지 않아?

　　싱그럽게 웃는 얼굴이 그녀를 똑바로 응시한다. 아네아는 가슴이 벅차오르는 기분을 느꼈다.

　　—그리고 난 네가 쌀쌀맞게 말하는 거 좋아. 미네르바 님한테 명령받는 기분이라.

　　"넌 정말 변태구나."

　　—우와아, 이건 좀 상처받았어. 아니, 그치만 미네르바 님이 나한테 변태라고 한다고 생각하니 그건 그것대로 좀 괜찮은데?

　　"……정말 너한테는 두 손 두발 다 들었어."

　　　곁에 머무는 이가 오직 바람이라.
　　　꽃은 바람을 사랑하게 되었다네.

　　언제부터인가 무의식적으로 진만 눈에 담게 됐다. 그에게서 느껴지는 상쾌한 공기와 안정감이 좋았다. 자신을 향해 웃어주는 부드러운 얼굴이 기뻤다. 당시엔 그 감정의 의미를 깊이 생각하지 않았다. 더 이상 가까워지지도 멀어지지도 않는 지금 이 상태가 좋았으니까.

　　그때는 언제까지나 이런 나날이 이어질 거라고 생각했다. 그렇게 믿었었다.

　　　꽃은 아무것도 몰랐어라.

바람은 언제고 떠날 수 있기에 바람이라는 것을.

＊　　　＊　　　＊

늘 똑같던 일상에 변화가 생기기 시작한 것은 뜻밖의 소식이 전해졌을 때였다. 한 인간이 바람의 왕 미네르바를 소환해낸 것이다. 행운의 주인공은 촌부 출신의 남자로, 수도에 일자리를 알아보러 올라왔다가 우연히 자신의 재능을 깨달았다. 호기심에 시도해 본 정령 소환이 성공하자 그는 욕심을 내어 단숨에 정령왕에게까지 도전했다. 그게 정말 성공할 줄은 아무도 예상하지 못했던 일이었다.

인간이 정령왕을 소환하는 일은 극히 드문 사건이었기 때문에 전 대륙이 온통 소란스러워졌다. 인간들은 물론이고 다른 종족들까지 바람의 계약자를 주시했다. 드래곤 역시 마찬가지였다. 어디를 가도 떠드는 이야기들이 다 그 내용뿐이었다. 덕분에 아네아는 알고 싶지 않아도 강제로 돌아가는 상황을 알 수밖에 없었다.

미네르바와 계약한 남자는 그 사실을 당당히 세상에 공표했고, 단숨에 대륙의 중심인물로 급부상했다. 수많은 나라들의 그의 존재를 탐냈다. 어느 왕국에 들어가 왕족에 준하는 대우를 받게 되었다는 소문도 있었다.

진은 꽤 신나 보였다. 정령계를 잘 벗어나지 않는 미네르바가 그 계약으로 인해 중간계를 자주 오가게 되었기 때문이다. 무료한 일상에 새로운 자극을 주었다며, 인간 계약자를 고맙게 여기기까지 했다.

　—미네르바 님이 그를 사랑하시게 된 것 같아.

　들뜬 듯이 말하는 진을, 아네아는 이해할 수 없는 얼굴로 바라보았다.

　"넌 미네르바를 사랑하는 거 아니었어?"

　경외하는 것과 사랑하는 감정은 다르다. 긴 시간을 함께 하면서 진이 미네르바에게 품은 감정을 눈치채지 못할 정도로 아네아는 바보가 아니었다. 진도 아무렇지 않게 긍정했다.

　—응, 맞아. 사랑하지.

　"그런데 그가 다른 존재를 사랑하는 게 괜찮은 거야?"

　—그럼. 괜찮아. 난 그분이 행복하기만 하다면 좋아. 그걸 위해서라면 뭐든 할 수 있어.

　진은 시종일관 부드러운 얼굴이었다. 사랑하면 독점욕이 생긴다고 들었는데, 그 흔한 질투의 감정도 비치지 않았다. 결국 그를 사랑한다는 것도 그 정도 감정이라는 것 같아 아네아는 속으로 남몰래 안도했다.

　하지만 그건 그녀의 착각에 불과했다. 그걸 아네아는 가장 잔인한 방법으로 깨달았다.

　챙그랑.

　손에 들고 있던 유리잔이 떨어졌다. 진이 어쩔 수 없다는 듯이 어깨를 으쓱이고는 깨진 잔해를 주워들었다.

　—덤벙거리긴. 조심하라니까.

　아네아는 자신의 앞에서 유리조각을 치우는 그를 멍한 시선으로 응시했다.

　"뭘……해? 방금 뭐라고 했어?"

　—이걸 내 입으로 또 말하라니. 역시 굉장해, 아네아. 가차 없어.

　"헛소리하지 말고!"

　—으음. 알았어, 알았어. 그러니까 말야. 미네르바 님이 계약자에게 선물하실 검을 만드실 거래. 그분이 지닌 절반의 힘을 봉인할 검을. 하지만 평범한 광물은 그 힘을 견디지 못하겠지. 그래서 상급 정령의 몸을 초석으로 삼고 싶다고 하셨어.

　"그래서?"

　—내가 자원했어.

　눈앞이 캄캄해지는 충격이란 것을 처음으로 깨달았다. 아네아는 자신도 모르게 진의 몸을 움켜잡았다.

　"너 미쳤어? 미네르바가 사랑에 눈에 멀어 미친 짓을 하는 건 그렇다 쳐! 근데 너까지 그 미친 짓에 자원했다고?"

　—다들 내키지 않아 해서 어쩔 수 없었어. 오히려 내가 나설 수 있는 일이라 다행이지. 미네르바 님이 행복해지는 길이라면 뭐든 할 수 있다고 했잖아. 지금 그게 그분이 바라시는 거니까.

　"아무리 그렇다고……!"

　—그렇다고가 아니야. 그렇기 때문이지. 그러니까 미안, 아네아. 우리가

이렇게 만나는 건 오늘이 마지막이야.

심장이 덜컥 떨어져 내렸다. 마지막이라는 단어가 이렇게 쉽게 나와도 되는 건가? 머리부터 발끝까지 온몸이 뻣뻣해지는 것 같았다. 함께 나눠 왔던 시간들이, 그 수많은 추억이, 한마디 단어로 정리가 될 것이었던가?

"이, 이건 말도 안 돼! 이렇게 막무가내로 이러는 법이 어딨어?"

─응, 나도 내가 너무 심한 거 알아. 정말 미안해. 아마 용서받을 수 없겠지. 이해해 주지 않을 거란 거 알고 있어.

"너……."

─하지만 있잖아, 아네아. 나는 그분에게 늘 특별해지고 싶었어. 세상에서 단 하나뿐인 그런 거창한 존재까진 바라지 않아. 하지만 그분의 기억에 나라는 진이 있었다는 걸. 그것만은 남기고 가고 싶었어.

"진!"

─그래, 진. 바람의 상급 정령은 모두 진이지. 그건 이름이 아니야. 하지만 그분의 검이 되면, 나만을 부르는 호칭이 생길 거야. 근사하지 않아?

"쓸데없는 소리! 너만의 이름 같은 건 내가 지어 줄게! 그럼 되잖아! 당장 바람의 왕에게 가서 못 하겠다고 다시 말해! 실수였다고……!"

필사적으로 매달리는 팔에 진은 그저 씁쓸한 표정만 지었다. 차분하게 응시하는 시선을 느낀 아네아는 모든 행동을 멈췄다. 그녀의 눈동자가 크게 출렁거렸다.

"이미 결심을 굳힌 거구나."

—응.

"내가 반대해도 돌이키지 않을 거야? 이렇게 안 된다고 말해도?

—응, 미안해.

이마에 짧은 온기가 닿았다. 진이 입 맞춘 것이다.

—아네아달리스. 그대와의 계약을 파기합니다.

균열이 간 무언가가 마음속에서 부서져 내렸다. 아네아는 그것이 자신의 심장이라고 생각했다. 숨도 쉬지 못한 채 올려다보는 새하얀 여인을 진은 안타까운 시선으로 응시했다.

—즐거운 추억을 잔뜩 만들어 줘서 고마워, 아네아. 넌 나한테 너무 과분한 계약자였어. 지금의 너라면 정령왕과 계약하는 것도 간단하겠지. 네가 원하면 나보다 더 괜찮은 진들과도 만날 수 있을 거야.

그게 아니다. 아네아는 계속 도리질을 쳤다. 뜨거운 물방울이 사방으로 흩어졌다. 그때서야 아네아는 자신이 울고 있다는 사실을 깨달았다.

—안녕.

"진."

—행복해, 아네아.

"진!"

매달리듯 붙잡고 있던 팔을 벌려 필사적으로 끌어안았다. 그렇

외전: 바람의 꽃 **397**

게 하면 그가 사라지지 않기라도 할 것처럼. 그런 희망을 비웃기라도 하듯 그녀의 팔은 곧 아무것도 닿지 않게 되었다. 아무리 움켜쥐어도 잡히는 것이 아무것도 없었다. 눈앞에서 부서지듯이 사라지던 남자의 형상이 이내 완전히 흩어져 사라졌다.

아무것도 남지 않은 채 텅 빈 공간에서 아네아는 멍하니 자리에 주저앉았다. 온몸이 부들부들 떨렸다. 눈물이 멈추지 않고 흘러내리는데 그칠 수 있는 방법을 몰랐다. 그런 방법을 알려주는 건 진밖에 없었다. 하지만 이제 진은 그녀의 곁을 떠났다.

거짓말쟁이.

아네아는 흐느끼려는 입을 필사적으로 틀어막았다.

평생. 평생 같이 있을 거라고. 그렇게 말했으면서. 이 거짓말쟁이.

나도 그거면 충분했는데.

네가 다른 존재를 사랑해도. 그를 은애하며 떠올리는 것만으로도 행복해하더라도. 그 모습을 지켜보는 것만으로도 좋았는데.

나도 그랬는데.

"아네아 님."

문득 들려온 음성에 아네아는 감았던 눈을 떴다. 돌아보지 않아도 뒤에 부복하고 있는 기척이 누구의 것인지 알고 있었다.

"리벨."

"예, 지금 돌아왔습니다."

"갔던 일은 어떻게 되었어?"

"바람의 검 블레스터는, 2천 년 전쯤 땅의 왕 트로웰의 손에 지하 깊은 곳에 봉인되었다 합니다. 이후로는 세상 밖에 공개된 적이 없습니다."

아네아는 주먹을 움켜쥐지 않기 위해 천천히 숨을 내쉬었다.

인간의 짧은 영광을 위해 만들어진 바람의 검은, 그 의무를 다하기도 전에 파국을 맞았다. 그를 지녔던 인간은 탐욕을 이기지 못해 정령왕을 배반했고, 스스로 나락으로 떨어져 죽었다. 그 또한 다시는 정령의 세계에 돌아갈 수 없는 불결한 몸이 되어 방랑자가 되었다. 오랜 시간 그가 인간들의 손을 떠도는 것을 지켜봤었다. 수많은 인간들이 그를 갖고자 전쟁을 일으켰다. 그때마다 고통스러워하는 그의 절규를 들었다. 차라리 누구의 손에 닿지 않을 곳에 봉인된 것이 그에게는 다행이었을 것이다.

"쓸쓸한 마지막이었겠구나."

허탈하게 중얼거린 말에 리벨은 선뜻 답하지 못했다. 머뭇거리는 기색을 읽은 아네아가 의아한 눈빛을 보냈다.

"리벨?"

"그…… 확실한 건 아닙니다만. 아직 그가 건재하다는 말이 있는 것 같습니다."

전대 미네르바가 소멸했으니 그의 힘을 담고 있던 블레스터 또한 사라지는 것이 정상이었다. 당연히 안식을 취했을 거라 생각했던 존재가 여전히 살아 있다는 말에 아네아의 눈빛이 흔들렸다.

"······누가 그런 말을 해?"

"실버 일족 몇이 그에 관한 이야기를 나누는 것을 들었습니다. 요즘 정령들 사이에서 떠돌고 있는 말인 것 같습니다. 전대 바람의 왕이 소멸하면서 물의 왕에게 그를 부탁하고 갔다 합니다."

"······."

마음이 순식간에 초조해졌다. 힘의 주체인 정령왕이 바뀌었음에도 그가 남아 있다는 건, 이제 블레스터가 정령이 아닌 다른 무언가로 변질되었다는 뜻이었다. 그것은 곧 그의 타락을 의미했다.

"결국 끝까지. 그는 고통을 받겠구나."

"······."

아네아는 정령왕을 증오했다. 바람의 왕은 자신에게서 가장 소중한 것을 간단히 앗아가 놓고는 끝까지 책임져 주지도 못했다. 땅의 왕은 그가 인간들의 손에 떠도는 것을 방관했다. 물의 왕도, 불의 왕도. 누구 하나 그의 가엾은 사정을 돌아보는 이가 없었다. 홀로 떠도는 블레스터를 안타깝게 응시하는 건 오직 저 하나뿐이었다.

아직 정령이었던 그에게도 가혹하던 정령왕들이었는데, 변질된 그에게는 얼마나 냉혹할 것인가. 아네아는 심장 한구석이 서늘해지는 것을 느꼈다. 특히 물의 왕은 정령왕들 중에서도 가장 냉정하기로 유명한 자였다. 그러면 영면에 들지도 못하도록 블레스터를 영혼까지 파괴할지도 몰랐다.

'이럴 때가 아냐. 물의 왕이 찾기 전에 내가 먼저 그를······!'

아네아의 움직임이 분주해졌을 때였다.

"당신이 드래곤 아네아입니까?"

문득 들려온 음성에 그녀는 고개를 들었다. 정면에 새하얀 소녀가 얌전히 앉아 그녀를 빤히 들여다보고 있었다. 아네아는 잠시 상황을 파악할 수 없어 눈을 세차게 깜빡거렸다. 그러나 환상일 거라 생각했던 모습은 그럴수록 더욱 짙어지기만 했다. 오히려 당황한 그녀를 비웃는 것처럼 소녀의 표정이 기묘하게 일그러졌다.

"실물이니 그렇게 여러 번 확인할 거 없습니다."

"……!"

그제야 아네아는 정신을 차리고 한 발짝 뒤로 물러났다. 그녀는 경계하는 시선으로 소녀의 모습을 훑었다. 허리 아래까지 이어지는 새하얀 머리카락, 은회색으로 빛나는 눈동자. 금방이라도 사라질 듯 아슬아슬한 분위기를 풍기고 있는 소녀에게선 짙은 바람의 향기가 느껴졌다. 아네아는 곧 소녀의 정체를 깨달았다.

"미네르바……로군."

예상대로 소녀의 고개가 끄덕여졌다.

아네아는 주먹을 움켜쥐지 않기 위해 천천히 숨을 내쉬었다. 지금 눈앞의 미네르바가 전대와는 다른 존재라는 건 알고 있었다. 하지만 그럼에도 분노가 쉽게 가라앉지 않았다.

"바람의 왕이, 내게 무슨 용건이지?"

"심심해서 놀러왔습니다."

"……뭐라고?"

"아, 정확히는 놀러왔는데, 티아만이 오랜 수면기에서 깨어난 드래곤이 있다고 말해 줘서요. 누군지 궁금해서 와 봤습니다. 당신이 블레스터에 봉인된 진과 친구였다고 들었습니다. 지금도 그를 많이 걱정하고 있다고요. 티아만이 근심이 크더군요."

"그래서?"

눈썹이 꿈틀거리는 것을, 아네아는 간신히 참아냈다. 블레스터에 대한 건 지금 가장 거론하고 싶지 않은 화제였다. 그걸 다른 이도 아닌 미네르바가 직접 언급한다는 사실이 더욱 견디기 힘들었다. 그녀는 연신 치솟는 울분을 억누르는 일에만 집중했다. 그래서 이어지는 말을 제대로 듣지 못했다.

"……다."

"뭐?"

"블레스터는 회수해서 정화할 테니 너무 걱정할 거 없다고 했습니다."

"……!"

의미를 파악하기도 전에 반사적으로 눈이 부릅떠졌다. 아네아는 한순간 자신이 잘못 들은 거라고 생각했다. 이런 꿈같은 말이 진짜일 리가 없었다.

"……정화하겠다고? 블레스터를?"

"네, 얼마나 시간이 걸릴지는 모르겠지만. 언젠가는 다시 진으로 돌아갈 겁니다. 방금 그렇게 결정했습니다."

심장이 미친 듯이 뛰었다. 이번에는 잘못 들은 것이 아니었다.

아네아는 멍한 얼굴로 미네르바를 바라보았다.

"어째서……."

"내 다정한 가족의 마음에 감화되어서요. 그를 기쁘게 하고 싶었습니다. 하지만 지금 보니, 당신이 기뻐하는 얼굴도 마음에 들 것 같네요."

인형처럼 무표정한 얼굴인데도, 아네아의 시선엔 소녀가 미소 짓고 있는 것처럼 보였다.

"그, 그게 가능해? 블레스터는 변질되었잖아. 정화할 수 있어?"

"어렵긴 할 겁니다. 그래도 아직 완전히 변질된 건 아니라서 희망이 없는 것도 아닙니다."

"아직, 완전히 변질된 게 아니라고?"

"네, 더 내버려 두면 돌이킬 수 없게 되겠지만 아직은 아닙니다. 사실 지금까지 견디고 있는 것도 대단한 일이긴 합니다. 어떻게 된 건지 궁금해서 알아보았더니 그에게 남은 소중한 기억이 버티게 하고 있는 것 같더군요. 아직 그와 연결되어 있는 덕분에, 저 또한 그가 잡고 있는 감정을 느낄 수 있었죠."

"소중한 기억……?"

"아네아, 당신과의 추억이었습니다."

"……!"

"진은 당신을 위해 정령인 자신을 끝까지 놓지 않고 있습니다."

눈앞이 흐려진다 싶더니 눈물이 치솟아 올랐다. 아네아는 급히 고개를 떨궜다. 어찌할 바를 모른 채 울먹이기 시작한 그녀의 앞에, 미네르바가 사뿐히 내려앉았다. 그의 손이 아네아의 머리를 천천히 쓰다듬었다.

"진심으로 당신의 삶이 다시 행복해지길 바랍니다."

아네아는 더 이상 참지 못하고 미네르바를 끌어안았다. 갑자기 당겨지는 힘에 놀란 미네르바가 눈을 동그랗게 떴지만, 밀어내지 않았다. 그는 자신을 끌어안고 우는 아네아의 등을 천천히 다독였다.

"친구가 될까요, 아네아? 내게 당신과 진의 이야기를 더 들려주세요. 블레스터가 되기 전의 진이 얼마나 사랑받는 정령이었는지. 나도 알고 싶습니다."

자장가처럼 잔잔하게 울리는 음성을 들으며 아네아는 연신 고개를 끄덕였다.

부서져 무너진 이후로 뻥 뚫린 가슴에 바람이 불었다. 그건 꽃향기를 한가득 담은 봄바람이었다.

이후 순식간에 친해진 두 사람이 단짝 친구가 된 것은 조금 더 지난 이야기.

손을 꼭 붙잡고 다니는 둘을 보며 실프들이 사이좋은 언니 동생 같다고 떠들어대기 시작한 것도 그맘때쯤의 이야기.

손을 붙잡고 다니면 언니라고 불러야 한다고 착각한 미네르바가 엘에게 그 단어를 시험해 본 것은 조금 더 나중의 이야기.

이름: 하태진

생일: 12월 24일

키: 180cm

나이: 18세 (한국 나이, 엘의 전생 기준)

종족: 인간

성별: 남(男)

특기: 검도

엘의 전생, 강지훈의 가장 친한 친구.

유복한 집안에 잘생긴 외모, 성적까지 우수해서 인생에 굴곡을 겪어본 적이 없다. 동양인치고는 흰 피부에 밝은 머리색을 지녀서 조상 중에 서양인이 있냐는 질문을 많이 받는 편.

절친한 친구인 지훈이 죽은 뒤로는 사람들과 깊이 어울리지 못한다.

캐릭터 복불복 QnA

(네인 님의 질문)

Q. 하태진에게, 강지훈이란?

A. 제일 친한 친구죠. 가장 행복한 추억이자 가장 아픈 기억이에요. 게다가 추억은 시간이 지날수록 미화되잖아요? 아마 그 녀석은 갈수록 더 소중한 친구가 되겠죠. 그래서 조금은 겁나기도해요. 내 인생에서 친구가 필요한 순간이 올 때마다, 그 녀석이 곁에 없어서 더 외로울 테니까요.

Q. 혹시 내세를 믿나요? 믿는다면 다시 만난 강지훈을 알아볼자신이 있나요?

A. 솔직히 말해도 돼요? 사실 알아볼 자신은 없어요. 알아볼 수 있기를 바랄 뿐이죠. 하지만 모르는 채라도 다시 친구가 되었으면 좋겠어요. 몰라보더라도 우린 예전만큼 친해질 수 있을 것 같아요.

Q. 강지훈이 지금 자신 없이도 행복하다면, 섭섭할까요, 아니면 그래도 기쁠까요?
A. 섭섭하지 않다고 하면 거짓말이겠지만, 그래도 기쁨이 더 클 것 같아요. 걘 좀 행복해져야 해요.

Q. 강지훈이 죽은 후에 가장 후회된 일이 있나요?
A. 많지만, 가장 후회되는 건 그 녀석 교통사고 현장에 제가 없었다는 거예요. 제가 같이 있었다면 그런 사고를 당하지 않을 거예요.

(라일리스 님의 질문)
Q. 지훈이를 처음 만났을 때는 어땠나요?
A. 되게 엉뚱한 녀석이다 싶었어요. 그리고 좀 재밌다고 해야 하나? 내성적인 것 같은데 은근히 할 말은 다하고, 그 녀석이 보기보다 강단도 있거든요. 근데 그러면서도 또 엄청 소심하고. 아무튼 같이 지내기 심심한 성격은 아니에요.

(보랏빛천사 님의 질문)

Q. 지훈을 딱 한번 다시 볼 수 있다면 언제 보고 싶어요?

A. 지금 당장이요.

Q. 죽기 전까지 지훈을 기억할 자신 있어요?

A. 그야 당연하죠. 잊는 게 더 어렵지 않을까요?

Q. 만약에 진짜 예쁘게 생긴 파란머리 여자(?)가 "내가 지훈이야."라고 한다면 어떨 거 같아요? 말투나 성격이 진짜로 지훈 같다면?

A. 음……몰래 카메라? 놀리는 것 같아서 기분이 나쁠 것 같은데. 근데 성격이랑 말투까지 똑같다고요? 음, 그럼 좀 많이 혼란스러울 것 같네요. 그 사람이 정말 지훈이래요?

(정신좀차리자 님의 질문)

Q. 만약 지훈과 재회한다면, 그 기분은 어떨 것 같나요?

A. 처음엔 믿기지 않을 것 같고……그 다음은 저도 잘 모르겠어요. 아마 울지도 모르겠네요.

Q. 본인은 환생을 믿지 않는다고 했는데, 만약 환생이 있고, 지훈이 환생했다면, 어떤 모습일 것 같아요?

A. 음……이건 좀 엉뚱한 상상이긴 한데요. 그 녀석은 구름이나 비가 되었을 것 같아요. 마음껏 떠다니면서 자유롭게 세상을 유람하다가, 언젠가는 강이 되기도 하고 바다도 되겠죠. 그 녀석 물 엄청 좋아했거든요. 그래도 환생한 건데 사람이 아니라서 좀 그런가요? 하하.

(코엔 님의 질문)
Q. 환생한다면 되고 싶은 종족은?
A. 음, 글쎄요. 아! 옆 동네엔 사람처럼 생긴 식물이 있다면서요? 저도 그거 하고 싶어요. 자이언트 세콰이어? 세계에서 제일 큰 나무라고 하던데, 그런 걸로 태어나면 재밌을 것 같아요.

네 칸 만화

1. 사실은……

— 진실은 저 너머에

2. 올바른 교육이란

— 대화가 필요해

3. 아스의 속마음

주군께서 기운이 없으세요ㅠ

아픈 건 아닌데…

뭐, 빚을 져서 손해볼 건 없으니, 내가 도와주지!!

오오—!!

그냥 잠시 센치했을 뿐인데…

그래도, 은인 기운 감사히 잘 받았습니다

— 한 번만 센치하기로

4. 그것은 오해

저건! 마신의 정수!!

그 옆엔 데자크인가 ?!?!? 데자크는 모르겠고, 일단 어서 주군부터!!

번쩍—

네놈이 범인이었냐!! 믿었거늘!!

크헉!

주군. 저, 먼저 갑니다. 지켜드리지 못해 죄송합니다.

먼저 길 닦고 있을게요

으헉! 심…장이…

쿨럭

…

— 마계 멸망